Für immer zwischen Schatten und Licht

Für immer

zwischen Schatten und Licht

von Kira Gembri

Titelbildgestaltung: Julia Gembri

ISBN 978-1494705503

E-Mail: kira_gembri@hotmail.com
Facebook: www.facebook.com/kira.gembri

1. Kapitel

Alle anderen Menschen im Raum schienen in den Hintergrund zu rücken, während sich die beiden mit Blicken maßen. Die Luft zwischen ihnen flimmerte förmlich, aufgeladen von Gefühlen, deren sie sich selbst noch kaum bewusst waren. Erst als sich der melancholische Klang einer Geige über das Stimmengewirr erhob, ließ die junge Frau ihr Gegenüber aus den Augen und neigte den Kopf. Dann traten sie aufeinander zu, und die Spannung wurde beinahe greifbar. Gleich würde es geschehen, gleich …

Neben mir stand Rasmus auf.

„Halt, wo willst du hin?“, fragte ich alarmiert.

„Mir was zu essen holen.“

„Aber du kannst jetzt nicht weg! Hast du denn nicht gemerkt, wie intensiv die Musik gerade klingt?“

„Weißt du, was auch ganz intensiv klingt?“, fragte Rasmus zurück.

„Was?“

„Das Knurren meines Magens“, antwortete er trocken und machte Anstalten, sich vom Sofa zu entfernen.

Ich packte ihn am Saum seines T-Shirts, um ihn wieder an meine Seite zu ziehen. „Aber die Szene ist unglaublich wichtig!“

„Die tanzen alleine in einem leeren Ballsaal herum. Das sieht nicht wichtig aus, sondern eher ein bisschen jämmerlich.“

„Das *scheint* doch nur so, weil Elizabeth und Mr. Darcy ihre Umgebung vollkommen vergessen haben. Der Saal ist gar nicht wirklich leer“, erklärte ich, empört über diese Herzlosigkeit.

„Aha. Aber weißt du, was wirklich leer ist?"

„Dein Magen?", riet ich missmutig, und schon hatte sich Rasmus aus meinem Griff befreit. Er verschwand für eine Weile auf Futtersuche in der Kochnische, und ich schaltete den Film lauter, um das Rumoren zu übertönen. Dass sein Apartment (vom Badezimmer einmal abgesehen) praktisch nur aus einem einzigen Raum bestand, schien Rasmus nicht weiter zu stören. Schließlich war ihm das aus seiner Zeit im Aussichtsturm vertraut. Die Miete für eine größere Wohnung hätte er sich auch gar nicht leisten können, obwohl er mittlerweile fünf Tage die Woche als Nachhilfelehrer arbeitete. Es war ihm allerdings gelungen, die Schäbigkeit des Zimmers weitgehend zu verdecken, indem er die Wände neu gestrichen und mit Filmplakaten beklebt hatte. Außerdem hatte er aus stufenförmig übereinander genagelten Obstkisten ein schickes Bücherregal gebaut, um das ich ihn insgeheim ein bisschen beneidete. Trotzdem vermisste ich sein altes Zuhause mit den Literaturzitaten auf dem Fußboden und dem Fenster zum Sternenhimmel, doch immerhin kam er hier in den Genuss von Strom und fließendem Warmwasser, und ich konnte ihn bequem mit dem Bus erreichen.

Als Rasmus sich wieder neben mich aufs Sofa plumpsen ließ, hatte er eine Riesenpackung Kekse dabei. „Ich verstehe ehrlich nicht, worüber du dich so aufregst", verkündete er und öffnete den blauen Karton. „Ich habe doch nichts gegen das *Buch* gesagt – tatsächlich war ich einer der wenigen da oben, die sein Erscheinen positiv aufgenommen haben."

„Du hast *Pride and Prejudice* im Jahre 1813 gelesen?", fragte ich fassungslos, aber Rasmus zuckte nur mit den Achseln. Ich beobachtete ihn aus den Augenwinkeln, während Elizabeth und Mr. Darcy einander umkreisten. Wenn ich ihn so sah, wie er Oreos auseinandernahm und die

Hälften einzeln verspeiste, konnte ich kaum glauben, wie alt mein Freund war – obwohl *alterslos* es vermutlich besser traf. Noch immer lief mir ein Schauer über den Rücken, wenn ich daran dachte, dass er bis vor fünf Monaten strenggenommen kein Mensch gewesen war.

„Ich bin einfach entsetzt darüber, dass dich der Film kalt lässt", sagte ich jetzt vorwurfsvoll. „Er ist doch zu gut, um wahr zu sein. Die Schauspieler, die Kostüme und die Musik – das alles ist so schön, dass man nur noch heulen könnte!"

„Damit ich dich richtig verstehe: Du möchtest, dass ich jetzt, während ich hier neben dir sitze und Kekse esse, zu heulen anfange?"

Bei der Vorstellung eines vor Rührung schluchzenden Rasmus musste ich gegen meinen Willen lächeln, aber ich war noch nicht bereit, aufzugeben. „Ich finde es unsinnig, dass alle immer so tun, als wäre das ein reiner Mädchenfilm. Sam zum Beispiel hat …" Ich brach ab.

Sofort ließ Rasmus seine Kekse Kekse sein und beugte sich zu mir herüber. „Hey", sagte er und blickte mir aufmerksam ins Gesicht. „Alles in Ordnung?"

Ich nickte kurz. „Schon gut. Irgendwie vergesse ich immer wieder, was damals passiert ist. Ich weiß, das ist verrückt …"

„Überhaupt nicht, Samael war ja dein Freund. Aber du musst dir seinetwegen keine Sorgen mehr machen, okay? Er ist nun ein Schattenwesen und somit dort, wo er hingehört. Und er kommt nicht zurück."

Ich atmete tief durch und hob den Kopf.

Rasmus sah mich immer noch forschend an. „Ist jetzt alles wieder gut?", fragte er, und diesmal war mein Nicken überzeugender. „Willst du einen Keks?"

Die Frage – in Kombination mit seinem besorgten Tonfall – war so niedlich, dass ich nicht anders konnte: Ich legte meine Hände an seine Wangen und zog ihn näher zu mir, um ihn zu küssen.

Einen Moment lang erwiderte er meinen Kuss, dann fühlte ich sein Grinsen gegen meine Lippen. „Wenn ich gewusst hätte, wie du reagierst, hätte ich dir schon früher was Süßes angeboten“, bemerkte er und steckte eine Strähne meines kastanienbraunen Haars hinter meinem Ohr fest. „Und soll ich dir sagen, was wir jetzt machen?“

„Hmm?“

„Wir schauen *Hangover.* Denn weißt du, *das* ist ein Film, bei dem man nur noch heulen könnte.“

***

Es war bereits stockdunkel, als ich mich auf den Heimweg machte. Nach dem seichten Film, der anstelle meiner Lieblings-DVD im Player gelandet war und der mich doch tatsächlich zum Kichern gebracht hatte, war Rasmus plötzlich von Reue gepackt worden.

„Geben wir Keira und dem Miesepeter noch eine Chance“, hatte er gesagt und anschließend lammfromm neben mir ausgeharrt, bis *Stolz und Vorurteil* zu Ende war. (Seine Kommentare über Mr. Darcys Koteletten konnte ich gerade noch verschmerzen.) Zum Glück musste ich nicht allzu lange auf den Bus warten, aber trotzdem hatte ich die Ausgangszeit, die meine Eltern mir gesetzt hatten, maßlos überschritten.

So behutsam wie möglich öffnete ich das Gartentor und schlich auf die Vordertreppe zu, während ich ein Stoßgebet gen Himmel schickte, dass meine Eltern bereits schliefen. Noch ehe ich allerdings die Eingangstür erreicht hatte, musste ich erkennen, dass mein Hoffen vergebens war: In der Finsternis konnte ich einige Meter entfernt die Silhouette eines Mannes ausmachen, der sich gegen die

Hauswand lehnte. Vermutlich rauchte mein Vater hier mal wieder heimlich seine Pfeife, die meiner Mutter ein Dorn im Auge war. Ich hatte keine Chance, mich ungesehen an ihm vorbeizumogeln, also setzte ich eine bedauernde Miene auf, bevor ich rief: „Pa? Stell dir vor, der Bus …"

Weiter kam ich nicht, weil die Eingangstür aufgerissen wurde und mein Vater den Kopf aus dem hell erleuchteten Flur streckte. „Lily, wieso schreist du denn um diese Zeit hier so herum?"

Überrascht schaute ich erneut zur Hauswand hinüber, aber die Gestalt war nicht mehr zu sehen – ich musste mich getäuscht haben. „Ähm, hallo", flötete ich in meiner besten Kleinmädchenstimme, der Wunderwaffe aller Töchter gegen ihre Väter. „Tut mir leid, dass es heute ein bisschen später geworden ist."

„Ein bisschen ist gut", antwortete mein Vater missbilligend. „Du hast doch morgen Unterricht! Warst du wieder so lange bei Remus?"

Ich schnitt eine Grimasse.

„Verzeihung, *Rufus*", verbesserte er sich und hob übertrieben beschwichtigend die Hände. Mein Vater war ein hochintelligenter Mann, der fast jedes Möbelstück auf den ersten Blick der richtigen Epoche zuordnen konnte und mehr Jahreszahlen im Kopf hatte als ein durchschnittlicher Geschichtsprofessor, doch beim Vornamen meines Freundes schien sein Gedächtnis zu streiken. Weder er noch meine Mutter waren besonders gut auf Rasmus zu sprechen, was sicher auch mit dem Zeitpunkt ihres Kennenlernens zu tun hatte – gleich nach der Nacht im Steinbruch, als ich wegen einer Gehirnerschütterung im Krankenhaus lag. Meine Eltern waren überstürzt aus Prag angereist, als sie von meinem „Unfall" erfahren hatten, und es war ihnen hoch anzurechnen, dass eine Verletzung ihrer rekordverdächtigen Pechvogel-Tochter sie noch derart erschrecken konnte. Noch geschockter waren sie allerdings gewesen, als sie an meinem Krankenbett einen blutverschmierten Jungen trafen, den ich ihnen als meinen Freund präsentierte. Wir hatten den Ärzten erzählt, dass wir einen kleinen Autounfall gehabt hätten – wer Rasmus' Schrottkarre sah, würde diese Version der Geschichte auf jeden Fall glauben –, und als meine Eltern davon hörten, stand für sie eines fest: Dieser zerzauste Kerl in Schwarz konnte nichts Gutes bedeuten. In den folgenden Monaten war es mir nicht gelungen, sie von ihrer Meinung abzubringen, und die nächsten Zusammentreffen zwischen ihnen und Rasmus liefen dementsprechend unangenehm ab.

„Das ist nun schon das zweite Mal in dieser Woche, dass du zu spät nach Hause kommst", ereiferte sich mein Vater. „Dabei warst du doch früher immer so verantwortungsbewusst! Aber in letzter Zeit hat sich eine gewisse Zügellosigkeit bei dir eingeschlichen, die mir allmählich zu denken gibt."

„Bitte reg dich doch nicht so auf", verteidigte ich mich und streifte mir die Schuhe von den Füßen. „Wir haben *Stolz und Vorurteil* geguckt, in Ordnung? Nichts … Zügelloses weit und breit."

Das brachte meinen Vater ein wenig aus dem Konzept. „Schon wieder? Wie oft willst du dir diesen Film denn noch anschauen – mit diesem griesgrämigen Helden und dem vielen Getanze …"

Nur mit Mühe unterdrückte ich ein Grinsen. „Eigentlich könntest du dich mit Rasmus ganz wunderbar vertragen. Schlaf schön!" Damit ließ ich meinen wie vom Donner gerührten Pa stehen und huschte die Treppe zu meinem Zimmer hinauf.

Weil es tatsächlich schon recht spät war und ich keine Lust hatte, am bevorstehenden Schultag unausgeschlafen zu sein, verkniff ich mir meine Abendlektüre und schlüpfte gleich ins Bett. Auf meinem Handy wartete bereits die übliche Gute-Nacht-SMS von Rasmus auf mich, nur dass er diesmal mit *Mr. Rarcy* unterschrieben hatte. Ich streckte ihm via Smiley die Zunge heraus, dann kringelte ich mich mit einem warmen Gefühl im Bauch unter meiner Bettdecke zusammen. Kurz darauf fielen mir auch schon die Augen zu.

In dieser Nacht träumte ich von Sam. Es waren keine Handlungen oder Gespräche, doch sein Lächeln schien an der Oberfläche meines Schlafes zu schwimmen wie eine ölige Flüssigkeit auf Wasser.

***

„Ich hasse es, wenn Leute Eselsohren in Bücher machen." Gedankenverloren ließ ich die Augen durch die Bibliothek wandern, in der Jinxy, Rasmus und ich unsere fünfte Schulstunde verbrachten, weil zurzeit die Sporthalle renoviert wurde.

Rasmus' Kopf flog hoch. „*Ich* hasse es, wenn sie die Bücher verkehrt herum ins Regal zurückstellen", antwortete er und warf einem Mädchen, das ebendiese Missetat gerade begangen hatte, einen finsteren Blick zu.

„Ich hasse es, wenn Leute ihre Bücher in Zeitungspapier einschlagen, damit man im Bus nicht erkennen kann, was für schweinische Sachen sie lesen", fuhr ich fort.

„Ich hasse es, wenn sich Leute im Bus so zu mir rüberlehnen, um herauszufinden, was *ich* für schweinische Sachen lese."

„Ich hasse es, wenn Leute ihre Finger ablecken, bevor sie umblättern."

„Uuh", machte Rasmus und schauderte. Insgeheim versuchte ich mir einen anderen Jungen vorzustellen, mit dem ich ein solches Mauerblümchengespräch hätte führen können und der dabei *so* aussah … aber es wollte mir nicht gelingen.

„Du bist ziemlich toll, habe ich dir das schon mal gesagt?", platzte es aus mir heraus.

„Ja", antwortete er nachdenklich, „aber ich würde dir eine Wiederholung verzeihen."

„HALLO-HO", drang eine gereizte Stimme zu uns herüber. „Geht's noch? Ihr zwei seid schon wieder unerträglich, und außerdem würde ich gerne lernen!"

Ich wandte mich zu Jinxy um und zog die Augenbrauen hoch. „Stimmt gar nicht, du liest doch gerade *Bis(s) zum Ende der Nacht*."

„Und als du geglaubt hast, dass es niemand bemerkt, hast du ein Eselsohr in die Seite mit der ersten Sexszene gemacht", ergänzte Rasmus, woraufhin Jinxy ein gequältes Stöhnen von sich gab. In Windeseile raffte sie ihren Schulrucksack an sich und stürmte davon.

Zerknirscht schaute ich ihr hinterher. „Ich wollte sie nicht verärgern."

„Ach, nicht?", fragte Rasmus und wirkte dabei äußerst vergnügt. Anschließend rutschte er ohne Vorwarnung zu mir und stützte das Kinn auf meine Schulter. Als ich seinen Atem an meiner Wange fühlte, begann sich mein Interesse für Literatur auf rätselhafte Weise zu verflüchtigen, und nur verschwommen erinnerte ich mich daran, dass wir hier nicht alleine waren.

„Grabowski", hauchte ich.

„Eine etwas ungewöhnliche Wahl für einen Kosenamen, aber okay", flüsterte Rasmus so dicht an meinem Ohr, dass seine Lippen mich berührten.

„Nein, sie kann uns sehen!", warnte ich und schielte in Richtung der Lateinprofessorin, die kurz zuvor die Bibliothek betreten hatte und unserem Tisch inzwischen gefährlich nahe gekommen war. „Außerdem muss ich jetzt auch noch Jinxys Bücher zurückräumen, und bis wir in der Cafeteria sind, gibt es vielleicht nicht mehr genug Nachtisch."

„Wenn nur ich einen bekomme, kannst du ihn haben", sagte Rasmus gönnerhaft.

Ich drehte den Kopf, um ihm einen schnellen Kuss zu geben, und stand dann sehr widerwillig auf. Als ich gerade dabei war, die Bücher übereinander zu stapeln, fiel mir noch etwas ein, und ich hielt inne. „Rasmus?", fragte ich. „Was meinst du, sind wir wirklich unerträglich?"

Anstelle einer Antwort grinste er bloß und legte mir den Arm um die Schultern.

***

Beim Mittagessen wirkte Jinxy immer noch schlecht gelaunt. Das Hauptgericht war mal wieder ungenießbar, und zum Dessert gab es Fruchtsalat, der nicht dazu geeignet war, meine beste Freundin aufzumuntern.

„Was hast du da?", grummelte sie, als ich einen Zettel aus meinem Biologiebuch holte und ihn sorgfältig durchlas.

„Das Infoblatt für eine Exkursion, die Professor Osorio mit uns plant", antwortete ich. „Am Samstagabend wird es ein besonderes astronomisches Ereignis geben: Der Mond wird vom Kernschatten der Erde vollständig verdunkelt, es handelt sich dabei also um eine totale Mondfinsternis ..."

„... und um eine total schnarch-langweilige Angelegenheit, wenn man dir so zuhört", unterbrach sie mich und manschte in ihrem Kartoffelbrei herum.

„... die wir uns auf einem Campingausflug ansehen werden", führte ich unbeirrt meine Erklärung zu Ende.

„Oh!“ Jinxy ließ den Löffel fallen. „Ihr geht zelten? Warum zum Geier machen wir nie was Witziges in meinen Kursen? Absolut diskriminierend finde ich das! Aber wahrscheinlich hat es in der Nacht sowieso unter zehn Grad, und ihr friert euch dann alle den –“

„Es dürfen auch Schüler teilnehmen, die nicht in Biologie gehen“, merkte ich an. „Schließlich hat das Thema nicht direkt mit dem Kurs zu tun.“

„Oh. Ich glaube, bei uns auf dem Dachboden liegt ein Thermo-Schlafsack herum, und auch wenn nicht, werde ich dieses besondere astronautische Ereignis auf keinen Fall verpassen!“ Jinxy strahlte von den sieben weißblonden Zöpfchen bis zum Regenbogenschal, und gleichzeitig schien sich der ganze Raum aufzuhellen – die Welt war wieder in Ordnung.

„Was ist mit dir?“, fragte ich Rasmus und stupste ihn unter dem Tisch mit meinem Knie an. „Hast du auch Lust, mitzukommen?“

„Na klar“, gab er mit einem Seitenblick auf Jinxy grinsend zurück. „Wo Astronauten sind, bin auch ich nicht weit.“

Glücklicherweise war meiner Freundin nicht nur entgangen, dass Rasmus sich über sie lustig machte – sie hatte auch nicht die geringste Ahnung, welche Zusatzbedeutung in seinem letzten Satz mitschwang. Selbstverständlich hatte ich ihr nicht erzählt, dass Rasmus gewissermaßen vom Himmel gefallen war und sich nur deshalb als Normalsterblicher in der irdischen Welt befand, weil die Engelsrichter es aufgegeben hatten, ihn zu einer Rückkehr zu bewegen. Wir hatten sie außerdem in dem Glauben gelassen, dass Sam mit ein paar Drogendealern aneinandergeraten und wegen seiner kriminellen Verwicklungen untergetaucht war.

Nun klatschte Jinxy begeistert in die Hände. „Hach, das wird bestimmt ganz toll! Wir schlafen alle zusammen in einem Zelt, so wie in *Brokeback Mountain*!", jubelte sie und brachte damit Rasmus zum Husten.

„Tragt euch am besten noch heute in die Liste am Schwarzen Brett ein", sagte ich, bevor ich meinen nur halb geleerten Teller und die Dessertschale auf ein Tablett stellte. „Ich räume das hier schnell weg, und dann will ich vor der Mathestunde noch einmal die Trigonometrie-Aufgaben …"

Aber die beiden sollten das interessante Ende dieses Satzes niemals erfahren. Noch während ich gesprochen hatte, war ich ohne auf den Weg zu achten in Richtung Essensausgabe marschiert, wodurch ich meinem Pechvogel-Gen eine wunderbare Steilvorlage lieferte: Treffsicher tappte mein linker Fuß mitten in eine Saftpfütze und rutschte unter meinem Körper weg. Ich knallte auf die Fliesen und konnte zeitlupenartig mitverfolgen, wie mein Tablett in der Luft einen anmutigen Bogen beschrieb. Dabei ließ es seine Fracht auf mich herabregnen, bis es auf meinem Schoß zu liegen kam.

Zuerst hörte ich nur ein leises Kichern, das hier und da um mich herum aufflackerte. Aber Gelächter verhält sich in einer Schule ja üblicherweise wie ein Lauffeuer, es springt von einer Person zur nächsten und breitet sich so immer weiter aus. Wenige Sekunden später war der Raum von vielstimmigem Gackern und Prusten erfüllt, und obwohl mir Situationen wie diese nur allzu vertraut waren, schoss mir glühende Röte in die Wangen. Ich redete mir ein, dass es egal war – im Grunde konnte ich ihre Belustigung sogar verstehen –, aber meine Augen huschten zu der einzigen Person hinüber, vor der zu blamieren ich mich wirklich fürchtete.

Genau wie Jinxy lachte Rasmus nicht. Seine Miene war eher nachdenklich, als überlegte er, wie er sich am elegantesten aus der Affäre ziehen konnte. Zu meiner Überraschung bewegte er sich dann jedoch zielstrebig auf mich zu und stoppte exakt an der Stelle, die mir zum Verhängnis geworden war. Von meiner Position aus konnte ich beobachten, wie er mit voller Absicht in die Pfütze trat – er half sogar mit dem anderen Fuß nach, damit er ins Schlittern geriet. In rasantem Tempo glitt er ein Stück weit über den Boden (und schaffte es auf rätselhafte Weise, dabei eher wie ein Surfer als wie eine Witzfigur auszusehen), bevor er abbremste und neben mir in die Knie ging.

„Verflucht rutschig hier", stellte er unbekümmert fest.

Prompt wurde das Gelächter durch besorgte Rufe abgelöst. Sie stammten ausgerechnet von jenen Mädchen, die am lautesten gekichert hatten und die, wie ich zähneknirschend feststellte, allesamt zu Rasmus' Nachhilfe-Kundschaft gehörten.

„Hast du dir wehgetan?", zwitscherte ein besonders schlankes Exemplar mit rötlich-blonder Mähne.

„Hast *du* dir wehgetan?", reichte Rasmus die Frage an mich weiter und ignorierte die umstehenden Mädchen komplett. Er rappelte sich auf und streckte dann die Hand aus, um mir auf die Beine zu helfen.

„Nein, geht schon", stammelte ich, immer noch überrumpelt. Dann erst spürte ich, dass mir ein Rest Kartoffelbrei im Gesicht klebte und ich somit auch im Stehen einen absolut lächerlichen Anblick bot. Ich war drauf und dran, vor Scham im Erdboden zu versinken, als sich Rasmus' Finger um meinen Arm schlossen.

„Warte mal", sagte er und beugte sich vor. Ganz sanft berührte mich sein Mund an der Wange, danach richtete er sich wieder auf und fuhr rasch mit der Zunge über seine Lippen. Ein kollektives Nach-Luft-Schnappen ging durch die Runde der Schaulustigen. „So ist es besser", meinte Rasmus zufrieden und erinnerte mich dabei an unser erstes Zusammentreffen, als er den Streifen Klopapier von meinem Schuh entfernt hatte. Genau wie damals rieselte mir ein Schauer die Wirbelsäule hinunter, und mein Herz schien in meiner Brust zu stolpern.

„Ähm, danke", sagte ich heiser. „Bis später, ja?"

Das Grübchen in seiner rechten Wange wurde sichtbar, als er mir zunickte. Dann schlenderte er unter den Blicken von mindestens hundert Schülern auf den Ausgang der Cafeteria zu und trug die Soßenflecken auf seinen Jeans mit solcher Würde, als wären es Orden.

Schwer atmend schaute ich ihm hinterher, völlig außerstande, einen klaren Gedanken zu fassen. Die Hitze in meinem Inneren staute sich immer mehr auf, bis es aus mir hervorbrach: „Ich – ich liebe ihn."

„Na klar", antwortete Jinxy fröhlich und klopfte ein paar Obststücke von meinem Pulli, „er ist ja auch ein Sahneschnittchen." Dann bemerkte sie meinen Gesichtsausdruck. „Lily, was ist los? Du siehst ja ganz verstört aus! Hast du dich doch verletzt, oder …" Ihre hellgrünen Augen verengten sich, während sie mich scharf musterte. „Süße, hast du das etwa noch nie zu Rasmus gesagt?"

Verzweifelt schüttelte ich meinen Kopf, in dem das Blut immer noch heftig pochte. „Nein, hab ich nicht! Natürlich habe ich es schon vorher gefühlt, aber so richtig, *richtig* bewusst wird es mir erst jetzt, und – ich kann ihm das nicht so einfach auf die Nase binden, oder? So etwas sagt man doch nicht bloß daher!"

„Du hast es schon zu mir gesagt", entgegnete sie und klang dabei ziemlich selbstgefällig.

„Ja, aber bei der besten Freundin ist das etwas anderes. Du weißt, was für einen hohen Stellenwert Worte bei mir haben, und gerade diese bringe ich bestimmt nicht über die Lippen! – Wieso bist du jetzt eigentlich so begeistert?", fügte ich hinzu, als Jinxys Miene immer heiterer wurde. „Ich dachte, du findest uns beide unerträglich?!"

„Ach was, das bezog sich doch nur auf euer oberflächliches Rumgesülze. Für echte, herzzerreißende Liebesgeständnisse bin ich stets zu haben", beteuerte sie und ließ vermutlich im Geiste die Romantasy-Bücher Revue passieren, für die sie in den vergangenen Wochen eine Schwäche entwickelt hatte. Theatralisch breitete sie die Arme aus und deklamierte, als handelte es sich dabei um ein Shakespeare-Sonett: „Geteilte Schicksale, glückliche Enden – verbotene Küsse und glühende L…"

„Sei so gut, und lass das letzte Wort wenigstens *Leidenschaften* sein", bat ich.

Jinxy blinzelte unschuldig. „Jedenfalls würde ich an deiner Stelle Rasmus so bald wie möglich mit einem Geständnis festnageln. Man muss das Eisen schmieden, so lange es heiß ist, und dieses spezielle Eisen ist *verdammt* heiß."

„Danke, sehr hilfreich", murrte ich. Während Jinxy weiter vor sich hinplapperte, kaute ich verunsichert auf meiner Lippe herum. Wollte ich das denn überhaupt … Rasmus „festnageln"? Was, wenn es hinterher zwischen uns beiden ganz merkwürdig und krampfig würde? Jinxy hatte ja keinen Schimmer, dass es sich bei Rasmus nicht um einen gewöhnlichen Jungen handelte, sondern um einen ehemaligen Himmelsbewohner, der mit den irdischen Dating-Konventionen sogar noch weniger vertraut war als ich.

„Auf jeden Fall muss es ein großer Auftritt werden", drang das Schnattern meiner Freundin wieder zu mir hindurch. „Wenn du jemandem zum allerersten Mal sagst, dass du ihn liebst, sollte das etwas ganz Besonderes sein.

Vor allem geht es darum, den richtigen Moment abzupassen – das kriegst du schon hin."

Ich schluckte schwer, aber dann straffte ich meine Schultern. Ganz recht, ich würde das hinkriegen! Wieso sollte denn ausgerechnet ich, die mehr romantische Kostümfilme gesehen hatte als irgendjemand sonst, auf diesem Gebiet versagen? Ich würde so gefühlvoll und eloquent sein, dass die Herren Darcy, Knightley und Tilney neben mir alt aussahen, jawohl!

… So viel zur Theorie.

***

„Warum bist du nur so unfassbar feige?", fragte ich streng und erhielt darauf leider keine Antwort, weil ich mit meinem Spiegelbild gesprochen hatte. Zum gefühlten hundertsten Mal übte ich nun schon einen Gesichtsausdruck, der zu den drei magischen Worten passte – trotzdem sah ich eher so aus wie ein verschrecktes Kaninchen. Meine Zuversicht war bereits kurz nach Schulschluss von einer quälenden Nervosität abgelöst worden, aber es wäre lächerlich gewesen, jetzt noch zu kneifen. Mit einem frustrierten Seufzen wandte ich mich vom Spiegel ab und verließ das Badezimmer.

„Ich fahre zu Rasmus, okay?", rief ich und war schon fast bei der Treppe, als meine Mutter aus der Küche kam.

„Warte mal, Lilymädchen", hielt sie mich zurück. „Um diese Uhrzeit willst du noch weg? Du verpasst ja schon wieder das Abendessen, und dabei habe ich extra Burritos gemacht!"

Ich spielte kurz mit dem Gedanken, ihr von meinem Vorhaben zu erzählen, kam jedoch zu dem Schluss, dass sie mich dann vermutlich an einen Stuhl fesseln und mit einem Burrito knebeln würde.

„Vorher hatte Rasmus keine Zeit, er musste heute drei Nachhilfestunden geben", erklärte ich deshalb bloß. „Kann ich nicht etwas von dem Essen zu ihm mitnehmen?"

„Na schön", antwortete meine Mutter säuerlich, verschwand in der Küche und kehrte mit einer Papiertüte zurück, die sie mir überreichte. „Aber sei bitte spätestens um neun zu Hause!"

Ich gab ihr einen Kuss auf die Wange und sprintete ins Freie, ehe sie ihre Meinung ändern konnte. Noch während ich durch den Vorgarten eilte, steigerte sich meine Nervosität zu einer mittelschweren Panik – was, wenn Rasmus als Reaktion auf mein Geständnis *„Danke"* sagen würde, so wie Ryan zu Marissa aus *O.C., California*? Schaudernd drückte ich die Tüte fester an mich und bog nach rechts ab, um zur Bushaltestelle am anderen Ende der Reihenhaussiedlung zu gelangen. Im Vorbeigehen hörte ich, wie die Tür eines Autos zugeschlagen wurde, das direkt vor unserem Garten parkte. Ich schaute nicht hin, aus Angst, einem Bekannten zu begegnen – einige meiner Nachbarn waren äußerst kontaktfreudig, und gerade jetzt stand mir der Sinn wirklich nicht nach einer Runde Smalltalk. Leider schien mir das jedoch nicht erspart zu bleiben: Das Geräusch von Schritten hinter mir wollte einfach nicht abreißen, sodass ich beschloss, das Unvermeidliche lieber gleich zu erledigen. Ich zwang ein freundliches Lächeln auf mein Gesicht, dann blieb ich stehen und drehte mich um.

Der Gehweg war vollkommen leer. Stirnrunzelnd spähte ich in die nächstgelegenen Gärten, aber in keinem von ihnen konnte ich irgendjemanden entdecken. Erst als ich nach vorne sah, bemerkte ich eine Frau im Bademantel, die einen prall gefüllten Müllbeutel die Vordertreppe ihres Hauses hinuntertrug. Ich nickte ihr flüchtig zu und setzte danach meinen Weg fort, gleich wieder in Gedanken bei meiner Mission. Gerade fiel mir die Szene aus *How I met your mother* ein, in der Robin vor Aufregung „Widerlich" statt „Ich liebe dich" sagt, als erneut ganz in meiner Nähe Schritte zu hören waren. Diesmal beschleunigten sie sich sogar, die Person versuchte mich offenbar einzuholen. Ein wenig verärgert, dass sich der betreffende Nachbar nicht schon längst zu erkennen gegeben hatte, stoppte ich und wandte mich meinem hartnäckigen Verfolger zu. Abermals sah ich jedoch nichts als die leere Straße, kurz erhellt von den Rücklichtern eines vorbeifahrenden Wagens. Dann lag die Siedlung still und wie verlassen da.

Vergeblich kniff ich die Augen zusammen, obwohl ich wusste, dass die Laternen genügend Licht spendeten, um jeden Menschen in Hörweite auch problemlos sehen zu können – es sei denn, jemand wollte gar nicht gesehen werden. *Und vorausgesetzt, es handelt sich auch tatsächlich um ein normales menschliches Wesen,* schoss es mir durch den Kopf. Mein Herz flatterte heftig gegen meinen Brustkorb, und ich merkte, wie meine schwitzenden Hände das Papier der Tüte aufweichten.

Du bist paranoid!, schimpfte ich stumm mit mir selbst. Nachdem ich im Herbst innerhalb weniger Wochen zuerst von zwei Obdachlosen attackiert und später gekidnappt worden war, hatte ich eine Zeitlang unter schlimmen Alpträumen gelitten und in jedem Schatten einen Übeltäter zu erkennen gemeint. Seit meine Eltern allerdings mir zuliebe ihre Reisen auf ein Minimum reduziert hatten, war es mir gelungen, meine Ängste zu überwinden. Zumindest hatte ich das geglaubt. Es schien jedoch mit meiner seelischen Ausgeglichenheit nicht weit her zu sein, wenn ich mir schon einbildete, an einem so friedlichen Abend …

Wie ein eisiger Blitz fuhr der Schreck durch meinen Körper, als sich eine Gestalt aus der Silhouette eines parkenden Autos schälte. Die Gestalt eines Mannes, der langsam auf mich zukam. Ohne zu überlegen warf ich mich herum und rannte in Richtung Haltestelle, die Papiertüte an meine Brust gepresst. „*Verrückt – verrückt – verrückt*", schienen meine Füße auf den Asphalt zu trommeln, aber ich verringerte mein Tempo nicht, bis ich den wartenden Bus erreicht hatte. Mit einem Zischen schlossen sich die Türen hinter mir, und ich wankte zum nächstbesten Sitzplatz. Als der Wagen losfuhr, drückte ich meine Stirn gegen die kühle Fensterscheibe und starrte angestrengt in die Dämmerung hinaus. Ich war erfüllt von der irrationalen Erwartung, direkt in ein Paar kalter, blauer Augen zu sehen … doch zum dritten Mal fehlte von meinem Verfolger jede Spur, als hätte es ihn niemals gegeben.

***

Rasmus wohnte in einer Gegend, in der ein Quadratmeter Mauer ohne Graffiti schon beinahe als Rarität galt. Auf der eisernen Tür, durch die man direkt von der Straße in sein Apartment gelangen konnte, stand in weißer Sprühfarbe geschrieben: „*The reason angels can fly is because they take themselves lightly – G.K. Chesterton*", und Rasmus hatte hoch und heilig geschworen, nichts damit zu tun zu haben. Insgeheim bezweifelte ich allerdings, dass Männer wie jene, die gerade mit Bierflaschen in den Händen an mir vorbeizogen, das Wort „Engel" überhaupt kannten.

Lautstark hämmerte ich mit der flachen Hand gegen das Metall, aber nichts rührte sich. Als einer der Bierflaschenmänner sich wankend in meine Richtung zu bewegen begann, drückte ich probehalber die Klinke hinunter und stellte fest, dass Rasmus wieder einmal vergessen hatte, abzuschließen. Obwohl er seine Unverwundbarkeit losgeworden war, um in der irdischen Welt bleiben zu können, mangelte es ihm immer noch an einem gesunden

Misstrauen, das ihn daran gehindert hätte, mit bloßen Händen heiße Töpfe anzufassen oder sich vor Einbrechern in Acht zu nehmen. In diesem Fall kam mir seine Vertrauensseligkeit jedoch zugute, denn ich hatte absolut keine Lust, noch länger alleine in der Dunkelheit herumzustehen. Vorsichtig schob ich die Tür auf, um das schreckliche Quietschen der Scharniere zu vermeiden, und trat in die Wohnstube. Gerade als ich die Papiertüte und meine Umhängetasche auf dem Couchtisch abgeladen hatte, stoppte das Geräusch von fließendem Wasser, und wenig später kam Rasmus zusammen mit einer Dampfwolke aus dem Badezimmer. Er trug nur ausgebeulte Jeans, die locker auf seinen Hüften hingen, und rubbelte sich soeben mit einem Handtuch die Haare trocken.

„Lily!", sagte er perplex, als er mich entdeckte. „Wenn ich gewusst hätte, dass du so früh kommst, hätte ich …", hier schien er sich wieder zu fangen und schloss spöttisch: „… auch die Hose weggelassen." Die Überraschung verschwand aus seinem Gesicht und wurde von einem Ausdruck abgelöst, der ein Kribbeln in meinem Inneren hervorrief. Mit zwei langen Schritten war er bei mir und schaute auf mich herunter. „Schön, dass du da bist."

„Hallo", murmelte ich, während meine Hände zu seinem Oberkörper wanderten. Rasmus war immer noch so gebaut, dass jeder ihn für einen regelmäßigen Besucher im Fitness-Studio gehalten hätte, aber er war in den vergangenen Monaten doch schmaler geworden, sodass ich seine Rippen ertasten konnte. Ich fuhr über seine glatte Haut, die eine fast fiebrige Wärme ausstrahlte, und verschränkte dann die Finger hinter seinem Rücken.

„Ziemlich heiß", rutschte es mir heraus, bevor ich den genauen Wortlaut überdenken konnte.

Rasmus' Mund verzog sich zu einem Grinsen. „Wem sagst du das."

„Nein, so hab ich das nicht … also, das auch, aber", ich räusperte mich, „ich meinte eigentlich deine Körpertemperatur. Geht's dir gut?"

„Und wie." Er umschlang mit einem Arm meine Taille und legte mir die freie Hand an die Wange – eine beschützende Geste, die gar nicht zu seinem frechen Tonfall passte. Nach der unvernünftigen Panik, die mich zuvor überwältigt hatte, fühlte ich mich in seiner Nähe so geborgen, dass sich die Frage wie von selbst ihren Weg nach draußen bahnte:

„Rasmus? Was du gestern über Sam gesagt hast … ist es denn wirklich ausgeschlossen, dass er zurückkehrt?"

Ich konnte spüren, wie sich seine Muskeln anspannten. Trotzdem klang seine Stimme ruhig, als er antwortete: „Ja, hundertprozentig. Nachdem Samael zum zweiten Mal beinahe den Tod eines Menschen verursacht hätte, wurde ihm der Status als Lichtwesen aberkannt, und er gehört nun offiziell zu den dämonischen Bewohnern der Schattenwelt. Die Verbannung dorthin ist endgültig, es gibt keinen Weg heraus." Jetzt löste er sich von mir, um in mein Gesicht zu sehen. „Warum fragst du?"

„Ach, nur so", erwiderte ich hastig und versuchte ihn wieder näher an mich heranzuziehen. Auf einmal kam mir meine Sorge unendlich dumm vor – ein Produkt meiner überreizten Nerven, weiter nichts. „Es interessiert mich einfach, wie das bei euch so abläuft, verstehst du?"

Nicht unsanft, aber doch bestimmt hielt Rasmus mich weiterhin auf Abstand, während sich der Blick seiner dunklen Augen in meine bohrte. Seine Brauen hatten sich ein klein wenig zusammengeschoben, und ich begann unbehaglich, mein Gewicht von einem Bein auf das andere zu verlagern.

„Oder", fragte er zögernd, als wollte er jedes seiner Worte abwägen, „ist es vielleicht … weil du ihn vermisst?"

Obwohl ich geahnt hatte, dass es sich hierbei um ein heikles Thema handelte, traf mich das wie aus heiterem Himmel. „Natürlich nicht! Ich meine – wie könnte ich …"

„Lily", unterbrach er mich, „ich versteh schon. Du warst mit ihm befreundet und alles. Ist bestimmt schwer, das zu vergessen. Aber ich will nur, dass du auch daran denkst, was er dir angetan hat. Was er uns beiden angetan hat."

Hitze kroch in meine Wangen, und ich schaute beschämt auf meine Füße. Wie hatte ich nur so selbstsüchtig sein können, Sam überhaupt zu erwähnen? Immerhin hatte er mich nicht nur entführen und foltern lassen, sondern auch alles daran gesetzt, Rasmus ein ewiges Dasein in der Hölle zu bescheren! Es wurde wirklich Zeit, dass ich mit der Vergangenheit abschloss und aufhörte, andere mit meiner blühenden Fantasie zu belästigen.

„Ist schon gut", sagte ich und bemühte mich dann um einen möglichst raschen Themenwechsel. „Hast du Lust, was zu essen? Ich hab uns ein paar Burritos mitgebracht."

In einem Tempo, das Jinxy auf der Jagd nach Schokomousse alle Ehre gemacht hätte, schnappte mir Rasmus die Papiertüte weg und steckte eine Sekunde später bis zu den Ellenbogen darin. „Hast du? Oh Mann, Lily, danke! Ich bin sowieso am Verhungern. Und dann auch noch mit Guacamole – ich liebe dich!"

Mit nur einem Bissen verschlang er die Hälfte eines Burritos, während ich wie vom Donner gerührt dastand. Es kam mir so vor, als wären seine Worte mit Gas gefüllte Luftballons, die um meinen Kopf schwebten und immer wieder andockten.

„Einen Augenblick", wisperte ich, sobald ich mich aus meiner Starre gelöst hatte, „ich hole nur schnell Besteck …" (Ernsthaft? Für *das* Fingerfood schlechthin?

Herzlichen Dank auch, Gehirn!) – damit stolperte ich in die Kochnische und lehnte mich kraftlos gegen den Herd.

Er hatte es gesagt. Er hatte die drei magischen Worte gesagt, und sie galten zu gleichen Teilen mir wie ein paar gefüllten Teigrollen.

***

„*Und dann auch noch mit Guacamole – ich liebe dich?*" Jinxys meckerndes Gelächter war so laut, dass sich einige andere Schüler verwundert nach uns umdrehten.

„Das ist nicht witzig", schnaufte ich und bereute es schon fast, ihr von dem Burrito-Desaster erzählt zu haben. Den ganzen Vormittag lang hatte ich mich standhaft geweigert, ihr zu verraten, wie mein Abend mit Rasmus verlaufen war, aber schließlich hatte ich es nicht mehr ausgehalten. Leider war Jinxy mal wieder nicht in der Lage, ihre etwas schrille Stimme zu dämpfen, obwohl wir so dicht gedrängt saßen, dass der Klassenraum fast aus den Nähten platzte. Professor Osorio hatte angeordnet, dass sämtliche Exkursionsteilnehmer in der letzten Schulstunde eine Informationsveranstaltung über die Mondfinsternis besuchten, aber er hatte wohl kaum einen solchen Ansturm erwartet. Als Rasmus hereinkam und mir von der Tür aus zulächelte, war ich allerdings ganz froh, dass alle Stühle in der Nähe besetzt waren und er unsere Unterhaltung nicht hören konnte. Weniger erfreulich fand ich, dass ausgerechnet Eric und seine beiden Kumpel Tom und Mark in der Reihe hinter uns saßen und einen unerträglich blöden Witz nach dem anderen rissen. Ich neigte mich noch weiter in Richtung des Pacman-Steckers, den Jinxy im linken Ohrläppchen trug, und flüsterte:

„Es war eine absolut schreckliche Situation! Ich weiß nicht, ob ihm überhaupt bewusst war, was er da gesagt hat. Und natürlich gab es keine Gelegenheit, es zu erwidern! Von wegen, den richtigen Moment abpassen!"

„Tut mir leid", gluckste meine liebe Freundin und legte sich die Hand auf die Lippen, doch ihr Grinsen war zu breit, um es zu verstecken. „Stell dir nur mal vor, du hättest auch Nachtisch mitgebracht ... da hättest du glatt einen Heiratsantrag von ihm bekommen!"

Ich knuffte sie in die Seite, was nur eine weitere Lachsalve bei ihr auslöste. Zu meiner Erleichterung hängte Professor Osorio nun ein Bild von Himmelskörpern an die Tafel und begann mit dem Unterricht.

„Ich freue mich, dass Sie so zahlreich erschienen sind, obwohl mich das allgemeine Interesse an Astronomie doch ein wenig überrascht", meinte er und schaute vielsagend zu Jinxy, die gerade dabei war, einen Burrito mit Herzchenaugen auf die Tischplatte zu zeichnen.

„Was – ich?", fragte sie etwas überrumpelt. „Also bitte, ich lese jeden Tag mein Horoskop!"

Der Biologielehrer verzichtete darauf, ihr den Unterschied zwischen Astronomie und Astrologie zu erläutern, und wandte sich mit einem Seufzen wieder an alle Anwesenden.

„Was wir morgen miterleben dürfen, ist die längste totale Mondfinsternis seit über zehn Jahren. Der Mond wandert dabei durch den Kernschatten der Erde, also jenen Bereich, in dem das Sonnenlicht fast vollständig abgeschirmt wird. Währenddessen wird er für unsere Augen eine rötlich-braune Farbe annehmen. Kann mir jemand sagen, wie man dieses Erscheinungsbild nennt?"

Meine Hand schoss in die Luft. „Blutmond", verkündete ich zufrieden, nachdem ich aufgerufen worden war. Gegen meinen Willen musste ich danach mitanhören, wie Eric einen geschmacklosen Witz machte, in dem die Worte *Blut* und *Monat* eine Rolle spielten – manchmal fragte ich mich ernsthaft, wie lange die Galilei High wohl noch ihren Ruf als Eliteschule behalten würde.

„Sie alle haben die Aufgabe", fuhr Professor Osorio mit erhobener Stimme fort, „den Ablauf der Mondfinsternis genauestens zu dokumentieren. Dies kann zum Teil schriftlich geschehen, doch auch Fotos sind willkommen."

„Hör mal", tuschelte Eric hinter uns und bohrte Jinxy seinen Kugelschreiber in den Rücken. „Wieso wurde noch nie eine Frau auf den Mond geschickt? – Weil dort nicht geputzt werden muss!" Die drei Jungs kicherten wie Zehnjährige, und meine Freundin zeigte ihnen den Mittelfinger, ohne sich umzudrehen. Zu Beginn des Schuljahres hatte sie sich gut mit Eric verstanden, aber mittlerweile war auch ihr klargeworden, was für ein nerviger Zeitgenosse er war.

Professor Osorio, der zu Recht befürchtete, die Aufmerksamkeit der Klasse bald vollständig zu verlieren, nahm Abschied von den Naturwissenschaften und versuchte sein Glück mit der Sagenwelt.

„Seit jeher gilt der Blutmond als böses Omen. Schon die alten Ägypter hielten ihn für den Vorboten von Krieg und Leid, und in China sagt man noch heute, dass bei einer totalen Mondfinsternis ein Drache den Mond zu verschlingen droht und durch Lärm in die Flucht geschlagen werden muss. Oft heißt es auch, dass unter dem Blutmond Dämonen ihr Unwesen treiben, Tote sich aus ihren Gräbern erheben und Vampire und Werwölfe zum Leben erwachen."

Einige Sekunden lang herrschte absolute Stille, bis Eric und Co. ein Geheul anstimmten. Auch unter einigen Mädchen breitete sich nun Heiterkeit aus – der arme Professor Osorio hatte wohl keine Ahnung, dass Vampire und Werwölfe heutzutage nichts mehr waren, was man mit Unheil in Verbindung brachte. In Windeseile bildeten sich drei Fraktionen, in denen die Vorzüge der Schauspieler aus *Twilight, Vampire Diaries* und *True Blood* erörtert wurden.

„Eric ist soo sexy", seufzte ein Mädchen aus der dritten Fraktion, und unser Mitschüler Eric, der nicht verstanden hatte, worum es ging, warf sich stolz in die Brust.

Von da an war die Kurseinheit so gut wie gelaufen. Hilflos plapperte Professor Osorio vor seiner Schautafel weiter, doch obwohl ich mir wirklich alle Mühe gab, konnte ich über den Lärm meiner Klassenkameraden hinweg kein einziges Wort verstehen. Erst ganz am Schluss der Stunde verschaffte sich der Biolehrer wieder Gehör, indem er dreimal in die Hände klatschte.

„Es ist sicherlich unnötig zu erwähnen, aber pro forma möchte ich nun doch klarstellen, dass es Jungen und Mädchen selbstverständlich nicht gestattet sein wird, gemeinsam in einem Zelt zu schlafen."

Damit versetzte er den meisten seiner Zuhörer (und ihrer Faszination für Astronomie) einen so gewaltigen Dämpfer, dass die letzten paar Minuten vergleichsweise ruhig über die Bühne gingen. Ich hätte schwören können, dass ein schadenfrohes kleines Grinsen um Professor Osorios Lippen spielte, als er den Unterricht beendete.

Jinxys Begeisterung konnte man jedoch nicht so einfach trüben. Auf der Heimfahrt im Bus sprach sie nur von dem Campingtrip, und schließlich gelang es ihr, mich mit ihrer Vorfreude anzustecken. Während ich von der Haltestelle heimwärts ging, grübelte ich sogar darüber nach, ob ich es wagen konnte, meinen Snoopy-Pyjama mitzunehmen. Ich wollte gerade die Haustür aufsperren, als mein Blick auf den Schlitz im Briefkasten fiel, aus dem mir die Werbeprospekte schon beinahe entgegenquollen. Wahrscheinlich war wieder einmal ein Buchpaket für mich geliefert worden, das nun einen Großteil des Platzes einnahm. Mit der üblichen Spannung bestellfreudiger Leseratten öffnete ich die Klappe und wurde gleich darauf von einem Schwall bunt bedruckten Papiers übergossen. Obwohl es mich in den Fingern juckte, den verheißungsvollen Karton im hinteren Teil des Briefkastens hervorzuholen, ging ich seufzend in die Hocke und sammelte das verstreute Werbematerial ein.

„Kann ich dir helfen?“

„Ja, bitte“, sagte ich erleichtert, bevor ich einen Stoß Prospekte in Richtung der Hand hielt, die sich mir entgegenstreckte. Dann erst sah ich hoch, und es war, als würde meine glückliche kleine Welt, die sich soeben noch um Schulausflüge und Packlisten gedreht hatte, plötzlich zum Stillstand kommen.

„Guten Abend, Lily“, sagte Sam.

2. Kapitel

Ich starrte ihn an, die Arme immer noch voller Papier, und konnte nur daran denken, wie *normal* er aussah. Eine widerspenstige blonde Locke hing ihm in die Augen, genau wie damals, als ich in der Cafeteria zum ersten Mal mit ihm gesprochen hatte. Zu seinen Jeans trug er eines seiner typischen Karohemden aus Flanell. Ich wusste nicht, was ich erwartet hatte, aber diese merkwürdige Vertrautheit erschreckte mich mehr, als wenn er mir völlig fremd geworden wäre.

„Was tust du hier?", fragte ich tonlos.

„Ist das nicht offensichtlich?", gab Sam zurück. „Ich besuche eine alte Schulfreundin, die ich viel zu lange nicht gesehen habe."

Während er sprach, versuchte ich unauffällig die Post unter meinem Ellenbogen einzuklemmen und nach meinem Handy zu greifen, das in meiner Jackentasche steckte – doch Sam schaute demonstrativ nach unten, sodass ich mitten in der Bewegung erstarrte.

„Nein", sagte ich etwas lauter und hoffte, damit seine Aufmerksamkeit wieder auf mein Gesicht zu lenken. „Ich meinte, wie hast du es überhaupt geschafft, zu entkommen?"

„Wegen guter Führung entlassen."

Zu meiner Überraschung gelang mir ein spöttisches Schnauben. „Du erwartest doch nicht ernsthaft, dass ich dir das abkaufe!"

„Tja", erwiderte Sam nachdenklich und legte den Kopf schief, „du hast dich doch in der Vergangenheit als sehr vertrauensselig erwiesen, nicht wahr?"

„Das hat sich aber geändert, nachdem du mich beinahe umgebracht hättest!"

Sam lächelte charmant. „Ach, lass doch mal die alten Geschichten", sagte er und trat einen Schritt auf mich zu.

Ich wich zurück, wobei die Prospekte erneut zu Boden flatterten. „Wenn du noch einen Zentimeter näher kommst, schreie ich nach meinen Eltern!", drohte ich und verfluchte insgeheim das Zittern in meiner Stimme.

„Sei doch nicht albern", antwortete er in gleichbleibend heiterem Tonfall. „Alle Fenster sind dunkel. Wir wissen beide, dass gerade niemand zu Hause ist."

Wie zum Beweis für seine Vermutung streckte er die Hand aus und fuhr damit über meine Wange. Seine Fingerspitzen malten eine eisige Spur auf meine Haut, und ich presste mit aller Kraft meine Kiefer zusammen. „War übrigens gar nicht so einfach, dich alleine anzutreffen", sprach Sam sanft weiter. „Ich habe es schon gestern versucht, aber da wurde ich ständig von Augenzeugen gestört. Dein Freund bereitet mir sogar noch größere Schwierigkeiten: Bei der Schule kann ich nicht auf ihn warten, weil man mich dort erkennen würde, und sonst war nirgendwo eine Spur von ihm zu entdecken. Also muss ich dich darum bitten, ein Treffen zwischen uns zu arrangieren."

„Ich lasse dich nicht mal in die Nähe von Rasmus!", stieß ich hervor.

In der nächsten Sekunde stürzte ich nach hinten, und mein Kopf schlug gegen die Hauswand. Sam hatte seinen Unterarm quer über meinen Hals gelegt, sodass ich röchelnd nach Atem rang. „Ich glaube, dass du es doch tun wirst. Alten Freunden darf man nichts abschlagen – und ich soll doch nicht zu Ende bringen, was ich damals im Steinbruch mit dir begonnen habe, oder?" Der Druck an meiner Kehle verstärkte sich. „Hast du mich verstanden, Lily?“

Ich erwiderte seinen Blick, unfähig zu antworten oder auch nur zu nicken, doch der panische Ausdruck in meinem Gesicht schien ihm zu genügen. Abrupt zog er seinen Arm weg, und mein Oberkörper sackte nach vorne. Während ich mich japsend auf meine Knie stützte, durchquerte Sam seelenruhig den Vorgarten, als hätte er mir tatsächlich nur einen kleinen Freundschaftsbesuch abgestattet.

„Morgen um halb zehn vor dem *Netherworld* würde es mir passen“, rief er über die Schulter zurück, ehe er in einen Joggingschritt verfiel. Trotz seiner lockeren Bewegungen hatte er im Handumdrehen das Ende der Straße erreicht. Dort wurde er von der Dunkelheit verschluckt.

Mit bebenden Fingern schob ich den Schlüssel ins Schloss und blinzelte dabei gegen die Hitze an, die in meine Augen drängte. Erst nachdem ich die Tür hinter mir zugeworfen hatte und daran zu Boden gerutscht war, ließ ich meinen Tränen freien Lauf. Wirre Gedankenfetzen schossen mir durch den Kopf, und es dauerte eine Weile, bis ich einen davon festhalten konnte:

Anrufen. Ich musste irgendjemanden verständigen und um Hilfe bitten, aber wen? Meine Eltern? Die Polizei? Und was sollte ich sagen – etwa: *„Ein Bekannter von früher ist hier aufgetaucht und führt bestimmt etwas Böses im Schilde. Woher ich das weiß? Nun, er kommt direkt aus der Hölle …“*

Meine Finger verkrampften sich um das Handy, während mir die Ausweglosigkeit meiner Lage vollständig zu Bewusstsein kam. Es gab nur eine Person, eine einzige Person auf dieser Welt, die mir möglicherweise Glauben schenken würde … und genau diesem Menschen durfte ich nichts von alledem erzählen. Rasmus würde nicht zulassen, dass Sam erneut hierherkam und mich bedrängte. Er würde das Treffen durchführen wollen, obwohl er in seinem jetzigen Zustand rein gar nichts gegen Sam ausrichten konnte. Welche Chancen hatte ein Normalsterblicher schon gegen einen Dämon?

Als hätte Rasmus meine Gedanken gelesen, läutete in diesem Moment mein Telefon. Das Geräusch ließ mich zusammenfahren, und mein „Hallo?“ klang eher wie ein Hilferuf als wie ein Gruß.

„Lily? Alles in Ordnung mit dir?“

Die Besorgnis in seiner Stimme zu hören, ließ die Tränen nur noch schneller über meine Wangen strömen. Langsam atmete ich aus und antwortete erst, als ich mir sicher war, halbwegs normal sprechen zu können: „Natürlich, ich bin gerade nach Hause gekommen. Was gibt's?“

„Ich habe mir überlegt, dass ich dich morgen Nachmittag mit dem Auto abholen könnte. Dann musst du dein ganzes Zeug fürs Campen nicht mit dem Bus transportieren.“

„N-nicht nötig. Ich hab gar nicht so viel Gepäck.“

Rasmus lachte. „Und das von dem Mädchen, das sogar zum Schulball ein Buch mitgebracht hat? Komm schon, ich mache das wirklich gern.“

„Nein!“, wehrte ich heftiger ab als geplant. Rasmus durfte nicht hier aufkreuzen, so lange die Gefahr bestand, dass Sam sich ganz in der Nähe aufhielt. „Falls ich Hilfe brauche, kann ich ja auch meine Eltern fragen. Wir sind doch sowieso von morgen Abend bis Sonntagmittag zusammen, da müssen wir wirklich nicht unbedingt gemeinsam fahren!“

Zu spät wurde mir klar, wie abweisend meine Worte wirkten. „Klar, wie du willst“, sagte Rasmus knapp. „Bis morgen.“

Er legte auf, und ich fühlte mich gleich noch verlassener als zuvor. Mein Entschluss stand jedoch fest: Ich würde Sam das ganze Wochenende lang mit keiner Silbe erwähnen. Sollte er doch vor dem *Netherworld* warten, bis er schwarz wurde! Allerdings blieb die Frage, wie es nach dem Campingausflug weiterging …

Ich schlang die Arme fest um meine angewinkelten Knie und versuchte so meine Angst niederzukämpfen, bis meine Eltern von der Arbeit kamen. Als ich die beiden auf der Vordertreppe hörte, machte ich einen Satz von der Tür weg und wischte mir über die Augen, aber trotzdem war mir wohl anzusehen, dass etwas nicht stimmte.

„Hast du geweint?“, fragte meine Mutter, kaum dass sie in den Flur getreten war. „Ist es wegen dieses Jungen?“

Mein Vater stupste sie mit dem Ellenbogen an und tuschelte ihr etwas zu, das sich wahrhaftig wie *Rudolphus* anhörte.

„Alles bestens, ich … ich hab nur mal wieder *Die Brücken am Fluss* gelesen“, log ich, worauf meine Mutter mit einem bekümmerten Kopfschütteln reagierte.

„Ach, Schätzchen, das solltest du doch nicht mehr.“

„Schon okay. Ich geh jetzt mal nach oben, für morgen muss ich nämlich noch die ganzen Unterlagen über die Mondfinsternis durcharbeiten …“

Schnell stieg ich die Treppe hinauf und verdrückte mich in mein Zimmer, um weiteren Fragen zu entgehen. Zur Ablenkung kramte ich tatsächlich die Infoblätter hervor, die Professor Osorio ausgeteilt hatte, und setzte mich damit auf mein Bett – nur um wenige Minuten später wieder aufzuspringen und zum Fenster zu laufen. Ich schaute eine Weile in den Garten hinunter, der vom beinahe vollen Mond in ein gelbliches Licht getaucht wurde, dann zog ich die Vorhänge lückenlos zusammen. Es nützte allerdings nicht viel: Die Furcht, beobachtet zu werden, ließ sich nicht vertreiben.

***

Am nächsten Morgen fühlte ich mich nach dem Aufwachen wie zerschlagen. Ich hatte den Eindruck, während der ganzen Nacht niemals länger als eine Stunde am Stück geschlafen zu haben, weil ich immer wieder aus meinen wirren Träumen hochgeschreckt war. Auch jetzt war ich viel zu aufgewühlt, um mich noch einmal im Bett umzudrehen. Stattdessen zog ich mich rasch an und packte danach ungefähr fünfmal meinen Rucksack, bis ich den Reißverschluss endlich komplett zubekam.

Um acht Uhr, als meine Mutter mit zerzausten Haaren in die Küche schlurfte, saß ich bereits am Tisch und versuchte, mich auf das Buch zu konzentrieren, das am Vortag geliefert worden war. Auch wenn mir das ungewöhnlich schwerfiel, konnte ich so wenigstens die Zeit totschlagen, bis mich mein Vater gegen siebzehn Uhr zum Treffpunkt bei der Schule fuhr.

Auf dem Parkplatz wartete bereits ein Bus, der alle Exkursionsteilnehmer zu einer Wiese am Stadtrand bringen sollte. Ich hievte meinen Rucksack hinein und suchte einen freien Platz. In der letzten Reihe entdeckte ich Rasmus, der nur kurz die Hand hob, als sich unsere Blicke trafen. Am liebsten wäre ich gleich zu ihm geeilt, aber unser Telefongespräch lag mir immer noch schwer im Magen, und ich wusste nicht, ob ich meine Beunruhigung wegen Sam glaubhaft überspielen konnte.

Jinxy erschien neben mir und griff nach meinem Arm – natürlich war ihr meine Unsicherheit nicht entgangen. „Süße, ziehen da etwa dunkle Wolken über dem Liebesparadies auf?", fragte sie neugierig.

Zögernd schüttelte ich den Kopf. „Ich glaube nicht."

„Du glaubst?", wiederholte Jinxy. „Das solltest du mal lieber ganz schnell klären! Wenn du nämlich immer noch auf den perfekten Moment für Romantik wartest, gibt es dafür wohl keine bessere Gelegenheit als einen Campingausflug. Könnte doch sein, dass dir dein Liebster nachts einen Besuch in deinem Zelt abstattet. Oh ja, bestimmt, das fühle ich im kleinen Zeh!"

Verlegen zog ich den Kopf ein und drängte Jinxy auf eine freie Sitzbank im vorderen Teil des Busses. Ich konnte nur hoffen, dass ihre Bemerkung von der letzten Reihe aus nicht zu hören gewesen war. „Das hat Professor Osorio doch verboten! Und außerdem – du und ich teilen uns das Zelt!"

„Ach, ich schlafe immer wie ein Stein", entgegnete sie und bewies damit einmal mehr das Zartgefühl einer Weinbergschnecke. „Du hast doch nicht deinen *Hello-Kitty*-Schlafanzug mitgenommen, oder?"

„Nein."

Jinxy nickte zufrieden, aber dann runzelte sie die Stirn und sah mich noch einmal scharf an. „*Snoopy* vielleicht?"

„Natürlich nicht!", zischte ich. Meine Mutter hatte mir einen unauffälligen blauen Trainingsanzug geliehen, doch um Modefragen machte ich mir nun wirklich keine Sorgen. Mal abgesehen davon, dass Jinxy auf diesem Gebiet wohl kaum die richtige Ansprechperson war.

Als der Bus losfuhr, rutschte ich noch etwas tiefer in meinen Sitz und ließ meine Freundin über die bevorstehende Nacht phantasieren, ohne sie zu unterbrechen. Sie hatte ja keine Ahnung, dass Romantik das Letzte war, was ich mir von diesem Ausflug versprach – ich hatte eher das Gefühl, als wäre ich auf der Flucht. Keine Sekunde lang zweifelte ich daran, dass Sam nur eines im Sinn haben konnte: Rache. Aber durfte er denn einen weiteren Fehltritt riskieren, nachdem er aus der Schattenwelt entlassen worden war? Und wie hatte er das überhaupt geschafft? Rasmus war doch felsenfest davon überzeugt gewesen, dass es aus der Hölle kein Zurück gab! Hier, umringt von fröhlich plaudernden Jugendlichen, erschien mir das auch um ein Vielfaches glaubwürdiger als die Realität ... wäre da nicht die Stelle an meiner Kehle gewesen, die bei Druck immer noch schmerzte.

Ich hatte kaum bemerkt, dass der Bus die letzte Reihenhaussiedlung hinter sich gelassen hatte. Schließlich kam er auf einem staubigen kleinen Parkplatz zum Stehen, und noch ehe sich die Türen öffneten, drängten meine Mitschüler bereits zu den Ausgängen. In einem Gewühl aus Armen, Beinen und Rucksäcken stolperten wir ins Freie.

„Sieht nicht gut aus." Ich deutete zum wolkenverhangenen Himmel, doch Jinxy hörte mir gar nicht zu. Aufgeregt hopste sie über die Wiese, die sich am Rand eines Waldes erstreckte, und nahm alles genau in Augenschein. Ihre Vorfreude steigerte sich sogar noch, als Professor Osorio anordnete, dass wir uns nun zu zweit oder zu dritt zusammenschließen und die Zelte aufschlagen sollten.

„Eine Leihgabe des Pfadfindervereins", erklärte er, „gehen Sie also bitte sorgsam damit um. Zunächst benötige ich ein paar kräftige junge Herren, die die Zeltstangen auf den Campingplatz transportieren."

„Hier ist Ihr Mann", posaunte Eric und wies mit dem Kinn auf Rasmus, der soeben aus dem Bus gestiegen war. „Unser Mr. Universum schafft das mit links!"

Rasmus blieb stehen und schob unschlüssig die Hände in die Taschen seiner schwarzen Jeans. Jeder der Umstehenden begriff, dass Eric nur auf Streit aus war – jeder, bis auf Professor Osorio.

„Das wäre sehr nett, danke für Ihre Hilfsbereitschaft", sagte der Biolehrer ahnungslos und öffnete die Seitenklappe des Busses. „Aber seien Sie vorsichtig, die Dinger sind wirklich schwer."

Achselzuckend trat Rasmus näher, und ich spähte an ihm vorbei in das Gepäckfach. Die Stangen steckten für jedes Zelt portioniert in länglichen Leinensäcken, welche zu einem riesigen Bündel verschnürt waren. Daneben lag der Transportkoffer eines Teleskops, mit dem Professor Osorio gleich davonteilte, um den idealen Standort zu suchen.

Nachdem Rasmus die Ärmel seines Sweaters bis zu den Ellenbogen hochgestreift hatte, griff er nach dem Seil, das die einzelnen Säcke zusammenhielt, und versuchte es zu lösen. Augenblicklich schaltete sich Eric ein, der mit seinen Freunden jede Bewegung des gemeinsamen Teamkollegen beobachtete.

„Schaffst du es etwa nicht, alles auf einmal zu tragen?", spottete er. „Mann, langsam mache ich mir echt Sorgen. Du hast ja auch in Basketball ganz schön abgebaut, was?"

„Er ist immer noch besser als du", warf Mark ein, doch das reichte nicht, um Eric in die Schranken zu weisen. Rasmus hatte inzwischen von dem Seil abgelassen und seine Arme um das Bündel gelegt. Er ging in die Knie und hob es vorsichtig an, wobei seine Muskeln deutlich hervortraten. Sobald er die Stangen aus dem Gepäckfach gehievt hatte, verließ ihn offenbar die Kraft, und er setzte seine Last wieder ab.

„Ich helfe dir", bot Jinxy fröhlich an, ohne zu begreifen, dass sie mit ihren 1,55 Metern die Situation für Rasmus nicht gerade besser machte. Prompt brachen Eric, Tom und Mark in wieherndes Gelächter aus.

„Geht schon", hörte ich Rasmus leise sagen, und sein Tonfall war nicht so gutmütig wie sonst, wenn er mit meiner Freundin sprach. Erneut umfasste er das ausladende Paket und stemmte es in die Höhe, bis er es auf seiner Schulter abstützen konnte. Mit schweren Schritten bewegte er sich zur Mitte der Wiese, während ich mir den Kopf darüber zerbrach, wie ich reagieren sollte. Oder ob ich überhaupt reagieren sollte, um genau zu sein. Immerhin hatte Rasmus mich nicht ein einziges Mal angesehen. Mit einem flauen Gefühl im Bauch erinnerte ich mich daran, wie er schon als verbannter Engel unter der Einschränkung seiner gewohnten Fähigkeiten gelitten hatte – und in den vergangenen Monaten als Mensch hatte er noch einen weiteren Teil seiner Kraft eingebüßt.

„He, Blödmann“, riss Jinxy mich mit ihrer schrillen Stimme aus meinen Gedanken und fixierte dabei Erics aschfahles Haar. „Weißt du was? Wenn ich dich so anschaue, scheint es tatsächlich wahr zu sein, was man über Blondinen sagt!“

Sprach's, schwang selbstbewusst ihre sieben hellen Zöpfchen und ließ die drei verdatterten Jungs einfach stehen. Sofort wurde ich von einer Woge aus Zuneigung für meine seltsame Freundin überrollt, auch wenn sie sich gerade mit einer Mitschülerin um eines der absolut identischen Zelte kabbelte. Nachdem ich sie davon überzeugt hatte, mit einem anderen Leinensack vorlieb zu nehmen, wählten wir einen Platz nahe des Waldes, um unsere Behausung für die Nacht aufzustellen. Aus dem Augenwinkel beobachtete ich, wie Rasmus sich am gegenüberliegenden Rand der Wiese zusammen mit einem seiner Teamkollegen ebenfalls daran machte, ein Zelt aufzubauen. Die angespannte Stimmung schien zum Glück verflogen zu sein.

Vierzig schweißtreibende Minuten später betrachteten Jinxy und ich unser Werk.

„Es sieht komisch aus“, stellte ich fest.

Jinxy rüttelte an einer der Stangen. „Hauptsache, es hält.“

„In der Mitte hängt das Zeltdach fast bis zum Boden.“

„Das muss sicher so sein.“

„Und quer über den Eingang läuft eine Spannleine!“

„Sei froh, das wehrt die Bären ab“, gab sie zurück, und ehe ich ihr sagen konnte, dass der nächste Bär einige Kilometer entfernt im Zoo saß, hatte sie sich auch schon aus dem Staub gemacht. Seufzend verfrachtete ich meinen Rucksack ins Innere des missglückten Zelts und folgte meiner Freundin dann zur Mitte der Wiese, wo ein paar unserer Mitschüler Holz aufgeschichtet hatten. Natürlich ernannte sich Jinxy selbst zur Brandmeisterin und füllte die Lücken zwischen den Ästen eifrig mit etwas, das ganz wie die Infoblätter über die Mondfinsternis aussah. Es dauerte zwar eine halbe Ewigkeit und kostete beinahe drei Streichholzschachteln, aber schließlich züngelte ein kleines Flämmchen empor.

„Es brennt, es brennt!“, jubelte Jinxy und tanzte wie ein wildgewordenes Rumpelstilzchen im Kreis herum – bis der erste dicke Regentropfen in der Feuerstelle landete. Lautes Stöhnen von allen Seiten war die Reaktion. Professor Osorio machte sich hektisch daran, seine Fotoausrüstung und das Fernrohr in Sicherheit zu bringen.

„Begeben Sie sich bitte alle in Ihre Zelte“, befahl er dabei. „Vielleicht haben wir ja eine Chance, den Mond zu bewundern, sobald der Regen sich verzogen hat!“

Mit einiger Anstrengung gelang es mir, Jinxy von dem Flämmchen wegzuholen, welches sie mit ihrem Körper vom Regen abzuschirmen versucht hatte, und sie in unser Zelt zu bugsieren. Jetzt zeigte sich, dass der eigenwillige Aufbau nicht nur optische Nachteile hatte, sondern auch die Bequemlichkeit deutlich einschränkte: Wir mussten uns um das hängende Zeltdach herumschlängeln wie Aale, damit wir die Schlafsäcke ausrollen und hineinkriechen konnten.

„So hatte ich mir das wirklich nicht vorgestellt“, grummelte Jinxy und ließ den Kopf auf ihr neongrünes Kissen plumpsen. „Ich wollte heute Abend am Lagerfeuer sitzen, Marshmallows rösten, Wahrheit oder Pflicht spielen ..."

„Und die Mondfinsternis studieren, nicht zu vergessen", warf ich ein, doch meine Freundin beachtete mich überhaupt nicht.

„Jetzt sitzen wir hier fest, ganz ohne Fernseher oder Jungs", jammerte sie weiter. „Aber warte nur, mir wird schon was einfallen. Wir machen uns sogar in diesem Zelt unseren Spaß, versprochen!" Danach schwieg sie und schien darüber nachzudenken, worin genau dieser Spaß bestehen sollte. Als ich wenig später zu ihr hinübersah, um vorzuschlagen, dass wir einfach etwas lesen könnten, war sie tatsächlich eingeschlafen und nuschelte im Traum vor sich hin. „Oompa Loompa, doompadee-doo", glaubte ich zu verstehen.

Missmutig verschränkte ich die Arme im Nacken und lauschte auf das Kichern und die gedämpften Stimmen, die aus den umliegenden Zelten kamen. Unter den prasselnden Regentropfen wölbte sich die Dachplane noch mehr, bis sie beinahe meine Nasenspitze berührte. Außerdem musste irgendetwas in meinen Schlafsack geschlüpft sein, das mich jetzt an den Füßen kitzelte. In diesem Augenblick stellte ich fest, dass es wohl viele Menschen gab, die liebend gern in freier Natur nächtigten, dass ich aber ganz gewiss nicht dazugehörte. Es verbesserte meine Laune auch nicht wesentlich, als mir Jinxy im Schlaf eine Hand ins Gesicht klatschte.

„Aufs Maul, Matrose", murmelte sie äußerst passend, ehe sie selig weiterschnarchte. Es klang wie eine rostige Fahrradpumpe, und zu allem Überfluss wurde dieses Geräusch bald von einem nervigen Rascheln begleitet, dessen Ursache ich anfangs nicht feststellen konnte. Ich richtete mich halb auf, wobei mein Kopf sich in die hängende Plane bohrte – und gefror in dieser Position, als mir klarwurde, dass sich jemand von außen an unserem Zelt zu schaffen machte. Eine Sekunde lang dachte ich tatsächlich an Jinxys Bärentheorie, erst danach fiel mir ein, dass ich etwas ganz anderes zu befürchten hatte. Beklommen griff ich nach meinem Handy und ließ das Display aufleuchten, um die Uhrzeit abzulesen: Es war kurz vor neun, Sam musste jetzt auf dem Weg zum *Netherworld* sein. Ich unterdrückte meine Panik und zwang mich, ruhig zu fragen: „Wer ist da?"

„Ich bin's nur", drang Rasmus' Stimme durch die Plane. „Euer Zelt sieht komisch aus."

„Das muss so sein", wisperte ich und strich hastig meine zerrauften Haare glatt. „Was möchtest du denn?"

„Dich entführen." Er ruckelte noch ein wenig am Reißverschluss, dann ließ sich die Klappe endlich öffnen. Unter der verirrten Spannleine funkelten mir Rasmus' Augen entgegen. „Es hat aufgehört zu regnen, und die Mondfinsternis hat schon begonnen. Bestimmt trommelt der Osorio gleich alle zusammen … aber ich wüsste einen Ort, von dem aus man viel bessere Sicht auf den Himmel hat als von hier. Kommst du mit? – Wenn wir erwischt werden, darfst du natürlich sagen, es wäre alles nur meine Schuld", fügte er amüsiert hinzu, als er mein Zögern bemerkte.

Ich schnitt ihm eine Grimasse und schälte mich aus meinem Schlafsack. „Warte, ich suche schnell meine Taschenlampe."

Rasmus beugte sich durch die Zeltöffnung, um die Gegenstände zu begutachten, die aus meinem Rucksack hervorquollen. „Wie viele Bücher hast du denn mitgenommen, fünf?"

„Keineswegs", sagte ich würdevoll. „Nur zwei über Astronomie, aber die zählen nicht wirklich. Und einen Roman als Bettlektüre." Ich überlegte kurz, ergänzte dann jedoch: „Ähm, naja, und einen Ersatzroman, falls mir der erste nicht gefällt."

Rasmus griff an mir vorbei und zog die Taschenlampe aus einem Seitenfach meines Rucksacks – nicht ohne zuvor mit einem selbstgefälligen Grinsen den Poe-Sammelband hochzuhalten, den ich für den Fall eingesteckt hatte, dass mir die Mondfinsternis Lust auf Schauergeschichten bereiten würde. *Verflixt,* er kannte mich einfach zu gut.

Ich stupste Jinxy an. „Rasmus und ich machen einen kleinen Spaziergang, ja?"

„Nur, wenn das dicke Kaninchen mitbadet", erwiderte sie kategorisch.

„Sie wird auch immer seltsamer", meinte Rasmus, während er die Zeltklappe hinter mir schloss. Ich setzte bereits zu einer Erklärung von Jinxys Zustand an, als mein Blick auf Rasmus' Kleidung fiel und meine Worte von einem Kichern verdrängt wurden: Er hatte zwei oder mehr Sweater übereinander gezogen, was seinen Oberkörper etwas unförmig erscheinen ließ, und um seinen Hals trug er einen grobgestrickten grauen Wollschal.

„Bringst du mich jetzt etwa in die Antarktis?", neckte ich ihn, aber zu meiner Überraschung lachte Rasmus nicht mit.

„Ich friere in letzter Zeit einfach schnell. Bin die Kälte wohl noch nicht richtig gewöhnt."

„Im Winter hattest du doch keine Probleme damit, oder?"

„Wahrscheinlich war da noch ein Rest Engelsblut in mir übrig, der sich jetzt endgültig verflüchtigt hat", sagte er achselzuckend und nahm meine Hand. „Los, wenn wir den Blutmond nicht verpassen wollen, müssen wir uns beeilen."

Obwohl ich es absolut nicht gewohnt war, etwas Verbotenes zu tun, fühlte ich mich erstaunlich sicher, während wir an den Zelten vorbei in Richtung Wald schlichen. Es war nach dem Regen tatsächlich recht kühl geworden, aber die Wärme von Rasmus' Fingern schien direkt in meinen Körper zu fließen. Im Gehen schaute ich immer wieder zur kreisrunden Lichtscheibe hinauf, deren Rand bereits im Schatten lag. Die Finsternis breitete sich von Minute zu Minute weiter aus, und ich dachte daran, was Professor Osorio uns über die chinesische Mythologie erzählt hatte: Es sah wahrhaftig so aus, als würde der Mond allmählich verschlungen. Dieses Schauspiel zu beobachten, war zugleich unheimlich und faszinierend, und ich bedauerte es, dass uns nach dem Betreten des Waldes von den Baumwipfeln die Sicht auf den Himmel versperrt wurde.

„Also", sagte ich einige Minuten später, während ich zum wiederholten Mal mein Hosenbein von einer Brombeerranke befreite, „mir war nicht klar, dass du das mit dem Entführen so ernst meinst."

Rasmus lachte und drückte meine Hand noch ein bisschen fester. „Wir sind so gut wie da." Er hob den Zweig eines Strauches hoch, damit ich darunter durchschlüpfen konnte, und betrat hinter mir eine Waldlichtung.

Mit angehaltenem Atem starrte ich auf den Turm, der vom schwindenden Mond in fahles Licht getaucht wurde. Dann drehte ich mich zu Rasmus um. „Ich wusste nicht, dass die Aussichtswarte so nahe ist!"

„Ein guter Orientierungssinn gehört eben nicht zu deinen zahlreichen Stärken", zog Rasmus mich auf, sichtlich zufrieden mit der gelungenen Überraschung.

Als ich das Eingangstor öffnete, drang ein hektisches Flattern aus dem stockdunklen Inneren der Warte – vermutlich hausten hier ein paar Fledermäuse. Das konnte mich allerdings nicht zurückhalten, so rasch wie möglich die Leiter zum Obergeschoss hochzuklettern, um das

Turmzimmer wiederzusehen. Rasmus leuchtete mir mit der Taschenlampe den Weg, während er dicht hinter mir die Sprossen hinaufstieg und durch die Luke kroch.

Einen Moment lang blieb ich still sitzen, atmete den leicht modrigen Geruch ein und ließ den Anblick des Ortes auf mich wirken, an dem ich zum ersten Mal von Rasmus' Herkunft erfahren hatte. Mit der gemütlichen Stube von damals hatte der Raum allerdings nicht mehr viel gemeinsam: Obwohl es sehr umständlich gewesen war, die Möbel aus dem Turm zu transportieren, hatte Rasmus aus Sparsamkeit die meisten davon auseinandergenommen und in seinem neuen Apartment wieder aufgebaut. Neben ein paar spärlichen Überresten der Einrichtung erinnerten nur noch die weißen Schriftzüge auf dem Boden daran, dass der Turm bis vor einigen Monaten bewohnt gewesen war.

Gedankenverloren hatte Rasmus an meiner Seite *„Alle Kinder, außer einem, werden erwachsen"* mit dem Finger nachgezogen. Nun stand er auf und ging zu der rechteckigen Fläche, die frei von Literaturzitaten war. Über dieser Stelle, an der früher sein Bett gestanden hatte, war ein Fenster in die Dachschräge eingelassen. Rasmus öffnete es, und als ich neben ihn trat, hatte ich direkten Blick auf den Mond, der inzwischen zu zwei Dritteln von der Dunkelheit verschluckt worden war.

„Lily?", sagte Rasmus plötzlich, und es klang unerwartet ernst. „Ist eigentlich irgendwas nicht in Ordnung?"

Ich sah zu ihm hinüber, aber er hielt die Augen weiterhin zum Himmel erhoben. „Wieso fragst du?"

„Na ja, du wirkst seit gestern ziemlich gestresst. Also – noch mehr als sonst", fügte er mit einem schwachen Lächeln hinzu. „Ist es wegen … Ich weiß auch nicht, vielleicht wegen etwas, das ich gesagt habe?"

Erstaunt schüttelte ich den Kopf. „Nein, gar nicht", versicherte ich ihm, merkte aber selbst, dass ich keinen überzeugenden Eindruck machte. Zur Ablenkung redete ich eilig weiter: „Jetzt kann es nicht mehr lange dauern, oder? Wollen doch mal sehen, ob der Blutmond wirklich so schaurig ist, wie Professor Osorio gemeint hat."

„Okay." Rasmus legte mir den Arm um die Schultern. „Zehn Punkte für denjenigen, der den ersten Werwolf sieht, fünfzehn gibt's bei Vampiren."

Ich schmiegte mich an ihn, doch als ich selbst durch seinen dicken Sweater fühlte, dass er zitterte, machte ich mich behutsam wieder von ihm los. „Bin gleich wieder da", beantwortete ich seine stumme Frage. „Ich hole uns nur die Decke, die unten auf dem Sofa liegt."

Ehe er protestieren konnte, schnappte ich mir die Taschenlampe, ging zur Luke und setzte mich an ihren Rand, um mit meinen Füßen die oberste Sprosse zu erreichen. Es stellte sich heraus, dass es gar nicht so einfach war, zugleich eine Leiter hinunterzusteigen und etwas festzuhalten. Schließlich klemmte ich die Lampe unter mein Kinn, um beide Hände zum Klettern freizuhaben, und schaffte es auf diese Weise tatsächlich, im Erdgeschoss des Turmes anzukommen, ohne mir den Hals zu brechen. Leider wurde ich von dieser akrobatischen Glanzleistung so übermütig, dass ich ohne nachzudenken den Kopf hob. Natürlich entglitt mir dabei die Taschenlampe und landete auf dem Steinboden. Scheppernd rollte sie dort einige Meter weiter, bevor sie erlosch.

„Mist", fluchte ich leise und versuchte mit weit aufgerissenen Augen, zumindest Schemen in der Dunkelheit zu erkennen – weil aber nicht der kleinste Lichtschimmer durch die Fensterluken kam, war die Schwärze undurchdringlich. Wie eine Blinde tastete ich mich Zentimeter für Zentimeter vorwärts, bis ich mit meinen ausgestreckten

Fingern auf ein warmes Hindernis traf. Vor Schreck stockte mir zuerst der Atem, doch gleich darauf entlud sich meine Anspannung in einem erleichterten Seufzen.

„Rasmus?"

„Viel besser, Schätzchen", erklang es neben mir. Die Taschenlampe klickte, und geblendet von dem aufflammenden Licht sah ich nichts als ein Paar hellblauer Augen.

Noch während meines Schreis polterte es auf der Leiter. Als Nächstes tauchte im zuckenden Lichtkegel Rasmus' Gesicht auf, verzerrt von ungläubigem Schock, während er die Lage zu erfassen versuchte.

„Kannst du mal diese Fabriksirene abstellen, Raziel?", rief Sam über mein Wimmern hinweg – dann traf ihn auch schon Rasmus' Faust am Kinn. Obwohl mein Freund neben der muskelbepackten Gestalt seines Gegners beinahe schmächtig wirkte, ließ sich Sam von ihm nach hinten stoßen. Er machte ein paar schnelle Schritte rückwärts, bis er gegen die Mauer prallte, dann hob er beschwichtigend die Hände. „Reg dich ab, ich will nur mit dir reden!"

„Sehr glaubwürdig, Samael", fuhr Rasmus ihn an, und seine Stimme vibrierte vor Zorn. „Wieso solltest du mit mir *reden* wollen?"

„Weil …" Sam stockte und richtete seine Augen auf den steinernen Fußboden. Als er den Kopf wieder hob, war jede Spur von Belustigung aus seinem Gesicht verschwunden. „Weil ich deine Hilfe brauche."

3. Kapitel

„Nein“, sagte ich, „nein, oh nein, auf gar keinen Fall. Komm, Rasmus, wir gehen!“

„Schon klar, wer in eurer Beziehung die Hosen anhat“, ätzte Sam. „Aber jetzt lass die Männer sich mal kurz in Ruhe unterhalten.“

„Ich kann mir lebhaft ausmalen, welche Art von Unterhaltung dir vorschwebt!“, schoss ich zurück. Es mochte am Schock liegen oder an der Tatsache, dass ich nur daran dachte, Rasmus in Sicherheit zu bringen; jedenfalls hatte ich meine Furcht vollkommen vergessen. Entschlossen schob ich meinen Freund auf den Ausgang des Turmes zu, bis Sam sich uns in den Weg stellte.

„Überleg doch mal“, sagte er mit zusammengezogenen Brauen. „Wenn ich euch etwas antun wollte, hätte ich das nicht schon längst erledigt?“

„Oh, ich weiß nicht – du könntest dich zum Beispiel auch wochenlang verstellen und uns nur aus dem Hintergrund sabotieren“, warf ich ihm an den Kopf. „Klingt vertraut, nicht wahr?“

Stöhnend wischte sich Sam die blonden Locken aus der Stirn. „Meine Güte, du bist *wirklich* ein nachtragendes Geschöpf.“

„Und du solltest jetzt eigentlich vor dem *Netherworld* stehen, wenn mich nicht alles täuscht! Was hast du hier zu suchen?“

„Nach unserem gestrigen Wiedersehen wurde mir klar, dass du Rasmus heute Abend überall hinbringen würdest, außer zum vereinbarten Treffpunkt“, erklärte Sam ungeduldig. „Ich habe noch einmal bei deinem Haus vorbeigeschaut, aber es war niemand da. Mir blieb also gar nichts anderes übrig, als dort hinzukommen, wo ich Rasmus früher vermutet hätte, auch wenn der Turm in den letzten Tagen immer leer war. – Aber die Frage ist jetzt gar nicht, weshalb ich mich in diesem Gebäude befinde, sondern warum ich *überhaupt* hier bin", wandte er sich wieder an Rasmus. *„Ich bin hier.* Siehst du das Problem?" Sein Tonfall war eindringlich, beinahe flehend, und nahm mir ein wenig den Wind aus den Segeln.

Allerdings nicht länger als eine Sekunde. „Glaub mir, wir sehen das Problem sehr gut. Und obwohl Selbsterkenntnis der erste Schritt zur Besserung sein soll, wollen wir nichts mit dir zu tun haben. Oder?" Ich drehte mich um und wartete darauf, dass Rasmus mir beipflichtete, aber er schwieg. Im Licht der Taschenlampe wirkte er sehr blass. Nur seine Augen waren von schwarzen Schatten umgeben, sodass es mir schwerfiel, den merkwürdigen Ausdruck darin zu deuten.

„Weißt du ...", sagte er schließlich, „genau genommen hat Samael Recht."

Mir fiel die Kinnlade herunter. *„Was?"*

„Eigentlich dürfte er gar nicht hier sein. Es ist so gut wie unmöglich, die Schattenwelt einfach zu verlassen, vor allem für einen niederen Dämon wie ihn. Die Einzigen, die die Grenzen überwinden können, sind die Ältesten der beiden Welten. Aber die Richter des Lichts nutzen diese Macht eigentlich nur, wenn ihnen die Ewigkeit zu lang wird und sie sich Literatur aus der Menschenwelt beschaffen wollen. Das haben sie früher häufiger gemacht, doch jetzt nur noch etwa alle hundert Jahre. Ihre Flügel sind auf Erden nämlich nutzlos, und auch die übernatürlichen Kräfte funktionieren hier bloß sehr eingeschränkt. Deshalb empfinden die Richter solche Besuche mittlerweile als zu gefährlich."

„Dämonenfürsten sind weit weniger vorsichtig, aber auch weniger belesen", warf Sam ein.

„Und was haben sie dann in der irdischen Welt zu suchen?", fragte ich, obwohl ich es bereits ahnte.

Meine böse Vermutung bestätigte sich, als Sam so breit zu lächeln begann, dass seine Zähne aufblitzten. „Menschen, kleine Lily. Und falls du dich fragst, was sie mit denen in der Schattenwelt anstellen ..." Er machte eine Geste, bei der es mich kalt überlief.

„Schon gut, ich glaube, so genau will ich es gar nicht wissen", wehrte ich ab und versuchte, mein Schaudern zu verbergen.

„Jedenfalls sind die Höllentore sogar noch besser bewacht als die Ausgänge im Licht", sagte Rasmus schnell. „Und auch vom Licht aus konnte ich nur deshalb Besuche in der irdischen Welt machen, weil ich zu den Wächtern gehörte und außerdem Hilfe hatte. Es ist genau so, wie ich es dir gesagt habe: Eine Verbannung in die Schatten ist für gewöhnlich endgültig."

„Sehr schön, und jetzt grab noch ein kleines bisschen tiefer!", feuerte Sam ihn an.

Rasmus runzelte die Stirn. „Es sei denn", begann er, dann fuhr er sich hastig über das Gesicht, als wollte er einen Gedanken beiseite wischen. „Das kann nicht sein. Nein, ausgeschlossen."

Sam spendete ihm mit einem bitteren Lachen Beifall. „Ich glaube, jetzt hast du es."

Jetzt hatte er was? Allmählich kam ich mir so vor wie das dritte Rad am Fahrrad – und das neben meinem Freund und dessen Erzrivalen aus der Hölle. Ein äußerst bizarres Gefühl.

Rasmus war inzwischen aus dem Lichtkegel der Taschenlampe herausgetreten und ging nun ruhelos auf und ab. In der Dunkelheit konnte ich gerade noch erkennen, wie er mehrmals ungläubig den Kopf schüttelte. „Das sieht dir wieder ähnlich“, murmelte er, und obwohl er seine Worte eindeutig an Sam richtete, klang es eher, als spräche er mit sich selbst. „Du tauchst hier wie aus dem Nichts auf und bietest uns ausgerechnet die Erklärung an, die für am meisten Aufruhr sorgen muss. Andererseits, wer sonst könnte die Pforte eigenständig öffnen, wenn nicht …“

„… der Abaddon, genau das befürchte ich auch.“

Jetzt begannen sie auch schon, gegenseitig ihre Sätze zu beenden! Ich fand, es wurde nun höchste Zeit, dass ich mich einmischte. „Abba – was?“

„Ganz recht“, sagte Sam sarkastisch, „*ABBA*. Ich brauche so dringend eure Hilfe, weil mir der Name von diesem Song einfach nicht einfallen will. Irgendwas mit *Mamma …*“

„Der Abaddon ist ein Wandler zwischen Schatten und Licht, Lily“, unterbrach ihn Rasmus und blieb abrupt stehen. „In der Bibel wird er als Engel des Abgrunds bezeichnet, und es heißt, dass er von Gott den Schlüssel zur Unterwelt bekommen hat. Eigentlich gilt er auch außerhalb der irdischen Welt nur als Sagengestalt, aber …“, er schaute unsicher zu Sam hinüber, „manchmal werden Mythen wahr.“

Ich verdrehte die Augen. „Oh ja, das kann ich durchaus bestätigen.“

„In diesem Fall hätte ich es wirklich vorgezogen, wenn es verdammt nochmal ein Mythos geblieben wäre“, meinte Sam finster. „Auch wenn das bedeutet hätte, dass ich für immer dort unten hätte schmoren müssen.“

„Warte mal.“ Ich hob die Hand und gab mir alle Mühe, in der kurzen Gesprächspause das Chaos in meinem Kopf ein wenig zu ordnen. „Soll das etwa bedeuten, dass dieser, ähm, Dämonenengel dich freigelassen hat?“

„Natürlich nicht“, schnaubte Sam und warf Rasmus einen Blick zu, der ziemlich deutlich besagte: *Sie ist deine Freundin!* „Ich war nur zufällig zur richtigen Zeit am richtigen Ort. Wie du dir vielleicht vorstellen kannst, hatte ich gewisse Schwierigkeiten, mich dort unten einzuleben. Deswegen habe ich mich so viel wie möglich in der Nähe der Tore aufgehalten, und als sich eines davon einen Spaltbreit geöffnet hat, bin ich in der irdischen Welt gelandet. Das alles passierte so schnell, dass ich zuerst gar nicht kapiert habe, was los war. Und weil mir niemand gefolgt ist, gehe ich davon aus, dass sich das Tor schon wenig später wieder geschlossen hat.“

„Konntest du wenigstens sehen, wer der Typ war?“

„So funktioniert das nicht“, kam Rasmus der Beleidigung zuvor, die Sam anscheinend bereits auf der Zunge lag. „Der Abaddon ist dazu in der Lage, die Grenzen zwischen den Welten zu durchstoßen, ohne anwesend zu sein. Im Vollbesitz seiner Kräfte könnte er die Schutzmauern sogar dauerhaft niederreißen, aber so weit ist es zum Glück offenbar noch nicht.“

„Ihr hättet es ja wohl gemerkt, wenn es hier vor Dämonen und Engeln wimmeln würde“, sagte Sam. „Oder auch nicht. Wahrscheinlich wären wir dann bereits mausetot – zumindest, wenn man den Geschichten von damals Glauben schenken kann.“

„Damals?“, wiederholte ich, und meine Stimme wurde ein wenig schrill. „Willst du damit sagen, dass so etwas schon einmal passiert ist?“

Mit schief gelegtem Kopf beobachtete mich Sam dabei, wie ich mit den Informationen zurechtzukommen versuchte, die auf mich einprasselten. Seine lauernde, ja hämische Miene erinnerte mich auf widerwärtige Weise an den Moment im Steinbruch, als er mir sein wahres Gesicht gezeigt hatte. „So erzählt man sich wenigstens“, sagte er sanft. „Ich kann nicht behaupten, dass die Überlieferungen besonders detailreich oder verlässlich wären. Allerdings noch bei Weitem verlässlicher als das hübsche kleine Märchen, in das ihr Menschen den Krieg zwischen Schatten und Licht verpackt habt. Ich nehme doch an, dass dir der Begriff *Sintflut* etwas sagt?"

„Gottes Strafe für die Verfehlungen der Menschen?!"

„In Wirklichkeit könnt ihr gar nichts dafür", erklärte Sam gönnerhaft. „Das haben wir euch bloß nachträglich in die Schuhe geschoben."

Rasmus seufzte. „Samael will sich nur wichtigmachen, weder er noch ich waren dabei. Erst lange nach diesem Krieg wurden wir von den Überlebenden erschaffen, weil ein Großteil der Engel vernichtet worden war. Auch auf Seiten der Dämonen muss es viele Tote gegeben haben, und die Geschichte von der Sintflut soll wohl die große Zahl der menschlichen Opfer verdeutlichen. Jetzt verstehst du sicher, warum den Richtern so viel daran liegt, die Welten getrennt zu halten, und warum meine Besuche hier so streng geahndet wurden. Die irdische Welt ist wie ein Puffer zwischen Schatten und Licht, der verhindern soll, dass es wieder zu einer solchen Katastrophe kommt."

Mein Magen zog sich zusammen, als ich mir das vorstellte: übernatürlich schnelle und starke Wesen, die sich bis auf den Tod bekämpfen … und die Menschen irgendwo dazwischen. Zum ersten Mal an diesem Abend begann auch ich zu frösteln. Ich schob die Ärmel meines Strickpullovers über meine Hände und suchte Rasmus' Blick, in der Hoffnung, darin Zuversicht oder Unglaube zu finden – hatte er nicht selbst gesagt, dass es sich bei all dem nur um eine Legende handelte? Stattdessen warfen mir seine Augen jedoch dieselbe Beklommenheit zurück, die auch in mir hochzusteigen begann.

„Aber wieso?“, brachte ich mühsam hervor. „Was hat der Abaddon davon, wenn Engel und Dämonen einander bekriegen?“

„Macht“, antwortete Sam achselzuckend. „Der Abaddon kann sich frei durch Licht, Schatten und die irdische Welt bewegen, ist aber trotzdem überall ein Ausgestoßener. Durch das Öffnen der Tore sorgt er für ein totales Chaos, in dem Engel und Dämonen sich gegenseitig schwächen – eine ideale Situation, um die Kontrolle zu übernehmen.“

„Allerdings ist sein Plan damals gescheitert“, schaltete sich Rasmus erneut ein. „Plötzlich waren die Grenzen wieder intakt, und es heißt, dass es jemandem gelungen ist, den Abaddon zu vernichten. Die Sache hat jedoch zwei Haken. Erstens weiß niemand, wie das geklappt haben soll, weil zwar Engel Dämonen töten können und umgekehrt, der Abaddon aber keines von beidem ist. Oder eben beides zugleich, was ihn unsterblich machen sollte. Und zweitens wurde nicht ausgeschlossen, dass eines Tages ein neuer Abaddon entstehen kann.“

„Beziehungsweise bereits entstanden ist“, ergänzte Sam. „Was uns wieder zu dem Punkt bringt, an dem wir schon waren, ehe wir deinem Schätzchen ellenlange Erklärungen liefern mussten: Ich brauche deine Hilfe.“

Ich achtete nicht auf seine Sticheleien und auch nicht darauf, dass er nur zu Rasmus gesprochen hatte. „Wir sollen dir also dabei helfen, jemanden zu finden, von dem wir weder wissen, wo er sich ungefähr aufhält, noch, wie er aussieht?“

„Treffend zusammengefasst.“

„Aber das ist absurd!“, rief ich aus und warf die Hände in die Luft. Meine Nervosität verwandelte sich nun in Angst, obwohl ich die Tragweite von Sams Erzählung noch nicht einmal vollständig realisiert hatte. „Welche

Chance sollten wir schon haben, eine Art Superdämon aufzuspüren, nur weil das in grauer Vorzeit angeblich irgendjemandem gelungen ist?“

„Jetzt komm mal wieder runter“, sagte Sam trocken. „Wenn ich davon überzeugt wäre, dass die Apokalypse unmittelbar bevorsteht und wir sowieso im Arsch sind, hätte ich das gleich gesagt. Zurzeit wissen wir nicht mehr, als dass das Tor zur Schattenwelt sich für einen Augenblick geöffnet hat. Das könnte auch eine ganz andere Bedeutung haben. Aber ich vermute, dass meine Flucht noch nicht entdeckt wurde, und somit sind wir drei die Einzigen, die über dieses Wissen verfügen – Nachforschungen sind also durchaus angebracht.“

Ich ließ seinen Einwand eine Weile auf mich wirken, um mich ein wenig zu beruhigen. „Vielleicht sollten wir versuchen, in der Hauptbibliothek über diese Mythen zu recherchieren?“, schlug ich dann zaghaft vor.

Sam verzog den Mund. „Wenn es unbedingt sein muss. Dort mieft es nur immer so nach alten Büchern und Strebern.“

„Und wonach riechen deiner Meinung nach …“

Aber weiter kam ich nicht: Sam hatte sich über mich gebeugt und sog nahe an meinem Nacken die Luft ein.

Schaudernd sprang ich ein Stück zur Seite. „Lass das“, fauchte ich gereizt. „Übrigens, woher sollen wir wissen, dass das nicht wieder ein Trick von dir ist? Für dich läuft doch alles ganz nach Wunsch, immerhin konntest du hierher zurückkehren!“

Sam ließ die Taschenlampe sinken, sodass sein Gesicht in Finsternis getaucht wurde, und bewegte sich dann langsam in Richtung Ausgang. „Dir müsste doch klar sein, dass ich mich weder im Licht, noch in den Schatten sonderlich beliebt gemacht habe. Sollte es tatsächlich zu einem Kampf kommen, wäre ich unter den Ersten, die dran glauben müssten – da bin ich ganz realistisch. Ihr könnt also sicher sein, dass mir sehr viel daran gelegen ist, diese Sache aus der Welt zu schaffen.“ Schwungvoll stieß er die Tür auf, und da er immer noch meine Taschenlampe hatte, blieb Rasmus und mir nichts anderes übrig, als ihm hinterherzueilen.

Vor dem Turm hielt Sam an und legte den Kopf in den Nacken. Der Mond war nun zur Gänze in den Schatten der Erde eingetreten und hatte ein gespenstisches Rostrot angenommen, fast wie die Farbe von getrocknetem Blut.

„Leute“, verkündete Sam, „ich sage euch, mit dem Ding stimmt was nicht.“

„Scharfsichtig wie eh und je.“ Rasmus nahm ihm die Lampe ab.

„Wie auch immer“, meinte Sam gleichmütig. „Also am Montag um vier vor der Hauptbibliothek.“ Mit diesen Worten kehrte er uns den Rücken zu und stolzierte über die Lichtung davon.

Kopfschüttelnd sah Rasmus ihm nach. „Ein Date mit Samael, dass ich das noch erleben muss!“

„Sogar eines mit Eric wäre mir lieber“, antwortete ich düster.

Statt einer Antwort verschränkte Rasmus seine Finger mit meinen und führte mich zum Waldrand. Ohne mich anzusehen, fragte er dabei:

„Du wusstest bereits von seiner Rückkehr, oder? Wieso hast du denn nichts gesagt?“

Zwar fühlte ich mich noch wie betäubt von den Ereignissen der vergangenen halben Stunde, aber der Vorwurf in Rasmus‘ Stimme bereitete mir dennoch Unbehagen. „Keine Ahnung. Ich schätze, ich wollte einfach keinen Ärger“, meinte ich ausweichend, aber Rasmus durchschaute mich sofort. Er ließ mich los und machte noch einen schnellen Schritt, ehe er direkt vor mir abbremste.

„Lily, du musst mir solche Dinge erzählen. Was nützt es mir, dass ich von der Bewährungsprobe der Richter befreit wurde, wenn ich dich trotzdem nicht beschützen kann? Oder … traust du mir das nicht mehr zu?"

Ich war kurz davor, zu protestieren – schließlich durfte er gerade jetzt, da er sterblich war, keine unnötigen Risiken eingehen. Allerdings schien ich ihn mit meinem Verschweigen wirklich getroffen zu haben, und wenn ich erklärte, dass ich ihn für einen Kampf gegen Sam zu schwach hielt, machte ich es nur noch schlimmer. „Nun weißt du es ja", sagte ich deshalb bloß und lenkte dann schnell ab: „Sei ehrlich, glaubst du wirklich an diese Geschichte? Ich meine … dass nach tausenden von Jahren eine biblische Gestalt wiedergeboren wird, ohne dass jemand das gemerkt haben soll?"

„Das Ganze klingt für mich wahrscheinlich so abwegig wie für dich, als du zum ersten Mal von Engeln erfahren hast", ging Rasmus widerstrebend auf meinen Themenwechsel ein. „Aber es muss ja nicht heißen, dass der Abaddon gerade erst entstanden ist. Vielleicht existiert er schon seit längerer Zeit unerkannt in einer der drei Welten, und erst jetzt beginnen sich seine Fähigkeiten zu entwickeln …"

„Was es noch schwieriger macht, ihm auf die Spur zu kommen", fiel ich ihm ins Wort. „Das bietet Sam die perfekte Gelegenheit, uns lange an der Nase herumzuführen. Du hast doch selbst gesagt, dass es ihm ähnlich sähe, so eine Geschichte zu präsentieren, um für Aufregung zu sorgen und seine eigenen Motive zu verschleiern!"

Einen Moment lang bildete ich mir ein, dass mein Misstrauen auf Rasmus übergesprungen war – dann aber griff er nur wieder nach meiner Hand. „Ich glaube, dass er dieser Sache wirklich gerne auf den Grund gehen möchte. Mach dir keine Sorgen, er wird sich hüten, irgendwas anzustellen. Immerhin sind wir seine einzigen Verbündeten. Und jetzt lass uns wieder zu den Zelten gehen, ehe uns dieser verdammte Blutmond noch mehr Überraschungen beschert."

Ich zwang mich zu einem schwachen Lächeln und ließ es zu, dass Rasmus mich von der Lichtung zog. Mir war klar, dass er mich beruhigen wollte, aber gleichzeitig kam es mir so vor, als versuchte er, sich die Situation selbst schönzureden. Immerhin war das der Junge, der in der miesesten Gegend seine Wohnungstür abzuschließen vergaß und der darauf bestand, seine Schrottkarre zu behalten, obwohl ich jede Fahrt damit für lebensgefährlich hielt. Anscheinend war er sich nicht vollends dessen bewusst, dass wir beide im Gegensatz zu Sam verwundbar waren. In mir hingegen bewirkte der Gedanke, dass mein ehemaliger Entführer und wir nun *Verbündete* sein sollten, beinahe Übelkeit. Eine böse Vorahnung allein würde jedoch bestimmt nicht ausreichen, um Rasmus zu überzeugen – und so blieb ich stumm, während wir zum Campingplatz zurückkehrten.

***

Unsere Abwesenheit war zum Glück unbemerkt geblieben: Jinxy hatte Professor Osorio beim Abzählen vorgeschwindelt, dass Rasmus und ich nur schnell unsere Fotoapparate holen wollten. Entgegen ihrer üblichen Arbeitsverweigerung hatte sie mir zuliebe sogar ein paar Bilder geschossen und sich über die Mondfinsternis Notizen gemacht, die vage an Hieroglyphen erinnerten. Trotzdem reagierte sie etwas verstimmt, als ich zu ihr ins Zelt gekrochen kam. Sie nahm es mir übel, dass ich einfach abgehauen war, während sie „nur ganz kurz zum Meditieren die Augen geschlossen" hatte. Sobald ich ihr allerdings erzählte, dass ich mit Rasmus zu einem verlassenen Turm spaziert war, gewann die Romantikerin in ihr die Oberhand, und sie fragte mich begeistert aus.

Ich fühlte mich hundsmiserabel, weil ich meine Freundin schon wieder belügen musste. Vor lauter schlechtem Gewissen willigte ich ein, am Sonntag nach dem Campen mit zu ihr zu kommen und mir zum millionsten Mal *Rapunzel – Neu verföhnt* anzusehen. Ich beschwerte mich nicht einmal, als sie meine Haare zu kämmen und „Blume, leuchtend schön" zu trällern begann. Zumindest lenkte mich das einigermaßen vom Grübeln ab.

Am Montag war es mir allerdings unmöglich, mich auf den Unterricht zu konzentrieren. Während der Englischstunde drehte ich mich immer wieder zu Rasmus um, doch er hielt die Augen stets auf seinen vollgekritzelten Collegeblock gerichtet. Auch in den Pausen gelang es mir nicht, meine Angst vor dem bevorstehenden Nachmittag mit ihm zu teilen, weil ich Jinxy im Schlepptau hatte. So blieb mir nichts anderes übrig, als belanglosen Smalltalk mit den beiden zu führen. Mit Müh und Not brachte ich die letzten Schulstunden hinter mich, lieferte meine Sachen zu Hause ab und fuhr dann zur Hauptbibliothek.

Ich war gut zehn Minuten zu früh dran, weil ich hoffte, mit Rasmus unter vier Augen sprechen zu können, ehe Sam zu uns stieß. Neben dem Eingangstor gegen die Wand gelehnt, holte ich ein Buch aus meiner Umhängetasche und vertiefte mich darin, bis ich hörte, dass ein Bus in der Station direkt vor der Bibliothek hielt. Erwartungsvoll musterte ich die aussteigenden Fahrgäste, nur um gleich darauf in mich zusammenzusacken. Anstelle eines dunklen Haarschopfs hatte ich hellblonde Locken entdeckt.

Schlagartig machte sich Nervosität in mir breit. Es war nicht geplant gewesen, dass ich mit Sam alleine Zeit verbrachte. Ich steckte schnell das Buch ein und ließ meine

Haare nach vorne fallen, damit er mich nicht erkannte – allerdings ohne Erfolg. Schon stieg er die Treppe in meine Richtung hinauf. Als er mich beinahe erreicht hatte, scheute ich unwillkürlich zurück, und seine Lippen verzogen sich zu einem hässlichen Grinsen.

„Na so was, Lily … Du hast doch nicht etwa Angst vor mir?"

Meine Fäuste in den Jackentaschen geballt, zwang ich mich zu einer ungerührten Miene. „Du hast doch bereits festgestellt, dass ich nachtragend bin. Wie du mich in einer Höhle angekettet oder mit einem Messer bedroht hast, konnte ich jedenfalls nicht vergessen."

Er neigte sich zu mir herunter, bis seine Augen auf einer Höhe mit meinen waren. „Ich ebenfalls nicht", raunte er mir zu.

Stockend holte ich Luft, während ich um eine Antwort rang – da warf Sam den Kopf in den Nacken und begann schallend zu lachen.

„Du müsstest mal deinen Gesichtsausdruck sehen", japste er, „einfach köstlich!"

Es dauerte einige Schrecksekunden, bis meine Unsicherheit in Zorn umschlug. „Genau deswegen habe ich Rasmus gesagt, dass wir das hier besser sein lassen sollten", zischte ich dann. „Mit dir *irgendetwas* zu machen, und sei es auch nur ein Besuch in einer Bibliothek, ist einfach keine gute Idee!"

Sams Gelächter brach unvermittelt ab. „Ich hätte auf deine Gesellschaft auch wunderbar verzichten können", gab er zurück. „Raziel und ich wurden als Wächter dazu ausgebildet, mit Bedrohungen der Grenzen umzugehen – wenn also jemand in der Lage sein sollte, dieses Problem zu lösen, dann wir. Du hingegen bist hier gerade so überflüssig wie ein Streichholz in der Hölle."

Ich begegnete dem Blick aus seinen kalten blauen Augen und schluckte. Immer noch wirkte es auf mich erschreckend, geradezu grotesk, solche Worte aus dem Mund meines ehemaligen Freundes zu hören. „Sam … ich verstehe es einfach nicht", sagte ich, ohne zu wissen, warum ich mir überhaupt die Mühe machte. „Darüber habe ich mir nach der Sache im Herbst am meisten den Kopf zerbrochen: Wie kann sich jemand nur so verstellen? Ich meine, ich habe dich viele Wochen lang für einen durch und durch netten, hilfsbereiten Menschen gehalten!"

„Nichts leichter als das", erwiderte er mit einem gleichgültigen Achselzucken. „Ich habe einfach versucht, das Alphabet rückwärts aufzusagen, wenn du oder deine nervige kleine Freundin vor euch hingeplappert habt – schon hatte ich den einfältigen Ausdruck im Gesicht, der euch beiden vertrauenserweckend erschien."

„Aber", wandte ich hilflos ein, „du hast mit mir *Stolz und Vorurteil* angeschaut. Du hast mir zugehört, wenn ich von meinen Büchern erzählt habe oder von meinen Sorgen wegen der Schule. Du warst gleich nach Jinxy mein bester Freund …"

„Zett", begann Sam grinsend, „Ypsilon, Ix, We, Vau …"

Die Faust kam wie aus dem Nichts und traf ihn mitten in den Magen. „Uuuh", keuchte er und krümmte sich zusammen.

„Korrekt", sagte Rasmus trocken.

Sam verzog übertrieben das Gesicht. „Alter! Soll das jetzt etwa zwischen uns zur Gewohnheit werden?"

„Du spürst doch sowieso fast nichts", meinte Rasmus ungerührt. Dann beugte er sich zu mir und gab mir einen schnellen Kuss. „Sorry, dass ich zu spät bin. Ich wollte Samael wirklich nicht die Gelegenheit verschaffen, seinen Charme zu versprühen."

„Ist schon gut“, log ich und trat durch die Eingangstür, wobei ich darauf achtete, Sam auf keinen Fall zu streifen. Erst im Inneren des Gebäudes konnte ich wieder frei atmen, was an den abertausend bedruckten Seiten um mich herum liegen musste: Schon immer hatte ich alles nachgeschlagen, was mich verwirrte oder überforderte, weshalb der Anblick der vielen Bücher eine beruhigende Wirkung auf mich hatte. Ohne zu zögern übernahm ich die Führung und stoppte erstaunt, als Rasmus bereits nach wenigen Schritten in ein Regal griff, um einen Wälzer herauszuziehen.

„Hiermit sollten wir anfangen“, verkündete er.

„Was ist das?“, fragte Sam, der inzwischen aufgeholt hatte, und streckte eine Hand nach dem Buch aus. „Doch nicht etwa die Bibel?!“

„Ganz recht, und an deiner Stelle würde ich sie lieber nicht anfassen. Womöglich gehst du noch in Flammen auf.“

„Mu-haha“, sagte Sam, zog aber tatsächlich den Arm zurück.

Wir nahmen an einem freien Tisch Platz, und Rasmus blätterte eine Weile in dem Buch. „Wenn ich mich richtig erinnere, steht es in der Offenbarung – ach, hier ist es.“ Er räusperte sich, ehe er vorzulesen begann: *„Und der fünfte Engel blies seine Posaune; und ich sah einen Stern, gefallen vom Himmel auf die Erde; und ihm wurde der Schlüssel zum Brunnen des Abgrunds gegeben. Und er tat den Brunnen des Abgrunds auf, und es stieg auf ein Rauch aus dem Brunnen wie der Rauch eines großen Ofens, und es wurden verfinstert die Sonne und die Luft von dem Rauch des Brunnens. Und aus dem Rauch kamen Heuschrecken auf die Erde, und ihnen wurde Macht gegeben, wie die Skorpione auf Erden Macht haben.“*

„Ja, voll mächtig, diese Skorpione“, warf Sam ein.

„Wart's ab." Rasmus ließ den Finger über die Zeilen gleiten und fuhr nach einigen Sekunden fort: „Okay, hör dir das an. *Und die Heuschrecken sahen aus wie Rosse, die zum Krieg gerüstet sind, und auf ihren Köpfen war etwas wie goldene Kronen, und ihr Antlitz glich der Menschen Antlitz; und sie hatten Haar wie Frauenhaar und Zähne wie Löwenzähne und hatten Panzer wie eiserne Panzer*", Rasmus machte wieder eine kurze Pause, „und so weiter, jedenfalls: *Sie hatten über sich einen König, den Engel des Abgrunds; sein Name heißt auf Hebräisch Abaddon und auf Griechisch hat er den Namen Apollyon.*"

Sam stieß einen Pfiff aus. „Was für ein kranker Scheiß! Steht da auch etwas darüber, wie wir uns den Abaddon vorstellen sollen?"

Rasmus schlug eine Seite um, dann schüttelte er den Kopf. „Fehlanzeige."

„Na wunderbar. Hauptsache, wir wissen, dass seine Heuschrecken Löwenzähne und Frauenhaare haben!"

„Ich nehme an, das ist nicht wörtlich zu verstehen", meinte Rasmus geduldig. „Wahrscheinlich soll das nur ein Sinnbild für den Schrecken sein, so ähnlich wie die Sintflut."

Ich zog das Buch zu mir herüber und las die Stelle noch einmal durch, bevor ich aufstand. „Das mit dem *Apollyon* ist zumindest ein Anfang. Mal sehen, ob ich dazu etwas in der Altgriechisch-Abteilung finden kann."

„Ich komme mit", meldete sich Rasmus und schob seinen Stuhl ebenfalls zurück.

„Altgriechisch", sagte Sam. „Yay."

In immer langsamer werdendem Tempo schlurfte er hinter uns her, als wir uns auf den Weg zum verlassensten Bereich der Bibliothek machten. Ich steuerte zuerst auf das Regal mit den zweisprachigen Ausgaben zu, wurde dann aber von einer Reihe Wälzer abgelenkt, deren Rücken mit

Goldornamenten verziert waren. HOMERVUS – ODYSSEA stand in brüchigen Lettern auf dem ersten der Bücher. Behutsam nahm ich es vom Regalbrett und streichelte den ledernen Einband, bevor ich das Deckblatt aufschlug. Sofort kam mir der unverwechselbare, staubigsüßliche Duft alter Bücher entgegen, und ein Blick auf das Erscheinungsdatum bestätigte meine Vermutung: Diese Ausgabe der *Odyssee* war fast zweihundert Jahre alt. Während ich mir vorstellte, durch wie viele Hände das Buch wohl schon gegangen war, hob ich es andächtig zu meinem Gesicht, um nahe an den vergilbten Seiten tief Luft zu holen.

„Soll ich euch beide allein lassen?"

Ich erstarrte, als warmer Atem über meinen Nacken streifte. Kaum hatte ich mich halbwegs von meinem Schrecken erholt, stellte ich den Wälzer schnell wieder ins Regal und war froh darüber, dass ich Rasmus den Rücken zugewandt hatte. So konnte er wenigstens nicht sehen, dass sich mein Gesicht dunkelrot verfärbte. „Das … das ist eine Rarität", stammelte ich, „ein wunderschönes, uraltes Stück …"

„Genau wie ich", sagte Rasmus, und da konnte ich nicht anders, als mich umzudrehen und in sein gespielt verschlagenes Grinsen zu schauen.

„Sag mal, ist da vielleicht jemand eifersüchtig?"

„Auf deine Beziehung zu Büchern?", fragte er mit blitzenden Augen zurück. „Nicht doch, ich begnüge mich mit einem guten zweiten Platz."

„So bescheiden kenne ich dich ja gar nicht. Verlierst du auf deine alten Tage an Biss?", versuchte ich, ihn weiter zu necken.

Blitzschnell streckte Rasmus beide Hände aus und hakte seine Finger in die Gürtelschlaufen meiner Jeans, um mich an sich heranzuziehen. Völlig unvorbereitet auf dieses Manöver stolperte ich nach vorne und stürzte praktisch in seine Arme. „Sag du es mir", verlangte er gedämpft.

Ich schaute zu ihm hoch, und meine Welt schien nur noch aus dem Braun seiner Augen zu bestehen, aufgehellt von winzigen, bernsteinfarbenen Sprenkeln. „Doch nicht vor Homer", hauchte ich, dann trafen seine Lippen auf meine. Ein heißes Kribbeln ging von seiner Berührung aus und strömte durch meinen ganzen Körper. Rasmus ließ sich Zeit mit dem Kuss, wich immer wieder um wenige Millimeter zurück, bis ich endlich seine Zungenspitze fühlen konnte. Ich streckte mich nach oben und schlang die Arme um seinen Hals, vergrub meine Finger in seinem zerzausten Haar …

„Ach, kommt schon, Leute", maulte Sam, halb versteckt hinter einem Regal. „Ihr beide schafft es echt, den alten Spruch ‚*Nehmt euch ein Zimmer*' wieder lustig wirken zu lassen!"

Mit einem unwilligen Geräusch löste sich Rasmus von mir. „Wir sollten Samaels Zartgefühl nicht verletzen", sagte er mit gesenkter Stimme, aber offenbar doch laut genug, dass Sam es hören konnte. Jedenfalls ertönte hinter dem Regal ein genervtes Schnauben.

Während der folgenden Stunde durchkämmten wir die Buchreihen gemeinsam nach irgendetwas, das auch nur im Entferntesten nützlich sein könnte. Dann suchten wir uns ein abgeschiedenes Plätzchen zum Lesen. Selbst durch drei geteilt, war unser Bücherstapel riesig, aber während ich ein Werk nach dem anderen herunternahm, durchblätterte und beiseitelegte, nahm meine Enttäuschung noch größere Ausmaße an: Die wenigen Zeilen, die vom Abaddon handelten, machten mich kein bisschen schlauer als die Passage aus der Bibel.

Sam schien die Aussichtslosigkeit unserer Recherche schon früher erkannt zu haben als ich, oder er war einfach nur faul; jedenfalls hatte er damit begonnen, die Bücher als Ersatz für Bierdeckel zum Häuserbauen zu verwenden. Eine Erinnerung tauchte in meinen Gedanken auf – Sam, wie er an meinem ersten Schultag an der Galilei High in der Cafeteria saß und einen Turm aus Kuchenstückchen fabrizierte –, aber ich konnte dieses Bild und die Gegenwart unmöglich miteinander verbinden.

Rasmus blickte auf. „Samael, dir ist schon klar, dass wir hier dem Wandler zwischen den Welten auf die Spur zu kommen versuchen, oder? Lies bitte weiter!"

„Kann ich nicht", sagte Sam, „ich bin abgelenkt."

„Und wovon, bitteschön?"

„Von all den nervigen kleinen Dingen, die mir erst wieder hier in der irdischen Welt auffallen: Wenn ich schlucke, habe ich ein Knacksen in den Ohren, meine Zunge fühlt sich im Mund so komisch an, und Atmen ist total mühsam, wenn man mal drauf achtet."

Rasmus vergrub das Gesicht in seinen Händen und stöhnte leise.

„Was denn, Raziel, bereite ich dir etwa Kopfschmerzen?"

„Ja, ganz furchtbare", murmelte Rasmus in seine Finger.

„Außerdem", fuhr Sam munter fort, „hat der Unterkiefer ein ziemliches Gewicht, merkt ihr das?"

Ich merkte es tatsächlich. Noch während Sams Gejammer hatte ich mich gefühlsmäßig in eine atmende, schluckende Ansammlung von Körperteilen verwandelt, die sich keinesfalls aufs Lesen konzentrieren konnte. *Verflixter Dämon!*

Nur wenige Sekunden später klappte auch Rasmus sein Buch zu. „Okay, machen wir Schluss", meinte er, und es klang gleichermaßen resigniert wie erschöpft. „Wir können diesen Stapel ja ausleihen, um ihn zu Hause weiter durchzugehen."

„Welch spaßige Abendbeschäftigung", flötete Sam und hatte sich auch schon einen Schwung Bücher unter den Arm geklemmt, um damit zur Ausleihtheke zu eilen. Dort saß eine Frau im Studentenalter, die mit ihrer engen Bluse und dem straffen Haarknoten das Klischee der hübschen Bibliothekarin perfekt erfüllte. Ihre Augen huschten zwischen Rasmus und Sam hin und her, als versuchte sie sich zu entscheiden, welchen von den Zweien sie anstarren sollte. „Kann ich etwas für euch tun?"

Lässig stützte Sam beide Hände auf den Tresen. „Kennst du dich zufällig mit Dämonologie aus, Süße?"

„Mit Dämo… oh, nein, leider nicht", stotterte sie und rückte mit einem nervösen Kichern ihre Brille zurecht.

„Wie schade. Sonst hättest du mir ja *Nachhilfe* geben können", sagte Sam, drehte sich halb zu Rasmus um und zwinkerte ihm übertrieben zu. Die Anspielung auf die Art, wie Rasmus und ich uns näher gekommen waren, hing so deutlich in der Luft, dass ich Sam am liebsten einen Tritt versetzt hätte. Der ließ bereits weitere platte Anmachsprüche los, während die Bibliothekarin unsere Bücher einscannte – und das schien ihr wahrhaftig zu gefallen.

„Unfassbar", flüsterte ich. „Kann es sein, dass der böse Sam eine größere Wirkung auf Frauen hat als der gute?"

„Muss wohl am Bad-Boy-Charme liegen", vermutete Rasmus. „Und wenn du mir jetzt sagst, dass dir so etwas vollkommen fremd ist, stürzt du mich damit in tiefste Depression."

Ich wollte schon etwas erwidern, als Sam uns plötzlich an den Handgelenken packte und einige Meter von der Ausleihtheke wegführte. „Hört mal, ihr könnt ruhig ohne mich gehen. Henrietta hat soeben vorgeschlagen, mir die Archive im Keller zu zeigen."

Verwirrt runzelte ich die Stirn. „Bitte was?"

„Hat was mit Bienchen und Blümchen zu tun. Raziel erklärt dir das später."

Natürlich brachte er mich damit in Verlegenheit, was sein süffisantes Grinsen nur noch breiter werden ließ. Zum Glück rettete mich Rasmus aus meiner peinlichen Lage.

„Los, machen wir einen Abflug, ehe mir was hochkommt", sagte er mit einem mitleidigen Seitenblick auf Henrietta, stopfte die Bücher in seinen Rucksack und lotste mich zum Ausgang. Bis das Tor hinter uns zugefallen war, glaubte ich noch das Kichern der jungen Frau in den Ohren zu haben.

***

Die nächsten Stunden verbrachte ich zusammen mit Rasmus in dessen Apartment, wo wir uns unermüdlich durch den Bücherstapel arbeiteten – jedoch ohne auch nur das kleinste bisschen brauchbare Information zu finden. Ausgelaugt kam ich gegen halb neun zu Hause an und sehnte mich nur nach einer heißen Dusche, als ich die Tür aufschloss und in den Flur trat. Zu meiner Verblüffung kam mir gleich mein Vater entgegen, um mich überschwänglich zu begrüßen.

„Lily, da bist du ja!", rief er aus, und ich sah erstaunt auf die Uhr, um sicherzugehen, dass ich meine Ausgehzeit nicht wieder überschritten hatte. „Schnell, zieh deine Schuhe aus und komm mit. Dein Freund sitzt bei einem Stück Kuchen in der Küche und unterhält sich mit deiner Mutter."

Mir blieb der Mund offen stehen. An diesem Satz war so viel verkehrt gewesen, dass mein Vater ebenso gut hätte sagen können: „Dein Freund ist in der Küche und tanzt mit deiner Mutter Cha-Cha-Cha." Seit wann wurde Rasmus von meinen Eltern zu Kuchen eingeladen? Und wenn er vorgehabt hatte, noch zu mir zu kommen, wieso waren wir dann nicht zusammen gefahren?

Mein Vater ließ mir jedoch keine Zeit für Fragen. Schon nahm er mich am Arm, und ich stolperte perplex neben ihm her zur Küche – wo mich das absolute Grauen erwartete.

Meine aufgekratzte Mutter.

Mit einem Album voller Kinderfotos von mir.

Und Sam, der sich gerade ein gigantisches Stück Schokoladentorte in den Mund stopfte.

„Hier", sagte meine Mutter und zog ein Bild aus der Klarsichthülle, um es über den Tisch zu reichen, „das stammt aus unserem Urlaub in Griechenland." Auf halbem Weg zu Sams ausgestreckter Hand stockte sie allerdings und betrachtete das Foto prüfend. „Na ja, vielleicht sollte ich das nicht – wobei, Lily war da ja noch ein kleines Mädchen, also ist es wohl in Ordnung …"

Mit einem Hechtsprung, der seinesgleichen suchte, stürzte ich auf meine Mutter zu und riss ihr das unsägliche Strandfoto aus den Fingern. „Was zum Teufel ist hier los?"

Sam, der sich bei dem Wort „Teufel" vermutlich angesprochen fühlte, lächelte unschuldig. „Deine Mutter war so reizend, mir Gesellschaft zu leisten, während ich auf dich gewartet habe, Liebes", säuselte er.

Inzwischen war auch mein Vater in die Küche gekommen, und er stupste mich in die Seite. „Ich war überrascht, dass du so sympathische Freunde hast, Lily!"

„Klar, ich suche mir sonst auch nur extra unsympathische aus", antwortete ich genervt, aber da stimmte auch meine Mutter in die Lobeshymne ein:

„Sam hat uns erzählt, dass er die vergangenen Monate in Australien zugebracht hat!", verkündete sie, als handelte es sich dabei um eine nobelpreiswürdige Leistung.

„Tjaaah", machte Sam gedehnt und weidete sich an meiner verständnislosen Miene, „du weißt doch, meine Studienzeit *Down Under* ..."

„Lieber Freund, könnte ich dich mal in meinem Zimmer sprechen?", presste ich zwischen zusammengebissenen Zähnen hervor. Ohne eine Reaktion abzuwarten, packte ich Sam am Ärmel und schleifte ihn auf den Flur. Tatsächlich zerrte ich so stark an seinem Flanellhemd, dass die Nähte krachten, aber Sam hielt sich am Türrahmen fest und streckte noch einmal den Kopf in die Küche. „Der Kuchen war absolut köstlich, Linda", rief er meiner Mutter zu. „Sie müssen mir *unbedingt* das Rezept geben!"

„Ich mache dir was zum Mitnehmen zurecht!", trällerte sie ihm hinterher, bis ich es schaffte, ihn zu meinem Zimmer zu manövrieren. Nachdem ich die Tür hinter mir zugeknallt hatte, lehnte ich mich schwer atmend dagegen.

„Kannst du mir erklären, was dieser Affenzirkus soll?"

„Deine Eltern mögen mich", sagte Sam selbstgefällig.

„Sie leiden an einem bösen Fall von Geschmacksverirrung. Aber ich will wissen, was du hier überhaupt zu suchen hast!"

Jetzt erst schien Sam realisiert zu haben, dass er sich in meinem Schlafzimmer befand. Anstatt zu antworten, schaute er sich mit demselben vorsichtigen Interesse um wie ein prüder Museumsbesucher in einer Akt-Ausstellung. Meinen Büchern, die Rasmus bei seinem ersten Besuch am meisten beeindruckt hatten, schenkte er kaum Beachtung, dafür aber meiner Kommode umso mehr. Neugierig griff er nach einer Packung Abschminkpads, missverstand offenbar, um *welche* Art von „Frauenprodukt" es sich dabei handelte, und ließ sie erschrocken wieder fallen. Danach nahm er behutsam neben meinem zerrauften Teddy auf der Bettkante Platz.

„Du warst wohl noch nie im Zimmer eines Mädchens?“, fragte ich und spürte einen Anflug von Überlegenheit.

„Doch, schon … aber da war es immer finster, und die Bettfedern haben gequietscht …“

Das machte meine Überlegenheit mit einem Schlag zunichte. „So etwas wird hier ganz bestimmt nicht passieren!“, unterbrach ich ihn errötend.

Sam setzte sich gerade hin und sah mich aufmerksam an. „Oh, hat Raziel da etwa ein“, er vollführte eine schnelle Geste, „Problemchen?“

Falls das überhaupt möglich war, wurde mein Gesicht noch heißer. „Das ist es nicht, was ich gemeint habe! Ich bin mir absolut sicher, dass Rasmus sehr wohl in der Lage wäre … also, wenn er wollte, dann könnte er sicherlich …“

„Ach, hier drückt der Schuh, hm?“, fragte Sam mitfühlend. „Nun, das ist auch irgendwie naheliegend – ehrlich gesagt sind viele Engel nicht unbedingt die maskulinsten Männer. Trotzdem solltest du dich nicht damit zufriedengeben, Raziels Zierfisch zu sein, wenn er dir eigentlich lieber vom anderen Ufer aus zuwinken würde.“

Als hätte mir diese Konversation alle Kraft geraubt, ließ ich mich neben ihn auf mein Bett plumpsen. „Rasmus ist auch nicht schwul, okay?“ In Wirklichkeit hatte sich *dafür* noch nicht die richtige Gelegenheit ergeben. Einmal hatte ich schon fast geglaubt, dass es so weit wäre, aber dann hatte meine Mutter angerufen und mich daran erinnert, pünktlich zum Abendessen zu Hause zu sein. Zwischen Rasmus' Nachhilfestunden und meiner Ausgangssperre blieb einfach nicht so viel Zeit, wie ich mir wünschte. Natürlich hätte ich mir ein Alibi für eine ganze Nacht überlegen können, aber weil ich meine Eltern ohnehin wegen so vieler Dinge belügen musste, hatte ich mir vorgenommen, nur noch in Notfällen auf Schwindeleien zurückzugreifen. Und dann war da noch die nicht ganz unwesentliche Tatsache, dass ich bisher so gut wie keine Erfahrungen mit Jungs gesammelt hatte und mich deshalb noch ziemlich unsicher fühlte … Aber das ging Sam ja nun wirklich nichts an.

„So, nachdem wir das geklärt hätten", versuchte ich krampfhaft, das Thema zu wechseln, „würdest du mir bitte verraten, was du von mir willst?"

Unglücklicherweise schien Sam sich in diesem Themenbereich absolut wohl zu fühlen. „Weißt du, Lily, als ich vorhin mit Henrietta im Keller der Bibliothek war …"

Reflexartig schossen meine Hände zu meinen Ohren. „Oh, Sam, ich flehe dich an!"

Er beugte sich vor, um meine Arme wieder nach unten zu drücken. „Keine Sorge, darum geht es gar nicht", meinte er mit unüberhörbarer Belustigung. „Ein Gentleman genießt und schweigt."

„Ein Gentleman. Genau. Deswegen mache ich mir ja Sorgen."

„Würdest du mich bitte mal ausreden lassen? Wir waren also da unten in den Archiven und haben dieses und jenes getan, bis mir auf einmal etwas klargeworden ist. Unsere Recherche in der Bibliothek war total sinnlos, einfach deshalb, weil es sich um eine *irdische* Bibliothek handelt. Ich bin mir fast sicher, dass in den Archiven des Lichts ein Buch enthalten ist, das uns bei unserer Suche nach dem Abaddon weiterhelfen könnte."

„Also?", fragte ich ungeduldig, weil mir schleierhaft war, worauf Sam hinauswollte.

Er lehnte sich zurück und fixierte mich mit seinem Blick. „Also …", wiederholte er, während er jede Regung von meinem Gesicht ablas, „was hältst du von einer Stippvisite in den Himmel?“

4. Kapitel

„Okay", sagte ich langsam. „Wo, bitteschön, ist die Pointe?" Ich schaffte es zwar, alle Emotionen aus meiner Stimme herauszuhalten, aber meine Miene war vermutlich leicht zu deuten. Außerdem war ich so weit von Sam abgerückt, wie es mein schmales Bett erlaubte.

Der verdrehte die Augen. „Ich weiß nicht – vielleicht besteht die Pointe darin, dass du dich jetzt so anstellst, obwohl du ohnehin schon mal dort warst?"

Ich nickte sarkastisch. „Klar, bevor wir geboren wurden, waren wir alle kleine Engel im Himmel."

„Das fehlte noch", sagte Sam. „Nein, ich meinte, nachdem Raziel dir im Steinbruch das Leben gerettet hat. Da warst du sozusagen seine Eintrittskarte in die Lichtwelt, schließlich brauchten die Richter Beweismaterial für seine Heldentat."

Dieses Gespräch kam mir so absurd vor, dass ich kurz auflachte. „Ich würde mich wohl daran erinnern, wenn ich als *Beweismaterial* vor einem Engelsgericht gestanden hätte!"

„Nicht, wenn sie dir danach das Gedächtnis gelöscht haben", erwiderte Sam. „Die sind ganz groß in solchen Psychotricks, während bei uns niederen Lichtwesen schon mal was danebengehen kann, wenn wir versuchen, im menschlichen Gehirn herumzupfuschen. Aber die Geschichte kennen wir ja alle."

Schweigend dachte ich über seine Worte nach. Sie ergaben tatsächlich Sinn, auch wenn ich nicht begreifen konnte, warum mir Rasmus nichts davon erzählt hatte. Wahrscheinlich hatte er gedacht, dass es niemals eine Rolle spielen würde, und mich deshalb nicht grundlos beunruhigen wollen. Es fühlte sich wirklich unheimlich an, zu wissen, dass ein so entscheidendes Erlebnis komplett aus meiner Erinnerung getilgt worden war … wie ein Bleistiftstrich von einem Radiergummi. Und was, wenn den Richtern ein Fehler unterlaufen wäre und sie versehentlich zu viel gelöscht hätten? Daran wollte ich lieber gar nicht denken. Schnell schluckte ich mein Unbehagen herunter und wandte mich wieder an Sam.

„Na schön, nehmen wir mal an, es stimmt, was du da erzählst. Sagen wir – rein hypothetisch –, dass ich einwillige und du dieses Buch aus den Archiven beschaffst. Wie geht es dann weiter? Wir können ja nicht einfach so aus der Lichtwelt hinausspazieren. Oder hoffst du etwa darauf, dass der Abaddon dann zufällig wieder die Tore öffnet?“

Sam sah mich an, als hätte ich ihn gebeten, mir nochmal schnell das Einmaleins zu erklären. „Natürlich nicht! Im Gegenteil, ich hoffe, dass ihn der erste Versuch total ausgelaugt hat und er sich bis zum nächsten Tag der offenen Tür noch ein bisschen Zeit lässt. Eigentlich dachte ich daran, denselben Weg zu wählen wie damals bei meiner Verbannung.“

Ich runzelte die Stirn. Das war noch eine Sache, die Rasmus mir nie verraten hatte – wie sein Verstoß aus der Lichtwelt im Detail abgelaufen war. Obwohl Sam den Eindruck gewinnen musste, dass Rasmus und ich ein kleines Kommunikationsproblem hatten, fragte ich ihn: „Wie meinst du das?“

„Ganz einfach: Raziel und ich wurden in die irdische Welt katapultiert, weil man uns die Flügel abgeschnitten hat.“ Er achtete nicht auf mein Schaudern und fuhr ungerührt fort: „Sobald das Blut eines Engels auf den Boden des Gerichtssaals trifft, verliert der Verurteilte sein Aufenthaltsrecht im Licht. Der Rest passiert dann wie von selbst – du kannst es dir so vorstellen, als ob dadurch eine Art Portal in die Menschenwelt geschaffen würde."

Plötzlich fiel mir etwas ein. „Warte mal", unterbrach ich Sam, ohne zu wissen, ob ich die Antwort auf meine Frage überhaupt hören wollte, „wie genau funktioniert das eigentlich mit dem Abtrennen der Flügel? Ich meine, ihr seid doch unverwundbar!"

„Nicht ganz. Sie benutzen dafür eine Klinge, die zusammen mit dem Blut eines Schattenwesens geschmiedet wurde – das ist die einzige wirksame Waffe gegen ein Lichtwesen. Umgekehrt können Dämonen nur mithilfe von Engelsblut vernichtet werden."

„Das ist total abartig", murmelte ich. Von dem vielen Gerede über Blut wurde mir bereits flau im Magen.

Sam zuckte bloß die Achseln. „Licht- und Schattenwesen sind so gegensätzlich, dass es eigentlich kein Wunder ist, dass sie füreinander wie Gift wirken. Es heißt, dass sich nach dem großen Krieg die Richter der beiden Welten zu einer Art Friedenskonferenz getroffen und Blutvorräte ausgetauscht haben. Auf diese Weise haben die Richter Macht über die anderen Bewohner ihrer Welt und können sie im Zaum halten. Es versteht sich wahrscheinlich von selbst, dass in der Schattenwelt diese Macht auf drastischere Art genutzt wird als im Licht …" Sam schien kurz mit den Gedanken abzuschweifen. Es überraschte mich, einen beinah schmerzlichen Ausdruck in seinen Augen zu erkennen; dann gab er sich jedoch einen Ruck und sprach weiter:

„Wir werden diese Klinge allerdings gar nicht brauchen. Wie du ja weißt, sind Raziel und ich an den Flügelnarben verwundbar geblieben. Also holen wir uns nur das Buch, dann schleichen wir in den Gerichtssaal, und du stichst mich mit einem gewöhnlichen Taschenmesser in den Rücken. Zack, damit sollten wir wieder in der irdischen Welt sein."

„Das hört sich bei dir ja sehr einfach an", meinte ich beklommen. „Aber wenn der Plan so genial ist, wieso hast du ihn mir dann nicht morgen in Rasmus' Anwesenheit unterbreitet? Du wirst doch nicht wollen, dass wir das jetzt gleich durchziehen?!"

Das Bett knarrte, als Sam die Beine zum Schneidersitz verkreuzte. Er sah mich prüfend an, bevor er sagte: „Da wäre ja noch die Frage, wie wir überhaupt in die Lichtwelt gelangen sollen, und was das betrifft, würde ich Raziels Rumgenöle gern vermeiden. Ich gehe davon aus, dass ich durch meine Flucht aus der Schattenwelt meinen Status als Gefallener zurückbekommen habe, und deshalb möchte ich genau das machen, was Raziel ursprünglich mit dir vorgehabt hat: Ich lasse dich ein bisschen auf den Felsen im Steinbruch herumklettern. Dank deiner Trampeligkeit wird es nicht lange dauern, bis du in Lebensgefahr gerätst. Dann rette ich dich, et voilà."

Zufrieden grinste er mich an und wartete auf eine Antwort. Mit jeder Sekunde, die verstrich, wurde die Stille zwischen uns angespannter. Sogar die Stimmen meiner Eltern, die eben noch bis in mein Zimmer gedrungen waren, schienen verstummt zu sein.

„Na?", hörte ich Sam fragen. „Was sagst du dazu?"

„Du willst also, dass ich mein Pech herausfordere", wiederholte ich hölzern. „Und Rasmus soll nicht dabei sein, weil er etwas dagegen hätte und deshalb nur stören würde?"

Sam reckte einen Daumen hoch. „Du hast es erfasst."

Ohne zu zögern stieß ich mich vom Bett ab, ging zur Tür und riss sie auf. „Raus hier."

Mit heruntergeklappter Kinnlade erwiderte Sam meinen Blick. Es war erfrischend, ihn zur Abwechslung mal verunsichert zu sehen, aber in diesem Moment konnte ich das nicht genießen. „Ähm", begann er perplex, „hättest du Lust, das weiter auszuformulieren?"

Ich umklammerte die Türklinke und hatte Mühe, meine Stimme zu beherrschen, als ich antwortete: „Du kommst ernsthaft hierher, um mich zu einem gefährlichen Ausflug einzuladen, den ich vor meinem Freund verheimlichen soll? Und das, nachdem ich vor einem halben Jahr beinahe *gestorben* wäre, wenn mich ebendieser Freund nicht gerettet hätte – weil du seelenruhig dabei zugesehen hättest, wie ich in den Abgrund stürze? Ich war vielleicht früher so naiv, Sam, aber du hast meiner Gutgläubigkeit einen ganz schönen Dämpfer versetzt. Falls das dein ultimativer Racheplan gewesen sein soll, und falls du nur deshalb die Rückkehr des Abaddons erfunden hast, betrachte die Sache als gescheitert." Ich öffnete die Tür noch ein Stück weiter. „Und jetzt verschwinde, oder ich rufe nach meinen Eltern und erzähle ihnen, dass du mich bedrohst!"

„Oh, da kriege ich aber Angst", sagte Sam, der nun eindeutig wütend aussah. „Könnte glatt sein, dass mir deine Mutter dann das Kuchenpaket vorenthält."

„Treib es nicht zu weit", antwortete ich tonlos.

Sam fluchte laut, ehe er sich abwandte, um mein Zimmer zu verlassen. Hastig drehte ich den Schlüssel zweimal herum, dann stand ich mit angehaltenem Atem da und lauschte über das Hämmern meines Herzens hinweg auf die sich entfernenden Schritte. Ich wagte erst wieder Luft zu holen, nachdem sich die Haustür mit einem Krachen geschlossen hatte.

***

„Es wird Zeit, dass ich auch mit Basketball anfange", verkündete Jinxy und stützte ihre Füße auf den Rand der Sitzreihe vor uns.

Geistesabwesend ließ ich meine Augen durch die Turnhalle wandern, die sich mit aufgeregt schnatternden Schülern füllte. Es war erstaunlich, wie viele von ihnen freiwillig ihren Abend opferten, um einer Sportveranstaltung beizuwohnen – wenn nicht zufällig mein Freund im Schulteam gewesen wäre, hätten mich keine zehn Pferde hierher gebracht. „Gute Idee", sagte ich. „Dir fehlen nur etwa dreißig Zentimeter, dann könnte man dich schon beinahe als groß bezeichnen."

Natürlich ließ sich meine Freundin nicht beirren. „Es muss einfach toll sein, so im Mittelpunkt zu stehen", meinte sie sehnsüchtig, ohne die vielen Blicke zu bemerken, die sie dank ihres Outfits auf sich zog: Heute trug sie übergroße verwaschene Latzhosen zu einem Wonder-Woman-Shirt und einer Mütze mit Bärenohren.

„Du könntest auch Cheerleader werden", schlug ich vor. „Schließlich bist du gut in Akrobatik und hüpfst gerne herum, passt doch perfekt."

Jinxy schnaubte. „Das ist das Fieseste, was du je zu mir gesagt hast."

Wie um ihre Worte zu unterstreichen, kam das Cheerleader-Team unserer Schule hereingetänzelt und begann irgendetwas zu skandieren, während die Spieler aufs Feld joggten. Sobald Rasmus die Mitte der Halle erreicht hatte, hob er den Kopf und suchte mein Gesicht. Das tat er vor jedem seiner Matches, weswegen ich mich immer auf denselben Platz setzte. Sogar aus der Entfernung konnte ich sehen, dass er sehr blass war und sich dunkle Ringe unter seinen Augen abzeichneten. Das heutige Spiel war wichtig – den Galilei Hawks bot sich dabei die Chance, sich für das Halbfinale der Schulmeisterschaft zu qualifizieren.

Trotzdem hatte ich nicht damit gerechnet, dass Rasmus derart nervös sein würde. Ich winkte ihm zu und legte so viel Optimismus wie möglich in mein Lächeln.

Jinxy, die mich dabei beobachtet hatte, stupste mich in die Seite. „Ist zwischen euch eigentlich wieder alles in Ordnung?"

„Klar", antwortete ich einen Tick zu schnell. „Wieso fragst du?"

„Ich bin zwar blond, aber nicht ... blind", gab sie zurück. „Heute in den Pausen hast du ganz offensichtlich versucht, ihm auszuweichen. Und als du es nicht mehr vermeiden konntest, mit ihm zu sprechen, hast du was von einer Abby dahergefaselt."

„*Downton Abbey,* das ist eine ganz wunderbare Kostümserie, die am Anfang des Zwanzigsten Jahrhunderts ..."

„Du machst es schon wieder", rügte Jinxy. „Was stimmt denn nicht zwischen euch? Ist das der verflixte sechste Monat?"

Ich bückte mich und tat, als müsste ich etwas aus meiner Tasche hervorholen, um Jinxys Blick zu entgehen. Inzwischen hatte ich so viele Geheimnisse vor den verschiedensten Leuten, dass ich das Gefühl hatte, demnächst platzen zu müssen. Ich hatte mich noch nicht einmal dazu durchringen können, Rasmus von Sams Überraschungsbesuch zu erzählen, und davon, dass ich die Geschichte über den Abaddon mehr denn je für einen bloßen Vorwand hielt. Zwar redete ich mir ein, dass vor seinem wichtigen Match keine gute Gelegenheit dafür gewesen war, aber in Wirklichkeit hatte ich einfach nur Angst. Wenn sich meine Vermutung als wahr herausstellte, wäre ich wieder in derselben Situation wie vor dem Campingausflug: Ich konnte Rasmus nicht anvertrauen, dass Sam hinter mir her war, wenn ich nicht riskieren wollte, dass er sich meinetwegen in Gefahr brachte.

Zum Glück ersparte es mir der Anpfiff, Jinxys Frage zu beantworten. Der Schiedsrichter warf den Ball hoch, und in der nächsten Sekunde dribbelte bereits ein Spieler des gegnerischen Teams über das Feld. Unruhig beugte ich mich vor und presste meine Hände zwischen den Knien zusammen. Es lief gar nicht gut für die Galilei Hawks: Schon nach wenigen Minuten kassierten sie den ersten Korb, was von meinen Mitschülern mit Pfiffen und Buhrufen quittiert wurde.

„Den hätte *ich* nicht durchgelassen", behauptete Jinxy und reckte sich, sodass sie im Stehen vermutlich beinahe 1,60 Meter groß gewirkt hätte. Ich versuchte mir meine belatzhoste Freundin zwischen all den durchtrainierten Jungs da unten vorzustellen und konnte mir ein Grinsen nicht verkneifen.

Meine Heiterkeit verflog allerdings rasch, als das Spiel voranschritt und die Situation für das Galilei-Team immer hoffnungsloser wurde. Das Ende des ersten Viertels nahte, und die Hawks hatten noch keinen einzigen Korb geworfen. Sogar mir fiel auf, dass die Zusammenarbeit zwischen den einzelnen Spielern einfach nicht funktionierte: Eric war nicht bereit, zu Rasmus zu passen oder von ihm den Ball anzunehmen, weshalb sich die beiden meistens im Alleingang abrackerten. Zu allem Überfluss begann Eric, seine Gegner derart penetrant zu blocken, dass der Schiedsrichter immer wieder in seine Trillerpfeife blies. Durch die Freiwürfe der gefoulten Gegner wurde der Spielstand natürlich nicht gerade rosiger.

Was hingegen eine zunehmend rötliche Färbung annahm, war Coach Rodriguez' Gesicht. Seine Rufe vom Spielfeldrand konnte man wirklich nicht als pädagogisch wertvoll bezeichnen – sie führten allerdings dazu, dass die ohnehin schon schweißgebadeten Spieler noch einen Zahn zulegten. Besonders Rasmus hatte es sich offenbar in den Kopf gesetzt, in der zweiten Spielhälfte aufzuholen, aber trotzdem mussten sich die Hawks mit 52:95 geschlagen geben.

„Puh!", machte Jinxy mit einem Schaudern, nachdem die Mannschaften das Feld verlassen hatten. „Ich nehme alles zurück, das war ja grauenhaft." Sie hievte sich und ihre Riesenlatzhose von der Bank hoch und zog mich in Richtung Ausgang, doch kurz vor der Tür stoppte ich.

„Geh du ruhig schon nach Hause, ich will hier noch auf Rasmus warten. Ich glaube nicht, dass es für sein Team heute die übliche Pizza geben wird."

Jinxy knuffte mich freundschaftlich in die Seite, und ich bog zu den Umkleideräumen ab. Als ich die halb offenstehende Tür erreicht hatte, wurde mir klar, wie richtig ich mit meiner Vermutung lag: Coach Rodriguez war gerade dabei, das Team nach Strich und Faden fertigzumachen.

„Was war denn das für ein jämmerliches Schauspiel da draußen? Ihr habt verdammt nochmal gespielt wie dressierte *Affen* … nein, das kann ich so nicht sagen, weil die verdammten Affen das Ding mehr gerockt hätten als ihr! – Was ist eigentlich mit dir los, Superboy?", wandte er sich nun direkt an Rasmus. „Wohl schlecht geschlafen, ha?"

Rasmus hob die Schultern, was den Coach nur noch mehr in Rage versetzte.

„Deine Nachtruhe ist mir scheißegal! Gerade du solltest doch eigentlich keinen Schönheitsschlaf mehr brauchen, oder?"

Eric kicherte, woraufhin der Trainer zu ihm herumfuhr. „Und du hast wirklich keinen Grund zum Lachen, Mr. *Wenn-ich-nicht-weiterweiß-begehe-ich-halt-ein-paar-Fouls*! Ohne Superboy hätten sie heute Abend den Boden mit euch gewischt, ist das klar? Also noch mehr, als sie es sowieso schon getan haben. Das war eine verdammt schwache Leistung, und zwar von euch allen!"

Die Tür flog auf, und der Trainer stampfte wie ein wütendes Rhinozeros auf den Flur. Dabei nahm er mich überhaupt nicht wahr, doch Rasmus entdeckte mich sofort.

„Hey!" Er schnappte seine Sporttasche und kam zu mir herüber. „War es sehr grausam mit anzusehen?"

„Nur so wie jedes andere Basketballspiel auch", versuchte ich zu witzeln, aber Rasmus schien für Scherze zu erschöpft zu sein. Er umwickelte seinen Hals mit dem grobgestrickten Schal, der neuerdings sein ständiger Begleiter war, und zog den Reißverschluss seiner grauen Jacke zu. „Dann lass uns hier verschwinden, ehe der Coach noch mit mir zu flirten beginnt."

Hand in Hand gingen wir aus dem Nebengebäude der Schule und zum Parkplatz, der sich schon fast vollständig geleert hatte.

„Ich finde die Reaktion von Rodriguez total überzogen", meinte ich, während wir auf Rasmus' Schrottkarre ganz am anderen Ende des Platzes zusteuerten. „Du bist doch immer noch überdurchschnittlich schnell."

„Allerdings nicht übermenschlich."

„Schon, aber das kann er nicht von dir ver…" Weiter kam ich nicht, weil eine vermummte Gestalt hinter einem Wagen hervortrat und mich zu Tode erschreckte.

„Herrgott, Lily, es ist wirklich keine Art, jedes Mal zur Begrüßung so herumzukreischen", sagte Sam.

„Du", zischte ich, sobald ich mich von meinem Schock erholt hatte. „Ich dachte, ich hätte mich gestern klar ausgedrückt – Du sollst. Mich. In Ruhe lassen!"

Verwirrt schaute Rasmus zwischen uns beiden hin und her. „Gestern?", wiederholte er, aber ich war zu geladen, um Erklärungen abzugeben.

„Wieso traust du dich überhaupt hierher? Ich dachte, du wolltest die Schule meiden!"

Sam deutete auf die Kapuze seines Sweaters, die er sich tief ins Gesicht gezogen hatte. „Ich denke nicht, dass mich jemand erkannt hat. Ist aber nett zu wissen, dass du dich um mich sorgst."

Anstelle einer Antwort setzte ich mich wieder in Bewegung und stürmte an Sam vorbei, doch leider ließ er sich nicht abschütteln. „Ich bin hier, weil ich nicht weiß, was du deinen Eltern über mich erzählt hast und ob sie mich überhaupt noch ins Haus lassen würden", erklärte er, während er locker neben mir herjoggte. „Außerdem hatte ich ehrlich gesagt gehofft, dass du deine Meinung geändert hast."

„Worum geht es denn hier eigentlich?", hörte ich Rasmus hinter mir. Er schien mit seiner großen Sporttasche zu kämpfen und Mühe zu haben, uns einzuholen.

Sam, der immer noch mit mir Schritt hielt, schaute mich mit erhobenen Augenbrauen an. „Du hast es ihm nicht erzählt? Heißt das, dass du tatsächlich über den Plan nachdenkst?"

Ein Windstoß fegte über den finsteren Parkplatz und wehte mir die Haare ins Gesicht. Wütend strich ich einige Strähnen zur Seite, bevor ich Sam entgegenschleuderte: „Nein, das heißt, dass ich keine Lust auf deine Spielchen habe! Du bist entweder hier, um alte Rachegelüste zu befriedigen, oder um einfach nur Unruhe zu stiften – egal, was es ist, da mache ich jedenfalls nicht mit!"

„Bitte wartet mal kurz", ertönte Rasmus' Stimme schon aus ziemlicher Entfernung. Ich lief noch die letzten Meter zum Auto weiter, um meinem Zorn Luft zu machen, während ich hinzufügte:

„Ich will einfach, dass es wieder so wird wie in den vergangenen Monaten, in denen du in der Hölle geschmort hast. Genau genommen wünschen wir uns *beide* nichts sehnlicher, als dass du wieder dorthin zurückkehrst – oder, Rasmus?"

Erst als auf meine Frage keine Antwort folgte, begann ich zu realisieren, dass Rasmus' Schritte schon vor einer Weile verstummt waren. Ich drehte mich um, und in der Dunkelheit glaubte ich zunächst, dass der Platz hinter mir leer wäre.

Dann bemerkte ich die zusammengekrümmte Gestalt, die regungslos auf dem asphaltierten Boden lag.

***

Es war ein seltsames Gefühl, wieder auf dem Weg zum St. Christophorus-Krankenhaus zu sein. Fast konnte ich mir vorstellen, jenen Tag im vergangenen Herbst erneut zu durchleben – als ich nach dem Unfall des Basketballteams halb verrückt vor Sorge zu Rasmus geeilt war, nur um ihn vollkommen unverletzt und frech wie immer anzutreffen. Heute saß ich allerdings in Sams Auto statt in einem Taxi, und es gab keine Hoffnung, dass Rasmus gesund war.

Die Sanitäter hatten nicht viel gesagt, während sie ihn auf einer Trage in den Rettungswagen verfrachteten. Sie hatten sich lediglich nach seinem Namen erkundigt und danach, ob ich Näheres über seinen Zustand wusste. Ich war mir absolut nutzlos vorgekommen, und der Eindruck hatte sich noch verstärkt, als meine Bitte, Rasmus begleiten zu dürfen, ausgeschlagen worden war.

„Sie können Ihrem Freund jetzt ohnehin nicht helfen", hatte einer der Männer gemeint und mich mitleidig angesehen. „In der Notaufnahme sitzen Sie dann nur stundenlang herum, während die ersten Untersuchungen durchgeführt werden. Packen Sie ihm lieber eine Tasche für den

Fall, dass er über Nacht bleiben muss, und kommen Sie später nach."

Ich hatte bloß genickt, innerlich zu betäubt, um zu protestieren. Inzwischen waren die Türen des Rettungswagens geschlossen worden, aber das Bild von Rasmus' scheinbar leblosem Körper auf der Trage stand mir immer noch vor Augen. In meiner Apathie ließ ich mich sogar von Sam zu seinem Auto führen und nannte ihm bereitwillig die Adresse von Rasmus' Wohnung. Normalerweise hätte ich es bestimmt zu gefährlich gefunden, ihm so etwas anzuvertrauen – ja, überhaupt mit ihm im selben Fahrzeug zu sitzen –, aber in diesem Moment dachte ich nicht einmal darüber nach.

Beim Anblick des Chesterton-Zitats vor dem Apartment zog Sam einen Mundwinkel hoch. „Typisch", kommentierte er, während ich die wie üblich unverschlossene Tür öffnete. Ohne mich weiter um ihn zu kümmern, ging ich geradewegs zu Rasmus' Kommode und begann in fieberhafter Eile, ein paar T-Shirts und Jogginghosen hervorzukramen. Dann hastete ich ins Badezimmer, doch als ich auf der Suche nach einer Zahnbürste im Spiegelschrank einen Karton entdeckte, geriet meine Geschäftigkeit jäh ins Stocken. In der Box befanden sich unzählige Medikamentenschachteln: Aspirin, Ibuprofen, Schlaftabletten … und alle waren beinahe aufgebraucht.

Die Blisterstreifen verschwammen vor meinen Augen. Ich dachte daran, wie Rasmus in der Bibliothek stöhnend das Gesicht in den Händen vergraben hatte – wie er auf dem Campingausflug in der milden Frühlingsluft gezittert hatte und wie er meiner Frage nach seiner Körpertemperatur mit einem Lächeln ausgewichen war. Im Nachhinein war es mir unbegreiflich, dass ich nichts davon als Alarmsignal erkannt hatte. Ich klammerte mich an den Rand des

Waschbeckens und kämpfte gegen den Druck, der sich auf meine Brust legte und mir das Atmen schwermachte.

Später konnte ich nicht sagen, wie lange ich so gestanden hatte, bis Sam mich mit seinem Eintreten aus meiner Starre erlöste. „Wollen wir jetzt fahren, oder hast du hier Wurzeln geschlagen?", fragte er, und zum ersten Mal war ich froh darüber, ihn nicht auf dem Parkplatz zurückgelassen zu haben. Offenbar hatte er beschlossen, sich zur Abwechslung mal hilfsbereit zu zeigen. Auch wenn irgendwelche selbstsüchtigen Gründe dahinterstecken mochten, so war es doch gut, nicht alleine zu sein: Es war gut, dass ich mich nicht um ein Taxi kümmern musste, und dass Sam es übernahm, im St. Christophorus die richtige Station in Erfahrung zu bringen. Teilnahmslos ließ ich mich von ihm durch die hell erleuchteten Flure lotsen und saß dann kerzengerade auf einem Plastikstuhl im Wartebereich, bis ein grauhaariger Mann auf uns zukam.

Sam sprang hoch und zog mich ebenfalls auf die Füße. „Sind Sie Razi…, der Arzt des Jungen, der vorhin bewusstlos hier eingeliefert wurde?"
Der Mann nickte kurz. „Und Sie sind Angehörige des Patienten …?"

„Er ist mein Bruder", sagte Sam, und ich war erstaunt, wie überzeugend es klang. Andererseits war das Sam – er konnte vermutlich jede Lüge glaubhaft wirken lassen.

Der Arzt warf mir nur einen Blick zu und schloss wohl von meinem verzweifelten Gesichtsausdruck darauf, dass ich ebenfalls mit Rasmus verwandt sein musste. „Also gut, hören Sie zu. Bis jetzt konnten wir viele mögliche Ursachen für den Zustand Ihres Bruders noch nicht ausschließen, aber ihm zufolge sind die Beschwerden bereits seit etwa einem halben Jahr vorhanden und rühren nicht von einer Überbelastung her. Deshalb nehme ich an, dass es sich hierbei um einen Fall von Myalgischer Enzephalomyelitis handelt. – Auch *chronisches Erschöpfungssyndrom* genannt", ergänzte er als Reaktion auf unsere verwirrten Mienen.

„Das ist alles?", platzte Sam heraus. „Erschöpfung, ernsthaft? Mann, und da drücken Sie sich aus, als wäre etwas absolut Schreckliches passiert! Ich hab schon gedacht, gleich sagen Sie, dass man ihm einen Arm abschneiden muss oder sonst was …"

Der Doktor räusperte sich. „Leider ist es nicht ganz so harmlos, wie der Name vermuten lässt. Es stimmt, dass sich M.E. zunächst wie eine gewöhnliche geistige und körperliche Erschöpfung äußert, aber die Krankheit geht auch mit Schmerzen der Gelenke, der Muskeln und des Kopfes einher und beeinträchtigt das Gedächtnis sowie die Konzentration. Des Weiteren können bei Betroffenen Herzrhythmus- und Atemstörungen auftreten, und sie verlieren die Anpassungsfähigkeit gegenüber Hitze, Kälte oder Stress. Im Klartext bedeutet das: Es ist möglich, dass ein Erkrankter ständig hungert und an Gewicht verliert, egal wie viel Nahrung er zu sich nimmt – er friert, egal wie warm er sich kleidet, und die einfachsten Tätigkeiten sind für ihn mit großen Mühen und Schmerzen verbunden."

„Moment mal, Doc", drängte sich Sam erneut in den Vordergrund. Ich war tatsächlich dankbar für seine dreiste Art, weil ich ohnehin keinen Ton herausgebracht hätte. „Sie erzählen ja schon wieder Horrorgeschichten. Sagen Sie uns lieber, was man gegen dieses Syndrom tun kann!"

„Da die genauen Ursachen der Erkrankung bis heute nicht geklärt sind, existiert leider auch keine allgemeine Behandlungsmethode", antwortete der Arzt. „Vielleicht können wir Ihrem Bruder nur dabei helfen, mit seinen erschwerten Lebensumständen zurechtzukommen; zum Beispiel mittels Physio- oder Schmerztherapie. Ich darf Sie aber beruhigen, noch ist wie gesagt eine Erkrankung keineswegs einwandfrei diagnostiziert. Außerdem gibt es durchaus Patienten, die sich nach einiger Zeit wieder vollständig erholen."

„Und die anderen?", flüsterte ich.

Der Doktor beugte sich ein Stück vor. „Wie bitte?"

„Was ist mit den anderen? Mit denen, die sich nicht wieder erholen?"

„Nun", begann er, und diesmal schwang deutliches Bedauern in seiner Stimme mit, „schlimmstenfalls kann es zu Arbeitsunfähigkeit kommen oder sogar zu dauerhafter Bettlägerigkeit." Er schien darauf zu warten, dass ich etwas sagte, doch ich konnte ihn nur stumm anschauen, während sich seine Worte echoartig in meinem Kopf wiederholten. Geduldig blätterte er in den Seiten auf seinem Klemmbrett und bot nach einer Weile an: „Der Patient schläft gerade, aber wenn Sie möchten, können Sie kurz zu ihm."

Er führte uns zu einer Tür, und sobald er uns allein gelassen hatte, drückte Sam die Klinke herunter. Ich betrat neben ihm das Zimmer, hielt aber nach wenigen Schritten inne. Das andere Bett war leer, sodass nur Rasmus' schwere Atemzüge zu hören waren. Er lag mit erhöhtem Oberkörper auf zwei Kissen, das Gesicht leicht zur Seite gedreht und eine Hand auf seiner Brust; wahrscheinlich hatte ihm das Atmen während des Einschlafens Schmerzen bereitet. Bei diesem Anblick überkam mich das Gefühl, als würde sich ein gigantischer Haken zwischen meine Rippen bohren und mich ruckartig vorwärtszerren. Am liebsten hätte ich mich zu Rasmus aufs Bett gelegt, aber ich widerstand dem Drang – er sah zu erschöpft aus, fast zerbrechlich, als dass ich riskieren wollte, ihn zu wecken.

Sam teilte meine Bedenken jedoch nicht. Schnurstracks steuerte er auf das Bett zu und blieb dicht daneben stehen. Weil ihm das nicht ausreichte, hielt er sich am Betthaupt fest, neigte sich noch ein bisschen weiter hinab – und in diesem Moment schlug Rasmus die Augen auf.

Erschrocken sprang Sam einen Schritt zurück. „Scheiße!"

„Was soll ich erst sagen", murmelte Rasmus. „Ich wache auf, und das Erste, was ich sehe, ist dein Gesicht."

Beinahe wäre ich über meine eigenen Füße gestolpert, so eilig hatte ich es, Sam aus dem Weg zu stoßen und mich über das Bett zu beugen.

Rasmus grinste schwach. „Schon besser."

Ich musste erst den Kloß in meiner Kehle herunterschlucken, ehe ich mich zu sprechen traute. Dann fragte ich heiser: „Wie geht es dir?"

„Von der peinlichen Tatsache abgesehen, dass ich jetzt schon zum zweiten Mal in deiner Anwesenheit ohnmächtig geworden bin wie die Heldin aus einem Schauerroman, geht es mir eigentlich ganz …"

Aber da klappte in meinem Inneren ein Schalter um. „Nein!", unterbrach ich ihn schrill. „Wag es nicht, behaupte ja nicht, es ginge dir gut!" Ich wusste, dass ich mich hysterisch anhörte, doch es war mir egal. „Das hier ist keine vorübergehende Schwäche oder etwas in der Art. *Seit Monaten* muss es dir jetzt schon schlecht gehen, und du hast keinen Ton gesagt! Das … das ist …" Trockene Schluchzer unterbrachen meinen Wortschwall, und Rasmus sah mich bestürzt an.

„Ähem", meldete sich Sam aus dem Hintergrund, „ich habe ganz vergessen, dass ich – also, ich muss mal dringend … ganz woanders hin." Dabei bewegte er sich rückwärts zur Tür, riss sie auf und stürzte auf den Flur.

Stille breitete sich im Zimmer aus, während ich Rasmus durch einen Tränenschleier betrachtete. Seine Haare waren noch zerzauster als sonst und wirkten gegen das helle Kissen beinahe schwarz. Über den hervorstehenden Wangenknochen schien seine Haut zu glühen, was ich attraktiv gefunden hätte, wäre nicht das Fieber schuld daran gewesen. Mir schoss der Gedanke durch den Kopf, dass Rasmus nun, da er eindeutig menschlich war, mehr wie ein gefallener Engel aussah als jemals zuvor.

Die junge Krankenschwester, die wenig später hereinplatzte, war offensichtlich derselben Meinung. „Oh, Sie sind ja wach!", jubelte sie, als hätte Rasmus ihr damit einen persönlichen Gefallen getan. Durch mich sah sie hindurch, als bestünde ich aus glasklarer Gebirgsluft. „Kann ich Ihnen irgendetwas bringen? Ein Glas Wasser? – Also, noch eines?", schickte sie atemlos hinterher, als Rasmus verwirrt zu dem randvollen Becher auf seinem Nachttisch schaute.

„Nein, danke", sagte Rasmus höflich. „Ist es in Ordnung, wenn wir uns hier noch ein bisschen unterhalten?"

„Selbstverständlich!", flötete sie, warf mir allerdings einen reichlich giftigen Blick zu, ehe sie wieder hinausrauschte.

Kaum war die Tür hinter ihr zugefallen, rutschte Rasmus an den Bettrand. Ich spürte ein schmerzhaftes Ziehen in meinem Bauch, weil er sich dabei so schwerfällig bewegte.

„Komm mal her", sagte er und nickte in Richtung des freien Platzes.

Schniefend schüttelte ich den Kopf. „Ich glaube nicht, dass das erlaubt ist."

„Das ist mir herzlich egal."

„Aber es gibt doch bestimmt Hygienevorschriften, und …"

„Lily", knurrte Rasmus, „beweg jetzt sofort deinen Hintern hier rüber!"

Ich zögerte noch kurz, dann tapste ich auf wackligen Beinen zu seinem Bett, um mich auf der äußersten Kante niederzulassen. In der nächsten Sekunde hatte Rasmus auch schon einen Arm um mich geschlungen und mich an seine Seite gezogen. Er drückte mich so eng an sich, dass ich seinen schnellen Herzschlag spüren konnte und seine Körperwärme mich wie eine Decke einhüllte.

„Pass auf“, begann er leise, „ich habe einfach gedacht, dass das alles zum Menschsein dazugehört – der ständige Hunger, das Frieren und auch die häufigen Kopfschmerzen. Ich dachte, das sei eben Teil des Pakets. Glaubst du mir das, Lily?“

Wortlos schob ich meine Stirn an seiner Brust hin und her.

„Es stimmt aber. Doch jetzt wissen die Ärzte ja, was wirklich los ist, und werden das sicher bald aus der Welt geschafft haben.“

Ich verriet ihm nicht, was der Doktor vorhin zu Sam und mir gesagt hatte. Gerade jetzt, da Rasmus für mich stark zu sein versuchte, brachte ich es einfach nicht übers Herz. Stattdessen presste ich mein Gesicht noch ein wenig fester gegen seinen Brustkorb.

„Und es war auch gar nicht so schlimm“, beeilte sich Rasmus hinzuzufügen, als ich immer noch schwieg. „Sollte es mir einmal wirklich mies gehen, werde ich es dir sagen, versprochen. Okay?“

„Okay“, nuschelte ich gedämpft. Endlich wagte ich es, mich ein wenig aufzurichten und ihn anzusehen. „Versetz mir bloß nie wieder so einen Schock.“

Rasmus hob die Hand und wischte mir eine feuchte Haarsträhne von der Wange. „Erst dann wieder, wenn ich Samael als meinen Trauzeugen vorschlage.“

Damit schaffte er es, mich derart durcheinanderzubringen, dass meine Tränen tatsächlich versiegten. „Das … das wird bestimmt auch für Sam ganz schön unerwartet kommen“, überspielte ich meine Verblüffung. „Er scheint mir wirklich nicht der Typ zu sein, dem dieses Amt bisher häufig angeboten wurde. Das heißt, gibt es so etwas wie Hochzeiten in der Lichtwelt überhaupt?“ Mir war bewusst, dass ich unnützes Zeug redete, aber es tat gut, vom Krankenhaus abzulenken.

„Nicht in dieser Form, nein“, erwiderte Rasmus und schob einen Arm unter meinen Nacken. „Wir – ich meine, die Lichtwesen können sich nicht aneinander binden, bis dass der Tod sie scheidet, weil es für sie in der Regel ja keinen Tod gibt.“

Ich rang zwar mit mir, doch dann rutschte es mir natürlich heraus: „Aber Beziehungen zwischen Engeln gibt es schon?“

Der Anflug eines Grinsens auf seinem Gesicht zeigte mir, dass Rasmus meine Gedanken gelesen hatte. „Lily, ich bin krank, du darfst mir keine so riskanten Fragen stellen“, protestierte er scherzhaft.

„Nein, schon gut, ich meinte nur … weil ich kaum etwas über die Lichtwelt weiß und … warum erzählst du mir eigentlich nie davon?“, stotterte ich verlegen.

„Weil ich nicht glaube, dass es eine Rolle spielt. Das liegt endgültig hinter mir und hat nichts mehr mit meinem Leben zu tun. Alles, was mir jetzt wichtig ist, habe ich genau hier … und damit meine ich *nicht* diese schrecklich unbequemen Krankenhauskissen.“

In seinen Augen blitzte es auf – es war nur eine blasse Version des üblichen ironischen Funkelns, aber es reichte aus, um der Situation ein wenig ihren Schrecken zu nehmen. Intuitiv rutschte ich auf der Matratze nach oben und küsste Rasmus' freches Lächeln. Anschließend wollte ich wieder zurückweichen, aber er hielt mich fest. Ganz sacht legte er eine Hand an mein Kinn und hob meinen Kopf, sodass ich ihm erneut das Gesicht zuwandte. Dann beugte er sich vor, und ich schloss die Augen, ehe mich seine

Lippen über dem Wangenknochen berührten. Wie um der Spur meiner getrockneten Tränen zu folgen, verteilte Rasmus von dort aus winzige Küsse bis zu meinem Mund. Gleichzeitig fuhren seine Finger am Halsausschnitt meiner Strickjacke entlang und stoppten erst, als sie den Reißverschluss erreicht hatten. Er wartete auf eine Erlaubnis, und obwohl ich eigentlich viel zu aufgewühlt und verwirrt war, um irgendwelche Entscheidungen zu treffen, brauchte ich nicht einmal darüber nachzudenken. Ich legte Rasmus beide Hände in den Nacken und presste meine Lippen auf seine. Trotz dieser eindeutigen Antwort auf seine unausgesprochene Frage öffnete er den Reißverschluss meiner Jacke nur sehr langsam, fast zögernd. Als mein knappes Trägershirt darunter zum Vorschein kam, machte er einen tiefen Atemzug, und mir wurde klar, dass er die Luft angehalten hatte.

„Lily –", flüsterte er, aber ich schüttelte den Kopf. Ich wollte in diesem Augenblick nicht vernünftig sein, sondern dieses dumme, unpassende Gefühl des Leichtsinns noch ein wenig auskosten. Kurzentschlossen hob ich die Bettdecke hoch und kroch an Rasmus Seite. Schon vorhin war mir aufgefallen, dass er sich gegen ein Krankenhausnachthemd gewehrt haben musste und immer noch seinen dünnen schwarzen Sweater anhatte. Jetzt allerdings, als ich mich im Kokon seiner Fieberhitze an ihn schmiegte, bemerkte ich, dass er ansonsten nur Boxershorts trug.

Auf einmal spürte ich meinen Herzschlag überall, in meinem Hals, in meiner Brust und sogar in meinen Händen, während ich über Rasmus' Rücken strich. Ich schob meine Finger unter den Saum seines Pullovers und tastete nach den Narben, die in den vergangenen Monaten zu feinen Linien verheilt waren. Rasmus wiederholte dieselbe Bewegung unter meinem Trägershirt – seine Fingerspitzen glühten an meiner Taille, meinen Rippen …

Dann fiel im Flur etwas mit lautem Scheppern zu Boden, und wir schreckten auseinander.

Mir entwischte ein nervöses kleines Kichern. „Also, *das* ist ganz bestimmt gegen die Hygienevorschriften."

Rasmus' Atem kitzelte an meinem Nacken, als er ebenfalls lachte. „Wahrscheinlich schon."

„Und es könnte jederzeit eine Krankenschwester hereinschneien, um uns daran zu erinnern."

„Was ungünstig wäre", ergänzte er widerstrebend. Seine rechte Hand lag immer noch auf meinem Rücken, und ich spürte, dass seine Finger bebten. Obwohl das möglicherweise nicht an der Kälte lag, setzte ich mich auf, schob die verrutschte Decke zurecht und steckte sie sorgfältig um Rasmus herum fest.

Grinsend schaute er zu mir hoch. „Und jetzt? Gibt es eine Gute-Nacht-Geschichte?"

„Wenn du schön artig bist."

Mit einem Murren zog Rasmus die Hände unter der Decke hervor und machte den Reißverschluss an meiner Strickjacke wieder zu. „Wenn's sein muss."

„Okay, dann kann es jetzt losgehen", sagte ich in einem extra munteren Tonfall. „Irgendwelche Präferenzen, was das Thema betrifft? Kennst du schon die, in der eine blutjunge Maid von einem dunklen Ritter davor bewahrt wird, sich mit Klopapier am Absatz zum Gespött des Hofes zu machen?"

„Na klar, und dann lebten sie glücklich und zufrieden bis an ihr Lebensende."

In der Hoffnung, dass er mein Zusammenzucken bei seinem letzten Wort nicht bemerkt hatte, zwang ich mich, sein schelmisches Lächeln zu erwidern. Dann beugte ich mich aus dem Bett und fischte nach meiner Tasche.

„Hier, ich hab *Jane Eyre* dabei, das nehmen wir ja bald in Englisch durch."

Rasmus runzelte die Stirn. „Hmm, das Anwesen brennt ab und der Kerl erblindet, aber das Mädchen kriegt er am Ende doch. Kann man wohl als Happy End gelten lassen.“ Er rollte sich auf der Seite zusammen, während ich mich gegen das Haupt des Bettes lehnte. Danach schlug ich das Buch auf und begann vorzulesen, ohne jedoch auch nur ein einziges Wort zu begreifen. Alles, worauf es ankam, war der feste Klang meiner Stimme.

***

Als ich etwa eine halbe Stunde später auf den Flur hinaustrat, fand ich Sam, der mit gesenktem Kopf auf einem der orangefarbenen Stühle hockte. Ich setzte mich auf den Platz daneben und stupste ihn an, woraufhin er wie elektrisiert zusammenzuckte.

„Menschen – sind – abartig!“, stöhnte er gequält. „Heiliger Kuhmist, was ich hier schon vorbeihumpeln oder -kriechen gesehen habe …“

„Ja, lass uns gehen“, fiel ich ihm ins Wort. Jetzt, da ich nichts mehr für Rasmus tun konnte, wollte ich das Krankenhaus mit seinem weißen Licht und dem kalten Geruch nach Desinfektionsmittel so schnell wie möglich verlassen. Ich erkundigte mich noch bei einer Krankenschwester nach den Besuchszeiten, dann gingen wir ins Freie, wo bereits die Nacht hereingebrochen war.

Während der Heimfahrt war Sam sehr schweigsam. Ich wünschte mir, dass er einfach irgendetwas sagte, um die Anspannung zu lösen, aber er starrte nur geradeaus. Schließlich schüttelte er einmal kurz den Kopf.

„Was ist?“, fragte ich.

Es dauerte eine Weile, bis er antwortete. „Wegen dieser – dieser Sache, die Raziel angeblich haben soll …“

„Myalgische Enzephalomyelitis.“

„Malmische Enzephallushepatits, am Arsch."

Ich seufzte. „Willst du das vielleicht noch genauer ausführen?"

„Allerdings, und zwar, dass ich einen Besen fresse, wenn Raziel wirklich so ein Zeug hat. Ich meine, er ist ein *Engel*, verdammt nochmal!"

„Das ist er eben nicht!", rief ich, und meine Stimme brach. Auf einmal fühlte ich mich unendlich müde. „Er ist jetzt ein Mensch und kann somit genau wie jeder andere Mensch Krankheiten bekommen!"

„Wie auch immer", brummte Sam.

Den Rest der Fahrt brachten wir wieder schweigend zu. Als wir bei meinem Haus angekommen waren und ich die Autotür öffnete, traf mich Sams Frage völlig unerwartet: „Kann ich mit reinkommen?"

Verwirrt zog ich die Augenbrauen zusammen. „Wieso das denn?"

„Deine Eltern sind nicht zu Hause, oder?", wollte er wissen und musterte die dunklen Fenster. „Raziel würde mir den Kopf abreißen, wenn ich dich jetzt allein ließe. Na ja, und wenn er es könnte."

Ich hob bloß die Schultern, zu erschöpft, um zu protestieren. Sam schien das als Einladung zu genügen: Ohne zu zögern folgte er mir ins Haus und danach die Treppe hinauf.

Ich ging geradewegs in die Küche und holte eine Flasche Milch und ein Päckchen Kakao hervor, einfach nur, um meine Hände zu beschäftigen. „Willst du auch was trinken?", fragte ich Sam.

Er lehnte ab, ließ mich aber nicht aus den Augen, während ich einen Topf füllte. Ein wenig Milch schwappte daneben, und bei meinen hastigen Bemühungen, die Pfütze aufzuwischen, hätte ich beinahe auch noch die Kakaopackung umgeworfen.

„Mach dir mal nicht so viele Gedanken", sagte Sam unvermittelt. „Rasmus lässt sich nicht so leicht aufs Kreuz legen. Ich muss es wissen, schließlich hab ich es versucht!"

Ein Geräusch rutschte mir über die Lippen, das ebenso gut ein Lachen wie ein Schluchzen hätte sein können. „Du bist ein Idiot", sagte ich und zog die Nase hoch. „Aber danke."

Sam nickte nur. Erst als ich mich wieder abgewandt hatte, um die Milch vom Herd zu nehmen, fiel mir auf, dass er wohl zum allerersten Mal *Rasmus* gesagt hatte.

Später saßen wir zusammen am Küchentisch, und ich rührte in dem erkaltenden Kakao, den ich beim besten Willen nicht herunterbringen konnte. Die Fragen, die dringend gestellt werden wollten, schnürten mir die Kehle zusammen: Wann würde Rasmus wohl aus dem Krankenhaus entlassen werden? Wie sollten wir ihn in der Schule entschuldigen, und würde er nach seiner Heimkehr überhaupt für sich selbst sorgen können? Mir war bewusst, dass es so viel zu besprechen und zu organisieren gab, aber ich schaffte es einfach nicht. Ich wollte nicht mit Sam über all das reden – mit niemandem, um genau zu sein. Noch konnte ich mir weismachen, dass Hoffnung bestand und sich der Doktor vielleicht geirrt hatte ... Wenn ich meine Sorgen allerdings aussprach, würden sie unwiderruflich zur Realität werden.

Fast erleichtert sprang ich auf, als die Türglocke schrillte. „Bin gleich zurück", sagte ich und eilte die Treppe hinunter. Sicher hatten meine Eltern, die an diesem Abend zu einer Party eingeladen waren, ihre Schlüssel vergessen. Ich schaute schnell in den Flurspiegel, um zu überprüfen, ob ich auch nicht zu verheult aussah, und öffnete dann die Tür.

Weil ich so fest mit meinen Eltern gerechnet hatte, konnte ich den Mann auf der Vordertreppe zuerst nur verblüfft anstarren. Ich brauchte sogar einen Moment, um zu registrieren, dass er auf eine kühle, abweisende Art attraktiv war: Er hatte ein schmales Gesicht mit hohen Wangenknochen und ölig glänzende schwarze Haare. Außerdem trug er einen schiefergrauen Anzug, was mich an den Abend im Herbst denken ließ, an dem mich Sam zum Schulball abgeholt hatte. Ich bemühte mich, diese Erinnerung wieder zu verdrängen, und zog fragend die Augenbrauen hoch.

„Guten Abend, bitte entschuldigen Sie die späte Störung", sagte der Fremde. Seine Stimme wirkte seltsam vertraut, obwohl ich mir sicher war, sie nie zuvor gehört zu haben. Sie war sehr weich, beinahe samtig, und brachte mich mit ihrem einschmeichelnden Klang dazu, die Tür unwillkürlich noch etwas weiter zu öffnen.

„Kein Problem. Wie kann ich Ihnen helfen?"

Sein Blick huschte an mir vorbei in den Flur, und da bemerkte ich, dass seine Augen vollkommen silbern aussahen. Ich beugte mich ein wenig vor, um die Pupillen erkennen zu können, aber es wollte mir nicht gelingen. Wahrscheinlich spielte mir in der Dunkelheit meine Fantasie einen Streich.

„Ich bin gekommen, um etwas zu holen. Etwas, das nicht hierher gehört."

Nur unter großer Anstrengung konnte ich meine Konzentration wieder auf das richten, was er sagte. „Sie meinen eine Antiquität?", fragte ich mechanisch. „Haben Sie ein Möbelstück bei meinen Eltern reserviert? Wissen Sie, normalerweise können Sie alles direkt im Laden abholen. Es kommt so gut wie nie vor, dass meine Eltern etwas mit nach Hause bringen und es außerhalb der Geschäftszeiten aushändigen."

Der Mann sah mich nur weiterhin unverwandt an. „Es gehört nicht hierher", wiederholte er.

„Ich weiß nicht … Ich glaube eigentlich nicht, dass etwas auf eine Abholung wartet", sagte ich unsicher, während er mich mit seinem Blick festhielt. Obwohl der Ausdruck darin gar nicht bittend war, hatte ich das dringende Gefühl, diesem Fremden helfen zu wollen. Das Beste würde sein, wenn ich ihn einfach hereinließ und gemeinsam mit ihm nach der Antiquität suchte.

Ich öffnete schon den Mund, um den Mann in den Flur zu bitten, als sich der Gedanke an Rasmus in mein Bewusstsein drängte. In der vergangenen Minute hatte ich es tatsächlich geschafft, meine Sorgen komplett zu vergessen! Diese Erkenntnis verwirrte mich so sehr, dass ich mich vom Gesicht des Unbekannten losriss und den Kopf senkte.

„Tut mir wirklich leid", murmelte ich, „es ist gerade ein schlechter Zeitpunkt. Kommen Sie doch morgen wieder!" Damit schloss ich bedauernd die Tür, noch bevor er mir etwas entgegnen konnte.

Kaum hatte ich die Klinke losgelassen, kam Sam die Treppe herunter. „Wer war das?", fragte er alarmiert.

„Ach, nur ein Kunde meiner Eltern", beruhigte ich ihn. „Er hat irgendwas gesucht, aber – hey!"

Ohne ein Wort hatte Sam mich beiseite gestoßen, um die Tür zu erreichen. Ich stolperte gegen die Wand und konnte mich gerade noch mit einer Hand abstützen, bevor ich hingefallen wäre.

Sam hatte sich inzwischen vor das Guckloch gestellt und spähte hindurch. Als Reaktion auf das, was er draußen sah, ballten sich seine Hände zu Fäusten. „Scheiße, Lily", zischte er, und allein der Klang seiner Stimme jagte mir einen Schauer über den Rücken. „Ich glaube, das ist ein Dämon."

In der nächsten Sekunde zerbrach mit einem ohrenbetäubenden Klirren das Fenster an meiner Seite.

5. Kapitel

Geistesgegenwärtig bedeckte ich meinen Kopf mit den Armen und stürzte auf die Knie, als die Scherben auf mich einprasselten. Während ich fiel, erhaschte ich einen Blick auf den Mann im grauen Anzug: Er schob sich gemächlich durch den Fensterrahmen und drückte dabei den Rest der Scheibe mit bloßen Händen ein, dann schritt er achtlos an mir vorüber.

Zitternd hob ich den Kopf und schaute zu Sam. Der hatte nicht einmal den Versuch unternommen, zu fliehen, obwohl er immer noch mit dem Rücken zur Tür stand. Seine Augen huschten zwischen mir und dem Fremden hin und her, und für einen Moment glaubte ich, Angst in seinem Gesicht zu erkennen. Dann machte der verletzliche Ausdruck wieder seiner typischen Herablassung Platz.

„Das ist ein *Fenster*", sagte er. „In der irdischen Welt kommt man für gewöhnlich durch die Tür. Aber als ich neu hier war, habe ich das auch *an*dauernd verwechselt." Sein Tonfall triefte nur so vor Sarkasmus, aber ich kannte ihn gut genug, um die Anspannung darin zu bemerken.

In der Mitte des Flurs machte der Mann Halt. Er musterte Sam mit einer Miene, als handelte es sich bei diesem um ein widerliches Insekt, während er sagte: „Gut, dass ich dich hier treffe. Es war gar nicht so leicht, dich aufzuspüren, Samael."

„Ihr kennt euch?", gelang es mir zu flüstern. Die Szene flimmerte vor meinen Augen wie ein alter Film. Nur der Nachtwind, der durch den leeren Fensterrahmen hereinwehte und meine Arme mit Gänsehaut überzog, ließ mich daran glauben, dass das alles wirklich geschah.

Der Fremde beachtete mich überhaupt nicht, doch Sam machte eine wegwerfende Handbewegung. „Wir hatten bereits das Vergnügen. Er hat sich genau wie ich meistens in der Nähe der Tore aufgehalten, wahrscheinlich in der Hoffnung, allein dadurch zum Wächter befördert zu werden. – Und lass mich raten", wandte er sich wieder an den Mann, „heute Abend hat sich eines der Tore einen Spaltbreit geöffnet, und du wurdest in die irdische Welt katapultiert?"

„Allerdings, doch im Gegensatz zu dir habe ich vor, in die Schatten zurückzukehren", zischte der Dämon. Seine Stimme, die anfangs so einnehmend auf mich gewirkt hatte, war nun kalt wie Eis. „Die Richter werden sich äußerst dankbar erweisen, wenn ich ihnen nicht nur die Wiedergeburt des Abaddon verkünde, sondern auch noch einen Deserteur ausliefere!"

Sam hob die Hand, als befände er sich im Schulunterricht. „Kleiner Einwand: Wir sind beide unverwundbar. Wie genau gedenkst du, mich zur Rückkehr zu zwingen? Willst du mich mit deiner wirklich abgrundtief hässlichen Visage in die Hölle scheuchen?"

Das Gesicht des Mannes blieb unbewegt. „Wir wissen, wie ihr Lichtgeborenen zu locken seid. Es wird mir eine Freude sein, dieses irdische Subjekt in die Schattenwelt mitzunehmen und es den anderen dort als Geschenk zu präsentieren, solltest du dich nicht fügen."

Obwohl das Blut in meinen Ohren rauschte, hatte ich die Worte des Dämons genau gehört – aber mein Gehirn weigerte sich, sie zu begreifen. Ich hätte vor Panik ausflippen müssen, stattdessen fühlte ich mich wie betäubt.

„Irdisches Subjekt?", fragte Sam und begann zu lachen. „Du willst *Lily* als Druckmittel einsetzen? Herrje, das habe ich ja schon längst hinter mir. Man könnte fast sagen, ich hab's erfunden. Auf jeden Fall wünsche ich dir ganz viel Spaß und Erfolg!"

Mit verschränkten Armen lehnte er sich gegen die Tür, immer noch ein amüsiertes Grinsen auf den Lippen. Ich suchte nach irgendwelchen Zeichen für Anteilnahme in seinem Gesicht, aber ich fand nichts – keinen noch so kleinen Hinweis darauf, dass Sam bluffte. Die Ereignisse aus der Nacht im Steinbruch schienen sich zu wiederholten: Sam wollte dabei zusehen, wie jemand seinetwegen starb, und es entlockte ihm nicht mehr als ein Lächeln.

Der Dämon hatte wohl ähnliche Gedanken wie ich. Mit zur Seite geneigtem Kopf betrachtete er Sam und lauerte auf eine Reaktion, als könnte er nicht glauben, dass er sich in einem ehemaligen Lichtwesen derart getäuscht hatte. Während des angespannten Schweigens wirkte jedes Geräusch unnatürlich verstärkt – das Rascheln der Blätter vor dem Fenster, das Ticken der Standuhr im Wohnzimmer, meine eigenen hastigen Atemzüge. Ganz langsam, um nur ja nicht auf mich aufmerksam zu machen, winkelte ich die Knie an. Dann erhob ich mich in die Hocke, die Augen fest auf das lackschwarze Haar des Dämons gerichtet, der mir immer noch den Hinterkopf zugekehrt hatte. Wenn ich es schaffte, absolut lautlos aufzustehen, hatte ich eine winzige Chance, durch das kaputte Flurfenster in den Garten zu flüchten. Natürlich gab es für mich keine Möglichkeit, dem Dämon davonzulaufen, aber vielleicht waren draußen Leute unterwegs, vor denen er keinen Angriff wagen würde ... vielleicht ...

Meine rechte Hand, mit der ich mich auf dem Fußboden abstützte, traf direkt auf eine Scherbe. Ich zuckte zusammen und kippte nach vorne, fiel mit einem dumpfen Geräusch auf die Knie. Im selben Moment wirbelte der Dämon herum und sprang. Raubkatzengleich flog er auf mich zu, die Hände vorgestreckt, die Finger wie zu Klauen verkrümmt. Mir blieb überhaupt keine Gelegenheit, zu reagieren. Hilflos wartete ich darauf, von ihm gepackt zu werden, als er plötzlich gegen ein Hindernis prallte und zwei Schritte rückwärts stolperte.

Sam stand breitbeinig zwischen dem Dämon und mir.

„Hab's mir anders überlegt", verkündete er knapp, dann holte er aus und schlug dem Mann ins Gesicht. Die Wucht des Hiebs riss den Dämon von den Füßen. Er stürzte gegen die Eingangstür, die unter seinem Gewicht zerbrach, und hatte Mühe, sich aus den Holztrümmern wieder hervorzuarbeiten. Noch ehe er sich ganz aufrichten konnte, war Sam auch schon über ihm und traktierte ihn mit Schlägen, von denen jeder einen normalen Menschen tödlich verletzt hätte. Kostbare Sekunden verstrichen, bis ich begriff, dass mich der Dämon längst aus den Augen gelassen hatte. Ich kam schwankend auf die Beine und kämpfte kurz um mein Gleichgewicht, dann floh ich in Richtung Treppe. Mir war klar, dass ich mich damit selbst in eine Falle begab, aber zum Umkehren war es zu spät. Begleitet von dem Hämmern der Faustschläge und dem Geräusch von zersplitterndem Holz rannte ich hinauf, fand gerade noch an der obersten Stufe Halt, als ich zu stolpern drohte, und hastete danach den Flur entlang.

Endlich hatte ich mein Zimmer erreicht, auf das ich instinktiv zugesteuert hatte. Noch niemals zuvor war mir dieser Raum so winzig und vollgestopft erschienen – wie gelähmt stand ich im Türrahmen und ließ den Blick über meinen Schreibtisch und die Bücherregale huschen, auf der Suche nach einem Versteck. Als ich mir einbildete, ein Geräusch an der Treppe zu hören, warf ich mich auf den Bauch und rutschte mit schmerzenden Hüftknochen unter mein Bett. Dort drückte ich die Stirn auf den Fußboden und zwang mich zu flachen Atemzügen, obwohl ich das Gefühl hatte, ersticken zu müssen. Jedes Mal, wenn ich

Luft holte, bohrte sich der Lattenrost in mein Kreuz, und mein Herz hämmerte so schnell, als wollte es sich einen Weg aus meinem Brustkorb bahnen. Nach einem letzten Poltern im Erdgeschoss war es auf einmal ganz still geworden, und mein Puls dröhnte mir in den Ohren.

Konnte Sam seinen Gegner in die Flucht geschlagen haben? Oder hatte er aufgegeben, sodass der Dämon bereits …

Panik schwappte in Wogen über mir zusammen, und ich grub die Zähne in meine Unterlippe, um dagegen anzukämpfen. Gerade war es mir gelungen, meine hechelnde Atmung ein wenig zu beruhigen, als meine Knöchel von eisigen Fingern gepackt wurden. Ich schlug mit den Füßen aus, klammerte mich an einen Bettpfosten, doch ich hatte keine Chance. Unerbittlich wurde ich aus meinem Versteck geschleift. Noch bevor ich den Mund zu einem Schrei öffnen konnte, warfen mich zwei Hände herum – und ich schaute in Sams bleiches Gesicht.

Sofort schnellte ich hoch. „Wo ist …"

„Schh! Ich bin ihm entwischt, als er im Wohnzimmer nach dir gesucht hat", antwortete Sam beinahe unhörbar. „Während unseres Kampfes scheint er nicht gemerkt zu haben, dass du die Treppe genommen hast. Er wird allerdings gleich hier raufkommen, also müssen wir auf der Stelle verschwinden!"

„Aber wie denn?"

„Vertraust du mir?"

Wortlos starrte ich in seine Augen, bei denen mir zum ersten Mal ein silbriger Glanz auffiel. Diese Szene erinnerte mich so sehr an die Art, wie er mich damals im Steinbruch in eine Falle gelockt hatte, dass es mich kalt überlief. Meine Finger ballten sich zu Fäusten, während ich nickte.

„Okay, ich werde dich festhalten und mit dir zusammen aus dem Fenster springen. Keine Angst, dir passiert nichts. Aber wir müssen das Fenster in der Küche nehmen, weil dieses hier direkt über dem Wohnzimmer ist und er uns dann auf jeden Fall bemerken würde." Rückwärts ging Sam zur Tür, wandte sich schließlich um und drückte die Klinke hinunter. Während ich ihm durch den Flur folgte, lauschte ich angestrengt auf irgendwelche Geräusche aus dem Wohnzimmer, doch da war nichts. Etwas selbstbewusster machte ich einen großen Schritt, um Sam einzuholen – und wurde seitlich gegen die Wand geschleudert. Die Tür zum Schlafzimmer meiner Eltern war aufgeflogen, und ein Schatten hatte mich aus der Dunkelheit des Raumes angesprungen. Nun stand der Dämon direkt vor mir, doch anstatt mich festzuhalten, neigte er bloß den Kopf zu mir herab. Ich starrte in die metallische Kälte seiner Augen, unfähig, mich davon zu lösen. Auf einmal kam es mir töricht vor, dass ich versucht hatte, wegzulaufen. Bestimmt war es klüger, zu gehorchen und auf eine gnädigere Behandlung zu hoffen …

Gerade hatte ich meinen Widerstand komplett aufgegeben, da verschwanden die Augen des Dämons aus meinem Blickfeld, und der Bann brach. Sam musste dem Mann von hinten einen Tritt in die Kniekehle verpasst haben, denn er sackte mit einem überraschten Laut zusammen. Schon hatte Sam ihn in den Schwitzkasten genommen. Während sich die beiden vor der Treppe über den Boden wälzten, sah ich keinen anderen Ausweg, als wie geplant in die Küche zu laufen. Ich machte mich darauf gefasst, aus dem Fenster mehrere Meter tief in den Garten zu springen, als Sam hereingepoltert kam. Er bremste neben mir ab und kreuzte die Arme vor der Brust – dann packte er sein Hemd beim Saum, um es sich über den Kopf zu zerren.

„Wieso ziehst du dich denn jetzt aus?", schrie ich. Sogar der Dämon schien verwirrt, was Sam die Gelegenheit verschaffte, bis zur Anrichte zu gelangen. Er riss ein langes Fleischmesser aus dem Block und war in der nächsten Sekunde wieder bei mir, um es mir in die Hand zu drücken. Ich war so perplex, dass sich meine Finger automatisch um den Griff schlangen. Inzwischen hatte mir Sam den Rücken zugewandt, von dem mir die Flügelmale rötlich entgegenleuchteten … und da begriff ich. Unter dem verständnislosen Blick des Dämons hob ich das Messer und schnitt in eine von Sams wulstigen Narben.

Sam krümmte sich zusammen, und die Sehnen an seinem Hals traten hervor. Noch während ich ungläubig auf die blutige Klinge in meiner Hand schaute, richtete er sich jedoch wieder auf.

„Das hat dir Spaß gemacht, gib's zu!", rief er über die Schulter und machte einen Satz in Richtung des Dämons. Mit einem Übelkeit erregenden Krachen trafen die beiden Körper aufeinander. Nachdem sich der Dämon von seiner Überraschung erholt hatte, wehrte er sich wieder mit aller Kraft: Seine Arme und Beine bewegten sich so schnell, dass ich sie nur verschwommen wahrnehmen konnte. Einmal flog Sams Kopf nach hinten und prallte gegen den Küchenschrank, wo er ein kreisrundes Loch hinterließ. Gleich darauf legte der dunkelhaarige Mann beide Hände um die Kehle seines Opfers und drückte zu. Obwohl ich wusste, dass der Dämon ihn eigentlich nicht verletzen konnte, schien es mir, als würde sich Sams Gesicht allmählich verfärben. Krampfhaft umklammerte ich das Messer, starrte auf das Knäuel aus Gliedmaßen und suchte verzweifelt nach einer Gelegenheit …

Dann kniete Sam plötzlich über seinem Gegner. Irgendwie musste es ihm gelungen sein, sich aus dessen Würgegriff zu befreien, und nun fixierte er den Dämon mit seinem Gewicht. „Lily", brüllte er, *„jetzt!"*

Es gab für mich keine Zeit, zu überlegen. Bevor mich Angst oder Skrupel zurückhalten konnten, richtete ich das Messer über dem zuckenden Körper aus und stach zu.

Ich hatte erwartet, auf einen Widerstand zu treffen, doch die Klinge glitt durch den Brustkorb des Dämons wie durch Butter. Das Gefühl war so ekelerregend, dass ich mitten in der Bewegung gefror, den Griff des Messers immer noch in der Hand. Ich sprang erst einen Schritt zurück, als der Dämon seinen Kopf in den Nacken warf. Die metallischen Augen quollen aus den Höhlen. Panisch tasteten seine langen Finger zu seinen Rippen, wo sich rasch ein dunkler Fleck ausbreitete. Dann stieß er ein markerschütterndes Kreischen aus, das schlimmer klang als tausend Nägel, die über eine Tafel kratzten. Meine Hände fuhren schützend zu meinen Ohren, und gleichzeitig kniff ich die Lider zusammen, damit ich nicht länger mit ansehen musste, wie sich das Gesicht des Mannes vor Wut und Schmerz verzerrte.

Als mich ein Luftzug traf, riss ich die Augen wieder auf. Der Dämon war an mir vorbei zum Fenster gerauscht und stürzte nun in die Nacht hinaus. Abermals stoben Splitter durch die Luft, doch ehe ich selbst reagieren konnte, war Sam bei mir. Er warf mich zu Boden, die Knie und Ellenbogen dicht neben meinem Körper. Regungslos verharrte er, während das Prasseln des zerbrochenen Glases leiser wurde und dann ganz verstummte. Schließlich war nichts anderes mehr zu hören als das sanfte Rauschen des Windes und das Rascheln der Gardine, die sich vor dem Fenster bauschte.

„Oh mein Gott“, hauchte ich zittrig. „Ich habe jemanden *erstochen*.“

Sams Antwort war ein tiefes Ächzen, mit dem er sich von mir wegstemmte. Trotz des Kampfes war sein Gesicht frei von Schweiß, aber ein langer Blutspritzer prangte über seinem Wangenknochen und verlieh ihm ein schauriges Aussehen.

Unfähig, mich zu rühren, blickte ich zu ihm hoch. „W-wird er jetzt sterben, was glaubst du?“

„Schon möglich“, sagte Sam kalt und wischte sich ein paar winzige Scherben von den Unterarmen. „Wahrscheinlich wird er in die Schattenwelt zurückzukehren versuchen, um sich zu regenerieren, doch ich denke nicht, dass das Tor noch offen ist. So wie ich das sehe, experimentiert der Abaddon erst mit seinen Kräften und ist nicht in der Lage, die Grenzen dauerhaft niederzureißen. Vielleicht wird der Dämon auch so überleben, wenn du sein Herz nicht erwischt hast – aber wir wollen hoffen, dass du ihm mit meinem Blut den Garaus machen konntest.“

Übelkeit ballte sich in meinem Magen zusammen, und ich schluckte gegen den bitteren Geschmack an, der mir in die Kehle stieg. Dabei musste mein Gesicht eine grünliche Farbe angenommen haben, denn Sam betrachtete mich mit einem unwilligen Stirnrunzeln.

„Jetzt komm mir nicht mit dieser Schuldgefühlskiste“, sagte er, während er mich an den Schultern in eine sitzende Position zog. „Wenn er dich in die Finger bekommen hätte, wärst du ebenfalls gestorben, aber auf eine weitaus unangenehmere Art. Und außerdem war das ein Dämon.“

„Genau wie du!“, antwortete ich gepresst. Ich wartete darauf, in Tränen auszubrechen, doch meine Augen blieben trocken. Anscheinend hatte ich mich für diesen Tag bereits leergeweint.

„Es hat sich doch gerade gezeigt, dass seit meiner Rückkehr in die irdische Welt wieder Engelsblut durch meine Adern fließt“, entgegnete Sam. „Das bestätigt meine Theorie.“ Er rappelte sich auf und streckte dann die Hand aus, um mir auf die Füße zu helfen. Zwar gab ich mir wirklich große Mühe, aufrecht zu stehen, doch meine Knie machten einfach nicht mit. Ich taumelte und war kurz davor, mich in die Scherben zu setzen, als Sam mich an den Oberarmen packte.

„Reiß dich zusammen", befahl er, aber es klang nicht ganz so fies wie sonst. „Es ist ja gar nicht sicher, dass er nicht durchkommt. Außerdem war der Tag bis jetzt schon beschissen genug, und ich will mich nicht um *noch* ein ohnmächtiges Mädchen kümmern. Okay?"

Seine Finger gruben sich in meine Haut, und der leichte Schmerz vertrieb meine Benommenheit. „Ja, okay", murmelte ich und drückte gegen Sams Brust, damit er mich losließ – wobei mir wieder einfiel, dass er splitterfasernackt war. Zumindest oben herum.

Es mochte eine unpassende Situation sein, das zu bemerken, aber nach dem erlittenen Schock hatte ich meine Gedanken nicht unter Kontrolle: Wenn sich während Sams Abwesenheit etwas an ihm verändert hatte, dann waren das diese aufgepumpten Muskeln. Entweder, man ernährte sich in der Schattenwelt von Steroiden, oder die Dämonen vertrieben sich die Ewigkeit, indem sie sich gegenseitig rund um die Uhr verkloppten.

Leider hatte Sam meinen forschenden Blick bemerkt. Prompt warf er sich in Pose und breitete die Arme aus. „Na?", fragte er süffisant. „Gefällt dir, was du siehst?"

„Nicht so sehr wie *das*", erwiderte ich und klatschte ihm die flache Hand auf den Rücken. Dabei hatte ich anscheinend die Messerwunde genau getroffen, denn Sam wand sich wie ein getretener Wurm.

„Uhh, schon klar, das ist Raziels Metier … Hab's verstanden. Scheiße!" Gebückt hinkte er zur Eckbank und ließ sich darauf fallen. Er sah so elend aus, dass er mir wahrhaftig leidtat.

„Zeig mal her", verlangte ich. Aus möglichst großer Entfernung und mit vorgerecktem Giraffenhals beäugte ich den Schnitt, der quer über seine rechte Flügelnarbe verlief. Zu meiner Überraschung hatte sich auf der Wunde bereits Schorf gebildet, und an einer Stelle war sogar neue, rosafarbene Haut zu sehen.

„Heilt schon, was?", fragte Sam wieder mit der üblichen Selbstgefälligkeit in der Stimme. Er langte nach seinem Hemd, das immer noch unter dem Tisch lag, und zog es sich über den Kopf. Inzwischen setzte ich mich ihm gegenüber auf einen Stuhl, von wo aus ich die verwüstete Küche in Augenschein nahm. Nun, da ich außer Gefahr war, hatte sich ein unwirkliches Gefühl in mir breitgemacht, von dem ich nicht wusste, wie ich es einordnen sollte. Es war fast so wie nach einem nervenzerfetzenden Kinofilm, wenn die Lichter im Saal wieder angehen und man nicht weiß, worüber man reden soll. Mit dem kleinen Unterschied, dass soeben keine fiktive Heldin, sondern ich selbst nur knapp dem Tod entronnen war.

„Ich mach's", brach es plötzlich aus mir hervor. „Den Ausflug in die Lichtwelt, ich bin dabei."

Sam, der sich gerade das Blut von der Wange gerubbelt hatte, ließ die Hand sinken. „Ist das der Schock, der aus dir spricht?", fragte er misstrauisch.

„Bestimmt. Es fühlt sich so an, als hätte jemand mit einem Kochlöffel in meinem Hirn herumgerührt ... aber das ändert nichts an meiner Entscheidung."

„Wieso dieser Sinneswandel?"

„Erstens wurde mir gerade der Beweis geliefert, dass deine Geschichte vom Abaddon nicht nur ein Trick war." Ich zögerte, und Sam nutzte die Pause, um spöttisch einzuwerfen:

„Ach, das Auftauchen *eines* Schattenwesens hat dir nicht gereicht, aber ein weiterer Dämon ist ein überzeugender Beweis. Völlig logisch."

„Und zweitens habe ich nun das Gefühl, dir zumindest ein Stück weit vertrauen zu können", fuhr ich tapfer fort. „Weil du mir das Leben gerettet hast."

„Na, zum Glück nicht", sagte Sam uncharmant. „Ansonsten hätten wir ja unseren kleinen Himmelstrip schon jetzt und absolut unvorbereitet gemacht, oder? Es gilt wohl nicht als Lebensrettung, weil du selbst genug dazu beigetragen hast."

„Trotzdem. Das war erstaunlich anständig von dir."

„Bild dir mal nichts darauf ein", knurrte er. „Ich habe es bloß wegen Raziel getan. Der hätte mir meinen weiteren Aufenthalt in der irdischen Welt zur Hölle gemacht, wenn dir irgendetwas passiert wäre."

Entnervt ließ ich mich gegen die Lehne meines Stuhls fallen. „Kannst du bitte einfach meinen Dank akzeptieren?"

Sam antwortete nicht. Er schien immer noch zu glauben, dass ich ihn bloß an der Nase herumführte. Während er nachdachte, dehnte er den Rücken, um zu überprüfen, ob die Wunde wieder komplett verheilt war. Dann zog er die Augenbrauen zusammen und sagte grimmig: „Wenn du dich wirklich auf dieses Abenteuer einlässt, übernehme ich keinerlei Verantwortung für das, was dabei geschieht. Auch, wenn es meine Idee war – du musst dir darüber im Klaren sein, dass es ziemlich riskant ist."

Das Adrenalin kribbelte fast schmerzhaft in meinen Adern, als ich nickte.

„Na schön, dann lass uns überlegen, wie wir es am besten anstellen. Kannst du halbwegs überzeugend lügen?"

Cool wie eine Gefriertruhe erwiderte ich seinen Blick. „Klar."

Offenbar hatte meine Mimik doch versagt, denn Sam drückte stöhnend das Gesicht in seine Hände. „Das kann ja heiter werden!" Er rieb sich über die Augen, dann richtete er sich wieder auf und sah mich fest an. „Okay, es ist vor allen Dingen wichtig, dass dein Unfallbericht glaubhaft und zugleich banal wirkt. Es wäre verdammt blöd gewesen, wenn wir heute schon in der Lichtwelt gelandet wären und du die Sache mit dem Dämon ausgeplaudert hättest. Dann hätten die gleich gewusst, wer ich bin, und sie hätten mich postwendend wieder in die Schattenwelt geschickt. – Und wenn wir diesen Plan gemeinsam durchziehen sollen", fügte er schneidend hinzu, „muss ich sicher sein können, dass du mir nicht in den Rücken fällst."

„So etwas Niederträchtiges würde ich nie tun", entgegnete ich. „Das ist *dein* Stil."

Sam zögerte noch einen Moment lang, dann nickte er. „Ich baue jedenfalls darauf, dass man sich im Licht wegen des Dramas um Raziel an *mich* nicht mehr genau erinnern kann. Also musst du eine ganz harmlose Rettungsgeschichte erzählen, wenn dich jemand fragt."

„Und was soll ich sagen? Vielleicht, dass ich eine Hobbybergsteigerin bin und im Steinbruch ein bisschen üben wollte?"

Sam räusperte sich. „Nichts für ungut, aber wie eine Bergsteigerin siehst du nun wirklich nicht aus." Während er mich abschätzend musterte, kamen mir meine Arme und Beine gleich noch viel schlaksiger vor als sonst. „Nein, ich würde vorschlagen, dass du das überdrehte Partygirl gibst, das zusammen mit seinen Freunden eine kleine Mutprobe durchführen wollte. Natürlich wirst du dich trotzdem ein bisschen ins Zeug legen müssen, damit man dir und deinen Klamotten die heiße Discobesucherin abkauft."

„Bitte? Was stimmt denn jetzt nicht mit meinen Klamotten?", fragte ich und schaute irritiert an mir herab. Na schön, meine schlichten Jeans waren nicht der Gipfel der Verführung, und die cremefarbene Strickjacke würde wahrscheinlich auch nicht in der nächsten Ausgabe der Vogue erscheinen. Aber jemand, der mit Vorliebe karierte Flanellhemden trug, hatte da ja wohl nichts zu melden. „Meine Mutter sagt immer, dass es sehr viel weiblicher ist, manches zu verhüllen, als es auf einem Silbertablett zu servieren", erklärte ich würdevoll. „Noch im 19. Jahrhundert galt es als überaus gewagt, den Fußknöchel zu zeigen, und schon der Blick auf das Handgelenk einer Geisha konnte einem Mann den Verstand rauben!"

„An dieser Stelle möchte ich gerne eine Schweigeminute für Raziel einlegen." Sam richtete die Augen gen Himmel.

„Ja, schon gut", grummelte ich. „Mal sehen, was sich machen lässt."

Gerade öffnete Sam den Mund – vermutlich, um mir einen ungemein hilfreichen Ratschlag zu geben –, als das Klimpern eines Schlüsselbunds aus dem Flur zu uns heraufschallte. Gleich danach folgte ein erschrockener zweistimmiger Schrei.

Wie von der Tarantel gestochen sprang ich auf. „Verflixt, meine Eltern!"

„Sag ihnen, dass du selbst gerade erst gekommen bist und einen Einbrecher verscheucht hast", schlug Sam vor. „Und verrate bloß nicht, dass ich etwas damit zu tun hatte. Sonst habe ich mein Recht auf Kuchen für alle Ewigkeit verwirkt."

Noch während er sprach, ging er mit schnellen Schritten zum Fenster und sprang auf die Küchenanrichte. Dann verschwand er ohne ein weiteres Wort durch das Loch in der Scheibe, das der Dämon hinterlassen hatte.

***

Falls irgendwann Zweifel daran bestanden hatte, was für eine Stre... – gewissenhafte Schülerin ich war, lieferte ich am folgenden Tag den eindeutigen Beweis: Auch wenn ich das Gefühl hatte, nach den vergangenen Ereignissen immer noch unter Schock zu stehen, gelang es mir, selbst Professor Grabowski mit meinen Leistungen zufrieden zu stellen. Außerdem schaffte ich es, die Lüge über Rasmus' angebliche Erkältung glaubhaft rüberzubringen, obwohl meine Gedanken ständig um den leeren Stuhl hinter mir kreisten. Die schwerste Prüfung ereilte mich jedoch in der Pause, als ich zusammen mit Jinxy bei den Schließfächern stand. Mein Märchen über den gestrigen Einbruch hatte sie so aufgebracht, dass ich lange keine Chance hatte, ihr eine wichtige Frage zu stellen.

„Zum zweiten Mal innerhalb weniger Monate wurde bei dir eingebrochen!", rief sie aus und schüttelte fassungslos den Kopf. „Das kann doch kein Zufall sein! Und weißt du was? Ich habe da so eine Ahnung, wer möglicherweise dahintersteckt."

„Ach ja?", sagte ich nervös.

„Allerdings", verkündete Jinxy. „Dorothea Appelbaum!"

Prompt wich meine Nervosität grenzenloser Verwirrung. „Bitte *was*?"

Mit verengten Augen spähte meine Freundin zu der blassen Brillenträgerin hinüber, die in Englisch zwei Reihen hinter mir saß und soeben ein paar Bücher in ihrem Schließfach verstaute. „Nun sei doch nicht so naiv, Lily", raunte Jinxy. „Sie hat einfach nicht verkraftet, dass sie für den letzten Test nur eine Eins Plus bekommen hat, und du eine Eins Doppelplus mit Sternchen! Jetzt will sie sich natürlich an dir rächen, siehst du das nicht ein?!"

„Ähm, ja", sagte ich mit einem Anflug von schlechtem Gewissen. „Dorothea Appelbaum, gar keine Frage."

Jinxy lächelte triumphierend und schwelgte in Gedanken an ihre detektivischen Fähigkeiten, während ich die kurze Pause nutzte, um mein Anliegen vorzubringen:

„Jetzt, da wir das geklärt hätten … kannst du mir bitte bei noch einer Sache helfen? Ich müsste nämlich mal wieder ein Kleid von dir ausborgen."

Sofort warf Jinxy alle Ambitionen, in Miss Marples Fußstapfen zu treten, über Bord und riss begeistert die Augen auf. „Na klar, kein Problem! Steht denn eine Party an? Du mochtest doch das gepunktete Sechziger-Jahre-Kleid so gern, und zufällig habe ich mir erst letztens noch ein Teil in diesem Stil gekauft!"

Ich spürte, wie sich an meiner Stirn kleine Schweißperlen bildeten. Das hier war tatsächlich noch unangenehmer, als ich erwartet hatte. „Nein, keine Party. Rasmus und ich haben morgen unseren Halbjahrestag, und ich wollte zu diesem Anlass etwas Besonderes tragen."

„Ach, ich dachte, euer Jubiläum wäre erst in mehr als zwei Wochen", sagte Jinxy und zwirbelte sich nachdenklich ihre schmale lila Krawatte um den Finger. „Aber du weißt doch, dass ich nichts so richtig Schickes habe …"

Jetzt oder nie, Lily. Ich kratzte das letzte bisschen Mut zusammen, das ich noch besaß, und sprudelte dann hervor: „Es geht mir nicht um schick, sondern darum, dass es Rasmus ganz … *speziell* gut gefällt. So zum Spaß, verstehst du?"

Auf einmal wirkte der Pausenlärm lauter als gewöhnlich. Jinxys Mund hatte sich zu einem kleinen o verformt, und sie merkte nicht, dass ein Junge sie anrempelte, um zu seinem Spind zu gelangen. Dann stieß sie die Atemluft, die sie so lange angehalten hatte, mit einem entzückten „Haaach" aus. „Ist es jetzt endlich so weit bei euch?"

Ich wollte etwas einwerfen, aber sie ließ mich gar nicht erst zu Wort kommen. „Mach dir keine Sorgen, Lilylein.

Ich werde dir das *spaßigste"*, ihre Finger malten Anführungszeichen in die Luft, „Outfit mitbringen, das mein Kleiderschrank hergibt. Ich bin … also, wirklich sehr stolz auf dich." Und dann wischte sie sich doch wahrhaftig eine imaginäre Träne aus dem Augenwinkel. (Zumindest hoffte ich, dass sie nur imaginär war.)

Inzwischen hatte sich so viel Blut in meinem Kopf gesammelt, dass ich ihr keine weiteren Anweisungen gab, obwohl mir bereits Übles schwante. Stattdessen flüchtete ich mich aufs Klo, damit Jinxy mich nicht noch mehr löchern oder bemuttern konnte.

Diese Feigheit bereute ich allerdings am nächsten Morgen, als mir meine Freundin eine zugeknotete Plastiktüte in die Hand drückte.

„Ich hab mein Bestes gegeben", erklärte sie stolz. „Wenn Rasmus *daran* keine Freude hat, ist der Mann nicht mehr zu retten. – Mach sie nicht jetzt auf! Hier sind doch überall Lehrer!"

Wenn schon nicht diese Bemerkung, so stimmte mich spätestens das geringe Gewicht der Tüte überaus misstrauisch. Weil ich jedoch keine Lust hatte, die Aufmerksamkeit eines Professors auf mich zu ziehen, stopfte ich das Ding hastig in mein Schließfach und entschied, es erst innerhalb der schützenden vier Wände meines Zimmers zu leeren.

Daheim angekommen, schloss ich leise unsere Haustür auf, die notdürftig mit ein paar Brettern geflickt war, und schlich in den ersten Stock. Meine Eltern hatten sich für diesen Tag freigenommen, um die Schäden zu reparieren, die der vermeintliche Einbrecher hinterlassen hatte. Auch wenn nichts gestohlen worden war, hatten sich die beiden fürchterlich über die Zerstörung ihrer geliebten Möbel aufgeregt – fast ebenso sehr wie darüber, dass ihre Tochter dem Übeltäter „beinahe" in die Arme gelaufen wäre. Das durfte ich ihnen als Antiquitäten-Freaks wohl nicht übelnehmen; gar nicht auszudenken, wenn so etwas mit meinen Büchern passieren würde. Die Polizisten, von denen das Haus untersucht worden war, hatten meinen Eltern allerdings keine großen Hoffnungen auf die Ergreifung des Schuldigen gemacht. Weil am selben Abend in der Nähe eine Party gefeiert worden war, vermutete man hinter dem Einbruch einen jungen Rowdy, der sich im Suff einen zweifelhaften Spaß erlaubt hatte.

Zum Glück waren meine Eltern – wie immer, wenn sie gemeinsam etwas Handwerkliches erledigten – lautstark am Streiten, sodass ich unbemerkt in mein Zimmer gelangen konnte. Dort holte ich tief Luft und kippte die Tüte über meinem Bett aus.

Was zuerst auf meine Decke purzelte, waren zwei monströse High Heels und ein nicht minder monströser Push-up-BH, beides in Schwarz. Anschließend flatterte ein circa taschentuchgroßes dunkelrotes Etwas heraus, das ich für eine Art Schlauch oder Verpackungsmaterial hielt. Den Namen „Kleid“ verdiente es jedenfalls nicht. Und dann gab es da noch ein Paar Netzstrümpfe inklusive Strapsen.

Nie. Im. Leben.

Als wäre der Kram radioaktiv verseucht, beförderte ich ihn mit spitzen Fingern in die Tüte zurück und pfefferte alles unter mein Bett. Das sollte einem Jungen also Spaß machen – wenn seine Freundin mit schwarzen Folterwerkzeugen, zwei Netzen und einem Stückchen Feuerwehrschlauch bekleidet durch die Gegend lief? Allerdings, rief ich mir ins Gedächtnis, wollte ich damit ja gar nicht Rasmus, sondern ein paar finstere Engelsrichter überzeugen. Und wahrscheinlich war es das wert, sich einmal zum Affen zu machen, wenn man dafür ungeschoren in seine eigene Welt zurückkehren durfte …

Zögernd fischte ich die Tüte wieder hervor und spielte bereits mit dem Gedanken, eine kleine Anprobe zu wagen, als meine Mutter in mein Zimmer platzte.

„Kaum gibt man deinem Vater einen Hammer in die Hand, fühlt er sich wie Thor persönlich", schnaubte sie. „Ich brauche eine Pause, soll ich dich zum Krankenhaus fahren?"

„Das ist bloß ein Projekt für Biologie", stammelte ich, bevor mir klarwurde, dass sich gerade niemand außer mir für die Plastiktüte auf dem Fußboden interessierte. „Ähm, ja bitte, ich hole nur schnell ein Buch."

Obwohl ich in der Schule über den Grund von Rasmus' Fehlen gelogen hatte, um nicht so viele Fragen beantworten zu müssen, hatte ich meiner Mutter die Wahrheit anvertraut. Ich war ihr dankbar dafür, dass sie trotz ihrer Abneigung gegen meinen Freund echtes Mitgefühl zeigte und mir nun schon zum zweiten Mal anbot, mich zum Krankenhaus zu chauffieren. Am vergangenen Nachmittag war ich bis zum Ende der Besuchszeit bei Rasmus geblieben und hatte *Jane Eyre* fast zur Hälfte geschafft. Vermutlich waren wir beide gleichermaßen froh darüber gewesen, dass wir so den unangenehmen Gesprächsthemen entkamen, die über unseren Köpfen zu hängen schienen wie Gewitterwolken. Ich gab mir zwar alle Mühe, optimistisch zu wirken, aber nachdem ich die ratlosen Mienen der Ärzte gesehen hatte, schrumpfte meine Hoffnung zu einem kalten Nichts zusammen.

Auch die heutigen Untersuchungen hatten keine Ergebnisse gebracht, das sah ich Rasmus gleich an, als ich das Zimmer betrat. Genau wie ich verbarg er allerdings rasch seine wahren Gefühle und zwang sich zu einem Lächeln.

„Morgen brauchst du übrigens nicht herzukommen", sagte er beiläufig, während ich mich mit dem Buch auf die

Bettkante setzte. „Sie haben mich quasi rund um die Uhr für Tests eingeteilt, aber trotzdem scheinen sie nicht davon auszugehen, dass sie etwas finden werden. Wenn alles unverändert bleibt, darf ich übermorgen nach Hause. Wahrscheinlich wollen sie mich rechtzeitig vor dem Wochenende loswerden."

„Okay … und, wie geht es dir?"

Rasmus wich meinem Blick aus. Ich konnte seinen Zwiespalt genau spüren: Er war hin- und hergerissen zwischen dem Wunsch, mich zu beruhigen, und dem Versprechen, dass er mich nicht mehr belügen würde. „Ich bin froh, wenn ich hier raus bin", meinte er schließlich.

Ich schluckte schwer, um überhaupt etwas sagen zu können. „Bin ich auch", flüsterte ich dann.

Diesmal dauerte es nicht lange, bis Rasmus eingeschlafen war. Ich schaute in sein erschöpftes Gesicht, und meine Augen begannen zu brennen. Um nicht wieder losheulen zu müssen, stolperte ich auf den Flur hinaus und lehnte mich dort gegen die Wand. Meine Mutter musste sich einen Kaffee holen gegangen sein, denn sie war nirgends zu entdecken. Hastig zog ich mein Handy hervor und wählte in der Nummernliste einen Kontakt aus, dessen Namen ich in *Verflixter Dämon* geändert hatte.

„Sam?", wisperte ich.

„Nein, sein Großvater", kam es sarkastisch zurück. „Was ist los?"

„Rasmus wird in zwei Tagen entlassen. Wenn du die Aktion heimlich durchziehen willst, ist morgen die letzte Gelegenheit dafür."

Das ließ ihn auf einen Schlag ernst werden. „Wo treffen wir uns?", fragte er knapp.

„Bei Rasmus' Apartment. Ich will vor seiner Heimkehr ein bisschen aufräumen, und außerdem haben wir es von dort näher zum Steinbruch."

Ohne zu antworten, legte Sam auf. Ich schaffte es gerade noch, das Telefon in meine Hosentasche zu stopfen, ehe meine Mutter mit einem Pappbecher in der Hand zurückkam.

***

Am nächsten Tag fühlte ich mich schon beim Aufwachen ganz krank vor Nervosität. Jinxys Argusaugen entging natürlich nicht, wie blass und schreckhaft ich war, aber sie hielt es glücklicherweise für Spätwirkungen des Einbruchs und fragte nicht weiter nach. Was hätte ich auch sagen sollen? *„Ich werde heute gewissermaßen sterben und in den Himmel kommen"*? Allmählich war ich mir selbst nicht mehr ganz sicher, ob ich nicht vielleicht den Verstand verloren hatte.

Gleich nach der Schule fuhr ich mit dem Bus zu Rasmus' Apartment, die gruselige Plastiktüte unter den Arm geklemmt. Ich hatte meinen Eltern erzählt, dass ich bei Jinxy übernachten wollte, und sie glaubten mir aufs Wort, dass ich nach den jüngsten Ereignissen ein wenig Abstand von unserem Haus mit der kaputten Tür brauchte. Außerdem passte es ihnen ganz gut in den Kram, weil sie die Gelegenheit nutzen und zu einer großen Auktion reisen konnten.

Damit ich nicht ins Grübeln verfiel, stürzte ich mich gleich in die Arbeit. Wie ein wildgewordener Putzteufel wirbelte ich durch den Raum, um alles für Rasmus' Rückkehr vorzubereiten. Früher als erwartet traf Sam ein und erwischte mich bei der letzten Verschönerungsaktion des Zimmers. Obwohl er es unübersehbar lächerlich fand, Rasmus nach nur wenigen Tagen Krankenhausaufenthalt ein „Willkommen daheim"-Plakat zu gestalten, ging er mir nach einigem Murren doch zur Hand. Das deutete ich als untrügliches Zeichen dafür, wie angespannt er selbst war.

„Es hängt schief", sagte ich zum wiederholten Mal, wodurch ich drei Fliegen mit einer Klappe schlug: Ich konnte mich von meiner Angst ablenken, ich hatte die Möglichkeit, meinen Perfektionismus auszuleben, und ich durfte Sam ein bisschen quälen.

„Ich weiß schon, was ich mache", knurrte der und rammte einen Reißnagel direkt in mein Schönschrift-„W".

„Hast du das damals in Pisa auch behauptet?"

Die Antwort war nur ein boshaftes Zischen, also gab ich meine Bemühungen auf und schaute mich prüfend im Apartment um. Mal von dem eindeutig schiefen Plakat abgesehen, konnte ich wirklich zufrieden sein: Ich hatte den Tisch hübsch gedeckt und verschiedenste Kekssorten gekauft, außerdem hatte ich geputzt, Luftschlangen aufgehängt und Rasmus' Bücher nach Farbschattierungen sortiert. Nichts, aber auch gar nichts konnte mich jetzt noch davon abhalten, mein unsägliches Outfit anzulegen.

„Entschuldige mich bitte", sagte ich steif und huschte ins Badezimmer. Nachdem ich die Tür verriegelt hatte, schlüpfte ich widerstrebend aus meinen eigenen Sachen. Dann schnallte ich mir den gigantischen BH um, der in Kombination mit meinem himmelblauen Höschen reichlich seltsam wirkte. Es war erstaunlich, wie dieses Ding etwas kaum Vorhandenes derart pushen konnte, dass es schon beinahe obszön aussah – eher ein Monster-Bra als ein Wonder-Bra.

Anschließend zog ich das Kleid an, was mir gerade noch gelang, ohne dass ich Vaseline oder einen Schuhlöffel zu Hilfe nehmen musste. Mit hohen Materialkosten hatte der Designer nicht zu kämpfen gehabt, das stand jedenfalls fest.

Zuletzt zwängte ich meine Füße in die Pumps und konnte augenblicklich nachempfinden, wie sich die kleine Meerjungfrau bei ihrem ersten Landgang gefühlt haben musste. Das einzig Gute an diesen Wahnsinnstretern war, dass sie wie festgeschweißt saßen, sodass ich – oh Wunder – tatsächlich damit laufen konnte. Ich klatschte mir noch Einiges von dem mitgebrachten Make-up ins Gesicht (zu diesem Outfit galt wohl die Devise *Klotzen statt Kleckern*), danach atmete ich tief durch und verließ das Badezimmer. Sam stand mit dem Rücken zu mir, seine Augen auf die Uhr über dem Fernseher gerichtet. Erst als ich mich räusperte, drehte er sich um.

„Mann, Lily, das wird aber auch …", begann er, dann brach er ab und glotzte mich mauloffen an. Ich griff nach dem Saum meines Feuerwehrschlauchs und versuchte ihn ein wenig weiter Richtung Süden zu zerren, was leider überhaupt nicht gelang.

„Holla, die Waldfee", ließ sich Sam endlich vernehmen. „Hätte ja nie gedacht, dass unter diesen ewigen Omapullovern irgendwelche Formen versteckt sind!"

Ich verzichtete darauf, ihm von dem Monster-Bra zu erzählen. Sam musste nun wirklich nicht alles wissen. Stattdessen marschierte ich mit hoch erhobenem Kopf zur Tür, und der Effekt wurde nur dadurch ein wenig geschmälert, dass ich beim Gehen schwankte wie ein Schilfrohr im Wind.

Die Fahrt zum Steinbruch dauerte über eine halbe Stunde, aber mir kam sie trotzdem viel zu kurz vor. Je näher wir dem Stadtrand kamen, umso stärker ergriff die Aufregung von mir Besitz: Alles in mir sträubte sich dagegen, den Ort wieder zu betreten, an dem ich vor nicht einmal sechs Monaten beinahe mein Leben verloren hätte – oder Rasmus. Das Knirschen, mit dem die Autoreifen auf dem Schotter bremsten, ging mir durch Mark und Bein.

Hilfesuchend schaute ich zu Sam, doch der kramte gerade im Handschuhfach und schenkte mir überhaupt keine Beachtung.

Schließlich gab ich mir einen Ruck und öffnete die Tür. Als ich ins Freie kletterte und die bleichen, zerklüfteten Felswände vor mir aufragen sah, wurde das mulmige Gefühl in meinem Bauch so heftig, dass mir das Atmen schwerfiel. Im Licht des abnehmenden Mondes glaubte ich fast, die geisterhaften Schemen zweier Personen in Kapuzenpullovern zu erkennen – und Sam, der die beiden manipuliert hatte, mich zu quälen. Schon damals war mein Leben aus den Fugen geraten, aber was ich jetzt vorhatte, war kompletter Irrsinn. Es wurde höchste Zeit, die Notbremse zu ziehen, ehe ich die Kontrolle verlor.

Ich drehte mich auf dem Absatz um und stieß dabei an „Gegenwarts-Sam", der ebenfalls aus dem Auto gestiegen war und sein Flanellhemd abgelegt hatte. Darunter trug er ein enges weißes T-Shirt, das von einer riesigen Sonnenbrille und einer Baseballmütze begleitet wurde. Überrumpelt von diesem Anblick vergaß ich komplett, dass ich wieder in den Wagen hatte flüchten wollen.

„Ich schätze die Sonnenstichgefahr um diese Uhrzeit eher gering ein", meinte ich mit hochgezogenen Brauen.

Seufzend schob Sam die Brille über den Schirm seiner Kappe und verdrehte die Augen. „Das dient bloß zur Tarnung."

„Und die Lichtwesen werden sich gar nicht darüber wundern, dass du so aussiehst wie Justin Bieber auf Anabolika?"

„Die meisten von ihnen haben überhaupt keine Ahnung von Mode", gab er zurück, nachdem er die Autotür zugeknallt hatte. „Selbst die Richter sind auf diesem Gebiet nicht gerade auf dem neuesten Stand – wie du ja weißt, statten sie der irdischen Welt nur etwa alle hundert

Jahre einen Besuch ab, weil sie zu viel Angst davor haben, einem herumstreunenden Dämonenfürsten zu begegnen. Wenn ich mich nicht irre, waren sie das letzte Mal während der 20er-Jahre hier."

„Das heißt", sagte ich langsam und fixierte ihn mit einem mörderischen Blick, „als du mir aufgetragen hast, ein Partyoutfit zu organisieren, hätte ich ..."

„Du hättest dich genauso gut wie Daisy aus *Der Große Gatsby* kleiden können, und niemanden hätte es gejuckt", bestätigte Sam heiter. „Aber es wäre doch jammerschade gewesen, diesen Auftritt zu verpassen!"

Das Blut schoss mir in den Kopf und kribbelte in meinen Wangen, allerdings weniger aus Verlegenheit als vor Wut. „Du ...", quetschte ich zwischen zusammengebissenen Zähnen hervor, doch diesmal ließ mich mein nicht gerade kleiner Wortschatz im Stich.

Sam, der geduldig auf das Ende meines Satzes gewartet hatte, lächelte milde. „Dann kann es ja jetzt losgehen, Pamela", meinte er.

Meine Augen verengten sich. „Was hast du gerade gesagt?"

„Dann kann es ja jetzt losgehen, Lily", antwortete er und klimperte unschuldig mit den Wimpern. Ich erwog, ihm mit einem meiner High-Heels einen gezielten Tritt zu verpassen, ehe ich mir ins Gedächtnis rief, dass dieser Kerl mir vor drei Tagen sozusagen das Leben gerettet hatte. Wenn ich nicht wollte, dass sich eine solche Situation wiederholte – und mir erneut ein Dämon einen Besuch abstattete –, musste ich diese Sache jetzt durchziehen. Kurzentschlossen stöckelte ich auf den kleinen Pfad zu, der sich neben der steilen Felswand den Hang hinaufschlängelte. Dabei fiel mir auf, dass es etwas ganz anderes war, über Geröll zu marschieren als über den Fußboden zu Hause. Als mein bleistiftdünner Absatz auf einen wackligen Stein traf, knickte ich mit einem Bein um, geriet ins Schlingern und konnte nur durch rudernde Armbewegungen die Balance halten.

„Schön vorsichtig, Bambi auf dem Eis", sagte Sam trocken. „In diesen Tretern kommst du da niemals hoch. Ich muss dich wohl oder übel tragen. – Jetzt guck nicht so verstört, bei unserem geplanten Sprung aus dem Fenster hättest du auch nichts dagegen gehabt!"

„Aber da ging es doch um Leben und Tod, und … außerdem bin ich sicher viel zu schwer für dich", protestierte ich lahm, aber das hätte ich mal lieber bleiben gelassen. Mit einem Satz war Sam bei mir, packte mich um die Mitte und warf mich über seine breite Schulter.

„Mach dich nicht lächerlich", sagte er, und ich konnte das arrogante Grinsen in seiner Stimme hören. Nur zu gern hätte ich etwas erwidert, aber es ist gar nicht so einfach, eloquent zu sein, wenn man an jemandem hängt wie ein Kartoffelsack. Mein kurzes Strampeln blieb ebenfalls erfolglos, einmal davon abgesehen, dass sich der Saum meines Kleides beharrlich nach oben arbeitete. Ich fügte mich also in mein Schicksal, während mich Sam im Knecht-Ruprecht-Stil bergan schleppte. Dabei versuchte ich mir vorzustellen, dass Rasmus an seiner Stelle war – dann hätte die Situation vielleicht sogar etwas Romantisches an sich gehabt. Allerdings war Rasmus dazu gar nicht mehr in der Lage, fiel mir gleich darauf ein, und der Kloß in meiner Kehle schwoll wieder an. Stumm klammerte ich mich an Sams Rücken, bis er mich zu Boden plumpsen ließ. Direkt neben mir sah ich die gezackte Felskante, die wie das Gebiss eines Ungeheuers in die Finsternis ragte. Instinktiv trat ich einen Schritt zurück, aber Sam stellte sich mir in den Weg.

„Los, bringen wir's hinter uns", sagte er. Unsanft drehte er mich so, dass meine rechte Hand beinahe über dem

Abgrund baumelte, und gab mir einen kleinen Schubs. Wie eine Aufziehfigur setzte ich mich in Bewegung und trippelte mit angehaltenem Atem an der Felskante entlang. Ab und zu lösten sich Steinchen unter meinen Sohlen, rollten mit einem Klackern zur Seite und fielen in die Tiefe. Mein Magen verkrampfte sich bei dem Gedanken, dass ich jeden Augenblick ihr Schicksal teilen könnte. Ich musste mich regelrecht zwingen, trotz meiner Angst möglichst große und unvorsichtige Schritte zu machen. Nach einer gefühlten Ewigkeit blieb ich stehen und drehte mich um.

Ohne es ganz realisiert zu haben, war ich mehr als fünf Meter weit am Rand des Abgrunds entlangbalanciert und nicht ein einziges Mal gestolpert. Eigentlich hätte ich erstaunt sein müssen, dass ich so etwas zu Wege brachte, aber ein kleiner Teil von mir hatte das bereits erwartet. Bei unserem ersten Date hatte mich Rasmus ja die Felswand hochgejagt, und obwohl ich mir normalerweise schon in der Sportstunde zumindest ein paar blaue Flecken holte, war mir auf dieser Kletterpartie rein gar nichts passiert. Manche Dinge ließen sich nun mal nicht berechnen.

Ich schaute zu Sam, der mir mit einer Schrittlänge Abstand hinterhergekommen war, und hob entschuldigend die Arme. „Kann ich uns das nicht erleichtern und ganz einfach so tun, als wollte ich springen?"

„Das hatten wir doch schon", erwiderte er gereizt. „Ich weiß nicht hundertprozentig genau, wie diese Lebensrettungsprüfung von den Richtern gehandhabt wird, aber ich will lieber auf Nummer sicher gehen. Wenn hinter dem Ganzen eine klare Absicht steckt, kriegen sie es vielleicht raus, und wir haben unsere Chance verspielt."

„Na schön." Seufzend setzte ich mich wieder in Bewegung und stöckelte denselben Weg zurück. Um der Sache mehr Pepp zu verleihen, probierte ich sogar einen leichten Hüftschwung, aber das hatte auch nicht den gewünschten

Effekt. Vor meinem geistigen Auge sah ich einen Jurytisch und ein langhaariges Supermodel, das mich missbilligend begutachtete: *Tut mir leid, Lily, ich habe heute leider keine Eintrittskarte in den Himmel für dich.*

„Das ist so was von albern", nörgelte ich vor mich hin und versuchte nun einen Walk à la Charlie Chaplin. „Bestimmt sind wir morgen früh noch hier. Das hat Pech nun mal so an sich – man kann es nicht nach Belieben steuern."

„Quatsch nicht, geh!"

Theatralisch warf ich die Hände in die Luft und dazu auch noch einen Fuß. „Oooh, das ist ja soo gefährlich", höhnte ich und wedelte mit allen zehn Fingern, während ich mit der Schuhspitze über dem Abgrund Kreise beschrieb. „Uuuh, ich *fa-haaalle …*"

Ich fiel tatsächlich. Das spöttische Grinsen im Gesicht festgefroren, kippte ich zur Seite, zuerst nur ein wenig, kaum spürbar, bis ich das Gleichgewicht verlor. Mit einem schabenden Geräusch schrammte mein rechter Fuß über den Stein, während der linke ins Nichts absackte. Ein letztes Bild konnte ich noch auffangen – Sam, der frustriert das Gesicht in den Händen vergraben hatte und sich nicht von der Stelle rührte –, ehe ich über die Felskante stürzte.

Ich sah den Abgrund auf mich zurasen, spürte den Wind, der die Haare um meinen Kopf wirbelte, als ich mich im Fallen überschlug. Die vorbeiströmende Luft füllte meine Ohren mit einem Brausen und machte meinen Schrei unhörbar. Ich merkte gerade noch, wie sich zwei Arme und Beine fest um meinen Körper legten, dann griff die Tiefe mit schwarzen Fingern nach mir, und alles wurde finster.

6. Kapitel

Einen Vorteil hat es, wenn man sich so fühlt, als wäre man von einem 14-Tonner überfahren worden: Man ist mit hoher Wahrscheinlichkeit nicht tot.

Ich hielt die Augen geschlossen, während ich vorsichtig ein Körperteil nach dem anderen bewegte, um herauszufinden, ob ich es überhaupt noch konnte. Dabei stellte ich fest, dass ich mir erstens nichts gebrochen hatte, und dass ich zweitens auf einem äußerst merkwürdigen, hügeligen Untergrund zu liegen gekommen war. Als dieser Untergrund ein langgezogenes Stöhnen von sich gab, riss ich die Lider hoch und richtete mich ein wenig auf. Ich fand mich Auge in Auge mit Sam, der seine Gliedmaßen wie einen schützenden Käfig um mich geschlungen hatte und gerade das Bewusstsein wiedererlangte. Es dauerte einen Moment, bis er sich gesammelt hatte, doch als er begriff, wen er da umklammert hielt, zuckte er auf uncharmante Weise von mir weg.

„Runter da", raunzte er, und ich brachte beinahe mein Kleid zum Platzen, so hastig leistete ich seinem Befehl Folge. Nachdem mein Erinnerungsvermögen zurückgekehrt war, kamen mir meine Schmerzen gar nicht mehr so schlimm vor … jedenfalls gemessen an dem, was mir hätte passieren *können.* Sam musste fast die gesamte Wucht des Aufpralls abbekommen haben, und obwohl mir klar war, dass ihm das nichts ausmachte, überlief mich ein Schauer. Wäre er ein normaler Mensch, wäre jetzt ein lilyförmiger Abdruck in seinem Brustkorb zu erkennen gewesen.

Noch etwas benommen hob ich den Kopf. Ich rechnete fest damit, den Sternenhimmel zu sehen, doch stattdessen traf mein Blick auf ein Gewölbe, das etwa vier Meter hoch über mir aufragte. Zuerst kam es mir so vor, als befände ich mich mitten in einem Autobahntunnel, aber dann bemerkte ich die kunstvollen Ranken und Symbole an den steinernen Wänden. Diese Gravuren erinnerten so gar nicht an den Straßenverkehr – an überhaupt nichts Irdisches.

Mein Herz schien in meiner Brust zu erstarren, um mir gleich darauf bis in die Kehle zu springen. „Das ist nicht wahr", sagte ich tonlos, während ich die kalte Mauer an meiner Seite betastete, als könnte sie sich jederzeit verflüchtigen. „Es hat tatsächlich geklappt?"

„Natürlich hat es geklappt", knurrte Sam und streckte seine Wirbelsäule, ehe er sich aufsetzte. „Ich hab dir dein verdammtes Leben gerettet, obwohl das deutlich weniger entspannt lief als geplant." Falls er irgendetwas dabei empfand, seine alte Heimat nach zweieinhalb Jahren wiederzusehen, ließ er es sich nicht anmerken. Mit zusammengekniffenen Augen spähte er an mir vorbei in Richtung des Torbogens, durch den am Ende des Tunnels Licht hereinflutete. „Jetzt müssen wir nur sehen, wie wir dich ohne großes Drama durch den Eingang kriegen. Passiert ja nicht alle Tage, dass ein geretteter Mensch hier angeliefert wird."

„Aber die da vorne sind doch auch Menschen oder Gefallene!" Ich wies mit dem Kinn auf zwei Männer, die sich als dunkle Schemen vor der Öffnung abzeichneten. Sie standen mit dem Rücken zu uns und schienen in eine Unterhaltung vertieft. „Schau mal, sie haben gar keine Flügel!"

„Das sind die Wächter, du Nuss", fauchte Sam, „und klar haben sie Flügel, auch wenn du sie natürlich nicht sehen kannst. Wenn sie für menschliche Augen sichtbar wären, könnten die Richter ja keine Besuche in der irdischen Welt machen! Auch Raziel und ich hätten das sonst nie geschafft, ohne auf den Titelseiten der Tageszeitungen zu landen." Eine Hand gegen seine Rippen gepresst, rappelte er sich auf. „Ich werde zu ihnen nach vorne gehen und unsere Situation erklären. Du kannst nachkommen, sobald ich dir ein Zeichen gebe. Wenn sie dir dann Fragen stellen, sag am besten gar nichts. Tu so, als wärst du zu aufgewühlt, um zu sprechen."

Das würde mir nicht weiter schwerfallen, weil es zutraf. Ich brachte gerade mal ein stummes Nicken zustande, woraufhin Sam sich abwandte und losstapfte. Kaum hatte er sich den Wächtern bis auf wenige Meter genähert, wirbelten sie herum und versperrten ihm mit erhobenen Armen den Weg. Obwohl ich lediglich ihre Umrisse erkennen konnte, sah ich etwas Metallisches aufblitzen. Sam schien auf die beiden einzureden und unterstrich seine Worte mit hastigen Gesten, aber ich hörte nur ein dumpfes Gemurmel. Es kam mir wie eine Ewigkeit vor, bis er sich wieder zu mir drehte und kurz die Hand hob. Mit puddingweichen Knien setzte ich mich in Bewegung und stolperte durch den Tunnel, dessen Mauern das Echo meiner Schritte zurückwarfen. Als ich den Ausgang fast erreicht hatte, weiteten sich die Augen der Wächter merklich. Meine übrigens auch – wenn ich es nicht besser gewusst hätte, wäre ich davon überzeugt gewesen, die Stuntdoubles von Ian Somerhalder und Chris Hemsworth vor mir zu haben. Die Ähnlichkeit war jedenfalls verblüffend.

„Das ist sie also? Respekt, Bruder", sagte Pseudo-Ian, und ich begann mich schon geschmeichelt zu fühlen, bis ich erkannte, dass er Sam nicht zu seiner vermeintlichen Eroberung gratulierte, sondern zur bestandenen Prüfung. „Wie lange hast du gebraucht?"

„Etwa sieben Monate", antwortete Sam wie aus der Pistole geschossen. Ich wusste, warum er log: Rasmus hatte mir an seinem zweiten Jahrestag auf Erden verraten, dass es vor ihm noch fast kein Engel so lange in der irdischen Welt ausgehalten hatte. Die meisten führten rasch eine Situation herbei, in der sie einem Menschen das Leben retten konnten, und die anderen ertrugen ihre ungewohnte Schwäche nicht und gingen zu den Schatten.

„Dann kannst du es jetzt sicher gar nicht mehr erwarten, sie zurückzubekommen", meinte Pseudo-Chris. Er vermied das Wort *Flügel,* als wäre es eine Schande, über ihren Verlust auch nur zu sprechen. „Am besten bringst du das Beweisstück gleich zur Auffangstelle, damit ein Anhörungstermin für dich vereinbart werden kann."

„In Ordnung." Sam machte eine Bewegung mit der linken Hand, die ich als eine Art Gruß interpretierte, dann packte er mich am Oberarm. „Los, mitkommen, Beweisstück", raunte er mir zu, und wie in Trance schritt ich durch das Tor.

Bisher hatte ich immer geglaubt, dass die Bezeichnung „Lichtwelt" bloß metaphorisch zu verstehen war. Als ich jedoch hinter Sam aus dem finsteren Steingewölbe trat und mein Gesicht mit einem Arm abschirmen musste, begriff ich, wie gut der Name passte. Einige Sekunden lang war ich beinahe blind von der gleißenden Helligkeit, und auch danach fiel es mir schwer, mich zu orientieren. Die Halle, in die uns der schmale Vorraum geführt hatte, war gigantisch, sodass mir mein Gefühl für Entfernungen völlig abhandenkam. Der Raum hatte etwas von einer riesigen Kathedrale, aber dadurch, dass er komplett in Weiß gehalten war, wirkte er auch futuristisch. Die einzigen Konturen, an denen sich mein Blick festzuhalten vermochte, stammten von den Personen (*keine Menschen,* rief ich mir ins Gedächtnis), die sich selbstsicher über den spiegelglatten Fußboden bewegten. Genau wie Chris und Ian trugen alle, Männer wie Frauen, dunkle Hosen aus einem lederartigen Material und dazu weiße, locker fallende Hemden, die über der Brust verschnürt waren. Es sah altmodisch und doch irgendwie zeitlos aus, wie die Mode in einem dieser Fantasyfilme, die in einem unbestimmten Mittelalter spielen. Obwohl die Kleidung nur dafür gemacht schien, um zweckmäßig zu sein, stand sie ihnen perfekt – was daran lag, dass die Lichtwesen allesamt unverschämt attraktiv waren. Ich konnte keinen Einzigen entdecken, der alt, zu dürr oder auch nur leicht übergewichtig wirkte. Wer sich einen anständigen Minderwertigkeitskomplex heranzüchten wollte, dem konnte ich einen Besuch in der Lichtwelt nur wärmstens empfehlen.

Als ich es schaffte, mich von diesen langbeinigen, durchtrainierten, seidenhaarigen Geschöpfen loszureißen, legte ich den Kopf in den Nacken, um die Höhe der Halle zu bewundern. Allerdings wurde mir die Sicht auf die Kuppeldecke von winzigen, hin und her huschenden Schatten versperrt, die ich zunächst für Vögel hielt. Erst als ich erkannte, dass es hoch oben weitere Etagen gab, begriff ich, dass es *Personen* waren – Männer und Frauen, die sich fliegend zwischen den einzelnen Ebenen fortbewegten.

Unwillkürlich fasste ich nach Sams Arm und krallte meine Finger hinein. Ich hatte das Gefühl, mich dringend festhalten zu müssen, um nicht vor Überwältigung erneut das Bewusstsein zu verlieren. „Das ist also die Lichtwelt", hauchte ich, und meine Stimme hörte sich in meinen eigenen Ohren ganz fremd an.

Irritiert zupfte Sam meine Finger von seinem Unterarm. „Nein, das ist nur die Eingangshalle. Wenn du auf Reisen gehst, schaust du dich dann auch auf dem Flughafen um und sagst: *Das ist also Frankreich*?"

Ich war zu matt, um auf seine Sticheleien einzugehen. „Trotzdem … Ich hatte mir das ganz anders vorgestellt."

„Und zwar wie?“

Hilflos zuckte ich die Achseln. „Keine Ahnung. Mit kleinen nackten Jungs, die singend oder Harfe spielend durch die Gegend hüpfen?“, versuchte ich zu scherzen.

Sam sah mich scharf an. „Das könnte ich für dich arrangieren. Ich muss dich allerdings vorwarnen, was das *klein* anbelangt …“

Damit riss er mich aus meinem Staunen heraus. „Widerlich“, zischte ich ihn an.

Während unseres Wortwechsels waren mehrere Lichtwesen auf uns aufmerksam geworden, die nun einen lockeren Kreis um uns bildeten und uns mit unverhohlenem Interesse beobachteten. Eine von ihnen, ein Mädchen mit hüftlangem, kupferfarbenem Haar, zeigte gerade mit dem Finger auf mich und sagte etwas zu ihrem Nebenmann, die Augenbrauen erhoben. Sam legte mir rasch einen Arm um die Schultern, was herzlicher klingt, als es sich anfühlte: Schon nach wenigen Schritten kam ich mir so vor, als steckte ich in einem Schraubstock.

„Schnell zur Bibliothek“, befahl er und machte dann einen Satz zur Seite, weil er beinahe in ein paar Schaulustige gerannt wäre. Es wurde nun zunehmend schwieriger, sich einen Weg zwischen all den Lichtwesen zu bahnen, die aus nächster Nähe einen Blick auf mich erhaschen wollten. Sam zog mich noch enger an sich heran und marschierte stur geradeaus, aber ich konnte sehen, wie dabei seine Kiefer mahlten. Das hier lief ganz und gar nicht nach Plan, so viel begriff sogar ich. Offenbar stellte die Rückkehr eines Gefallenen in der Lichtwelt eine Attraktion dar, die sich niemand entgehen lassen wollte. Nach nur wenigen Metern hing uns bereits eine Traube aus mindestens zehn Männern und Frauen an den Fersen, die aufgeregt durcheinandertuschelten. Wenn das so weiterging, war es nur eine Frage der Zeit, bis die Richter von unserer Ankunft Wind bekamen – und dann wären wir ernsthaft in Schwierigkeiten. Zwar mochten die gewöhnlichen Engel vergessen haben, wie Sam aussah, aber die Richter würden ihn ohne jeden Zweifel wiedererkennen.

Im Gehen drückte ich ihm unauffällig den Ellenbogen in die Seite, bis er zu mir heruntersah. „Was sollen wir tun?“, formte ich mit den Lippen.

„Einfach weiterlaufen“, antwortete er ebenso leise. „Keine Ahnung, warum so viele von ihnen in der Eingangshalle rumlungern. Haben die heute nichts zu erledigen? Etwas stimmt hier nicht.“

Unbehaglich hastete ich weiter neben ihm her und vermied es von nun an, irgendwo anders hinzuschauen als auf den Boden direkt vor meinen Füßen. Schließlich schwenkten wir in einen Flur ein, der vom Atrium abzweigte. Den Lichtwesen schien es nun doch zu auffällig zu sein, uns auch hierher zu begleiten: Als wir ein zweites Mal um die Ecke bogen, waren wir ihr neugieriges Starren los. Sam atmete hörbar auf. Er lockerte sogar den Schraubstockgriff um meine Schultern ein wenig, während er mich auf eine Tür mit weit geöffneten Doppelflügeln zuführte.

Gleich nach dem Eintreten umfing mich der Geruch nach alten Buchseiten, Leder und Staub. Egal, wie fremdartig mir alles bisher vorgekommen war – dieses Duftgemisch weckte in mir sofort ein Gefühl von Vertrautheit. Auch hier war die Einrichtung komplett in Weiß gehalten, aber die Rücken unzähliger Bücher sorgten für eine Fülle an verschiedensten Farben. Bis zur Decke ragten schraubenförmige Regale empor, und natürlich waren keine Leitern zu sehen. Die hölzernen Türme standen einfach so kreuz und quer im Raum, wie die Baumriesen in einem Dschungel. Ein Urwald aus Büchern.

Blieb nur zu hoffen, dass das Werk über den Abaddon weit unten einsortiert war, ansonsten sah es für Sam ohne seine Flügel schlecht aus. Ich wand mich aus seiner Umklammerung und huschte zum nächsten Regalturm hinüber, von dem ich zumindest die untersten zwei Bretter erreichen konnte. Gierig wie ein Kind im Süßwarenladen streckte ich die Hand aus, stoppte aber nur wenige Zentimeter von den Buchrücken entfernt.

„Sind das … etwa alles Erstausgaben?", fragte ich ehrfürchtig – zum ersten Mal hatte ich tatsächlich das Gefühl, im Himmel zu sein. Ich kratzte meinen Mut zusammen und war schon bereit, einen der Bände herauszuziehen, als mich Sam an der Taille packte. Unbeeindruckt von meinem Gezappel zerrte er mich um das Regal herum und drängte mich dahinter gegen die Wand. Noch ehe ich fragen konnte, was in ihn gefahren war, hörte ich Stimmen an der Eingangstür. Mindestens drei Engel hatten die Bibliothek betreten und schienen sich ausgerechnet in unsere Richtung zu bewegen.

„Das ist nicht gut", flüsterte Sam. „Ich kann unmöglich erklären, warum ich eine Irdische mit in die Bibliothek geschleppt habe." Düster starrte er auf mich herab, als erwartete er von mir einen Ausweg aus unserem Dilemma. Dann, ohne den Blick von mir zu wenden, streckte er einen Arm aus und tastete nach etwas an meiner Seite. Ein sachtes Klicken – und ich purzelte nach hinten. Was sich so angefühlt hatte wie eine Mauer, die unter meinem Gewicht zusammenbrach, war in Wirklichkeit eine Tür. In dem kleinen Raum dahinter befanden sich ebenfalls Regale, und ich konnte nur deshalb mein Gleichgewicht halten, weil ich rücklings gegen eines davon gestolpert war. Noch ehe ich so recht begriffen hatte, was hier vor sich ging, krachte es, und ich stand einsam im staubigen Halbdunkel.

„Was soll denn das?", japste ich fassungslos und hämmerte mit den Fäusten gegen die verschlossene Tür. „Lass mich gefälligst wieder raus!"

„Erst, wenn ich das Buch habe", erklang es gedämpft durch das Holz, das keinen Millimeter unter meinen Schlägen nachgab. „Lily, mit dir im Schlepptau schaffe ich es niemals unbemerkt zu den Archiven. Rühr dich nicht vom Fleck, bis ich wieder da bin. Wenn man dich hier herumstreunen sieht, sind wir beide erledigt, alles klar?"

„Aber du kannst mich nicht einfach hier alleine lassen!", jammerte ich. „Sam?"

Konnte er offensichtlich doch: Als ich mein Ohr an die Tür legte, hörte ich statt einer Antwort nur sich rasch entfernende Schritte.

Resigniert wandte ich mich um und nahm den kleinen Raum in Augenschein. Anstelle von Büchern waren die Regale hier mit Truhen, Pergamentrollen und anderem Gerümpel vollgestopft, das einen wenig verlockenden Eindruck auf mich machte. Na toll – ich hätte gerade in einer himmlischen Bibliothek wer weiß was für Buchschätze bewundern können (hatte Rasmus nicht erwähnt, dass es hier eine Erstausgabe von *Pride and Prejudice* gab?), aber stattdessen saß ich in einer Rumpelkammer fest. In einer Rumpelkammer ohne Rasmus, wohlgemerkt. So hatte das wirklich überhaupt keinen Reiz.

Um mich ein wenig abzulenken, trat ich wieder näher an das Regal heran, gegen das ich vorhin gestoßen war. In einem Fach auf Augenhöhe stand ein Modell aus lackierten, auf Drahtbügel gefädelten Kugeln, die Planeten darstellen sollten. Zumindest vermutete ich das, obwohl ich die Erde vergeblich suchte. Auch auf die pergamentenen Landkarten, die daneben lagen, konnte ich mir keinen Reim machen, und mir wurde wieder einmal bewusst, wie wenig ich bisher über die Lichtwelt erfahren hatte. Metaphorisch für den Himmel sagte ich zwar genau wie Rasmus „da oben", wenn ich davon sprach, aber konnte man sie überhaupt geographisch verorten? Und wie sah es außerhalb dieses weißen Eingangsbereichs aus, der den Lichtwesen als eine Art Zentrum diente? Rasmus war so schrecklich verschlossen, was seine alte Heimat betraf, und Sam Informationen zu entlocken, hatte ebenfalls etwas von Mäusemelken. Neugierig stellte ich mich auf die Zehenspitzen und begann, im Stapel Pergamente zu blättern. Vielleicht würde ich ja durch die schwarzen Tintenstriche schlauer werden.

Was dann geschah, kam mir zunächst gar nicht weiter schlimm vor. Ich hielt es nicht einmal für eine Äußerung meines Pechvogel-Gens, schließlich war es vollkommen normal, dass in einer Rumpelkammer meine Nase juckte. Bei meinem herzhaften Nieser wurde der Staub von den Landkarten hochgewirbelt, und ich wedelte mit beiden Händen durch die Luft, um den grauweißen Schleier zu vertreiben. Erst als sich die meisten feinen Partikel wieder gelegt hatten, traf mich die Erkenntnis wie ein Schlag: *Engel niesen nicht.*

Im nächsten Augenblick flog auch schon die Tür auf, und ich schaute in die ungläubigen Mienen dreier Lichtwesen.

„Ähm, hi", sagte ich.

Das darauffolgende Schweigen lastete mindestens so schwer wie jenes, wenn Jinxy von Professor Grabowski an die Tafel gerufen wurde. Die drei sahen derart entsetzt aus, dass es wohl nicht lange dauern würde, bis sie um Hilfe riefen oder mich in Ketten legten oder was auch immer man sonst in der Lichtwelt mit frei herumlaufenden Irdischen anstellte. Vor lauter Panik schaltete mein Gehirn auf Leerlauf, bis mir einfiel, dass Sam mich doch auf genau so eine Situation vorbereitet hatte: Es wurde Zeit, dass ich die trinkfreudige, aber harmlose Partymaus spielte, deren Kleidung ich trug.

Ich senkte die Lider halb über meine Augen und zwang ein dümmliches Grinsen in mein Gesicht. „Leute, ich weiß wirklich nicht, wie ich hier gelandet bin. Erst haben wir gefeiert, danach hatten wir ein bisschen Spaß in diesem Steinbruch, und dann war ich auf einmal hier! Ist ja eine echt krasse Bude“, sagte ich und versuchte zu hicksen. Das taten Betrunkene ja üblicherweise, oder? Meine Erfahrungen auf diesem Gebiet beschränkten sich auf den Abend des Schulballs, an dem ich zu viel Sekt erwischt und anschließend in Rasmus' Gesellschaft meinen kleinen Schwips ausgeschlafen hatte … Aber daran durfte ich jetzt nicht denken, wenn ich mich konzentrieren wollte. „Jedenfalls habe ich den Typen verloren, der mich hergebracht hat“, fuhr ich tapfer fort. „Aber dafür hab ich jetzt euch gefunden – euch … sechs? Oder seh ich gerade alles doppelt? Hahaha!“ (Ich weiß, ich weiß. Es hat schon seinen Grund, warum ich mich nie für die Theater-AG gemeldet habe.)

Trotz meiner jämmerlichen Schauspielkünste war es mir gelungen, wenigstens zweien von ihnen – vom Typ her Robert Pattinson und Scarlett Johansson – den anfänglichen Schrecken zu nehmen. Die beiden betrachteten mich nun wie einen etwas übergewichtigen kleinen Hund, der versucht, seinen eigenen Schwanz zu fangen: mäßig interessiert, ein wenig belustigt und sehr, sehr herablassend. Nur der dritte – ein würdiger Ersatz für Johnny Depp zur Zeit von *Edward mit den Scherenhänden* – hatte die Augenbrauen zusammengezogen und schien zu überlegen, ob er mich bloß verachten oder doch lieber Alarm schlagen sollte. Offenbar fand er meine Vorstellung nur bedingt vertrauenerweckend.

Unter seinem prüfenden Blick steigerte sich meine Nervosität so sehr, dass ich das Gefühl hatte, mich jeden Moment übergeben zu müssen. Zu spät bemerkte ich, dass mein einfältiges Grinsen in sich zusammengefallen war. Wenn ich nicht noch eins draufsetzte, würde ich gleich *richtig* in Schwierigkeiten stecken. Okay, ich musste mir einfach nur vorstellen, Jinxy zu sein. Jinxy, nachdem sie ein großes Glas Rum mit einem Schuss Cola in sich hineingekippt hatte.

„Hey, du", sagte ich mit derselben etwas kieksigen Stimme, in die ich auch immer verfiel, wenn ich vor der ganzen Klasse ein Referat halten musste. „Mit den Schokoladenaugen. Du gefällst mir echt gut. Süßer, äh, süßer Po." Und dann tat ich es wahrhaftig: Ich streckte die Hand aus, um dem jungen Johnny einen Klaps zu geben. Nur, dass ich es nicht schaffte, weil meine Finger knapp vor ihrem Ziel auf ein Hindernis stießen. *Flügel,* erinnerte ich mich mit einem Anflug von Hysterie, und vor meinen Augen begann es zu flimmern, als wäre ich tatsächlich betrunken. Wie praktisch.

Relativ unbeeindruckt wich Johnny zur Seite aus, aber der Argwohn war aus seinem Gesicht verschwunden. Meine Darbietung, die fraglos in die Top 10 meiner allerpeinlichsten Erlebnisse gehörte, hatte ihn eindeutig davon überzeugt, dass ich bloß ein minderbemittelter Teenie war. Kopfschüttelnd murrte er etwas, das wie „Irdische!" und außerdem sehr abfällig klang.

Robert fuhr sich nachdenklich durch sein karamellfarbenes Haar. „Was machen wir bloß mit ihm?"

Ihm?! Wenn man etwas Gutes über den Monster-Bra sagen konnte, dann wohl, dass er die Verwechslung mit einem Jungen unmöglich machte. Hatte der gute Robert etwa Glitzer in den Augen? Erst mehrere Sekunden später begriff ich: *ihm,* dem *Beweisstück.* Das war ja reizend.

„Wir werden es schwerlich schaffen, den zuständigen Gefallenen aufzuspüren", meinte Scarlett und schürzte ihre rosa Kusslippen. „Am besten liefern wir es gleich bei einem der Richter ab."

Mein Magen sackte nach unten, als befände ich mich in einer Achterbahn auf Talfahrt. „Nein, das ist überhaupt nicht nötig", beteuerte ich viel zu schnell. „Ich meine, mit Richtern hab ich es nicht so. Außerdem habe ich vorhin ein bisschen gelogen, mir ist der Typ gar nicht verloren gegangen. Er hat mich nur hier abgestellt, während er … mal musste. Okay? Er kommt sicher gleich wieder und holt mich ab, also bitte, lasst mich einfach hier und macht die Tür zu, bevor ihr geht, ja?"

Ich hätte ebenso gut mit meinen Schuhen sprechen können. Niemand nahm Notiz von meinem nervösen Geplapper. Stattdessen griff Johnny nach meinem Ellenbogen und umspannte dabei meinen Rücken mit seinem Arm. Anscheinend war das die einzige Fortbewegungsart für Irdische in der Lichtwelt: so fest an einen viel zu harten Oberkörper gequetscht, dass man keinen selbstständigen Schritt tun konnte. Allerdings ging dieser Typ noch deutlich grober mit mir um als Sam. Als wir – flankiert von den beiden anderen – den Ausgang der Bibliothek erreicht hatten, musste ich mir bereits auf die Lippe beißen, um nicht vor Schmerzen zu jammern. Verstohlen schielte ich in das Gesicht meines Gefängniswärters, und nun kam er mir gar nicht mehr besonders attraktiv vor. Der echte Johnny Depp hätte sich bestimmt viel mehr wie ein Gentleman verhalten.

Zu viert marschierten wir durch den Flur, der uns zum Atrium zurückführte, und bogen dort wenige Meter weiter in einen anderen Gang ein. Der kathedralenartige Saal schien das Herz eines richtigen Labyrinths zu sein, und ich gab es irgendwann auf, mir den Weg merken zu wollen.

Trotzdem hielt ich weiterhin Ausschau nach Sam, in der verzweifelten Hoffnung, dass er im Archiv bereits fündig geworden war und sich auf die Suche nach mir gemacht hatte. Es kamen jedoch nur fremde Lichtwesen auf uns zu, die sich an unsere Fersen heften wollten und von Scarlett scharf zurückgewiesen wurden. Allmählich begann ich mich zu fragen, ob meine drei Begleiter auch zu den Wächtern gehörten, oder zu einer Art Engelspolizei. Gab es so etwas überhaupt? Und was würde mit mir passieren, wenn sie mich tatsächlich den Richtern auslieferten? Nichts von dem, was ich über die Herrscher der Lichtwelt wusste, weckte den Wunsch in mir, sie kennenzulernen. Außerdem würden sie Sam bestimmt in die Schatten zurückschicken, sobald sie von seinem Ausbruch erfuhren. Es war merkwürdig – noch vor kurzem hatte ich mir nichts sehnlicher gewünscht als ihn loszuwerden, doch jetzt fühlte ich mich ganz elend bei dem Gedanken daran, dass er meinetwegen wieder in die Hölle verbannt wurde.

Mit einem schmerzhaften Ruck an meiner Schulter brachte mich der falsche Johnny zum Stehen. Ich schaute verwirrt den Flur entlang, der bis auf zwei davonhastende Engelsmädchen leer war. Noch bevor ich eine Frage stellen konnte, hatte mich Johnny auch schon zur Seite gedreht, wo sich eine Tür aus schlichtem, dunklem Holz befand. Sie war mir gar nicht aufgefallen, weil ich mir unser Ziel deutlich pompöser vorgestellt hatte. Dass es sich bei dem Raum dahinter allerdings um kein x-beliebiges Zimmer handelte, verrieten mir die nervösen Gesichtsausdrücke meiner Begleiter. Endlich klopfte Robert an, und als die Tür einen Spaltbreit geöffnet wurde, erklärte er dem herausspähenden Mann in knappen Worten, wen er bei sich hatte. Nach einer kurzen Denkpause wurde ich hoheitsvoll hereingewinkt, und ich konnte nicht anders, als den Kopf zu schütteln. Fehlte nur noch, dass ein Herold dreimal mit seinem Stab auf den Boden hämmerte und meinen Namen verkündete. Wahrscheinlich hätte ich das alles total lächerlich gefunden, wäre da nicht das ängstliche Ziehen in meinem Innern gewesen.

Beim Eintreten hielt ich meinen Blick auf den Fußboden gerichtet, der hier – anders als in der Eingangshalle – aus schiefergrauen Gesteinsplatten bestand. Überhaupt wirkte dieser Raum deutlich finsterer als alles, was ich bisher von der Lichtwelt gesehen hatte. Als ich den Kopf hob, erkannte ich außerdem, dass es hier keinerlei Möbel gab. Ich hätte ein Richterpult erwartet oder sogar einen Thron, aber nichts dergleichen. Erst nach einer Weile wurde mir klar, dass Engel im Vollbesitz ihrer Kräfte wohl nicht das Bedürfnis verspürten, sich zu setzen. Das Einzige, was das Zimmer von einem kahlen Kellergewölbe unterschied, war die weiß leuchtende Linie, die waagrecht über alle Mauern verlief. In unregelmäßigen Abständen waren darauf Punkte eingezeichnet und mit einer winzigen Beschriftung versehen. Es musste sich dabei um einen Zeitstrahl handeln, aber ich konnte nur raten, ob er Jahre, Jahrhunderte oder sogar Jahrtausende umfasste. Der fahle Schein dieser Linie umfloss eine einsame Gestalt in einem langen weißen Kleid, die so aufrecht und regungslos dastand wie eine Statue.

Auf dem Weg hierher hatte ich sämtliche Engel, denen ich begegnet war, mit irdischen Filmstars verglichen – aber bei dieser Frau musste ich passen. Sie sah zu wenig menschlich aus, um jemandem in meiner Welt zu ähneln: Ihre Wangenknochen waren zu hoch, die Augen zu katzenartig und die Nase zu gerade. Trotz ihrer schneeweißen Haut wirkten ihre Lippen sehr blass, und die Ringe um ihre kleinen Pupillen waren durchsichtig wie Wasser, als hätte die Zeit alle Farbe aus ihrem Gesicht gewaschen. Sie war das erste Lichtwesen, dessen Äußeres mir eine vage Ahnung von seinem unfassbar hohen Alter vermittelte, und dieser Eindruck wurde von ihrem silbrigen Haar verstärkt, das ihr weit über die Schultern fiel.

Langsam ging ich auf sie zu, hielt aber mehrere Meter von ihr entfernt inne, als hinter mir die Tür schlug. Ich schaute mich um und stellte fest, dass die drei Engel, die mich hierher geschleppt hatten, verschwunden waren. Nur der dunkelhaarige Wächter befand sich noch an seinem Platz.

Beklommen wandte ich mich wieder der Richterin zu. Ihre Haltung war unverändert, nicht einmal in ihrem Gesicht regte sich ein Muskel. Zaghaft keimte die Hoffnung in mir auf, dass sie mich gar nicht erkannte. Dann aber kräuselten sich ihre Lippen, und meine Schultern sackten nach unten.

„Sieh mal einer an", sagte sie, und es klang fast wie gesungen. „Wir beide sind einander ja schon begegnet, du erinnerst dich …?"

„Natürlich nicht", brach es aus mir heraus. „Ihr habt doch anschließend mein Gedächtnis gelöscht!"

Als sie kurz auflachte, grub ich meine Zähne in meine Unterlippe. Die Rechnung dafür, dass ich wieder einmal nicht den Mund hatte halten können, bekam ich gleich präsentiert:

„Wie ich sehe, hat Raziel dich über so manches aufgeklärt", stellte die Richterin fest, in einem beiläufig-heiteren Tonfall, der mich allerdings nicht von ihren zusammengezogenen Augenbrauen ablenken konnte. Diesmal widersprach ich nicht – sollte sie ruhig glauben, dass ich meine Informationen nur von Rasmus hatte. Je länger ich Sams Rolle in der ganzen Sache vertuschen konnte, desto besser. Vielleicht gelang ihm ja inzwischen die Flucht, und man würde mich unverrichteter Dinge freilassen.

„Zumindest ein bisschen habe ich darüber schon gehört", sagte ich vage. Ich bemühte mich, nicht zu blinzeln, obwohl mir vor Nervosität die Hitze in den Kopf stieg. Aus irgendeinem Grund fühlte ich mich wie bei einer Prüfung, auf die ich mich zu wenig vorbereitet hatte.

„Und wie geht es ihm?"

„Rasmus? Danke, bestens", gab ich automatisch zurück.

Sie reagierte nicht, sondern sah mich nur weiterhin unverwandt an. Und dann begriff ich: Das war keine Höflichkeitsfloskel gewesen. Die Richterin stellte mich auf die Probe.

Ein Bild flackerte durch meine Gedanken – Rasmus auf dem Krankenhausbett, erschöpft und abgemagert. „Woher …", begann ich und schnappte hörbar nach Luft. „Steht er etwa immer noch unter Beobachtung?"

Die Richterin schüttelte den Kopf. Ihr langes, seidiges Haar schwang um ihre Schultern, und ich meinte, den Luftzug zu spüren. „Das ist überhaupt nicht notwendig", antwortete sie sanft. „Wir ernten, was wir sähen. Darauf können wir uns verlassen."

Wie betäubt starrte ich sie an. Was sie gesagt hatte, ergab für mich zunächst keinen Sinn; war eine hohle Floskel, weiter nichts. Dann sickerte die Bedeutung zu mir durch, und meine Brust zog sich immer enger zusammen.

„Soll das heißen, Rasmus' Schwäche, seine Krankheit – *das ist eure Schuld?"* Noch während ich es aussprach, kämpfte mein Geist darum, die Tragweite des Ganzen zu erfassen. Ich hatte in den vergangenen Tagen so viel über die Diagnose des Arztes nachgedacht, hatte im Internet dazu recherchiert und Medizinbücher gewälzt, auf der Suche nach jedem Satz, der von Heilung berichtete … und nun stand ich schlagartig vor der Erkenntnis, dass Sam Recht gehabt hatte. Rasmus litt nicht an M.E. Er litt allein aufgrund der Sturheit einer Handvoll Personen, die ihn einfach nicht in Ruhe lassen konnten.

„Du darfst uns das nicht übelnehmen. Manchmal heiligt der Zweck eben die Mittel." Immer noch sprach die Richterin mit mir, als wäre ich ein störrisches Kind, und auf einmal schäumte glühend heiße Wut in mir hoch.

„Was zum Teufel soll das für ein Zweck sein, der so etwas rechtfertigt? Wisst ihr überhaupt, wie es ihm geht? Was ihr ihm antut? Das ist unmenschlich!", stieß ich hervor und verfluchte mich dafür, diesen falschen Ausdruck gewählt zu haben. Die Richterin kommentierte ihn allerdings nicht.

„Wir sind uns durchaus darüber im Klaren, welche Auswirkungen unser Vorgehen hat", antwortete sie stattdessen. „Aber letztendlich wird uns Raziel dankbar sein."

„Dankbar?! Ihr habt ihm versprochen, dass er als Mensch in der irdischen Welt bleiben darf und dass ihr euch nicht mehr um ihn kümmert ..."

„Das ist es, was er glaubt", fiel sie mir ins Wort. „Tatsächlich haben wir ihm nur zugesagt, dass er menschlich wird, und genau das ist er – in Bezug auf seine Fähigkeiten und seine körperliche Konstitution. Es wurde allerdings nie vereinbart, dass er sich wie ein *gesunder* Mensch fühlen sollte."

Wie von selbst machten meine Beine einen Satz auf sie zu, aber noch ehe ich mir darüber klarwurde, was ich eigentlich tun wollte, stellte sich mir jemand in den Weg: Der Mann, von dem ich hereingewinkt worden war, hatte seinen Platz an der Tür verlassen. Einige Herzschläge lang verharrte er direkt vor mir, dann trat er mit schnellen Schritten an die Seite der Richterin. Obwohl er kein Wort gesagt, geschweige denn mich angefasst hatte, verstand ich die stumme Drohung genau. Hilflos ließ ich meine Arme sinken und schluckte die Beschimpfungen herunter, die mir in der Kehle brannten. Die Richterin beobachtete mich, unbeeindruckt von meinem Ausbruch. Für sie schien ich nicht mehr als eine Spielfigur zu sein, ebenso wie Rasmus.

„Aber warum tut ihr das?“, fragte ich nach einer Weile gepresst. „Was nützt es euch, wenn er leidet?“

„Ganz einfach, er soll begreifen, was das menschliche Dasein eigentlich ausmacht: Mühsal, Krankheit, Tod. Alles, was ihm in der Lichtwelt erspart geblieben ist, soll er nun am eigenen Leib erfahren. Möglicherweise überdenkt er dann seinen Wunsch, zwischen Schatten und Licht zu leben. Ihn zur Heimkehr zu zwingen, wäre sinnlos – ein rebellischer Wächter ist das Letzte, was wir hier gebrauchen können. Aber wenn wir ihm die Konsequenzen seiner Entscheidung nur eindringlich genug vor Augen führen, sieht er hoffentlich seinen Fehler ein und kehrt freiwillig zu uns zurück.“

„Niemals“, sagte ich, deutlich entschlossener, als ich mich fühlte. „Darauf wird er sich auf keinen Fall einlassen.“

Die schmalen Augen der Richterin verengten sich noch etwas mehr. „Bist du dir da ganz sicher?“, fragte sie lauernd. „Schön, er hat den Verlust seiner übernatürlichen Fähigkeiten ertragen. Er hat sich damit abgefunden, ständig zu frieren, Hunger und Schmerzen zu leiden. Raziel besitzt einen starken Willen, das habe ich immer gewusst, und genau das macht ihn so wertvoll für uns. Aber wenn die Krankheit weiter fortschreitet … wenn sein ganzer Körper erstarrt und er sich kaum mehr rühren kann, ohne Qual zu empfinden … dann wird auch sein Wille brechen.“ Ihre Schultern strafften sich, und plötzlich klang ihre Stimme geschäftsmäßig. „Wir geben ihm noch eine Weile Bedenkzeit, doch wenn wir den Eindruck haben, dass seine Schwäche weit genug fortgeschritten ist, werden wir ihm persönlich einen Besuch abstatten. Er wird dann vor die Wahl gestellt, uns zu folgen oder für immer in dem jämmerlichen Zustand zu verbleiben, den das menschliche Leben in manchen Fällen nun mal mit sich bringt."

Stumm schob ich die Hände hinter meinen Rücken, damit die Richterin nicht bemerkte, wie sehr sie zitterten. Es nützte allerdings nicht viel – das Beben lief in immer wiederkehrenden Schauern durch meinen ganzen Körper, wie Schluchzer, die nicht herauskonnten. Sekunde um Sekunde dehnte sich die Stille weiter aus, und jeder normale Mensch hätte bereits etwas gesagt, um das Warten auf eine Antwort zu beenden. Die Richterin sah mich jedoch nur geduldig an, bis ich mir wieder zutraute, zu sprechen.

„Warum könnt ihr ihn nicht einfach in Frieden lassen? Ich verstehe nicht, wieso ihr einen solchen Aufwand betreibt, nur um ihn zurückzugewinnen. Ihr habt doch genug andere Wächter!"

„Aber keinen wie ihn", entgegnete sie. „Die Lichtwesen vertrauen Raziel mehr als jedem anderen, er gibt ihnen ein Gefühl von Sicherheit. Und darauf waren wir schon lange nicht mehr so sehr angewiesen wie jetzt." Zum ersten Mal verschwand ihr herablassendes Lächeln, und ihre Miene wurde finster. „Etwas liegt in der Luft, wie eine dunkle Ahnung, wir können es alle fühlen. Es ist, als wären uns die Schatten näher gerückt. Wer weiß, welche Pläne sie dort unten schmieden, oder woher dieser unerwartete Machtanstieg in der Schattenwelt kommt … vielleicht täuscht uns ja unsere Intuition. Aber es wird nun zunehmend schwieriger, für Ruhe unter den Lichtwesen zu sorgen, und wir haben Raziels Fähigkeiten bitter nötig."

Sie machte eine kurze Pause, während sie mich weiterhin prüfend anschaute. Starr erwiderte ich ihren Blick und betete, dass mich mein Gesichtsausdruck nicht verriet. Dabei hämmerte mein Herz so stark, dass ich das Pulsieren hinter meinen Schläfen fühlen konnte. Wenn ich jetzt erkennen ließ, dass ich den Grund für die Unruhen kannte, wäre alles vorbei. Niemals würde sich die Richterin dann noch damit begnügen, Rasmus ein Ultimatum zu stellen – nicht, wenn sie von der Existenz eines Abaddons erfuhr, der bereits zweimal die Grenzen zwischen der irdischen und der Schattenwelt durchbrochen hatte. Rasmus würde gewaltsam in seine alte Heimat gebracht werden, er würde erneut als Wächter die Tore des Lichts beschützen, und ich würde ihn niemals wiedersehen.

Zu meiner Erleichterung redete die Richterin aber einfach weiter: „Wir sind äußerst zuversichtlich, was unsere Bestrebungen anbelangt. Bisher konnten wir noch jeden wankelmütigen Engel auf den rechten Weg zurückführen!"

„Fast jeden", murmelte der Mann an ihrer Seite, doch sie sah ihn so eisig an, dass er gleich wieder verstummte.

„Genug davon", sagte sie mit einer neuen Schärfe in der Stimme. „Wir haben uns schon zu lange mit Erklärungen aufgehalten. Es wird Zeit, dass wir den Gefallenen suchen, der dich hierher gebracht hat, und für ihn eine Verhandlung einberufen. Wenn du mir verrätst, wer dein Lebensretter war, kannst du bald wieder die Gesellschaft deines Liebsten genießen."

So lange du ihn noch hast, schien in dem Satz mitzuschwingen. Mein Wunsch, ihr die farblosen Augen auszukratzen, wurde immer stärker. „Ich habe keine Ahnung, wer das war", behauptete ich und hob das Kinn. „Irgendwie fällt mir auch gar nicht mehr ein, wie er überhaupt ausgesehen hat."

Es bereitete mir Genugtuung, dass ihre Brauen vor Überraschung nach oben rutschten – endlich eine Emotion, die sie nicht beherrschen konnte, wie ein Riss in einer perfekten Maske.

„Ganz, wie du willst“, meinte sie, doch ebenso gut hätte sie „Dann werde ich dich nun verspeisen“ sagen können. Sie ähnelte nun eindeutig einer hungrigen Boa constrictor. „Du kannst dich gerne so lange widersetzen, wie es dir beliebt. Wenn wir hier etwas wirklich im Überfluss haben, dann ist das Zeit. Ich darf dich allerdings daran erinnern, dass der Zeitverlauf in der Lichtwelt mit dem in der irdischen Welt nicht viel gemeinsam hat. Die Berührungspunkte liegen weit auseinander und sind völlig unberechenbar. Wenn du es vorziehst, stundenlang hier zu stehen und dich aus einem kindischen Rachebedürfnis heraus zu verweigern, könnte es sein, dass in deiner Welt unterdessen nur ein paar Sekunden vergehen. Es könnte sich aber auch um Wochen oder Monate handeln.“

Ihre hohe Stimme schien sich tief in meinen Kopf zu graben, und am liebsten hätte ich mir die Hände auf die Ohren gepresst. Stattdessen verkrampften sich meine Finger zu Fäusten, während sich Szenen aus Märchen und Fantasyromanen in meine Vorstellung drängten: Geschichten von jungen Männern und Frauen, die sich in die Feenwelt locken ließen und dort die ganze Nacht lang tanzten. Am nächsten Morgen, wenn sie wieder herauskamen, waren sie um Jahrzehnte gealtert oder zerfielen gleich zu Staub. Ich konnte nur hoffen, dass die Richterin sich das bloß aus den Fingern gesogen hatte, um mich zu erschrecken … aber durfte ich mich darauf verlassen?

Inzwischen hatte sie begonnen, mit dem Fuß auf die steinernen Fliesen zu klopfen – auch ihre Geduld kannte also Grenzen. Weil der Saum ihres Kleides bis zum Boden reichte, konnte ich ihre Füße nicht sehen, doch dem Geräusch nach zu urteilen trug sie keine Schuhe. „Nun? Fällt dir dein Retter wieder ein?“, fragte sie mit leichtem Spott.

„Ich sollte dir wohl verraten, wie solche Dinge üblicherweise bei uns ablaufen: Wir lassen uns den Hergang der Rettung berichten, anschließend erhält der Gefallene seine Flügel zurück. Bei dieser Prozedur tropft sein Blut auf den Boden des Gerichtssaals, und dabei bildet sich ein Portal, durch das wir den Menschen heimschicken. Selbstverständlich mit gelöschtem Gedächtnis. Du wirst dich also an dieses mühselige Gespräch nicht mehr erinnern können, aber ich persönlich wäre wirklich froh, wenn es rasch zu einem Ende käme."

Ich befand mich in einer Sackgasse, das wusste ich. So lange ich Sam nicht verriet, würde man mich hier festhalten – aber wenn ich es tat, war er verloren. In jedem Fall würde nur einer von uns beiden in die irdische Welt zurückkehren können.

Anscheinend interpretierte die Richterin mein Schweigen als Trotz, denn sie schnalzte missbilligend mit der Zunge. „Dann beenden wir das jetzt; ich habe nicht die Absicht, mich noch länger mit dir zu befassen. Du musst aber verstehen, dass wir dich nicht frei hier herumlaufen lassen können. Abagrion bringt dich nun an einen Ort, an dem du bleiben wirst, bis du dein Erinnerungsvermögen wiedererlangt hast."

Sie hatte kaum zu Ende gesprochen, als sich der Wächter auch schon in Bewegung setzte. Instinktiv wich ich einen Schritt vor ihm zurück und hob die Hände, als hätte ich auch nur die geringste Chance, ihn abzuwehren. „Nein … bitte …"

„Das wird nicht nötig sein", tönte es durch den Raum. Ich fuhr herum – und sah Sam neben der Eingangstür, die alberne Sonnenbrille auf der Nase und den Hut tief ins Gesicht gezogen. In letzter Sekunde konnte ich mich noch davon abhalten, seinen Namen zu rufen. Mein Blick zuckte zu der Richterin und dem Wächter hinüber, die Sam mit aufgeklappten Mündern anstierten und offenbar nicht wussten, wo sie ihn einordnen sollten.

„Was zum …", begann die Richterin perplex, aber ich kam nicht mehr in den Genuss, einen Engel den Teufel anrufen zu hören. Während sie Sam noch betrachtete wie eine Erscheinung, wirbelte ich herum und stürmte auf ihn zu. Sofort schob er mir einen Arm unter die Kniekehlen und legte den anderen um meinen Rücken. Ich verlor den Boden unter den Füßen, mein Kopf knallte gegen seine harte Brust, dann rannte er los.

„Wenn du uns in die Scheiße reitest, dann auch so richtig, was?", rief er mir ins Ohr, nachdem wir das Zimmer der Richterin hinter uns gelassen hatten.

„Tut mir leid, beim Versteckspielen im Himmel war ich immer schon ganz schlecht", gab ich japsend zurück und bohrte meine Finger in seinen Nacken. Er hetzte so schnell den Flur entlang, dass die Türen links und rechts zu Schlieren verschwammen. Seit Rasmus menschlich geworden war, hatte ich vergessen, was für ein unglaubliches Tempo übernatürliche Wesen draufhatten. Trotzdem wurde Sam bestimmt von meiner Last gebremst, und sobald die Richterin und der Wächter ihre Verblüffung überwunden hatten, würden sie uns rasch einholen.

Mit angehaltenem Atem zog ich mich ein Stück an Sam hoch und spähte über seine Schulter. Ich erwartete, den Wächter direkt hinter uns zu sehen, die Arme ausgestreckt, die Fingerspitzen nur wenige Zentimeter von Sams Rücken entfernt – aber der Flur war leer.

„Was ist los, warum folgen sie uns nicht?", fragte ich, und meine Stimme holperte mit Sams Schritten.

„Weil sie es nicht müssen! Wahrscheinlich haben sie bereits den Wächtern des Gerichtssaals Bescheid gegeben, dass sie uns festnehmen sollen, wenn wir auftauchen!"

„Und wo bringst du mich stattdessen hin?"

„Zurück zum Atrium."

„Aber *wieso?*" In meiner Panik kam es heraus wie ein Schrei, doch Sam antwortete nicht. Er verstärkte nur den Druck seiner Umklammerung, als wir die Halle erreichten und er sogar noch einen Zahn zulegte. Ohne auf die erschrockenen Rufe der Lichtwesen zu achten, die ihm aus dem Weg sprangen, preschte er zu der Tunnelöffnung zurück, durch die wir das Atrium erstmals betreten hatten – allerdings hastete er ohne zu zögern daran vorbei. Ich wollte ihn schon auf seinen Fehler hinweisen, als ich noch zwei weitere, identische Tore entdeckte. Zielstrebig steuerte Sam auf eines davon zu und stürzte hinein.

Nach der strahlenden Helligkeit, die im Atrium geherrscht hatte, machte mich die Finsternis im Tunnel blind. Ich riss die Augen weit auf und konnte schließlich einen blassen Schemen erkennen, der einige Meter entfernt aus der Dunkelheit hervortrat. Gemächlich kam er auf uns zu.

„Serafina", hörte ich Sam keuchen, und seine Arme verkrampften sich um meinen Körper. Verzweifelt wand ich mich in seinem Griff, versuchte mich daraus zu befreien und vor allem dem Schemen zu entfliehen, der sich stetig weiter auf uns zubewegte. Plötzlich kamen mir Sams Arme so vor wie Ketten, die meine Lunge zusammenpressten. Mit einem schleifenden Geräusch rang ich nach Luft, und die Angst erfüllte meine Ohren mit einem Rauschen. Nur ganz leise drang eine Stimme zu mir hindurch: Jemand sagte Sams Namen …

Dann steigerte sich das Rauschen zu einem Tosen, der Schemen verschwand, und ich merkte nichts mehr.

7. Kapitel

Diesmal waren meine Sinne gleich nach dem Aufwachen klar. Ich hörte vereinzeltes Vogelgezwitscher, fühlte die Steinchen, die sich in meinen Rücken gruben – und das Schlauchkleid, das mich zwickte. Als ich die Augen öffnete, sah ich über mir zartrosa verfärbten Himmel, eingerahmt von gezackten Felsen.

Ich war wieder im Steinbruch. Die Erleichterung, die mich durchflutete, schaffte es sogar, die morgendliche Kühle zu vertreiben. Es war genau dasselbe Gefühl wie jenes, wenn man aus einem Alptraum erwacht und während der ersten paar Sekunden kaum glauben kann, dass man sicher in seinem Bett liegt. Ich atmete tief die frische Luft ein und setzte mich dann auf.

Schlagartig verwandelte sich mein Lächeln in eine Grimasse. Auf einem Felsbrocken direkt neben mir thronte ein Mädchen in dunklen Hosen und einem luftigen weißen Hemd – ohne Zweifel eine Bewohnerin des Lichts. Sie hatte die Beine untergeschlagen und war gerade dabei, eine Klinge an einem Stein zu wetzen.

Als sie meinen Blick spürte, schüttelte sie ihr Goldhaar nach hinten und richtete ihre riesigen Augen auf mich. Sie sah wahrhaftig so aus, als wäre sie einem der Manga-Hefte entstiegen, die Jinxy vor dem Beginn ihrer Romantasy-Phase gerne gelesen hatte.

„Oh, gut, du bist wach“, sagte sie mit einer Stimme, die hoch und zugleich ein winziges bisschen rau war. „Dann hat Sammy jetzt auch genug geschlafen.“

Während ich noch zu verkraften versuchte, wie sie diesen muskelbepackten Kerl genannt hatte, entwirrte sie ihre langen Beine und rammte ihm eine Fußspitze in den Oberschenkel. Schnaufend fuhr Sam hoch und blinzelte.

„Serafina, hallo", sagte er mit einem noch etwas benommenen Grinsen, „ewig nicht gesehen." Weder ihre Anwesenheit, noch die dreißig Zentimeter lange Waffe in ihrer Hand schienen ihn zu irritieren. Nicht einmal, als sie das Messer in seine Richtung hielt, zuckte er zusammen.

„Hast du nicht was vergessen?", fragte sie in einem übertrieben drohenden Tonfall.

Sam, der sein Bewusstsein zunehmend wiedererlangte, fuhr sich mit beiden Händen durch die hellen Locken. „Allerhöflichsten Dank, dass du uns aus diesem Schlamassel rausgeholt hast", flötete er. „Ich hab echt schon gedacht, wir wären aufgeschmissen, aber dann bist du mir in den Sinn gekommen. – Das ist übrigens die nette Wächterin, die Raziel und mir immer dabei geholfen hat, uns aus der Lichtwelt zu schleichen", fügte er hinzu, als er meine fragende Miene bemerkte.

„Und *die nette Wächterin* ist es gewohnt, dir den Arsch zu retten. Obwohl es diesmal echt riskant war; du konntest ja nicht wissen, dass ich gerade Dienst hatte. Wenn du einem anderen Wächter in die Arme gelaufen wärst, hätte es übel für dich ausgesehen!", schimpfte das Mädchen und ließ die Klinge weiterhin vor Sams Nase tanzen.

Mit einem milden Lächeln schob er ihre Hand beiseite. „Hab ganz vergessen, wie scharf ihr Wächter auf eure Dämonenmesser seid, dabei hatte ich doch selbst mal so eins. Aber das Teil ist immerhin aus Engelsblut geschmiedet und deshalb ziemlich eklig, also kannst du bitte aufhören, mir damit vor dem Gesicht rumzufuchteln?"

„Kannst *du* mir mal erklären, was du im Licht zu suchen hattest?", schnappte sie zurück. „Wie ich gehört habe, bist du vor einer Weile … zwei Etagen tiefer gezogen."

Stöhnend lehnte Sam den Kopf nach hinten. „Ist eine lange Geschichte."

Schon traf ihn ein weiterer kleiner Tritt von Serafina in die Seite. „Raus damit!", kommandierte sie. Sam schaute sie vorwurfsvoll an, ließ sich dann aber tatsächlich zu einer Erklärung herab. Der kumpelhafte Umgang zwischen ihm und dem Engelsmädchen verwirrte mich so sehr, dass es mir schwerfiel, ihm zuzuhören. Knapp berichtete er von seiner Flucht aus den Schatten und von seiner Vermutung, dass ein Weltenwandler dahintersteckte. Außerdem hatte er offenbar einen Großteil des Gesprächs zwischen mir und der Richterin belauscht, denn er wusste über das Ultimatum Bescheid.

Während seiner Erzählung verdüsterte sich Serafinas Gesicht noch mehr. Sie hatte das Messer in ihrem Gürtel verstaut und beide Hände in die Hosentaschen geschoben, aber ich konnte trotzdem erkennen, dass sie die Fäuste ballte.

„Verdammt", sagte sie, als Sam geendet hatte. „Könnte ich dich nicht mit eigenen Augen hier vor mir sehen, würde ich das alles gar nicht glauben. Aber wenn sogar du es geschafft hast, aus der Schattenwelt zu fliehen … du musst schon entschuldigen … was kann dann wohl noch herausgekrochen kommen?"

„Nichts sonderlich Hübsches, frag mal Lily", antwortete Sam trocken.

Serafina blickte kurz zu mir herüber, aber anstatt mich etwas zu fragen, fuhr sie fort: „Jetzt begreife ich auch, warum alle im Licht das Gefühl haben, ein Damoklesschwert würde über ihnen hängen. Euch ist bestimmt nicht entgangen, welche Unruhe deswegen in der Nähe der Tore herrscht! Sogar die Richter müssen total verunsichert sein, wenn sie Raziel jetzt als Allheilmittel präsentieren, und sie werden ihn wohl nicht mehr in Frieden lassen, bis wir den Abaddon beseitigt haben …"

„Wir?", echote Sam.

Serafina seufzte. „Du glaubst doch nicht, dass ich einfach abhaue, ohne euch zu helfen? Das hier betrifft uns schließlich alle."

„Aber die Richter werden bemerken, dass ihnen mal wieder ein Wächter flöten gegangen ist! Bei deiner Rückkehr wartet dann ein Riesenhaufen Ärger auf dich!"

„Nicht, wenn ich ihre größte Bedrohung aus dem Weg geräumt habe", widersprach Serafina. „Allerdings brauchen wir zumindest einen Anhaltspunkt für unsere Suche. Ich wäre gar nicht auf die Idee gekommen, dass es zu diesen alten Mythen Informationen in der Bibliothek gibt – bist du denn fündig geworden?"

Sam hob die Hüfte, um in seine Gesäßtasche fassen zu können, und holte ein schmales Büchlein hervor. „In der Kartei war unter dem Begriff *Abaddon* nur ein einziges Werk verzeichnet", erklärte er. Ich wollte zu gern einen Blick auf das Buch werfen, aber er stopfte es gleich wieder in seine Tasche und rappelte sich auf. „Bitte verlassen wir erst mal diesen blöden Steinbruch, bevor wir uns da hineinvertiefen."

Serafina kam flink wie eine Elfe ebenfalls auf die Beine und streckte mir zu meiner Überraschung die Hand hin. „Du bist also Raziels Freundin?", fragte sie, während sie mich hochzog. Irgendwie hörte es sich für mich so an, als hätte ich ihr gerade verraten, dass ich noch an den Weihnachtsmann glaubte.

„Ähm, ja", sagte ich etwas dümmlich.

„Wie schön!", rief Serafina und strahlte mich an, obwohl ich überhaupt nicht verstand, worüber sie sich so freute. „Ich dachte bloß immer, er würde eher auf den hellen Typ Frau stehen." Und wie auf Kommando ließ eine leichte Morgenbrise ein paar Strähnen ihres goldenen Haars um ihr Gesicht flattern.

„Ähm, wieso?“ (Zum Glück war meine Wortgewandtheit wieder da.)

„Nun, Sophie war blond“, antwortete Serafina leichthin und schien nicht zu bemerken, wie ich mich bei der Erwähnung von Rasmus‘ toter Exfreundin versteifte. „Er hat mir damals immer von ihr erzählt, wenn er von seinen Ausflügen in die irdische Welt heimgekehrt ist …“

„Das ist ja alles wahnsinnig interessant“, mischte sich Sam ein, und ich war selten so froh darüber gewesen, seine Stimme zu hören. „Aber könnten wir die Abfahrt nach Erinnerungshausen bitte erst später nehmen? Stattdessen würde ich jetzt gerne irgendwo einen Kaffee trinken, und dann müssen wir Raziel aus dem Krankenhaus abholen.“

Ich schaute zu ihm hinüber und stellte verwundert fest, dass er genauso müde aussah, wie ich mich fühlte. Steifbeinig ging er voran zu seinem Wagen, der am Rand der Geröllhalde parkte. Serafina schien sich nicht das Mindeste aus der schroffen Unterbrechung zu machen und lief ihm bereitwillig hinterher. Während der Fahrt und unseres Zwischenstopps in einem Schnellrestaurant plauderte sie ununterbrochen mit Sam, und ich konnte die meiste Zeit nicht einmal verstehen, worum es ging. Ich war aber ohnehin zu aufgeregt, um mich an einer Unterhaltung zu beteiligen. Nach dieser verrückten Nacht wollte ich nur eins: mich in Rasmus‘ Arme schmiegen und ihm alles in Ruhe erzählen. Ich konnte die Sehnsucht richtig spüren, wie einen dumpfen Schmerz, der sich durch meinen ganzen Bauch zog.

Beim Krankenhaus angekommen, stürmte ich gleich durch den Eingang und bremste erst vor dem Aufzug schlitternd ab. Als ich mich umdrehte, musste ich allerdings feststellen, dass Serafina an einem Snackautomaten stehengeblieben war und sich in aller Ruhe erklären ließ, wie er funktionierte. Während sie ein paar Münzen einwarf, schlenderte Sam mit einer belustigten Miene zu mir herüber.

„Nicht, dass wir gerade gefrühstückt hätten … Diese Frau kann einfach unendlich viel vertragen."

„Aha, wie praktisch für sie", antwortete ich ein bisschen gereizt. „Wenn ihr nichts dagegen habt, mache ich mich schon mal auf den Weg." Bevor er noch etwas sagen konnte, sprang ich in die Fahrstuhlkabine und schlug auf den Knopf, damit sich die Türen schlossen. In der richtigen Etage stöckelte ich dann so schnell den Flur entlang, wie mich meine High Heels trugen. Heftig pochte mein Herz gegen meine Rippen, als ich schließlich vor Rasmus' Zimmertür stand. Außerdem machte sich bei meinen schweren Atemzügen der Monster-Bra bemerkbar und erinnerte mich daran, dass ich immer noch als Pamela, die feuchtfröhliche Partyqueen verkleidet war. Auf einmal fühlte ich mich seltsam befangen – nachdem ich wie eine Wahnsinnige hierher gerannt war, traute ich mich nun kaum, anzuklopfen. Ich tupfte mit meinen Fingerknöcheln gegen die Tür, und es lag wohl an einem letzten Rest übernatürlicher Fähigkeiten, dass Rasmus es hörte.

„Ja?", drang es zu mir heraus.

Zaghaft drückte ich die Klinke herunter und schob mich durch einen schmalen Türspalt ins Zimmer. Rasmus saß auf dem Rand des Krankenhausbetts, das rechte Bein angewinkelt und einen Arm darauf abgestützt. Als er mich sah, nahm er den Fuß von der Bettkante und beugte sich ein bisschen vor.

„Sie müssen sich im Zimmer geirrt haben."

„Oh nein, ich bin's nur", nuschelte ich und friemelte verlegen am Saum meines Kleides herum.

Da lächelte Rasmus – ein langsames Lächeln, das an den Mundwinkeln begann und sich bis zu den Augen ausbreitete. „Weiß ich doch, Lily“, sagte er, was mich leider erröten ließ. „Aber warum bist du so gekleidet … oder besser gesagt, unbekleidet?“

Ich breitete die Arme aus. „Das erzähl ich dir später. Gefällt's dir denn?“

Rasmus hielt sich am Bettgestell fest, um von der Matratze hochzukommen, und bewegte sich dann auf mich zu. „Normalerweise gefällt es mir noch besser“, behauptete er, aber in seinen schmalen Augen lag dieser ganz spezielle Raubkatzenblick. Außerdem strafte ihn die Art, wie er seine Hände an meine Taille legte, Lügen. (Männer eben – egal, ob Mensch, Dämon oder Engel, etwas hatten sie dann doch gemeinsam.)

„Ich hab dich vermisst“, sagte er, und seine Augen wurden sogar noch eine Spur schmaler.

„Mhm, ich dich auch. Aber ich bin hier oben.“

Jetzt lachte er richtig, während er den Kopf hob und mir ins Gesicht schaute. Seine Hände glitten allerdings abwärts, und weil er mich wegen meiner High Heels nur um wenige Zentimeter überragte, reichten seine Fingerspitzen bis zu meinen Oberschenkeln. Genau dorthin, wo die Strümpfe einen kleinen Streifen Haut freiließen.

„Sieht schön aus“, sagte er – dann fühlte ich, wie sich seine Finger in den Saum des Schlauchkleides hakten. Auf einmal fiel es mir furchtbar schwer, eine Antwort zu formulieren.

„Danke, aber … am liebsten würde ich es sofort ausziehen.“

Ein Muskel in Rasmus' Wange zuckte. „Ach ja?“

„Ja, weil es *kneift!*“, schickte ich ein bisschen schrill hinterher. Erst sein ironischer Tonfall hatte mich kapieren lassen, was da aus meinem Mund gekommen war. „Es ist nun mal super eng, und an manchen Stellen super *zu* eng!"

„An welchen Stellen denn so?", erkundigte sich Rasmus unschuldig.

Ich holte tief Luft, um etwas möglichst Damenhaftes zu erwidern, als er sich plötzlich vorbeugte und mich wie zur Entschuldigung küsste. Gleichzeitig löste er eine Hand von meinem Kleid, um sie mir an die Wange zu legen. Sein Daumen strich über meinen Wangenknochen, und ich fing soeben an, dahinzuschmelzen, als das Klappern der Türklinke Rasmus zurückzucken ließ. Mit einem fassungslosen Gesichtsausdruck schaute er Serafina entgegen, die an Sams Seite ins Zimmer stolzierte. Na toll – die brauchte ich gerade so dringend wie Professor Grabowski.

Rasmus empfand das aber offensichtlich anders. „Fina?", fragte er ungläubig und starrte sie dabei an, als hätte sie hüftlanges blondes Haar und eine Figur wie Barbie persönlich. Was ja leider den Tatsachen entsprach.

„Blackwings!", jubelte sie, machte einen Satz auf ihn zu und warf ihm die Arme um den Hals.

Okay, allmählich reichte es mir mit den Spitznamen. Ich stolperte zur Seite und beobachtete, wie Rasmus Serafina kurz an sich drückte. Dann schob er sie ein Stück nach hinten und strahlte sie an.

„Das träume ich doch", sagte er kopfschüttelnd. „Ich hätte nicht gedacht, dass ich dich jemals wiedersehen würde!"

Serafina gab ihm einen spielerischen Klaps auf den Arm. „Ist doch mein Markenzeichen, überraschend aufzutauchen, weißt du nicht mehr?"

„Oh, das weiß ich noch zu gut."

„Und ich erst", kam es aus Sams Richtung.

„Haha, guckt mal“, schaltete ich mich ein, „Jinxy hat mir Strümpfe mit Strumpfbändern zum Anziehen gegeben!“

Niemand schien es zu hören. Rasmus betrachtete Serafina weiterhin wie ein Weltwunder, dann runzelte er die Stirn. „Es würde mich aber trotzdem interessieren, wieso du gerade jetzt hierhergekommen bist. Ich nehme mal an, dass sie dort oben seit meiner Verbannung die Sicherheitsvorkehrungen verschärft haben, und du riskierst jede Menge Ärger. Wozu das Ganze?“

Eine unbehagliche Stille trat ein, während Serafina zu Sam hinüberschaute. Der steckte die Hände in die Hosentaschen und zog die Schultern hoch – auf einmal sah er trotz seiner beeindruckenden Muskeln so aus wie ein kleiner Junge, der bei einem Streich ertappt worden war.

„Alter, reg dich jetzt nicht auf“, sagte er. „Es ist nur … weil wir ja in der Bibliothek keine brauchbaren Infos zum Abaddon finden konnten, dachte ich mir, wir könnten mal in den Archiven der Lichtwelt nachsehen. Und das haben wir dann, äh, sozusagen auch gemacht. Bloß gab es da ein paar Probleme mit unserer Rückkehr, aber Serafina hat uns freundlicherweise durchs Tor gelassen. Das ist auch schon alles.“

„Du hast Lily in Lebensgefahr gebracht, um sie in die Lichtwelt zu verschleppen?“, fragte Rasmus. Seine Stimme klang ganz ruhig, aber sein Blick war eiskalt, und ich konnte sehen, dass er die Arme anspannte. Plötzlich erinnerte ich mich wieder daran, wie ich mich vor ihm gefürchtet hatte, ehe ich sein Geheimnis erfuhr.

„Tja, sieht so aus, aber …“

Rasmus machte einen schnellen Schritt nach vorne. „Sag mal, haben sie dir in der Schattenwelt das Hirn rausgeprügelt?“, fuhr er Sam an. Ich schreckte zusammen, als hätte es mir gegolten – schon lange hatte ich ihn nicht mehr so wütend erlebt.

„Keine Ahnung, ist durchaus möglich", entgegnete Sam bitter. „Aber du kannst dich wieder beruhigen, deiner kostbaren Lily ist nichts passiert."

Beschwichtigend legte Serafina Rasmus eine Hand auf die Schulter. „Klar war das Ganze riskant, aber eigentlich kannst du froh sein, dass Sam das durchgezogen hat. Jetzt wissen wir nämlich, dass es dir nur so schlecht geht, weil die Richter dich unter Druck setzen. Sie ahnen, dass etwas Gefährliches im Gange ist, und wollen dich zu einer Heimkehr bewegen."

Die Verblüffung darüber kühlte Rasmus' Wut ein wenig ab, und er schwieg einen Moment. Ich versuchte, in seinem Gesicht zu lesen, was er fühlte – Erleichterung, dass ihm die Chance auf Heilung nun klar vor Augen stand, oder Furcht, weil es sich um eine verschwindend kleine Chance handelte –, aber seine Miene war ausdruckslos. Schließlich seufzte er und wandte sich wieder an Sam.

„Und? Hast du in den Archiven was gefunden?"

Stumm holte Sam das kleine Buch heraus und hielt es hoch. Wieder juckte es mich in den Fingern, danach zu greifen, aber Serafina war schneller. Sie schnappte es sich, legte den Daumen an den Rand und ließ die Seiten durchflattern. Dann reichte sie das Buch achselzuckend an Sam zurück.

„Sagt mir überhaupt nichts. Hoffentlich kannst du etwas Interessantes darin entdecken. Aber wollen wir jetzt mal kurz klären, wo ich schlafen soll? Darf ich bei einem von euch unterkriechen?"

„Ich wohne derzeit in einer Jugendherberge", meinte Sam etwas mürrisch. „Kannst gerne auch ein Bett dort beziehen, aber ich denke nicht, dass dir die grausigen Sanitäranlagen zusagen würden."

„Na, und bei dir?", drehte sich Serafina mit einem breiten Lächeln zu Rasmus. Der öffnete den Mund, um zu antworten, aber da rutschte es mir heraus:

„Sein Apartment ist auch ziemlich grausig!"

Rasmus schaute mich amüsiert an. „Ist das so?"

„Ich – ich meinte nur, dass es nicht gerade mit weitläufigen Zimmern gesegnet ist."

Lässig strich Serafina ihre hautenge schwarze Hose glatt. „Ach was, ich brauche nicht viel Platz", behauptete sie … womit sie verflixt nochmal Recht hatte. „Raziel und ich rücken gern ein bisschen zusammen. Es macht dir doch nichts aus?", fragte sie mich liebreizend.

„Doch, was denkst du denn!", hätte ich gerne gesagt, aber während meines kurzen Zögerns sah Rasmus mich verwirrt an. Als hätte er gar keinen Schimmer, warum es mich stören sollte, dass eine alte Freundin vorübergehend bei ihm wohnte.

„Aber nein", antwortete ich deshalb und versuchte, Serafinas süßlichen Tonfall zu imitieren. Was dabei herauskam, erinnerte irgendwie an Kunsthonig, aber das bemerkte anscheinend keiner außer mir.

Serafina klatschte erfreut in die Hände. „Wunderbar, dann können wir ja gleich los. Nehmen wir beide ein Taxi zu dir, Blackwings?"

Jetzt fand ich, es wäre doch an der Zeit, zu widersprechen. „Ich hab mir eigentlich überlegt, dass wir *alle* zu Rasmus fahren könnten. Meine Eltern sind nicht da, und …"

„Vielleicht wäre es besser, das zu verschieben", unterbrach sie mich. „Raziel braucht dringend ein bisschen Ruhe, meinst du nicht?"

Ich dachte an das schiefe Willkommensschild in seinem Apartment und musste schlucken. „Natürlich", sagte ich kleinlaut.

„Sammy und du, ihr könntet doch heute dieses Buch lesen!" Serafina lächelte mich aufmunternd an, bevor sie ihren Blick wieder auf Rasmus richtete. „Hast du alles?"

Ich verstand nicht, was er antwortete, weil in diesem Augenblick mein Handy klingelte. Hastig griff ich danach und ging in eine Ecke des Zimmers, um den Anruf entgegenzunehmen.

„Hallo?"

„Ich habe mich gezwungen, gestern Abend nicht anzurufen, aber jetzt kann ich nicht mehr länger warten", sprudelte eine quietschige Stimme, die niemand anderem als Jinxy gehören konnte. „Erzähl schon, ist *ES* passiert?"

„Es ist jede Menge passiert", antwortete ich hölzern, ohne zu begreifen, was sie meinte. Etwas an meinem Tonfall schien sie zu verunsichern, denn nach einer kleinen Denkpause fragte sie argwöhnisch:

„Was ist denn los mit dir? Hatte das Kleid nicht den gewünschten Effekt? Komm schon, mir kannst du es doch verraten. Gibt es irgendwelche Probleme?"

Ich schüttelte heftig den Kopf, obwohl Jinxy das natürlich nicht sah. „Nein", sagte ich dann und schielte zu Serafina hinüber, die Rasmus gerade einen Arm um die Taille gelegt hatte, als wollte sie ihn stützen. „Nein, keine Probleme." Aber ich hörte selbst, wie wenig überzeugend das klang. Noch ehe Jinxy nachfragen konnte, verabschiedete ich mich von ihr und legte auf.

Inzwischen hatte Serafina sich Rasmus' Sporttasche über die Schulter geworfen. Unternehmungslustig schaute sie in die Runde.

„Kann es jetzt losgehen? Ich brauche dringend wieder was zu futtern", verkündete sie fröhlich und klopfte sich auf den flachen Bauch. „In letzter Zeit ist mir beim Essen immer so schnell der Appetit vergangen, weil ich im Speisesaal eine recht *spezielle* Aussicht hatte … Ich sage nur: Nathaniel und Anahita?"

Sam und Rasmus lachten beide auf, und sie zwinkerte mit ihren blauen Manga-Augen. Na schön, dann hatten sie also gemeinsame Insiderscherze. Da konnte ich auf jeden Fall mithalten.

„Ich bin auch total hungrig", log ich und wandte mich dann verschwörerisch an Rasmus. „Erinnerst du dich noch an damals, als du zum ersten Mal bei mir zu Hause warst? – *Man kann nicht gut denken …*"

Rasmus machte ein erstauntes Gesicht, während Sam im Hintergrund hüstelte.

„*… gut lieben*", fuhr ich fort, und mir brach der Schweiß aus. Nun sahen mich alle an, als wäre ich total bekloppt.

„*… gut schlafen, wenn man nicht gut gegessen hat*", vollendete ich schwach den Satz. „Virginia Woolf, weißt du nicht mehr?"

„Oh, stimmt", sagte Rasmus freundlich.

Ich zwang mich zu einem Grinsen und öffnete dann schnell die Tür, um noch vor allen anderen auf den Krankenhausflur zu eilen.

Damit stand es also fest – gelungene Insider-Scherze: eins zu null für Serafina.

***

Während der gesamten Heimfahrt fühlte ich mich, als säße ich unter einer Käseglocke. Sams Gerede und die Musik aus dem Autoradio vermengten sich zu einer dumpfen Geräuschkulisse, und die Häuser huschten vorbei, ohne dass ich sie richtig sah. Offenbar hatte ich in den vergangenen paar Stunden einfach zu viel erlebt, und meine

Wahrnehmung schaltete jetzt auf Durchzug. Vor mich hinbrütend wartete ich darauf, dass der Wagen vor meinem Haus stoppte, und kletterte dann schwerfällig hinaus. Wie beim letzten Mal begleitete mich Sam, ohne mich zu fragen. Erst als er mein Stirnrunzeln bemerkte, verkündete er: „Wir haben Hausaufgaben, schon vergessen?", und klopfte sich auf den Hintern, womit er hoffentlich das Buch in seiner Gesäßtasche meinte.

„Na schön", sagte ich gähnend. Die Wirkung des Kaffees begann abzuklingen, und ich spürte die schlaflose Nacht, auch wenn ich sie durch unseren Ausflug ins Licht verkürzt erlebt hatte. Anstatt mich auf eine Diskussion mit Sam einzulassen, schlurfte ich in den Flur und von dort ins Wohnzimmer. Mit einem erleichterten Seufzen kickte ich mir die High Heels von den Füßen, bevor ich mich aufs Sofa plumpsen ließ. Meine Lider waren so schwer, dass sie gegen meinen Willen zufielen. Ich kuschelte den Kopf an die Sofalehne und driftete immer weiter ab, bis ich ein hektisches Rascheln hörte. Dann ertönte ein Fluch.

Leise murrend schaute ich zu Sam, der mir gegenüber Platz genommen hatte. „Ist was?"

Seine Haare standen in alle Richtungen ab, als hätte er sie soeben gerauft. Stumm klappte er das Buch zu, das vor ihm auf dem Tisch gelegen hatte, und hielt es mir hin. Obwohl es bestimmt uralt war, konnte ich keinerlei Abnutzungserscheinungen erkennen. Seine Seiten klebten sogar noch ein bisschen aneinander, als wäre es nie zuvor gelesen worden. Voller Erwartungen schlug ich es auf und betrachtete die schwarzen Ornamente, mit denen es gefüllt war. Sie erinnerten mich an die Runen, die ich einmal auf einer Steintafel im Museum gesehen hatte.

„Das kann ich doch nicht lesen", sagte ich achselzuckend und legte das Buch auf den Tisch zurück. „Ist das Engli…, äh, eine Engelssprache?"

Immer noch glotzte Sam mich an, als befände er sich mitten in einem wahrgewordenen Alptraum. Zweimal öffnete er den Mund, ohne auch nur einen Ton herauszubringen, dann schüttelte er heftig den Kopf. „Ich kann das auch nicht lesen“, stieß er hervor.

Mit einem müden Lächeln bettete ich meinen Kopf wieder auf die Sofalehne. „Haha, sehr witzig. Jetzt streng dich ein bisschen an und weck mich, sobald du was Interessantes gefunden hast.“

Erschrocken fuhr ich hoch, als Sam sich über den Couchtisch beugte und mich am Arm packte. „Nein, das ist mein Ernst. Ich kann kein einziges von diesen verdammten Zeichen entziffern!“

Seine Augen waren weit aufgerissen, das Gesicht verzerrt, und seine Stimmung schwappte bereits auf mich über. „Was soll das heißen, du kannst das nicht entziffern?“, wiederholte ich angespannt. „Das ist doch eine Sprache der Lichtwesen, oder etwa nicht? Also, was soll der Unsinn?“

„Lily, diese Schrift ist älter, als du dir überhaupt vorstellen kannst! Sie wurde benutzt, noch bevor es zum Krieg und anschließend zu den Friedensverhandlungen mit den Dämonenfürsten kam. Den Lichtwesen, die danach geschaffen wurden, hat man sie gar nicht mehr beigebracht, also sind die Einzigen, die sie noch lesen können …“

„… die Richter“, ergänzte ich tonlos.

Sam senkte bestätigend den Blick. „Und genau die dürfen wir nicht um Rat fragen. Dabei kann der Text nur für sie bestimmt sein, sonst hätte der Verfasser nicht diese ausgestorbene Schrift gewählt!“

„Aber – aber warum zum Teufel bemerkst du das erst jetzt? Hast du das Buch in der Bibliothek nicht wenigstens mal aufgeschlagen?!“

„Wieso sollte ich?" Sam schnappte sich das Buch und hieb mit der Handkante gegen den Rücken, wo eine Nummer angebracht war. „Es hatte die richtige Signatur, also hab ich es mir gekrallt und bin abgehauen! Ich hätte es sowieso nicht an Ort und Stelle lesen können, warum also hineinschauen?"

„Einfach … weil …", stammelte ich und wusste nicht weiter. Sam war ganz offensichtlich kein Büchermensch, sonst hätte ich ihm gar nicht erst zu erklären brauchen, weshalb man als Leseratte *immer* wenigstens ein paar Zeilen eines Werks überfliegt, bevor man es mitnimmt. Während ich nach einer halbwegs einleuchtenden Begründung suchte, fiel mir auf einmal etwas anderes ein. „Serafina hat es sich doch kurz angesehen! Und sie hat überhaupt nichts gesagt!"

„Na und? Wahrscheinlich dachte sie, dass nicht der gesamte Text in der alten Schrift gehalten ist. Es hätte ja genauso gut eine zweisprachige Ausgabe sein können!"

Ich schluckte meine Erwiderung in letzter Sekunde herunter, aber in meinem Inneren nagte ein Verdacht wie ein Wurm, der sich durch meine Eingeweide arbeitete. Hatte Serafina etwa verschwiegen, dass das Buch unleserlich war, um Sam und mich loszuwerden? Nun saß sie gemütlich in Rasmus' Apartment, während wir uns hier die Köpfe über irgendwelche seltsamen Ornamente zerbrachen … Der Gedanke war so quälend, dass ich ihn schnell beiseiteschob. Das brachte uns auch nicht weiter, und Eifersucht war die dümmste und hässlichste Emotion überhaupt, wie man ja aus Shakespeares *Othello* wusste. Anstatt also noch länger auf diesem Verdacht herumzureiten, ließ ich entmutigt das Gesicht in meine Hände fallen und drückte die Finger gegen meine geschlossenen Augen. „Das bedeutet, dass unsere Himmelsexpedition absolut sinnlos gewesen ist!"

„Wenn Raziel das erfährt, rastet er aus", stöhnte Sam.

Ich nahm die Hände vom Gesicht und schaute ihn ungläubig an. „Ist das alles, was dir dazu einfällt? Was ist damit, dass Rasmus immer mehr leiden muss, bis die Richter hier aufkreuzen und ihn zu einer Heimkehr zwingen? Oder damit, dass der Abaddon ungestört weiter seine Kräfte sammeln kann, um die Mauern komplett niederzureißen?" Meine Stimme kippte, und Sam schaltete sich schnell dazwischen.

„Ich weiß, Lily", sagte er. „Mir ist durchaus bewusst, wie beschissen unsere Lage ist, klar? Uns bleibt nur zu hoffen, dass …"

Er brach ab, und im nächsten Moment hörte ich es auch: Schritte auf der Vordertreppe, ein Rumoren an der Tür.

„Rasmus und Serafina?", hauchte ich.

Sam lauschte, die Lippen zusammengepresst; dann schüttelte er den Kopf. „Es ist nur *eine* Person, das kann ich hören."

Wir sahen einander stumm an, und Sams Gesicht spiegelte mein Entsetzen. Beim Klingeln der Türglocke schnellte er hoch, woraufhin ich gerade noch seinen Ellenbogen zu fassen bekam. „Was hast du denn vor, willst du etwa öffnen? Bist du komplett wahnsinnig geworden?!"

„Und was soll den Typen daran hindern, so wie der letzte Dämon durchs Fenster einzubrechen?", fragte er flüsternd. „Angriff ist die beste Verteidigung. Komm mit!"

Obwohl ich mich sträubte, zog er mich aus dem Wohnzimmer und gab erst im Flur meine Hand frei. Hastig streifte er sich sein T-Shirt über den Kopf und ließ es zu Boden fallen. Danach holte er das Klappmesser hervor, das er für unseren Ausflug in die Lichtwelt eingesteckt hatte. Er brachte es geschickt zum Aufschnappen und hielt es mir hin.

„Na los, nimm“, zischte er, als ich ihn bloß anstarrte. „Sobald ich die Tür geöffnet habe, stichst du zu, und dann machen wir es genau wie beim letzten Mal, alles klar?“

Noch ehe ich etwas sagen konnte, setzte er sich wieder in Bewegung und schlich den Flur entlang. Ich folgte ihm mit wackligen Knien, die Augen auf seinen Rücken geheftet, dessen Narben mir heller erschienen als ein paar Tage zuvor. Meine Sicht verschwamm, und das Messer begann, in meiner schweißnassen Hand zu verrutschen.

Einen Schritt von der Haustür entfernt blieb Sam stehen. Zeitlupenartig streckte er den Arm in Richtung Klinke, während er sich halb zu mir umwandte. Seine Brauen hoben sich leicht, und er wartete, bis ich nickte. In der nächsten Sekunde machte er einen Satz nach vorne und riss die Tür weit auf.

Ein ohrenbetäubender Schrei gellte uns entgegen. Das Messer entglitt meiner Hand, und ich bückte mich panisch danach, während ich an Sams Beinen vorbei ins Freie spähte. Dann wich auch noch die letzte Kraft aus meinen Knien, und ich sackte zu Boden.

Wer da auf der Vordertreppe stand und aus vollem Hals kreischte – war niemand anderer als Jinxy.

8. Kapitel

Ich hatte mir nie Gedanken darüber gemacht, wie Jinxy reagieren würde, falls sie Sam jemals wiedersah. Seit seinem Verschwinden hatte sie ihn kaum mehr erwähnt, und mir war klargeworden, dass sie sich im Stich gelassen fühlte. Schließlich war auch sie mit ihm befreundet gewesen, und in den Wochen, da meine Gedanken nur um Rasmus und seine Geheimnisse gekreist waren, hatte sie sogar mehr Zeit mit Sam verbracht als ich. Wahrscheinlich hätte sie von ihm erwartet, dass er sich wenigstens verabschiedete, bevor er wegen seiner angeblichen Drogengeschäfte untergetaucht war.

Was Jinxy nun an den Tag legte, hatte allerdings sehr wenig mit Wiedersehensfreude zu tun. Es sei denn, sie pflegte all ihre lange verschollenen Bekannten mit einer Salve aus Flüchen willkommen zu heißen.

Sam lauschte interessiert, als könnte er noch etwas von ihr lernen. Er warf mir sogar einen vorwurfsvollen Blick zu, weil ich mein Bestes gab, um meine Freundin zu unterbrechen.

„Ist schon gut, hör auf! Ja, Sam ist zurück, aber das ist noch lange kein Grund, so einen Aufstand zu machen!"

„Ach nein, meinst du?", schrie sie mich an und brachte mich damit abrupt zum Verstummen. Ich konnte mich nicht erinnern, wann sie das letzte Mal so mit mir gesprochen hatte – oder ob das überhaupt schon vorgekommen war. „Wie würdest du dich fühlen, wenn du an meiner Stelle wärst? Du hast am Telefon so komisch geklungen, da dachte ich, ich schau mal vorbei … und was ist? Ich platze mitten in eure verdammte Privatparty!"

„Privat…“, wiederholte ich verständnislos, doch dann fiel es mir wie Schuppen von den Augen: Ich hatte immer noch das Outfit an, das sie mir geliehen hatte, um Rasmus damit zu verführen – und Sam war zu fünfzig Prozent nackt.

Offenbar begann nun auch ihm zu dämmern, was mit Jinxy los war, denn er fuhr sich seufzend durch die blonden Locken. „Komm mal rein, ehe du die gesamte Nachbarschaft auf den Plan rufst“, schlug er vor und schob mich ein Stück zur Seite, um die Tür freizumachen. Jinxy nahm seine Einladung tatsächlich an, aber abgesehen davon waren seine Beschwichtigungsversuche nicht gerade von Erfolg gekrönt.

„Du!“, fauchte sie und stürmte in den Flur. „Nimm gefälligst deine Griffel von meiner Freundin!“

„Jetzt beruhige dich mal, es ist alles nicht so, wie du denkst“, sagte ich, etwas irritiert von dem silbernen Ding zwischen ihren Fingern, mit dem sie vor Sams Gesicht herumfuchtelte. „Was hast du da überhaupt?“

„Eine improvisierte Waffe gegen Vergewaltiger – meinen Hausschlüssel. Mit einem Faustschlag kann man den seinem Gegner ins Fleisch treiben!“

„Oh Gott“, sagte Sam, „ich ergebe mich.“

„Halt einfach die Klappe“, keifte Jinxy, dann drehte sie sich anklagend zu mir: „Lily, wie konntest du nur? Du und Rasmus, ihr gehört doch zusammen! Ihr seid wie … wie Clary und Jace! Wie Sam und Grace! Wie Katniss und Gale … warte, nein, das war kein gutes Beispiel –“ Ihr Mund verzog sich, als wollte sie gleich anfangen zu weinen. Auf einmal tat sie mir schrecklich leid.

„Hör mir nur ein paar Sekunden lang ruhig zu, Jinx, ja?“, bat ich sie. „Ich weiß, wie das hier für dich aussehen muss, aber dass ich noch dein … hübsches Outfit trage, ist wirklich nur ein dummer Zufall. Und für Sams Bekleidungszustand gibt es auch einen ganz anderen Grund, als du dir vorstellst."

„Das heißt, du würdest Rasmus gar nicht verlassen?", schniefte sie.

„Nein! Und erst recht nicht für Sam, igitt!"

Sam breitete die Arme aus. *„Igitt?"*, wiederholte er beleidigt.

„Na ja, du weißt schon", sagte ich schnell und wedelte mit einer Hand. „Jedenfalls ist es totaler Quatsch."

„Aber was hat er dann bei dir zu suchen?" Plötzlich verengten sich ihre hellgrünen Augen wieder, nachdem sie eben noch hoffnungsvoll aufgeleuchtet hatten. „Sag mal, hat das was mit Drogen zu tun? Lily, ist Sam dein ... dein Dealer? Rieche ich hier etwa Ecstasy?!"

„Ecstasy könntest du gar nicht riechen."

„Aha? *Aha?* Und woher weißt du das, bitteschön?" Erneut begann sich ihre Stimme in Höhen zu schrauben, die bald nur noch von Hundeohren wahrgenommen werden konnten.

Sam hatte inzwischen die Tür geschlossen und sich mit dem Rücken dagegen gelehnt. Jetzt räusperte er sich bedeutsam. „Lily, gib es auf. Aus der Nummer kommst du nicht raus, ohne ein paar gute Erklärungen zu liefern." Dann sagte er übertrieben freundlich zu Jinxy, als spräche er mit einem jähzornigen Kind: „Aber vorher solltest du dich vielleicht setzen."

„Ich setz mich gleich auf dein Gesicht!", schoss Jinxy zurück.

Sam zog einen Mundwinkel hoch.

„... und *wehe,* du wagst es, jetzt an irgendwas Schmutziges zu denken!", fügte sie hinzu und funkelte ihn derart bitterböse an, dass er sich sein Grinsen tatsächlich verkniff.

Im Gegensatz zu ihm war mir überhaupt nicht zum Lachen zumute. Die einzigen „guten Erklärungen", die ich zu bieten hatte, würden mich so wirken lassen, als wäre ich aus der Klapsmühle entflohen. Außerdem war es nicht ungefährlich für Rasmus, wenn ich sein Geheimnis verriet. Ein Blick in die aufgelöste Miene meiner Freundin genügte allerdings, um mir klarzumachen, dass Sam Recht hatte – auch wenn das hier nicht gerade einfach werden würde.

Ich wartete darauf, dass Jinxy im Wohnzimmer Platz genommen hatte, wobei sie Sam und mich nicht aus den Augen ließ. Dann setzte ich mich ihr gegenüber auf die Sofakante, und bevor mich meine Nervosität daran hindern konnte, auch nur ein Wort herauszubringen, legte ich einfach los. Ich erzählte von dem Tag, als ich Rasmus zum Aussichtsturm nachgeschlichen war, und von all den verrückten Dingen, die ich später erlebt hatte. Allerdings ließ ich die schauderhaftesten Details von der Nacht im Steinbruch aus und gab mir auch Mühe, die Sache mit dem Weltenwandler in einem harmlosen Licht zu präsentieren. Trotzdem konnte ich beobachten, wie Jinxys Gesicht zunehmend versteinerte. Nachdem ich geendet hatte, herrschte mehrere Sekunden langes Schweigen, was – wenn man meine Freundin kannte – wirklich kein gutes Zeichen war. Rasch spielte ich in Gedanken die möglichen Reaktionen durch: Im besten Fall würde sie einfach lachen und das Ganze als schlechten Scherz verbuchen. Aber was, wenn sie ebenso in Panik geriet wie ich, nachdem ich von Rasmus' Herkunft erfahren hatte? Nervös biss ich mir auf die Unterlippe, während ich Jinxy genau beobachtete. Sie hatte nun die Stirn gerunzelt, als kämpfte sie darum, das alles zu verarbeiten. Dann glättete sich auf einmal ihre Miene, und sie nickte.

„Okay."

Ich schnappte fassungslos nach Luft. „*Okay?* Findest du es nicht weiter bemerkenswert, dass zwei deiner Bekannten *Engel* sind?!"

„Was weiß denn ich", sagte sie und hob die Schultern. „Es gibt so viele Sachen, die ich unglaublich finde, da ist das hier auch nicht schlimmer. Zum Beispiel ist mir immer noch nicht klar, wie sich riesige Schiffe über Wasser halten können …"

„Das liegt am Auftrieb."

„… oder wie ein Telefon funktioniert …"

„Übertragung elektrischer Schwingungen."

„… oder wieso wir nicht von der Erde fallen, wenn die sich wirklich so schnell dreht."

„Jinxy! Die Schwerkraft! Anziehung durch Masse! Isaac Newton und der Apfel? – Sag mal, hörst du eigentlich *jemals* im Physikunterricht zu?"

„Was ich damit meine", fuhr sie unbeirrt fort, „ist, dass in dieser Welt zu viele seltsame Dinge existieren, als dass ich mich über jedes davon wundern könnte."

Ich wollte ihr sagen, dass ihre *eigene* Seltsamkeit gerade ein neues Level erreicht hatte, aber sie war noch nicht fertig. Der leicht überraschte, gutmütige Ausdruck war aus ihrem Gesicht verschwunden und hatte einer Gehässigkeit Platz gemacht, die ich so noch nie bei ihr gesehen hatte.

„Echt erstaunlich finde ich eigentlich nur, dass du dich immer noch mit diesem … Kerl abgibst!", grollte sie und schaute angewidert zu Sam hinüber. Der hatte sich während meines langen Berichts in einen Lehnstuhl zurückgezogen und schien überhaupt nicht auf uns zu achten, obwohl es mich wunderte, dass er unter Jinxys Starren nicht in Flammen aufging.

„Na ja, irgendwie hat er das, was damals passiert ist, wieder gutgemacht."

„Du meinst, dass er dich fast hätte hopsgehen lassen?", fragte sie ungläubig. „Am liebsten würde ich … würde ich ihn …" Sie machte eine Bewegung, die drohend hätte wirken sollen, aber eher an das Gezappel einer Cartoon-Figur erinnerte.

Ich seufzte. „Jinxy, lass es. Erstens kannst du ihm sowieso nichts antun, und zweitens habe ich seine Hilfe bitter nötig, wenn ich es schaffen will, dass Rasmus gesund wird und hierbleiben darf."

„Ach ja, diese *Richter*", redete sie sich weiter in Rage. „Eine schöne Gesellschaft ist das, mit einem ganz entzückenden Hang zum Sadismus. Weißt du, was ich als Erstes mache, sobald ich wieder zu Hause bin? Ich schmelze all meine Schutzengel-Anhänger zu einem handlichen Klumpen ein. Auf diese Typen ist sowieso kein Verlass."

„Kannst du gerne machen, wenn du möchtest – also, nach Hause gehen", antwortete ich und versuchte, ein Gähnen zu unterdrücken. Jetzt, da die blöde Heimlichtuerei vorüber war, fühlte ich mich, als wäre eine Last von mir abgefallen, und die Schläfrigkeit nahm wieder von mir Besitz. Am liebsten hätte ich mich auf dem Sofa zusammengerollt, aber so leicht konnte ich Jinxy natürlich nicht abwimmeln.

„Spinnst du? Ich lass dich doch nicht mit dem Verrückten alleine", sagte sie – ein Satz, den ich wahrhaftig niemals aus ihrem Mund zu hören geglaubt hätte.

Als wollte er ihre Aussage bestätigen, stieß Sam ein markerschütterndes Gebrüll aus. Erschrocken drehte ich mich um, und mein Blick fiel auf das Buch, in dem er eben noch geblättert hatte. Nun lag es mit zerknickten Seiten auf dem Fußboden, während Sam seinen rechten Zeigefinger in die Luft hielt. Er musste sich am Papier geschnitten haben, denn an der Kuppe bildete sich ein Blutstropfen.

„Nur die Ruhe", sagte Jinxy mit einem fiesen Unterton in der Stimme. „Du bist *nicht* Bella auf Besuch bei den Cullens." Dann fiel auch bei ihr der Groschen.

„Ich – bin – verwundbar!", jaulte Sam, und man konnte meinen, dass er sich mindestens ein Fingerglied abgehackt hatte. „Ich – bin – *schwach*!"

Stirnrunzelnd betrachtete ich den stecknadelgroßen Tropfen, während ich nach einer Erklärung suchte. „Die Richter haben also herausgefunden, wer du bist, und bei dir dasselbe gemacht wie bei Rasmus", überlegte ich laut. „Aber sie wollen dich wohl kaum in den Himmel zurücklocken. Wahrscheinlich halten sie dich für einen Spion aus den Schatten, und durch den Raub deiner Kräfte machen sie dich unschädlich, ohne dafür in die Menschenwelt kommen zu müssen. Du hast doch gesagt, das würden sie seit einiger Zeit vermeiden …"

„Hör auf zu brabbeln! Hast du nicht – gibt es hier keinen Erste-Hilfe-Kasten oder so was?", unterbrach Sam meinen Monolog.

Jinxy musterte ihn mit einer Mischung aus Herablassung und Amüsement. „Meine Güte, krieg dich mal wieder ein."

„Ach, und was soll ich deiner Meinung nach tun?", fragte Sam und klang dabei so schrill, dass auch ich mein Grinsen kaum mehr verbergen konnte. „Soll ich vielleicht wie dieser Typ aus *Die Ritter der Kokosnuss* heroisch mit den Schultern zucken und sagen: *Ist nur eine Fleischwunde*?!"

„Tja, genau genommen ist es nicht einmal das."

„Aber es tut *weh!*"

„Du hast mich noch vor einer halben Stunde dazu aufgefordert, dir ein Messer in den Rücken zu rammen", erinnerte ich ihn.

„An Schmerzen in meinen Flügelnarben bin ich gewöhnt, das muss man als gefallener Engel schon mal hinnehmen! Aber jetzt fühle ich mich so grauenhaft … menschlich!" Sein Kopf bewegte sich hin und her, als suchte er einen Ausweg aus dieser Situation. Dann preschte er unvermittelt nach vorne, legte die Hände um Jinxys Taille und hob sie schwungvoll fast bis zur Zimmerdecke.

Jinxy war von diesem Manöver so verblüfft, dass sie sekundenlang reglos zwischen Himmel und Erde baumelte. Danach sog sie pfeifend die Luft ein. *„Was zum Geier treibst du da?!"*

„Ich probiere, ob meine übernatürlichen Kräfte noch wirken, was denn sonst", knurrte er. „Aber du halbe Portion bist ja keine besondere Herausforderung."

„Oh mein Gott, Sam, nun lass sie schon runter", rief ich entnervt. „Bei Rasmus hat es mehrere Monate gedauert, bis seine Engelsfähigkeiten komplett verschwunden waren. Du darfst dich also noch eine Weile wie Superman fühlen."

Zweifelnd schaute Sam mich an, aber er ließ meine stocksteife Freundin langsam an sich herabgleiten. Sobald diese wieder festen Boden unter den Füßen hatte, machte sie einen Satz nach hinten, um Abstand zwischen sich und Sam zu bringen.

„Mir reicht's, ich hau ab", schnaufte sie, immer noch etwas außer Atem. „Lily, pass bloß auf dich auf. Und wir reden dann morgen, ja?" Sogar noch etwas schneller, als sie gekommen war, flitzte sie nach draußen.

„Danke, dass du meiner Freundin Angst einjagst", sagte ich spitz.

„Ja, sorry", antwortete Sam, der echt durch den Wind sein musste, wenn ihm eine ernsthafte Entschuldigung über die Lippen kam. „Aber mich macht das gerade einfach fertig. Könntest du mit mir ein paar Runden um die Wette laufen, nur so zur Probe?"

„Das kann ich ganz gewiss nicht. Hör mal, Sam, ich bin müde. Wieso fährst du nicht zu deiner Jugendherberge und überredest dort ein paar Mädchen, sich im wahrsten Sinne des Wortes von dir abschleppen zu lassen?"

Was als sarkastische Bemerkung gedacht gewesen war, schien auf Sam wie ein vernünftiger Vorschlag zu wirken. „Na schön. Unterwegs besorge ich mir am besten noch Pflaster. Und Jod. Und eine Tetanusspritze. Wenn ich nur daran denke, was man sich als Mensch so alles einfangen kann ..." Wie ein gebrochener Mann schlurfte er aus dem Wohnzimmer. Ich hörte ihn noch „Wundbrand" nuscheln und irgendetwas, das vage nach „Lepra" klang, bevor er verschwand.

Kopfschüttelnd starrte ich noch einen Moment lang in Richtung Flur, dann ließ ich mich erschöpft aufs Sofa zurückfallen. Gerade war ich wieder am Eindösen, als mein Handy auf dem Couchtisch vibrierte. Ich streckte ächzend einen Arm danach aus – und war augenblicklich hellwach, als ich den Namen auf dem Display sah.

„Ja?"

„Hey, Kleines."

„Hallo", sagte ich kehlig und musste schlucken.

„Ich wollte dir nur Bescheid geben, dass wir gut heimgekommen sind, und – danke für das, was du mit meinem Apartment gemacht hast."

„Sag ihr, die Kekse sind echt lecker!", drang Serafinas Stimme aus dem Hintergrund. Dann murmelte Rasmus etwas, das ich nicht verstehen konnte, und ich hörte eine Tür schlagen. Anscheinend war er mit dem Handy nach draußen gegangen.

„Hey, bist du noch dran?"

„Sicher." Ich richtete mich auf und zog die Knie eng an meinen Körper.

„Und? Gibt's was Neues bei euch?"

Ich wollte schon antworten, als Sams Stimme in meinem Gedächtnis widerhallte: *Wenn Raziel das erfährt, rastet er aus.* Natürlich musste ich ihm bald von unserer Enttäuschung mit dem Buch erzählen, aber wenigstens heute konnte ich ihm noch ein bisschen Ruhe gönnen. Also sagte ich mit gespielter Beiläufigkeit: „Sam ist jetzt verwundbar."

„Im Ernst? Erinnere mich daran, dass ich ihm eine reinhaue, wenn ich ihn das nächste Mal sehe."

„Stell dich hinten an."

Rasmus lachte. „Also", sagte er danach ein bisschen zögernd, „jedenfalls wollte ich mich bei dir bedanken. Ich glaube, ich kann echt froh sein, dass ich dich hab."

In meinen Ohren begann es zu rauschen, und das lag ganz bestimmt nicht am Empfang. „Das glaube ich auch", brachte ich hervor. Dann meldete sich nach einer kurzen Verschnaufpause mein Verstand zurück. „Ähm, ich meine – du weißt schon, ich glaube, dass *ich* froh sein kann, dass ich *dich …*"

„Lily", sagte Rasmus, und ich konnte sein Grinsen hören, „schlaf gut."

Gleich danach klickte es in der Leitung.

Ich presste meine Hand auf die Stelle unter meinen Schlüsselbeinen, wo ich ein Flattern spürte – fast, als ob etwas aus mir herausbrechen wollte. Warum war ich nur so unglaublich dämlich? Wieso konnte ich nicht antworten wie ein ganz normaler Mensch?

Jammernd vergrub ich das Gesicht in einem Sofakissen und blieb in unveränderter Haltung liegen, bis meine Eltern nach Hause kamen. Sie waren völlig geschafft von ihrer Reise, und meine Mutter fragte mich etwas neidisch, ob ich während ihrer Abwesenheit eine schöne, gemütliche Zeit gehabt hätte. Anschließend warf sie meinem Vater einen Blick zu, der wohl bedeutete: *„Unsere Tochter wird ein wenig wunderlich"* – weil ich in trockenes Gelächter ausbrach.

***

„Süße“, posaunte Jinxy, „ich hab Wahnsinnsneuigkeiten für dich.“

„Ich auch für Sie: Der Unterricht hat begonnen.“ Professor Scotts strenger Tonfall ließ meine Freundin tatsächlich verstummen. Wie vor jeder ersten Schulstunde nach dem Wochenende war das Klassenzimmer von besonders lautem Stimmengewirr erfüllt gewesen, aber unser Englischlehrer sorgte mühelos für Ordnung. Resolut eröffnete er seinen Vortrag über *Jane Eyre,* dem ich trotz meiner Sorgen gespannt lauschte. Ich mochte die etwas spröde Jane, die weder hübsch noch reich noch besonders charmant war, aber all das durch ihre Klugheit wettmachte – und natürlich war ich Feuer und Flamme für die hürdenreiche Romanze. Als Professor Scott gegen Ende der Stunde fragte, welche Szene uns am meisten beeindruckt hätte, erinnerte ich mich gleich an Mr. Rochesters erstes richtiges Liebesgeständnis an Jane: *Du bist meine Sympathie, mein besseres Ich, mein guter Engel …* Doch Jinxy stand im Gegensatz zu mir offenbar nicht kurz vorm Dahinschmelzen, sondern vorm Explodieren. Sobald die Pausenglocke schrillte, galoppierte sie aus dem Klassenzimmer, und mir blieb nichts anderes übrig, als ihr im Laufschritt zu folgen. Dabei wäre ich fast in zwei meiner Mitschülerinnen hineingerannt, die sich ebenfalls auf dem Weg zu den Schließfächern befanden. Die beiden betrachteten mich herablassend, und es schien mehrere Sekunden zu dauern, bis sie mich überhaupt erkannten. Dann aber erleuchtete ein zuckersüßes Lächeln ihre Gesichter.

„Was ist eigentlich mit Rasmus los?“, fragte die Dunkelhaarige von den zweien, ohne sich mit einer Begrüßung aufzuhalten. „Wir vermissen ihn im Unterricht!“

„Und vor allem vermissen wir *seinen* Unterricht", fügte ihre rotblonde Freundin hinzu, die mir schon bei meinem peinlichen Stunt in der Cafeteria aufgefallen war.

„Er hat eine Allergie gegen euer Geschleime entwickelt und muss eine Woche lang das Bett hüten", unterbrach Jinxy und grapschte nach meiner Hand. „Los, komm mit!"

Unter dem entrüsteten Tuscheln der beiden Mädchen zerrte sie mich in eine Fensternische, die normalerweise von küssenden Pärchen genutzt wurde.

„Jetzt pass mal auf, es geht um eure Suche nach diesem Weltenwandler", legte sie sofort los. „Ihr habt doch bisher nur in Bibliotheken recherchiert. *Bibliotheken!* Wo sind wir denn hier, in Hogwarts? Aber das ist wohl zu erwarten, wenn sich zwei uralte Engel und eine lesesüchtige Streberin zusammentun." Sie grinste mich an. „Nichts für ungut."

„Worauf willst du eigentlich hinaus?", wollte ich wissen.

Obwohl sie es vorhin so eilig gehabt hatte, mit mir zu reden, machte Jinxy nun eine Kunstpause. Dann verkündete sie feierlich: „Lily, es gibt da etwas, das nennt sich Internet."

„Oh, ich weiß. Das ist das, was du immer benutzt, um mir Videos von niesenden Pandababys und hinterhältigen Katzen zu schicken."

„Stimmt." Versonnen lächelte Jinxy vor sich hin, aber dann gab sie sich einen Ruck. „Okay, weiter im Text. Ich habe also gestern Nacht beschlossen, unser Problem in die fähigen Hände von Google zu legen. Dafür musste ich nur die Zeichen aus dem Buch einscannen …"

„Warte mal", unterbrach ich sie verwirrt. „Wieso hattest du das Buch bei dir?"

„Weil ich es dir geklaut habe, was denkst du denn?"

„Natürlich. Sprich ruhig weiter."

Diesmal ließ sich meine Freundin nicht lange bitten. „Ja, jedenfalls habe ich die Zeichen eins nach dem anderen durch die Google-Bildersuche gejagt."

„Wie, eins nach dem anderen? Wie oft hast du das denn gemacht?"

„Hat schon eine Weile gedauert", räumte sie ein. „Du weißt es vielleicht noch nicht, aber ich kann ganz schön hartnäckig sein."

„Ach was."

„Ja, im Ernst", bestätigte sie, ohne sich aus dem Konzept bringen zu lassen. „Und irgendwann bin ich fündig geworden."

Augenblicklich war meine leichte Genervtheit verschwunden. „Du meinst, du hast eine Übersetzung entdeckt?", fragte ich, und mein Herz schlug schneller.

„Nicht direkt. Aber wahrscheinlich hilft es uns trotzdem weiter, das fühle ich im kleinen Zeh! Am besten, ich komme nach der Schule zu dir, damit du es selbst beurteilen kannst." Sie machte ein geheimnisvolles Gesicht, und ich wusste, dass sie nichts mehr verraten würde. Sowieso mussten wir uns jetzt beeilen, wenn wir uns nicht zur Lateinstunde verspäten wollten.

Während wir bereits in Richtung des Klassenzimmers hasteten, fügte Jinxy hinzu: „Lade doch Rasmus und den Möchtegern-Herkules ein, schließlich geht es die beiden auch was an!"

Ohne zu zögern holte ich mein Handy hervor und tippte im Laufen eine kurze SMS. Ich versuchte, sie möglichst unspektakulär zu formulieren, um keine falschen Erwartungen zu wecken … aber mich selbst ließ die Hoffnung den ganzen Vormittag lang nicht mehr los.

***

Ich hatte Rasmus und Sam für sechzehn Uhr eingeladen, sodass es für Jinxy und mich noch ein wenig Zeit zu überbrücken gab, nachdem wir bei mir zu Hause angekommen waren. Von den Sandwiches, die wir uns als Nachmittagssnack richteten, brachte ich vor Aufregung jedoch kaum einen Bissen herunter. Stattdessen prüfte ich zum zwanzigsten Mal die Internetverbindung an meinem Laptop, den ich auf dem Wohnzimmertisch aufgebaut hatte. Als es an der Tür klingelte, verhedderte ich mich im Kabel und konnte gerade noch verhindern, dass etwas zu Bruch ging. Jinxy lief bereits in den Flur, um zu öffnen.

„Oh, hallo“, hörte ich sie überrascht sagen, und dann fragte sie im patentwürdigen Jinxy-Flüsterton, der lauter war als das Rufen eines normalen Menschen: „Rasmus, warum hast du denn eine von deinen Nachhilfe-Puppen mitgebracht?“

Mit einer bösen Vorahnung eilte ich zur Haustür und traf dort auf Rasmus – neben Serafina, die gerade dabei war, ihre Lederstiefel aufzuschnüren. Strahlend schaute sie zu Jinxy hoch.

„Ich bin seine neue Mitbewohnerin. Freut mich, dich kennenzulernen!“

„Aha, gleichfalls.“ Jinxy lächelte zurück, aber jeder, der sie etwas besser kannte, musste den säuerlichen Unterton in ihrer Stimme bemerken. Auch Rasmus drehte sich erstaunt zu ihr um, nachdem er mich mit einem Kuss begrüßt hatte. Noch bevor er ihr allerdings eine Frage stellen konnte, redete sie weiter, als wäre sie hier zu Hause: „Macht es euch schon mal drinnen gemütlich. Lily und ich müssen nur kurz was *besprechen*.“ Beim letzten Wort sah sie mich mit weit aufgerissenen Augen an, sodass ich zwar widerwillig, aber ohne Diskussion bei ihr blieb, während die anderen beiden ins Wohnzimmer hinübergingen. Sobald wir alleine waren, zischelte sie:

„Dass diese Tante jetzt bei Rasmus wohnt, hast du wohl vergessen zu erwähnen! Wie konntest du das zulassen?“

„Wieso denn zulassen? Ich kann ihm ja kaum untersagen, seiner obdachlosen guten Freundin einen Schlafplatz anzubieten!“, verteidigte ich mich.

Jinxy tätschelte mir mitleidig den Arm. „Schon klar, du hattest bis vor wenigen Monaten nicht viel mit dem anderen Geschlecht zu tun. Und deine gutgläubige Art ist ja auch echt niedlich. Aber lass dir von einer Frau von Welt gesagt sein …“

„Du meinst hoffentlich nicht dich.“

„… man stellt einem Mann mit gesundem Appetit keine Sahnetorte direkt vor die Nase.“

Das erneute Schrillen der Glocke ersparte es mir, diese geniale Metapher zu kommentieren. Hastig wandte ich mich ab und riss die Tür auf, vor der ein miesgelaunter Sam stand.

„Tag Lily, Tag halbe Portion“, begrüßte er uns knapp und wedelte mit seinem dick verbundenen Zeigefinger. „Das hier ist hoffentlich wichtig, ich will nicht umsonst eine weitere Verletzung riskieren.“

„Oh nein, so etwas wünscht dir keiner“, flötete Jinxy, die immer noch aufpasste, ihm nicht allzu nahe zu kommen.

Sam grunzte bloß und marschierte an uns vorbei ins Wohnzimmer. Ich ging ihm nach, blieb aber an der Schwelle stehen, von wo aus ich Rasmus zum ersten Mal so richtig in Augenschein nehmen konnte. Meine Kehle schnürte sich zusammen, als mir bewusst wurde, wie sehr er sich in den vergangenen Tagen verändert hatte. Natürlich war auch im Krankenhaus nicht zu übersehen gewesen, dass es ihm nicht gut ging, aber in der sterilen, weißen Umgebung fühlte man sich darauf vorbereitet. Hier, im warmen Licht der Nachmittagssonne und zwischen den vertrauten Möbeln, wurde Rasmus' schlechter Zustand jedoch überdeutlich: Die blauvioletten Schatten um seine Augen reichten bis zu seinen Wangenknochen, und das Shirt, das vor kurzem noch um seine Muskeln gespannt hatte, war mindestens eine Nummer zu groß. Als er meinen Blick bemerkte, richtete er sich ein bisschen auf, und ich zwang mich zu einem Lächeln. Auf keinen Fall wollte ich ihn erkennen lassen, wie sein Äußeres auf mich wirkte.

Unglücklicherweise war Sam einen Hauch weniger taktvoll.

„Du siehst echt scheiße aus, Mann", verkündete er, während er es sich auf dem Sofa bequem machte.

„Ach, deshalb fühle ich mich jetzt so mit dir verbunden", gab Rasmus trocken zurück.

Serafina, die sich in einen Ledersessel gefläzt und die schlanken Beine über eine der Armlehnen geworfen hatte, verdrehte die Augen. „Jungs, kommt schon", sagte sie, „ihr wisst, dass ihr beide super ausseht."

Die zwei lachten, und ich versuchte mit einzustimmen, obwohl es mir wirklich nicht leicht fiel. Wie das klang: *Jungs, kommt schon.* Als wäre sie das einzige weibliche Mitglied einer coolen Bande, und alle anderen wären insgeheim in sie ...

Ich schüttelte den Kopf, um diesen kindischen Gedanken loszuwerden. Das hatte ich davon, wenn ich auf die Warnungen eines Mädchens hörte, das einen Pulli mit der Aufschrift *Bazinga!* trug.

„Übrigens, Sammy", sagte Serafina, „ich habe erfahren, dass du gestern unter die Sterblichen gegangen bist. Da wirst du in Zukunft schon was tun müssen, um in Form zu bleiben, was?"

Das brachte Sams Grinsen zum Gefrieren. „Und wennschon, Raziel könnte ich trotzdem noch zum Frühstück verputzen", antwortete er mit einem Anflug von Trotz und verschränkte die Arme vor der breiten Brust.

Ich räusperte mich. „Apropos, falls jemand Hunger hat – es gibt noch ein paar Sandwiches, Jungs."

Pause. Absolut jeder schaute mich verwirrt an, bis Sam erwiderte: „Ähm, danke, *Mom*."

Jinxy fasste unauffällig nach meiner Hand, aber ich riss mich von ihr los. „Bin gleich wieder da", murmelte ich und hastete die Treppe hinauf in Richtung Küche. Während ich die Sandwiches aus dem Kühlschrank holte, hörte ich, dass meine Freundin mir gefolgt war.

„Alles in Ordnung?", fragte sie gedämpft.

Ich zuckte die Achseln und schaute kleinlaut auf den Teller hinunter. „Du hattest Recht, es ist mir nicht egal. Aber jetzt ist es zu spät, um noch was dran zu ändern, und ich will auch nicht wie ein Kontrollfreak erscheinen. Es ist nur so ... Serafina ist nun mal perfekt."

Jinxy zögerte mit ihrer Antwort. Sie schob die Augenbrauen zusammen, und man konnte genau sehen, dass sie angestrengt nachdachte. Dann reckte sie hochmütig das Kinn vor. „Pph! Hast du ihre Nasenlöcher bemerkt? Ich habe noch nie solche abartigen Nasenlöcher gesehen, ehrlich! Man kann es nicht aus jedem Winkel erkennen, aber wenn man sie von schräg unten betrachtet ... *hallo*, Freakshow."

Ich schaute in ihre grimmige Miene und schlang ihr dann spontan einen Arm um den Hals, um ihr einen Schmatz auf die Schläfe zu verpassen.

„Ich dich auch", sagte sie bescheiden. „Und jetzt komm, bevor das paranormale Pack im Wohnzimmer einen Aufstand macht."

Tatsächlich sahen uns Rasmus, Sam und Serafina ungeduldig entgegen. „Während wir auf euch gewartet haben, ist meine Jugend noch ein wenig mehr dahingewelkt", meinte Sam. „Ich sag's bloß, immerhin hat das jetzt für mich eine Bedeutung."

„Schon gut, es geht los", antwortete Jinxy und klappte den Laptop auf. Sie tippte etwas auf der Tastatur, dann drückte sie auf *Enter* und lehnte sich zurück. Wir anderen stießen beinahe mit den Köpfen zusammen, so begierig waren wir, auf den Bildschirm zu sehen.

Was sich da vor uns aufbaute, war ganz offensichtlich eine private Homepage. Weiße Schrift leuchtete auf schwarzem Grund, dazwischen waren ein paar ClipArt-Bilder von Himmelskörpern eingestreut, und wenn man den Mauszeiger bewegte, zog dieser eine Sternenspur hinter sich her.

„Dein Werk, Jinxy?", fragte Rasmus höflich.

Meine Freundin schüttelte den Kopf. „Guckt mal hier!", rief sie und tippte mit dem Finger auf einen verschlungenen Schriftzug.

„Dinas Deutungen. Zuverlässige Zukunftsprognosen durch Pendeln, Chiromantie und Kartenlegen", las ich, dann schaute ich verwirrt auf. „Ach, sagt bloß, echte Wahrsagerinnen existieren auch?"

Sam schnaubte. „Schwachsinn."

„Oh, ach so, *Wahrsagerinnen* sind also Schwachsinn, Dämonenjunge?"

„Ganz recht."

„Das sind sie überhaupt nicht!", mischte sich Jinxy ein. „Ich telefoniere an jedem Neujahrstag mit einer!"

„Überrascht mich kaum", sagte Sam mit einem liebreizenden Lächeln.

„*Mich* überrascht, dass die Mystische Miranda mich nicht vor dir gewarnt hat", erwiderte Jinxy etwas verschnupft. „Aber jetzt geht es um was ganz anderes. Schaut euch doch das D in Dina an und vergleicht es mit diesem Zeichen hier." Sie öffnete das Buch, das sie zuvor auf den

Couchtisch gelegt hatte, und hielt es neben den Bildschirm. Wahrhaftig wies der Schnörkel, den man mit etwas Fantasie für ein D halten konnte, verblüffende Ähnlichkeit mit dem Symbol am Anfang der Seite auf.

Serafina pfiff durch die Zähne. „Das könnte eine heiße Spur sein. Aber was, wenn die Wahrsagerin eine verrückte Alte ist, die einfach irgendwo dieses Zeichen entdeckt und für ihre Homepage missbraucht hat?"

„Und wo sollte sie so etwas entdeckt haben?", fragte Rasmus. „Dieses Symbol stammt eindeutig aus dem Licht, und kein Irdischer dürfte es kennen. Gewissheit haben wir allerdings nur, wenn wir ihr das Buch vorlegen und sie fragen."

Jinxy klickte auf den Menüpunkt *Impressum,* dann markierte sie mit dem Mauszeiger einige Zeilen. „Hier steht die Adresse – das ist nur ein paar Stunden Fahrt entfernt."

Plötzlich flog Sams Kopf hoch, und sein Blick wanderte durch die Runde. „Leute", sagte er theatralisch, „ihr wisst, was das bedeutet, oder?"

Rasmus seufzte. „Ich hab da so eine Ahnung."

Neben mir begann Jinxy auf und ab zu hibbeln, während Serafina die Stirn runzelte. „Was denn?"

Zu meiner Überraschung verzogen sich Sams Lippen zu einem breiten Grinsen. „Seid ihr bereit für einen kleinen Roadtrip?"

9. Kapitel

„Das kann unmöglich euer Ernst sein.“ Sam legte eine Hand auf den Kofferraumdeckel, um ihn wieder zuzuklappen. Dabei hatte er allerdings die Rechnung ohne Jinxy gemacht, die sich an ihm vorbeidrängte und ihren gigantischen Rucksack in den Wagen hievte.

„Was denn? Wir werden unterwegs doch was zu futtern brauchen!“

„Und Bücher sind Futter für die Seele“, ergänzte ich, während ich meine Tasche mit den drei Hardcover-Romanen hinterherschob.

„Ach, ihr und eure Seelen verhungern auf einer achtstündigen Reise?“

„Diese Gefahr besteht – immer vorausgesetzt natürlich, dass man überhaupt eine Seele hat“, antwortete Jinxy spitz.

Rasmus, der bereits auf der Rückbank saß, wandte sich um und zwinkerte mir grinsend zu. Die Missstimmung zwischen meiner Freundin und Sam hatte sich auch nach einer fast einwöchigen Pause nicht beruhigt und wurde nun, da wir endlich zu unserem „Roadtrip“ aufbrechen wollten, eher noch stärker. Allmählich bekam ich Angst, dass die beiden einander irgendwann an die Gurgel springen würden – aber wenn mein Freund sich über ihr Gezanke amüsieren konnte, hatte es zumindest etwas Gutes.

Während der vergangenen Tage hatte ich Rasmus nicht zu Gesicht bekommen, weil er immer noch nicht zur Schule ging und ich zu feige gewesen war, ihn *und Serafina* zu besuchen. Bei unserem heutigen Wiedersehen hatte ich erleichtert festgestellt, dass er sich ein wenig erholt hatte.

Zwar wirkte er nach wie vor geschwächt, aber auch unternehmungslustig und von einer Zuversicht erfüllt, die uns alle ansteckte. Vielleicht würden wir ja nach der Entschlüsselung der alten Schrift wissen, wie der Abaddon zu beseitigen war, und dann würden die Richter hoffentlich dauerhaft auf ihren Wächter verzichten.

„Also, der seelenlose Typ fährt in dreißig Sekunden los", verkündete Sam. „Wenn die Damen sich nun bitte auch bequemen würden, einzusteigen?"

Weil der Beifahrersitz schon von Serafina belegt war, blieb Jinxy und mir nichts anderes übrig, als uns zu dritt mit Rasmus auf die Rückbank zu quetschen. Spätestens nach der ersten Kurve wurde mir klar, dass mir eine äußerst unangenehme Zeit bevorstand: Obwohl Jinxy so winzig war, schaffte sie es, mir bei jedem Schlenker des Wagens mindestens ein Knie oder einen Ellenbogen in die Seite zu bohren.

Serafina schaute nach hinten und stellte überflüssigerweise fest: „Sieht ziemlich eng aus."

„Wehe, einer von euch beschwert sich darüber", mischte sich Sam ein. „Ich verstehe sowieso nicht, warum wir gleich zwei irdische Weiber mitschleppen mussten!"

„Ich bin Lilys beste Freundin!", erwiderte Jinxy, was nicht besonders viel zur Sache tat – aber sie sagte es mit solcher Entschiedenheit, dass es doch überzeugend klang. „Und außerdem", fügte sie giftig hinzu, „hätten wir zum Beispiel auch dich zu Hause lassen können. Du bist ja nicht unbedingt die vertrauenswürdigste Person."

Sam gab einen Laut von sich, der an das Knurren eines gereizten Bären erinnerte. „Mal abgesehen davon, dass ihr gerade in *meinem* Wagen sitzt, solltest du endlich diese alten Geschichten stecken lassen."

„Dass du Lily töten wolltest, zum Beispiel?", fauchte Jinxy. „Fällt mir komischerweise gar nicht leicht!"

Abrupt nahm Sam die Hände vom Lenkrad und drehte sich zu uns um. Seine Augen waren zu Schlitzen verengt, und ich sah, wie sich sein Kiefer anspannte. „Könntest du in Erwägung ziehen, dass ich mich während meiner ganz speziellen Haftstrafe verändert habe?“, fragte er scharf.

Die Ampel sprang auf Grün, aber Sam kümmerte sich nicht darum. Er fixierte Jinxy weiterhin mit seinem Blick, sodass sie unruhig auf ihrem Sitz herumzurutschen begann.

„Fahr weiter.“

„Jinxy, könntest du dir das vorstellen?“, wiederholte er stur. Die ersten Autos fingen an zu hupen.

Bockig schob meine Freundin das Kinn vor. „Du warst gerade mal fünf Monate in der Hölle, das reicht niemals, um jemanden wie dich zu läutern!“

„So kannst du das nicht sagen, weil die Zeit dort anders vergeht als hier“, warf ich ein und spähte nervös durch das Heckfenster auf die Fahrbahn. Ich rechnete schon damit, dass gleich jemand aus seinem Auto ausstieg, um uns die Meinung zu geigen.

„Glaub mir“, sagte Sam, und nun klang es weniger streitlustig, dafür noch eindringlicher als zuvor, „fünf Monate dort unten sind mehr als genug.“

Das Hupkonzert war nun bereits so laut, dass ich dem Drang widerstehen musste, mir die Ohren zuzuhalten. Jinxy nagte noch zwei Sekunden lang an ihrer Unterlippe, dann ließ sie sich augenrollend gegen die Lehne ihres Sitzes fallen. „Na schön, ich kann es mir vorstellen! Zufrieden? Ich versuche, dir zu glauben. Und jetzt fahr verdammt nochmal weiter!“

Ohne zu antworten, drehte sich Sam wieder nach vorne und trat aufs Gaspedal. Sobald wir die Kreuzung hinter uns gelassen hatten, schaltete er das Radio ein und begann sich mit Serafina zu unterhalten, als wäre nichts gewesen.

Im Gegensatz zu ihm kochte Jinxy immer noch vor sich hin.

„Dieser unglaublich dickköpfige Wicht", grummelte sie.

„Weißt du, eigentlich seid ihr euch gar nicht so unähnlich", sagte Rasmus mit kaum verhohlener Belustigung. „Ihr seid beide …"

„Blond?", fiel sie ihm ins Wort und drückte ihre spitzen Knie gegen die Sitzlehne vor ihr. Für die folgenden Stunden hüllte sie sich in Schweigen, und auch wir anderen auf der Rückbank beteiligten uns nicht an Serafinas und Sams Gespräch. Mir genügte es, Rasmus' warme Hand um meine zu fühlen und die Landschaft zu genießen, die am Fenster vorbeizog. Erst nach Mittag fiel mir auf, dass dieser Genuss nun schon ziemlich lange andauerte.

„Sam?", rief ich, nachdem ich stirnrunzelnd ein Straßenschild gelesen hatte. „Ich störe dich ja nur ungern, aber bist du dir sicher, dass wir auf dem richtigen Weg sind?"

„Zweifelst du etwa an meinen Fähigkeiten als Navigator?"

„Keineswegs, aber es wäre vielleicht ganz hilfreich, mal die Straßenkarte zu benutzen", wandte ich ein.

Neben mir schnaubte Jinxy wie ein sarkastisches Pferd. „Straßenkarte! Jeder normale Mensch hat doch heutzutage ein Navigationsgerät!"

„Ja, aber nur die Menschen, die vorher nicht zufällig Engel gewesen sind", konterte Sam. „Glaubt mir, ich habe schon sehr viel längere Strecken zurückgelegt, ohne auf Pläne angewiesen zu sein."

„Damals warst du allerdings in Luftlinie unterwegs", bemerkte Rasmus. „Und so besonders toll waren deine Orientierungsfähigkeiten trotzdem nicht. – Ich erinnere mich noch genau, wie wir gemeinsam bei der Wächterprüfung angetreten sind", erzählte er an Jinxy und mich gewandt. „Samael lag mir damit in den Ohren, dass er es bestimmt vermasselt hätte und von nun an als Funktionsloser sein Dasein fristen müsste."

„Blödsinn", unterbrach ihn Sam, aber seine Stimme klang alarmiert.

„Gar nicht. Du bist doch gerade noch so durch die Flugprüfung gerutscht ..."

„Schluss damit!" Sam riss das Lenkrad herum, sodass der Wagen um eine Kurve schlitterte. „Ich finde, mit verbundenen Augen zu fliegen ist für Engel eine entbehrliche Fähigkeit, und das hier ist *wirklich* ein entbehrliches Gespräch!"

„Soll das heißen, ihr wart befreundet?", fragte ich erstaunt. Bisher hatte ich immer gedacht, Rasmus und Sam wären nur Rivalen gewesen.

Serafina lachte. „Machst du Witze? Er ist Raziel nicht von der Seite gewichen", behauptete sie, ohne sich darum zu kümmern, ob sie einen der beiden in Verlegenheit brachte. „Was auch immer Blackwings hatte oder tat, das wollte Sammy auch. Jemand hat mal gemeint, es gäbe im Licht nur *einen* Schatten, und zwar Samael in Raziels Schlepptau."

„Das ist lange her", sagte Rasmus schnell.

Ich wartete auf einen ätzenden Kommentar von Sam, aber zu meiner Überraschung schaute der nicht einmal in den Rückspiegel, sondern hielt seine Augen stumm auf die Straße gerichtet. Schließlich lenkte er den Wagen auf einen Parkplatz, um von dort auf die entgegengesetzte Fahrspur zu gelangen.

„Eine kleine Abkürzung", sagte er verbissen, als ob er unsere fragenden Blicke spüren konnte.

„Besteht diese Abkürzung darin, dass du einfach wieder zurückfährst, anstatt den Erdball zu umrunden?", erkundigte sich Rasmus.

Verzweifelt presste ich beide Hände gegen meine Stirn. „Das darf doch nicht wahr sein! Meine Eltern sind dieses Wochenende zu Hause, und ich hab ihnen versprochen, dass ich pünktlich zum Abendessen wieder da bin!"

„Das wird dann wohl kalt werden", lautete Sams ungerührte Antwort. Nach weiteren dreißig Minuten schien er die richtige Route endlich gefunden zu haben, aber es wurde nun rasch finster, und ich bezweifelte, dass die Wahrsagerin noch viel länger Sprechstunde haben würde – oder wie man das bei Wahrsagern eben nannte. Irgendwann brachten mich das Rauschen des Verkehrs und das regelmäßige Vorbeihuschen der Straßenlaternen zum Eindösen. Als ich im Schlaf nach vorne kippte, lehnte Rasmus sich in seinem Gurt zu mir herüber und stützte meinen Kopf auf seine Schulter. Ich war so benommen, dass ich es kaum bemerkte. Erst als das Auto heftig zu schlingern begann, fuhr ich hoch. Die Bremsen und Jinxy quietschten im Chor, dann hatte Sam den Wagen wieder unter Kontrolle. Er nahm eine Hand vom Lenkrad und rieb sich über die Augen.

„Scheiße, diese Menschlichkeitssache macht mich echt müde", stöhnte er.

Rasmus richtete sich auf. „Soll ich mal für eine Weile übernehmen?"

„Klar, weil *du* so viel fitter bist als ich!", erwiderte Sam spöttisch. „Und ansonsten hat ja hier niemand einen Führerschein."

„Fahrradfahren ist mein Dienst an die Umwelt", sagte Jinxy würdevoll, während ich in meinem Sitz zusammenschrumpfte. Ich wollte den anderen nicht unbedingt auf die Nase binden, dass meine Eltern mir strikt verboten hatten, Fahrstunden zu nehmen – sie befürchteten nämlich, mein Pechvogel-Gen und ich würden das Auto schon nach fünf Minuten um einen Laternenmast wickeln.

„Dann bleibt uns wohl nichts anderes übrig, als die Nacht in einem Hotel zu verbringen“, meinte Serafina und deutete nach vorne, wo uns die Fenster eines langgestreckten Gebäudes sowie ein pinkfarbener Schriftzug entgegenleuchteten. „Seht mal, ist das nicht eines?“

„Ich kann unmöglich über Nacht wegbleiben!“, rief ich. „Meine Eltern bringen mich um!“

„Nur die Ruhe, du sagst ihnen einfach, dass du bei mir übernachtest. Und ich übernachte angeblich bei dir. So wie in alten Zeiten!“, sagte Jinxy aufmunternd.

Ich fischte mein Handy aus meiner Tasche und drückte auf die Kurzwahltaste, um das unangenehme Gespräch gleich hinter mich zu bringen. So wie ich es erwartet hatte, zeigte sich mein Vater nicht gerade begeistert, aber immerhin schluckte er die Ausrede. Ich musste ihm hoch und heilig versprechen, dass ich an diesem Wochenende trotzdem meine Hausaufgaben nicht vernachlässigen würde, dann legte er auf.

Unterdessen hatte Sam seinen Wagen vor dem Hotel gestoppt. Obwohl das Gebäude keinen besonders gastlichen Eindruck machte, waren die meisten Parkplätze besetzt, und uns blieb nur zu hoffen, dass überhaupt noch Zimmer zur Verfügung standen. Nachdem wir unser Geld zusammengelegt hatten, drückte Sam die Tür auf, und wir betraten die Lobby. Der Raum war mit grauem Teppichboden ausgelegt, der wohl schon seit Jahrzehnten verschiedenste Ausdünstungen in sich aufgenommen hatte – jedenfalls zeugte der muffige Geruch davon. Die verblichene Blümchentapete harmonierte perfekt mit den abgewetzten, dunklen Möbeln. Das einzig Junge hier war die Dame an der Rezeption, die uns kaugummikauend entgegenschaute.

„Lasst mich das machen“, sagte Sam und stolzierte auf den Empfangstresen zu.

„Wir hätten da noch zwei Zimmer für je zwei Personen", hörten wir die Frau seine Frage beantworten. „Es besteht allerdings die Möglichkeit, ein Klappbett in einem der Zimmer aufzustellen."

Ich konnte genau erkennen, wie Sam seine Bizepse anspannte, während er die Arme auf den Tresen stützte. „Oder vielleicht ...", raunte er, „ist bei Ihnen noch ein Plätzchen frei?"

„Nun, ich schlafe hier nicht", erwiderte sie in unverändert sachlichem Tonfall, ohne auch nur mit der Wimper zu zucken.

Sams verführerisches Lächeln fiel in sich zusammen. „Nein, ich meinte ... dass ich ... Vergessen Sie's", sagte er unwirsch, legte das Geld hin und kam mit den zwei Zimmerschlüsseln zu uns zurück. „Na bitte, da haben wir es", zischte er. „Meine sexy Dämonen-Aura ist dahin. Diese verfluchten Richter haben mich nicht nur verwundbar, sondern auch unattraktiv gemacht!"

„So schlimm ist es nun auch wieder nicht", ließ sich Jinxy vernehmen.

Sam sah sie mit hochgezogenen Brauen an. „Was?", fragte er.

„Nichts", sagte sie. Ich hätte mir beinahe einbilden können, dass sie verlegen wirkte – wenn ich sie nicht besser gekannt hätte. Nun schnappte sie Sam die Schlüssel aus der Hand und klimperte damit herum. „Also, wer übernachtet wo?"

Prompt fühlte ich mich in meine Zeit im Kinderferienlager zurückversetzt, wenn gleich nach der Ankunft ein Kampf um die Betten begann. Ich starrte befangen auf meine Schuhe, und weil auch sonst niemand einen Wunsch äußerte, trat eine peinliche Gesprächspause ein.

„Eins will ich mal klarstellen", meldete sich schließlich Sam zu Wort, „ich teile mir *nicht* das Bett mit Raziel."

„Och, Mann“, sagte Rasmus.

„Wen von den drei Ladys ich als Zimmergenossin bekomme, ist mir egal“, fuhr Sam unbeirrt fort und warf dann Jinxy einen kurzen Blick zu, „obwohl du so aussiehst, als würdest du im Schlaf um dich schlagen.“

„Das ist überhaupt nicht wahr!“

Weil ich eine gute Freundin sein wollte, widersprach ich Jinxy nicht. Dennoch räusperte ich mich, um mich nun auch in das Gespräch einzuklinken. Serafina kam mir allerdings zuvor:

„Ich hätte nichts dagegen, mir mit Raziel das Zimmer zu teilen“, meinte sie vergnügt. „Das sind wir ja schon gewohnt, oder?“

Rasmus lächelte zurück, aber während eine weitere kleine Diskussion zwischen Sam und Jinxy entbrannte, machte er einen Seitwärtsschritt, sodass er direkt hinter mir zu stehen kam. Ich glaubte, seine Körperwärme in meinem Nacken zu spüren, als er sich zu mir herunterbeugte. Dann murmelte er so leise, dass nur ich es verstehen konnte:

„Hey, Lily – wenn du nicht bald was sagst, ist das ein echt herber Schlag für mein Ego.“

Mit einem aufgeregten Flattern im Bauch wandte ich mich halb zu ihm um. „Aber das wäre für dein Ego zumindest eine völlig neue Erfahrung“, wisperte ich zurück.

Rasmus legte mir die Hand auf die Schulter und ließ sie von dort wie zufällig nach vorne gleiten, bis seine Fingerspitzen auf meiner Pulsader lagen. Bestimmt konnte er fühlen, wie schnell mein Herz pumpte. Ohne darüber nachzudenken, lehnte ich mich gegen seinen Brustkorb, und die Vibration seiner Stimme lief durch meinen Körper, als er sagte: „Trotzdem würde ich gerne darauf verzichten. Anders als auf dich.“

„Okay, die Zimmerverteilung ist entschieden", holte mich Jinxy lautstark in die Wirklichkeit zurück. Sie hatte einen der Schlüssel wieder auf die Theke gelegt und sich bei Sam und Serafina eingehakt. In der strammen Haltung einer Märtyrerin marschierte sie mit den beiden zu ihrem Zimmer, das ganz am Anfang des Flurs lag. Bevor sie die Tür aufschloss, drehte sie sich zu mir um und zwinkerte mir so auffällig-unauffällig zu, dass es Rasmus auf keinen Fall entging. Oder der Frau an der Rezeption.

Auf einmal fühlte ich mich seltsam benommen. Als befände ich mich mit dem Kopf unter Wasser, hörte ich Rasmus sagen: „Wollen wir auch …?" Er ließ den Zimmerschlüssel um einen Finger kreiseln.

Stumm nickte ich und stolperte bis zu der Tür, die sich direkt neben der von Sam, Jinxy und Serafina befand. Rasmus sperrte auf und machte eine übertrieben einladende Geste.

„Es ist nicht gerade das *Ritz*, aber für eine Nacht wird es schon gehen, oder?", fragte er fast entschuldigend. Das Zimmer wies denselben antiquierten Einrichtungsstil auf wie die Lobby, aber zumindest roch es hier nur nach frischer Wäsche. Unglücklicherweise sagte ich einfach das Allererste, was mir dazu in den Sinn kam:

„Oh, guck mal … das Bett."

„Ist ja super!", meinte Rasmus mit geheuchelter Begeisterung. „Und dabei haben wir an der Rezeption gar nicht darauf bestanden, dass es eines gibt! Das hier ist wirklich ein ganz besonders gut ausgestattetes Hotel."

Diesmal schaffte ich es nicht so wie sonst, auf seine Neckereien einzusteigen. Der Anblick des schmalen französischen Betts löste in mir keine Erheiterung aus, sondern eine eigenartige, nervöse Hitze.

„Ich mach mich mal schnell frisch, ja?", stieß ich hervor, ehe ich ins Badezimmer flüchtete. Dort ließ ich erst mal literweise kaltes Wasser über mein Gesicht strömen, bis ich sicher sein konnte, dass die verräterische Röte verschwunden war. Dann schnappte ich mir eine der Zahnbürsten, die in einem Becher auf dem Waschbeckenrand standen, riss die Hülle herunter und putzte mir so heftig die Zähne, dass es spritzte. Nachdem ich mir auch noch die Haare mit den Fingern durchgekämmt und meine Unterwäsche kontrolliert hatte – keine Kätzchen, sondern schlichtes Weiß, puh! – öffnete ich das Badezimmerfenster und lehnte mich hinaus. Obwohl der Gestank nach Benzin und Abgasen von der Straße herüberwehte, konnte ich doch auch die blühenden Bäume riechen, die den Parkplatz vor dem Hotel einsäumten. Für die Jahreszeit war es bereits ziemlich warm, und eine angenehme Brise blies mir die feuchten Haarsträhnen aus der Stirn. Ich atmete tief durch, während ich versuchte, mich zusammenzureißen.

Okay, ich war mit einem Jungen in einem Hotelzimmer, aber dieser Junge war immerhin seit fast sechs Monaten mein fester Freund. Es gab also überhaupt keinen Grund, sich albern aufzuführen. Warum nur konnte ich nicht so sein wie die eleganten Frauen in altmodischen Filmen, die in derartigen Situationen einfach auf ihren Geliebten zuschlendern und irgendetwas Kultiviertes, Weltgewandtes sagen würden, so wie: „Was für eine laue Frühlingsnacht!"?

Kurzentschlossen knallte ich das Fenster wieder zu und probierte vor dem Spiegel einen souverän-verführerischen Gesichtsausdruck. Na schön, mir fehlten die Hochsteckfrisur, die Zigarettenspitze und die Perlen, aber ich war trotzdem schon fast erwachsen, verdammt! Es wurde höchste Zeit, dass ich mich nicht mehr nur wie ein Schulmädchen benahm.

Ich schüttelte noch einmal meine Haare aus, dann öffnete ich energisch die Badezimmertür. „Was für … was … was machst du denn da?", rief ich entgeistert.

Rasmus, der mitten auf dem Bett stand und ein Ohr gegen die Mauer gedrückt hatte, legte einen Finger auf seine Lippen. „Schht! Ich versuche zu hören, was da abgeht. Ärgerlicherweise ist dieses Hotel nicht nur mit Betten, sondern auch mit echt dicken Wänden ausgestattet."

„Aber *wieso?*"

„Lily, bist du dir darüber im Klaren, was für schräge Leute da auf engen Raum zusammengepfercht sind? Das sind ideale Bedingungen für eine Sozialstudie! – Und außerdem ist der Fernseher kaputt", fügte er hinzu.

Es dauerte einen Moment, bis ich meine Sprache wiedergefunden hatte. „Ich glaub es einfach nicht! Du, mein fester Freund, bist ein Spanner!"

„Ganz genau", sagte Rasmus ernst. „Und weil du mir verboten hast, jemals nachts durch dein Fenster zu kommen und dir beim Schlafen zuzusehen, muss ich meine Triebe eben hier ausleben."

„Aber das kannst du nicht machen!"

Jetzt nahm er das Ohr von der Wand und nickte bedächtig. „Du hast Recht. Das kann ich nicht." Abrupt drehte er sich zu mir um. „Hol mir mal ein Glas!"

„Wie bitte?!"

„Lily, meine übernatürlichen Fähigkeiten sind dahin, schon vergessen? Ich brauche irgendein Hilfsmittel!"

Als ich auf die Matratze sprang und in seine Richtung hechtete, schaffte er es nicht mehr, sein Lachen zu unterdrücken. Prustend wollte er mir ausweichen, aber ich klammerte mich an seine Schultern und zerrte ihn von der Wand weg. Wir fielen gemeinsam aufs Bett, wo Rasmus mit ausgebreiteten Armen unter mir liegenblieb.

„Okay, okay, ich ergebe mich!"

„Du wirst die Privatsphäre meiner Freundin von nun an respektieren?"

„Wenn du dein Knie da wegnimmst, ja!"

Ich ließ mich von ihm herunterrutschen, aber so, dass mein Gesicht trotzdem nur wenige Zentimeter von seinem entfernt war. Jetzt konnte ich nicht mehr anders, als sein breites Grinsen zu erwidern. „Mir scheint, dir sind nicht nur deine übernatürlichen Fähigkeiten, sondern auch jegliche Gentleman-Qualitäten abhandengekommen."

„Und das von der Frau, die sich gerade schamlos an mich rangeworfen hat." Rasmus rollte sich auf die Seite und bot mir damit Blick auf sein Grübchen. „Aber eines sag ich dir, wir verpassen eine einmalige Chance. Nebenan findet eine Art *Hunger Games* mit den drei extremsten Persönlichkeiten statt, die ich kenne. Das ist, als würde man Pippi Langstrumpf, Batman und Heidi Klum in einen Raum sperren."

„Du … du findest, Serafina ist wie Heidi Klum?", fragte ich verunsichert.

„Nee, damit meinte ich Sam."

Prompt entlud sich meine Anspannung in einem heftigen Kichern, das meinen ganzen Körper schüttelte. Rasmus schaute mit blitzenden Augen auf mich herunter und wartete, bis ich mich gefangen hatte. Dann stupste er mich mit dem Kinn an.

„Da ist es ja wieder!"

„Was denn?"

„Dieses alberne Lachen, das du draufhast. Das hab ich schon viel zu lange nicht mehr gehört."

„Mein Lachen ist *nicht* albern!", widersprach ich streng.

„Doch, klar. Du klingst dann fast wie eine Fünfjährige, die gekitzelt wird."

„Unsinn!"

„Man würde niemals auf die Idee kommen, dass du zu so einem Gekicher fähig bist, wenn man dich sieht, während du dich mit verkniffener Miene über ein Buch beugst", fuhr Rasmus unschuldig fort.

„Ach, verkniffen bin ich also auch noch?"

„Ja, auf eine wunderschöne Art und Weise."

„Wunderschön verkniffen?", wiederholte ich skeptisch. Dabei versuchte ich, einen Gesichtsausdruck aufzusetzen, der zu dieser Beschreibung passte.

„Zum Niederknien", behauptete Rasmus und begann erneut zu lachen, als ich ein Kissen nahm und ihn damit in die Seite knuffte. Dann aber wurde er plötzlich ernst. Sein Schweigen kam so abrupt, dass ich noch sekundenlang lächelte, ehe ich merkte, dass etwas nicht stimmte. Verwirrt schaute ich ihn an, unfähig zu begreifen, was auf einmal los war. Endlich holte Rasmus tief Luft und sagte zögernd:

„Lily – so wie jetzt solltest du eigentlich viel öfter sein. Und ich weiß, dass es zum größten Teil an mir liegt, wenn du es nicht bist."

„Aber ..."

„Nein, hör zu", sagte er schnell, „du brauchst es nicht abzustreiten. In letzter Zeit hast du meinetwegen jede Menge Mist durchmachen müssen, und mir ist auch klar, dass du viel glücklicher sein könntest, wenn du mit einem normalen Jungen zusammen wärst. Aber wenn diese Sache vorbei ist ... wenn die Richter mich in Ruhe lassen und ich wieder gesund bin ... werde ich dafür sorgen, dass für dich alles genau so wird, wie es sein sollte. Das ist ein Versprechen. Okay?"

Mühsam schluckte ich gegen den Kloß an, der mich in der Kehle drückte. Am liebsten hätte ich Rasmus gleich gesagt, dass ich ihn für keinen „normalen Jungen" der Welt eintauschen würde, aber ich glaubte, ihn noch nie so ernst gesehen zu haben. Dass ich ihm zustimmte, schien ihm wichtiger zu sein als alles andere, deshalb zwang ich mich zu einem Nicken. „Okay."

Rasmus nickte ebenfalls, die Augen fest auf meine gerichtet; danach wanderte sein Blick zu meinen Lippen. Das Bett knarrte, während er sein Gewicht verlagerte. Er beugte sich über mich und legte seinen Mund auf meinen, fest, aber mit geschlossenen Lippen, so als wollte er sein Versprechen damit besiegeln. Obwohl es ein fast unschuldiger Kuss war, fühlte es sich noch intensiver an als sonst. Ein Prickeln ging von der Berührung aus, das beinahe schmerzhaft über meine Haut wanderte. Für die Dauer einiger Herzschläge war ich davon wie gelähmt. Als ich die Augen wieder öffnen konnte, sah ich Rasmus direkt über mir, eine Hand neben meinem Kopf abgestützt. Allein dieses Bild brachte meinen Puls zum Rasen. Ich hätte ihn gerne zu mir herabgezogen und mich fest gegen seinen Brustkorb gedrückt, um zu spüren, ob es ihm ähnlich ging – aber meine Gliedmaßen schienen immer noch so weich, dass ich mich kaum bewegen konnte.

Noch ehe ich mich halbwegs gesammelt hatte, machte Rasmus einen ruckartigen Atemzug und schwang sich von der Matratze. Der Luftschwall, der mich dabei traf, fühlte sich seltsam kalt an. Etwas zittrig setzte ich mich auf und lehnte den Rücken gegen das Betthaupt.

Rasmus hatte sich zum Nachttisch gedreht, um eines der Handtücher zu nehmen, die dort bereitlagen. „Ich geh mal schnell duschen", sagte er, ohne mich anzusehen. Gleich darauf hörte ich die Tür schlagen.

Ich ließ den Kopf nach hinten kippen und wartete, dass sich das Hämmern meines Herzens ein wenig beruhigte, aber es wurde eher noch schlimmer. Da half es auch nicht gerade, dass ich durch die Badezimmertür nur zu deutlich hören konnte, wie Rasmus in die Dusche stieg und das

Wasser zu prasseln begann. Jetzt erst realisierte ich, dass ich wirklich und wahrhaftig die ganze Nacht mit ihm verbringen würde. Natürlich hatten wir uns schon ein Bett geteilt, damals im Aussichtsturm, nachdem er mir seine Geheimnisse verraten hatte. Aber da waren wir eben erst zusammengekommen … und jetzt war alles ganz anders. Was gerade durch meinen Körper jagte, hätte man als nackte Panik bezeichnen können, wenn es nicht auch gleichzeitig ein tolles Gefühl gewesen wäre. Trotzdem kam es mir so vor, als würde ich jeden Augenblick explodieren. Ich musste mich jemandem anvertrauen, und zwar gleich.

Mit fahrigen Bewegungen kletterte ich aus dem Bett und lief zu meiner Umhängetasche, die ich neben der Tür abgestellt hatte. In meiner Eile kippte ich den Inhalt kurzerhand auf den Boden, um so schnell wie möglich an mein Handy zu kommen.

„Heute Nacht passiert es wahrscheinlich“, tippte ich fieberhaft und fügte dann mit dem Anflug eines Grinsens Jinxys typischen Spruch hinzu: *„Das fühle ich im kleinen Zeh!“*

Im nächsten Moment stoppte das Wasserrauschen. Hastig drückte ich auf SENDEN und hatte gerade noch genug Zeit, alles wieder in meine Tasche zu stopfen und zurück ins Bett zu springen, bis Rasmus hereinkam. Er schaute mich so merkwürdig an, dass meine Aufregung gleich von Sorge verdrängt wurde.

„Was ist los, ist etwas passiert?“, fragte ich beklommen.

Rasmus schüttelte den Kopf, während er langsam auf mich zukam. Obwohl er sich inzwischen angewöhnt hatte, sich wesentlich „menschlicher“ zu bewegen als früher, lag nun wieder etwas Raubkatzenhaftes in seinem Gang. Seine Haare klebten nass an seinen Schläfen, und von einer der dunklen Strähnen löste sich ein Wassertropfen, der über seine Wange rollte und im Halsausschnitt seines T-Shirts versickerte.

„Nein, es ist nichts passiert", antwortete er gedehnt, während er eine Hand in die Tasche seiner Jeans schob. „Noch nicht, jedenfalls."

Verwirrt blinzelte ich zu ihm hoch. Von einer Sekunde auf die nächste wechselte sein Gesichtsausdruck – alles Lauernde verschwand, und das Grübchen in seiner rechten Wange vertiefte sich. Schwungvoll beförderte er sein Handy aus der Hosentasche hervor. „Aber heute Nacht vielleicht. Zumindest, wenn man deinem kleinen Zeh Glauben schenken darf."

Ich starrte ihn an.

Dann sein Handy.

Dann wieder ihn.

Und dann schien es mir eine wunderbare Idee zu sein, unter der Bettdecke auf Tauchstation zu gehen. *Ich hatte doch tatsächlich die SMS für Jinxy einfach an den letzten Absender geschickt!* Warum, warum nur hatte das ausgerechnet Rasmus sein müssen? (Dass es auch nicht gerade erfreulich gewesen wäre, wenn stattdessen mein Vater den Text bekommen hätte, bedeutete für mich nur einen schwachen Trost.) Zum Glück war dieses Hotelbettlaken ziemlich bequem, ich würde nämlich die nächsten zehn bis zwanzig Jahre darunter verbringen.

„Lily?", drang es dumpf zu mir herein. Als ich nicht reagierte, fühlte ich ein Stupsen in der Seite.

„Wieso?", winselte ich, ohne mich darum zu kümmern, ob Rasmus mich trotz des Deckenbergs verstehen konnte. „Wieso haben wir nicht ein Zimmer inklusive Erdspalte genommen? War doch klar, dass ich irgendwann im Laufe des Abends darin versinken wollen würde!"

„Hey!“ Jetzt zog Rasmus die Decke herunter, gerade so weit, dass er meine Augen freilegte. „Vor mir braucht dir doch nichts peinlich zu sein.“

Ich schniefte. „Gar nichts? Auch nicht, wenn ich … sagen wir mal … irrtümlich in meinem Schlafanzug auf die Straße gehen würde?“

„Hätte kein Problem damit.“

„Und wenn ich dann auch noch stolpern und in einen Springbrunnen fallen würde?“

„Dann würde ich mich zu dir gesellen. Ist sicher sehr erfrischend, und außerdem gibt's da drin jede Menge Kleingeld.“

„Und wenn ich von dem Erlebnis so verwirrt wäre, dass ich an den Polizisten vorbei direkt vor das Auto des Papstes rennen würde, der gerade zu Besuch in der Stadt ist, woraufhin ich als die verrückte Demonstrantin im nassen Pyjama auf den Titelblättern aller Zeitungen lande?“

Rasmus lachte leise. Mit beiden Händen strich er mir die Haare aus dem Gesicht. „Du bist komisch“, flüsterte er.

„Das stimmt.“ Ich nickte in seinen Handflächen, dann runzelte ich die Stirn. „Doof komisch?“

„Gerade richtig, wenn du mich fragst.“

Seine Augen wirkten noch dunkler als sonst, während er mich damit fixierte. Nun lagen seine Hände reglos neben meinen Wangen, und er machte auch keinerlei Anstalten, sich mir noch weiter zu nähern. Trotzdem hatte ich das Gefühl, dass sich die Spannung zwischen uns immer mehr steigerte. Es kribbelte überall, als wäre die Luft elektrisch geladen. Etwas umständlich schob ich die Decke weg, und Rasmus verfolgte jede meiner Bewegungen. Sein Blick war so intensiv, dass ich mich verlegen zur Seite drehen wollte, aber er hielt mich behutsam fest. Dann küsste er mich, diesmal um ein Vielfaches drängender. Ganz kurz spürte ich seine Zähne an meiner Unterlippe und konnte nicht verhindern, hörbar nach Luft zu japsen. Meine Finger glitten über seinen Hals und hakten sich in den Kragen seines Shirts, als suchten sie dort nach Halt. Ich musste aber gleich wieder loslassen, weil Rasmus sich unvermittelt aufrichtete.

„Warte mal", sagte er und neigte sich aus dem Bett, um den Lichtschalter zu erreichen. Sobald die Lampe erlosch, spürte ich, wie ein Adrenalinstoß durch mein Inneres fuhr. Obwohl ich dank der Straßenbeleuchtung noch alle Konturen erkennen konnte, schien es, als wäre das Zimmer um uns herum nicht mehr vorhanden. Auf einen Schlag waren Rasmus und ich einander noch viel näher als zuvor – für mich gab es nur noch das Geräusch seiner Atemzüge und das Gefühl seines fiebrig warmen Körpers, kaum eine Handbreit von mir entfernt.

„Bist du gar nicht müde?", wollte er wissen.

Ich schüttelte den Kopf. „Du?"

„Kann man eigentlich nicht behaupten." Anders als sonst sah sein Lächeln nicht ironisch aus, sondern eher ein bisschen unsicher. Vielleicht war es das, was ich gebraucht hatte, um einen Teil meiner Angst zu überwinden – jedenfalls streckte ich den Arm aus und legte meine Finger auf seine Brust. Unter dem dünnen T-Shirt flatterte sein Herz genauso schnell wie mein eigenes. Ich tastete mich abwärts, fühlte seine Rippen und den flachen Bauch … und dann seine Hand, die mich stoppte.

„Kleines", murmelte er, „wir müssen nicht … Weißt du, nur weil wir in einem Hotelzimmer sind und … Na ja, du sollst nicht glauben, dass ich etwas erwarte oder so."

Vorsichtig machte ich mich von ihm los und fuhr unter den Saum seines Shirts. Seine Haut glühte förmlich gegen meine klammen Finger. Obwohl ich vor Nervosität kaum mehr klar denken konnte, schaffte ich es, ihn anzulächeln. „Wer sagt, dass *ich* nicht was von *dir* erwarte?"

Rasmus drehte mich herum, sodass ich auf dem Rücken zu liegen kam. „Tust du das?", fragte er. Dabei klang er fast wieder so wie sonst – selbstbewusst, herausfordernd, verführerisch, alles auf einmal.

„Mhm", brachte ich heraus, bevor seine Lippen auf meine Kehle trafen. Langsam knöpfte er meine Bluse auf und küsste mich auf jedes neue Stückchen Haut, das er dabei freilegte. Als er den letzten Knopf erreicht hatte, lief ein Beben durch meinen Körper. Nun zog Rasmus mich hoch, bis wir voreinander auf dem Bett knieten, und streifte die Ärmel über meine Schultern. Beim Anblick des weißen Stoffs, der im Halbdunkeln schimmerte, stockte er kurz.

„Rasmus?", hauchte ich.

Sofort riss er die Augen von meinem BH los. „Hm?"

„Denkst du gerade an *Hello Kitty*?"

„Also, wenn du jetzt mit Gedankenlesen anfängst, müssen wir das hier leider abbrechen", sagte er, bevor er in mein atemloses Lachen einstimmte.

Ich verpasste ihm einen leichten Schlag gegen die Schulter. „Hör auf, das ist nicht romantisch!"

„Schon gut, alles klar." Er näherte sich wieder meinen Lippen, aber ich konnte sehen, dass er immer noch grinste.

„Rasmus!"

„Entschuldige! Du hättest es nicht erwähnen dürfen, jetzt bin ich abgelenkt!"

„Ach ja?" Kurzentschlossen bog ich die Wirbelsäule durch und langte nach hinten. Das Zittern hatte nun meine Finger erreicht, sodass ich zuerst glaubte, ich würde es gar nicht schaffen – aber da löste sich endlich der Verschluss. Sobald mein BH abwärts zu rutschen begann, griff Rasmus danach. Er ließ ihn wie meine Bluse vom Bettrand fallen, dann wandte er sich wieder zu mir. Wo ich die Berührung nicht gewohnt war, fühlten sich seine Finger ein bisschen rau an und hinterließen eine brennende Spur auf meiner Haut.

„Musst du immer das letzte Wort haben?“ Seine Stimme vibrierte leicht.

„Ja, das weißt du doch.“

Er sagte nichts mehr, und als ich zu ihm hochschaute, war der spielerische Spott vollkommen aus seinem Gesicht verschwunden. Ganz kurz stieg wieder Verlegenheit in mir auf, aber Rasmus streichelte einfach darüber hinweg. Erst als ich unbeholfen an seinem T-Shirt zupfte, fasste er mit einer Hand zwischen seine Schulterblätter, ballte den Stoff in der Faust zusammen und zerrte es sich über den Kopf. Danach zog er mich ganz dicht heran, um sich an meinen bloßen Oberkörper zu schmiegen. Die Hitze ging mir durch und durch. Ich fuhr über seinen Rücken, auf dem die feinen Narben gegen meine Handflächen kitzelten, und über seine schmale Taille. Als ich die Finger nach vorne zu seinen Hüftknochen wandern ließ und am Bund der Jeans Halt machte, atmete er schnell aus.

„Du hast jetzt aber nicht – du weißt schon – zufällig was dabei, oder?“, wisperte ich.

Anstelle einer Antwort griff Rasmus in seine Hosentasche und holte etwas Knisterndes hervor. „Hat mir Sam vorhin auf dem Parkplatz aufgedrängt“, erklärte er dann hastig, so als wollte er sich rechtfertigen. „Der Kerl schleppt immer einen Vorrat mit sich herum ... Tut mir leid.“

„Wieso? Dann war er wenigstens mal hilfreich.“

„Genug Gerede über Samael“, sagte Rasmus und drückte gegen meine Schultern, bis ich mich auf die Matratze zurückfallen ließ. Mit wild pochendem Herzen lag ich da und hörte, wie er seinen Gürtel aufmachte. Anschließend öffnete er jedoch nicht den Reißverschluss, sondern legte sich zu mir, eine Hand auf meiner angespannten Bauchdecke.

„Hast du Angst?“, fragte er fast tonlos. Auf einmal waren seine Berührungen ganz sanft.

Ich spielte zuerst mit dem Gedanken, es abzustreiten – aber wenn es einen Moment für absolute Ehrlichkeit gab, dann diesen. „Ein bisschen“, gestand ich nach kurzem Zögern. „Aber du gar nicht, oder?“ Gleich danach hätte ich mir am liebsten die Zunge abgebissen. Ich rechnete damit, dass er lachen und meine naive Frage mit einem Schulterzucken abtun würde, doch stattdessen neigte er den Kopf und lehnte seine Stirn gegen meine.

„Du hast ja keine Ahnung.“ Seine Finger vergruben sich in mein Haar.

„Aber“, flüsterte ich, „für dich ist es doch nicht das erstes Mal!“

„Das erste Mal mit dir. Das ist …“ Er wich ein wenig zurück, bevor er weiterredete: „Ich will das richtig machen, Lily. Für dich soll alles stimmen. Das ist mir wichtiger als irgendwas sonst, verstehst du?“

Ich spürte, dass er eigentlich etwas anderes sagen wollte – die Worte, die ich schon die ganze Zeit auf der Zunge trug und trotzdem nicht über die Lippen brachte. Sie schienen zwischen uns zu schweben, und in diesem Augenblick spielte es keine Rolle, ob wir sie aussprachen. Einfach, weil ich wusste, dass sie stimmten.

Ich legte Rasmus die Hände in den Nacken und zog ihn zu mir herunter, um ihn zu küssen.

10. Kapitel

Später lag ich zusammengekauert unter der Decke, eingehüllt in den Geruch nach Waschpulver und Rasmus, obwohl dieser kurz ins Badezimmer gegangen war. Er roch immer nach einem leicht herben Duschgel, aber darunter mischte sich noch ein anderer Duft: nach Sommer und Sonne und *Licht,* auch wenn ich vermutlich niemandem hätte erklären können, was ich damit meinte. Ich drückte mein Gesicht ins Kissen und machte einen tiefen Atemzug.

Gleich nachdem Rasmus das Zimmer verlassen hatte, waren die Emotionen auf mich eingestürmt. Ich konnte überhaupt nicht benennen, was da in mir vorging – einerseits hämmerte mein Herz immer noch ein fieberhaftes, überglückliches Stakkato, andererseits hatte ich das Gefühl, in Tränen ausbrechen zu müssen. Weil ich befürchtete, dass mich die überschäumenden Empfindungen zerreißen könnten, rollte ich mich noch enger zusammen und schlang die Arme um mich selbst. Ich bemerkte erst, dass Rasmus zurückgekehrt war, als die Matratze sich ein Stück senkte. Dann spürte ich auch schon seine Hände, die meine Unterarme umfassten und von mir wegschoben.

„Hey, das ist doch eigentlich mein Job."

Er zog mich an seine Brust und winkelte die Beine an, bis unsere Körper ineinanderpassten wie zwei Puzzleteile. Bald ging sein Atem langsamer, aber er schien noch gegen den Schlaf anzukämpfen. Immer, wenn ich mich ein kleines bisschen bewegte, drückte er mich fester an sich oder begann wieder, seine Finger über meinen Arm gleiten zu lassen. Ich wusste, dass er mir das Gefühl geben wollte, nicht alleine zu sein, aber durch seine Berührungen kam mein Herz einfach nicht zur Ruhe. Dumpf dröhnte es in meinen Ohren, und egal, wie oft ich die Augen schloss – die Aufregung ließ meine Lider nach wenigen Sekunden erneut hochflattern. Als Rasmus irgendwann doch eingeschlafen war, löste ich mich Zentimeter für Zentimeter aus seiner Umarmung. Dann stand ich auf, zog mich so lautlos wie möglich an und schlich zur Tür. Vielleicht konnte ich ja in der Lobby einen Tee bekommen, der mir dabei half, mich zu entspannen.

Die Rezeption war nicht mehr besetzt, und ich entdeckte auch keinen Getränkeautomaten. Seufzend machte ich wieder kehrt, da erhob sich plötzlich eine Gestalt aus einem der abgewetzten Couchsessel. Ich zuckte zusammen, und es dauerte einen Moment, bis ich Serafina erkannte.

„Hallo, Lily", sagte sie. „Entschuldige, falls ich dich erschreckt habe."

„Schon gut", nuschelte ich und fuhr mir schnell mit der Hand durch das Vogelnest, das ich vermutlich auf dem Kopf trug. Auf einmal machte ich mir Sorgen, man könnte mir ansehen, dass ich die letzten Stunden nicht schlafend zugebracht hatte, doch Serafina lächelte nur freundlich.

„Sammy schnarcht", erklärte sie, „das hatte ich ganz vergessen. Es ist ja irgendwie liebenswert, aber ich habe jetzt mal fünf Minuten Erholung davon gebraucht."

„Jinxy ist ja auch nicht die leiseste Bettnachbarin", antwortete ich mit einem vorsichtigen Lachen.

„Oh, das kann man wohl sagen." Serafina deutete einladend auf den Stuhl, der ihr gegenüberstand. Ich spielte mit dem Gedanken, Müdigkeit vorzutäuschen, aber nachdem ich gerade erst aus meinem Zimmer gekommen war, würde das wohl kaum glaubwürdig wirken. Gegen meinen Willen nahm ich also Platz und zog die klammen Füße unter mich.

„Schläft Raziel schon?", fragte Serafina, noch bevor eine unangenehme Gesprächspause entstehen konnte. Als ich nickte, griff sie gedankenverloren nach ihrem Haar und begann, es zu flechten. Es erstaunte mich fast, dass dieses schimmernde Gold keine Spuren auf ihren Fingern hinterließ. „Ja, das dachte ich mir. Während der Fahrt hatte ich schon Angst, dass unser Ausflug zu viel für ihn sein könnte. – Darf ich ehrlich zu dir sein?"

„Klar", meinte ich locker, schob aber dabei die Zeitschriften hin und her, die auf dem Tischchen zwischen uns lagen. Serafinas Lächeln war verblasst, und ihr ernsthafter Gesichtsausdruck machte mich nervös.

„Ich war ja darauf vorbereitet, dass die Richter ihn geschwächt hatten", sagte sie leise. „Dennoch war es ein Schock, ihn im Krankenhaus zu sehen, und in der vergangenen Woche ist es eher noch schlimmer geworden. Natürlich versuche ich mir nichts anmerken zu lassen, aber … Lily, es geht ihm wirklich schlecht."

„Das weiß ich!", entgegnete ich schnell und ärgerte mich darüber, dass Trotz in meiner Stimme mitschwang. Aus irgendeinem Grund hatte ich das Gefühl, mich verteidigen zu müssen. „Mir ist schon klar, dass er leidet, aber das ist ja hoffentlich bald vorbei. Wenn diese Wahrsagerin uns das Buch übersetzt und wir einen Weg finden, den Abaddon …"

„Du hast die Hoffnung nicht aufgegeben, das ist gut", unterbrach mich Serafina, und ihr feines Lächeln tauchte wieder auf. „Ich bewundere euch beide für eure Tapferkeit."

„Wieso? Glaubst du nicht, dass wir es schaffen können?"

„Wenn du die Beseitigung des Weltenwandlers meinst – doch, das hoffe ich. Es ist immerhin schon einmal jemandem gelungen. Aber du weißt ja, dass damit nicht alle Probleme gelöst sind."

Es klang so selbstverständlich, dass ich mich nicht traute, nachzufragen. Verlegen wich ich ihrem Blick aus und ließ die Augen durch die dämmrige Lobby wandern, bis mich eine Berührung aus meinen Gedanken riss. Serafina war in ihrem Sessel nach vorne gerutscht und hatte eine Hand auf mein Knie gelegt.

„Du bist dir doch darüber im Klaren, dass die Strafe der Richter nur ein Vorgeschmack ist, oder?", fragte sie eindringlich. „Raziel mag wieder gesund werden, wenn sie von ihm ablassen, aber für wie lange? Vielleicht fünfzig Jahre? Und das auch nur, wenn ihn nicht schon früher eine eurer irdischen Krankheiten befällt. Weißt du, ein menschliches Leben ist für ein Wesen aus der Lichtwelt nicht mehr als ein Wimpernschlag. Bevor er sich versieht, wird Raziel alt und gebrechlich sein, aber dann gibt es keinen Weg mehr zurück." Der Druck an meinem Knie verstärkte sich. „Bitte entschuldige, dass ich so ein unerfreuliches Thema anspreche. Aber das will mir einfach nicht mehr aus dem Kopf gehen, und du hast dir bestimmt auch schon Gedanken darüber gemacht."

Anstatt zu antworten, lehnte ich mich ein wenig nach hinten und presste dabei die verschränkten Unterarme gegen meinen Magen. Auf einmal fühlte ich mich sterbenselend. In Serafinas Stimme hatte ehrliche Besorgnis gelegen, und das war das Schlimmste. Wenn es mir so vorgekommen wäre, als ob sie sich nur wichtigmachen wollte, hätte ich innerlich eine Schutzmauer gegen ihre Worte aufstellen können – aber so traf jedes davon sein Ziel.

„Natürlich habe ich darüber nachgedacht", sagte ich schließlich heiser. „Wahrscheinlich öfter, als du dir vorstellen kannst. Aber … Rasmus hat sich doch so entschieden. Darauf habe ich keinen Einfluss."

Serafina zog ihre Hand weg und widmete sich wieder ihrem Haar. „Lily, niemand würde dir einen gewissen Egoismus in dieser Sache übelnehmen", versicherte sie mir, während sie Strähne um Strähne miteinander verband. „Und kein Mädchen ließe sich einen Mann wie Raziel freiwillig entgehen."

Obwohl sie nicht direkt ausgesprochen hatte, dass sie mich für eine Lügnerin hielt, traf mich die Anschuldigung wie ein Schlag ins Gesicht. „Ich habe ihn nie dazu überredet, für immer hier zu bleiben, wirklich nicht!", entgegnete ich heftig. „Das ist es, was er selbst möchte! Weil er mich liebt!" Sofort merkte ich, wie hohl und künstlich das klang. Wie etwas aus einem seichten Hollywoodfilm, den man gleich nach dem Abschalten wieder vergisst.

„Natürlich tut er das", meinte Serafina ohne auch nur einen Anflug von Spott. „Das ist die Art, wie Raziel empfindet – schnell, leidenschaftlich, kompromisslos. So war es schon damals mit Sophie. Er würde bereitwillig das Himmelreich aufgeben für ein Mädchen, dem sein Herz gehört. Aber ich frage mich bloß … ob ein zufriedenes Menschenleben ausreicht, um ihn für all seine Verluste zu entschädigen."

Während sie sprach, hatte sich meine Brust immer enger zusammengezogen, und nun bekam ich kaum noch Luft. Verzweifelt suchte ich nach einer Erwiderung, mit der ich die Schuld von mir weisen konnte. Ich wollte ihr sagen, dass ich nicht einfach ein Ersatz für Sophie war, dass ich alles tun würde, um Rasmus genauso glücklich zu machen wie er mich, aber dass es nicht allein in meiner Verantwortung lag, ihn festzuhalten oder fortzuschicken – doch als ich zu einer Antwort ansetzte, huschte Serafinas Blick an mir vorbei. Ich drehte mich hastig um und bemerkte Rasmus, der am Eingang der Lobby stand, eine Falte vom Kissen quer über der Wange.

„Ach, hier bist du. Ich hab mir schon …“ Er stockte und sah stirnrunzelnd von Serafina zu mir. „Ist irgendwas?“

Mit einer fließenden Bewegung erhob sich Serafina von ihrem Stuhl. „Nur ein kleines Gespräch unter Frauen“, erklärte sie, so als hätten wir gerade Blutschwesternschaft geschlossen. Sie ging in Richtung Flur, hielt aber vor Rasmus an, um ihm einen Kuss direkt auf den Polsterabdruck zu geben. „Schlaft gut, ihr beiden. Und Lily? Ich will nur, dass du darüber nachdenkst, das ist alles. Du hast mehr Einfluss, als du glaubst.“ Damit verschwand sie in ihrem Zimmer.

„Soll ich fragen, worum es da eben ging?“, erkundigte sich Rasmus, aber als ich nicht reagierte, lachte er. „Schon gut, ich muss nicht alles wissen. Kommst du?“

Er streckte die Hand nach mir aus, und ich verschränkte stumm meine Finger mit seinen. Plötzlich war das Gefühl, jederzeit in Tränen ausbrechen zu können, wieder da – doch nun war nichts Schönes mehr daran.

***

Am nächsten Morgen brachen wir früh auf. Es war sehr still im Auto: Jinxy hatte ihren Zoff mit Sam vorübergehend eingestellt, um sich ihrem unerschöpflichen Proviant zu widmen, und die anderen schienen noch nicht ganz wach zu sein. Was mich anging, so hatte ich die ganze Nacht kaum ein Auge zugetan. Die Müdigkeit ließ mich frösteln, und als Rasmus das bemerkte, legte er mir einen Arm um die Schultern. Obwohl sich seine Wärme tröstlich anfühlte, war sie nur ein schwacher Ersatz für alles, was ich ihm gerne gesagt und von ihm gehört hätte. Gleich nach dem Aufwachen hatten Sam und Jinxy unser Zimmer gestürmt (taktvoll, wie die beiden nun mal waren), sodass uns keine Zeit mehr geblieben war, unter vier Augen miteinander zu sprechen. Dabei wünschte ich mir seit dem Zusammentreffen mit Serafina nichts sehnlicher als irgendeine Art von Bestätigung – ihre Worte brannten noch in mir wie präzise ausgesandte Giftpfeile. Immer wieder schaute ich zu Rasmus hoch, um mich davon zu überzeugen, dass sich sein Zustand nicht verschlechtert hatte. Er lächelte mich jedes Mal entspannt an, aber mir kam es so vor, als wären die Schatten unter seinen Wangenknochen tiefer, sein Gesicht noch etwas schmaler geworden. Zwar versuchte ich mir einzureden, dass das blasse Morgenlicht meinen Augen einen Streich spielte, aber die Sorgen ließen sich nicht vertreiben.

Nach knapp zweistündiger Fahrt hatten wir unser Ziel erreicht: eine Siedlung, die sich an den äußersten Rand einer Stadt drängte. Die Häuser waren baufällig, und bei einigen hatte man sogar die Fenster mit Brettern vernagelt. Ein paar Kinder in verschlissenen Jogginghosen spielten mitten auf der Straße Ball, ansonsten wirkte alles wie ausgestorben. Laufkundschaft hatte die Wahrsagerin hier nicht, so viel stand fest. Trotzdem erkannte man ihr Heim schon von Weitem – nur hier hing neben dem Eingang ein klimperndes Windspiel, ein Pentagramm prangte an der Tür, und außerdem war am Zaun des Vorgartens ein handförmiges Schild mit ihrem Namen befestigt.

Mein Herzschlag beschleunigte sich, als ich das Symbol anstelle des „D"s wiedersah. „Sollen wir einfach reingehen, was meint ihr?", fragte ich gedämpft und nickte zu der Gartenpforte, die nur mit einer Drahtschlinge verschlossen war. Sam riss sie ohne zu zögern auf, marschierte über den kurzen Steinplattenweg und hämmerte dann an die Haustür. Wie auf Kommando hielten wir alle den Atem an, aber nichts rührte sich.

„Man möchte meinen, sie hätte vorhergesehen, dass sie heute Besuch bekommt", spottete Sam.

Jinxy schüttelte ärgerlich den Kopf. „So funktioniert das doch nicht!"

„Ach ja, aber generell funktioniert es schon?"

„Seid mal kurz ruhig", unterbrach Serafina den sich anbahnenden Streit. „Ich glaube, ich hör' was."

Wir verharrten wieder alle regungslos. Die ballspielenden Kinder waren inzwischen verschwunden, und es hatte sich eine so vollkommene Ruhe über die Siedlung gelegt, dass es schon fast unheimlich wirkte.

Plötzlich ertönte ein Rumpeln hinter der Tür, das mich zusammenfahren ließ. „Weissagungen erst ab sechzehn Uhr!", drang es ungehalten zu uns nach draußen.

„Wieso?", fragte Sam laut. „Sind die Geister, die Sie anzurufen pflegen, etwa Morgenmuffel?"

Abermals krachte es, und die kleine Messingklappe in der Tür flog auf. Ein Paar wasserblauer Augen wurde dahinter sichtbar. „Ihr seid ja Kinder!", stellte die raue Stimme fest, und es klang beinahe vorwurfsvoll.

„Bald nicht mehr, wenn Sie uns noch lange hier herumstehen lassen", erwiderte Sam, der seine Sterblichkeit immer noch nicht ganz verkraftet hatte. Ich für meinen Teil fand es merkwürdig, so betitelt zu werden, aber vermutlich wirkten wir wegen des großen Altersunterschieds jünger auf die Wahrsagerin: Zahllose Runzeln umrahmten ihre Augen, und am Rand der Öffnung waren auch ein paar weiße Haarsträhnen zu erkennen.

„Geht nach Hause. Es gibt hier nichts für euch zu holen!" Die Messingklappe begann sich zu schließen, da nahm ich Rasmus das Buch aus der Hand und trat vor.

„Bitte warten Sie! Wir sind gar nicht wegen einer Weissagung hier. Verraten Sie uns nur, ob Sie das hier lesen können …?" Ich hielt das Buch an die Luke.

Hinter der Tür blieb es still. Hilflos drehte ich mich zu Rasmus um, der bloß mit den Schultern zuckte. Serafina machte bereits Anstalten zu gehen, da erklang ein Rasseln, so als würden mehrere Ketten gelöst. Gleich danach schwang die Tür auf und gab den Blick auf die Wahrsagerin frei. Sie war großgewachsen und schlank, nicht hager, wie man es bei ihrem Alter erwartet hätte. Obwohl ihre Haut so aussah wie zerknittertes Pergament, konnte man noch gut ihre hohen Wangenknochen erkennen, die geschwungenen Lippen und dass sie früher einmal schön gewesen war. Allerdings machte sie auch einen leicht verwahrlosten Eindruck – aus ihrem weißen Zopf hatten sich mehrere Strähnen befreit, die wirr um ihr Gesicht hingen, und der Saum ihres Kleides war ausgefranst. Außerdem trug sie keine Schuhe.

„Wo hast du das her, Mädchen?", fragte sie, die ungewöhnlich hellen Augen auf das Buch gerichtet. Ihr Tonfall brachte mich dazu, meine Arme zu senken und einen Schritt zurückzutreten. Jetzt erst sah ich, dass sie eine grellgelbe Dose mit schwarzer Aufschrift in einer Hand hielt, bereit, den Auslöser zu drücken. Als sie meinen Blick bemerkte, schob sie das Pfefferspray – denn nichts anderes konnte es sein – in eine Tasche ihres Kleides. „Es gibt Leute, die es gar nicht gerne sehen, dass ich hier bin", erklärte sie, und in ihrer Stimme schwang tatsächlich Panik mit.

„Tarot-Trudi und der Handlesende Henk, was? Tja, die Konkurrenz schläft nicht!", sagte Sam, dann wandte er sich zu uns. „*Wow*", formte er mit den Lippen, die Augen höhnisch verdreht.

„Hör schon auf", zischte ich, obwohl ich ihm insgeheim Recht geben musste: Dina schien nicht nur etwas kauzig zu sein, sondern total verrückt. Jetzt streckte sie ihre dünnen Finger in meine Richtung, und kurz sah es so aus, als wollte sie mir das Buch mit Gewalt entwenden.

„Ich habe dich was gefragt", beharrte sie stattdessen. „Wie bist du an dieses Schriftstück gekommen?"

„Das ist eine lange Geschichte, die wir Ihnen ungern hier draußen erzählen würden", mischte sich Rasmus ein. Er hatte dieses besondere Lächeln aufgesetzt, mit dem er die Frau an der Essensausgabe regelmäßig dazu brachte, einen extragroßen Nachtisch herauszurücken. Ob es nun daran lag oder einfach an ihrer puren Neugierde – jedenfalls zog Dina die Tür noch ein Stück weiter auf.

„Kommt herein, wenn es sein muss. Aber fasst ni…" Irgendetwas klirrte, kaum dass Jinxy an ihr vorbei in den Flur gesaust war.

„Nichts passiert!", flötete meine Freundin, während sie sich bereits auf dem Weg ins nächste Zimmer befand. Dina seufzte, dann eilte sie hinterher. Wir drängten uns zu sechst in den Raum, der so mit seltsamen Gegenständen vollgestopft war, dass für mehr als zwei Menschen eigentlich nicht genug Platz blieb. Alle Wände waren mit überquellenden Regalen verkleidet, in der Mitte gab es ein paar zusammengewürfelte Stühle und einen Tisch, auf dem ein samtenes Tuch sowie Karten- und Bücherstapel lagen. Über allem schwebte ein süßer, leicht muffiger Geruch, vermutlich von Räucherstäbchen, und kitzelte mich in der Nase.

Jinxys Augen waren überall zugleich. Während sie herumhüpfte und die Regale durchstöberte, hatte ich eine Vision von ihr in ein paar Jahrzehnten – sie passte wirklich erschreckend gut hierher.

„Was ist denn das?", fragte sie aufgeregt und befingerte eine hölzerne Tafel mit eingravierten Buchstaben.

Dina bedeutete uns, Platz zu nehmen, ehe sie sich Jinxy widmete. „Man nennt das Ouija-Brett und benötigt es für Séancen."

„Cool! Und was ist das?“ Meine Freundin zeigte auf einen dreißig Zentimeter langen, spitz zulaufenden Metallpfeiler, der über und über mit Hieroglyphen bedeckt war.

„Das ist ein antiker Obelisk, ein Verbindungssymbol zwischen der irdischen und der Götterwelt.“

„Wow … und das da?“

„Ein Fusselroller.“ Irritiert nahm die Wahrsagerin ihr das Ding aus der Hand und wandte sich dann uns anderen zu. „Wollt ihr mir nicht endlich meine Frage beantworten?“

Sam, der sich in einen hohen Lehnsessel geworfen hatte, streckte lässig die Beine aus. „Wir haben das Buch einfach gefunden, alles klar?“

„Lüge!“ Das Wort kam heraus wie ein Fauchen. Dinas Augen schienen Blitze zu schleudern, ihr ganzer Körper vibrierte sichtbar vor Wut.

Abrupt hatte Sam die Beine eingezogen und saß nun stocksteif in seinem Sessel. „Okay, nur die Ruhe“, sagte er schnell, die Hände beschwichtigend erhoben. „Wir wollen ja keinen Herzinfarkt riskieren. Bei mir.“

Immer noch starrte ihn die Wahrsagerin zornentbrannt an, als Rasmus, der zuvor seltsam abwesend gewirkt hatte, den Kopf hob. „Das Buch stammt aus einer Bibliothek in unserer … alten Heimat“, sagte er. „Doch das wussten Sie bereits, nicht wahr?“

Dina musterte ihn forschend, aber ich hatte den Eindruck, als sei das irre Flackern aus ihren Augen verschwunden. Nach einer Weile nickte sie. „Ich sehe, dir kann man nichts vormachen.“

Nur ich bemerkte, dass diese Antwort etwas in Rasmus auslöste. Er gab sich unverändert ruhig, aber seine Hand hielt meine ganz fest. „Wie lange?“, fragte er, ohne auf die fragenden Mienen um ihn herum zu achten.

Der faltige Mund verzog sich zu einem Lächeln. „Es sind schon bald siebzig Menschenjahre", erwiderte Dina, „dreiundsechzig davon schön."

„Moment mal", schaltete sich Serafina dazwischen. Anders als Jinxy, Sam und ich schaute sie nicht mehr bloß verwirrt drein, sondern völlig fassungslos. „Wenn Sie von Menschenjahren sprechen – soll das bedeuten, was Sie vorher erlebt haben, waren ..."

„Lichtjahre", vollendete Dina mit einem Anflug von Belustigung den Satz. „Wenn man es so ausdrücken will."

Niemand antwortete. Besonders Sam und Serafina saßen da wie vom Donner gerührt, während sich Rasmus' Griff um meine Hand allmählich lockerte. Eine Erinnerung blitzte in mir auf: der dunkelhaarige Mann im Licht, der erzählt hatte, bisher seien *fast* alle abtrünnigen Engel wieder zurückgelockt worden. Auf einmal wusste ich auch, an wen mich Dina erinnerte – mit ihren hohen Wangenknochen und den schrägstehenden Augen war sie ein verwittertes Abbild der Richterin.

„Das ist absurd", sagte Serafina, nachdem sie wohl zu demselben Schluss gekommen war wie ich. „In Raziels Fall ... vielleicht ... aber wenn Sie zu den Ältesten des Lichts gehört haben, wie konnten Sie das alles *hierfür* aufgeben?" Sie machte eine Handbewegung, die das ganze schäbige Wohnzimmer mit einschloss.

Dina lächelte nun nicht mehr; der Blick, mit dem sie Serafina bedachte, war eiskalt. „Das ist nichts, was ich dir rational erklären könnte. Aber ich habe länger gelebt, als irgendjemand leben sollte, und doch sind es nur die letzten knapp siebzig Jahre, an die ich mich gestochen scharf erinnern kann. Was vorher war, ist für mich nur ein unendlicher, bedeutungsloser Nebelstreif, ein schaler Einheitsbrei der Ewigkeit. Sicher wirst auch du einmal begreifen, wie quälend es sein kann, wenn das eigene Leben kein Ende und somit keinerlei Kontur hat."

Serafina sah aus, als wollte sie widersprechen, aber ich kam ihr zuvor. „Wieso arbeiten Sie jetzt eigentlich als Wahrsagerin?"

„Man muss von irgendetwas leben", erwiderte Dina nüchtern. „Andere Wahrsager behaupten, dass sie Kontakt zu Engeln aufnehmen können. Ich denke, da habe ich ihnen doch einiges voraus. Außerdem verfügte ich als Richterin über einen Instinkt, der hellseherischen Fähigkeiten schon sehr nahe kam, und nicht alles davon ist mit der Zeit verschwunden."

„Was ist mit dem Symbol, das Sie auf Ihrer Webseite verwenden?", fragte ich weiter. „Hat das eine tiefere Bedeutung?"

„Die Bedeutung ist – ich brauchte ein Logo und bin für eine Wahrsagerin erschreckend unkreativ", antwortete Dina, und nun war ihr amüsierter Gesichtsausdruck wieder da. „Aber es stimmt, dass ich in der Lage bin, diese Schrift zu entziffern. Mich würde allerdings interessieren, weshalb ihr so darauf brennt, euch ausgerechnet dieses Buch übersetzen zu lassen. Wenn ich das richtig sehe, ist es einfach eine Sammlung uralter Legenden und Mythen."

„Tja, das zu erklären dauert eine Weile", sagte Rasmus gedehnt. „Vielleicht möchten Sie sich vorher setzen?"

Schweigend kam sie seiner Aufforderung nach, und Rasmus begann mit einer etwas umständlichen Einleitung. Offenbar wollte er Dina behutsam auf den Kern seines Berichts vorbereiten, doch am Ende schien sie lange nicht so entsetzt zu sein wie wir, als wir von Sams Verdacht erfahren hatten.

„Das ist übel", meinte sie bloß.

Sam schaute sie ungläubig an. „Übel? Das ist eine verdammte Katastrophe!"

„Ich bin zu alt, um mich vor Katastrophen zu fürchten“, erwiderte Dina, die anscheinend vergessen hatte, dass sie mit einem Pfefferspray bewaffnet zur Tür gekommen war. „Falls ihr mit euren Vermutungen Recht habt, so ist der Abaddon möglicherweise erst dann stark genug, um die Mauern niederzureißen, wenn ich längst unter der Erde liege.“

„Aber *wir* würden gern auch die nächsten siebzig Jahre morgens aus dem Bett steigen, ohne über kämpfende Engel und Dämonen zu stolpern“, brauste Sam auf. „Also, helfen Sie uns nun oder nicht?“

„Schon gut, ich kann es ja versuchen. Aber das wird ein wenig dauern, schließlich ist es sehr lange her, seit ich diese Schrift das letzte Mal benutzt oder gelesen habe. Ihr könnt euch ja inzwischen hier umsehen – mit den *Augen*“, ergänzte sie an Jinxy gerichtet. Sie zog eine Schublade auf, die sich unter der Tischplatte verbarg, und holte eine Lesebrille sowie einen Block und einen Bleistift hervor. Danach begann sie, in dem Buch zu blättern und sich Notizen zu machen. Interessiert schaute ich zu, während Sam und Jinxy wieder auf Streifzug durch das Zimmer gingen. Nach einer Weile wurde mir das Warten allerdings auch lang, und ich studierte ein Plakat mit Tierkreiszeichen, bis Dinas Stimme meine Aufmerksamkeit zurückholte.

„Hier steht es“, sagte sie knapp. Sofort blickten alle in ihre Richtung, und Sam, der sich eben noch mit Jinxy um eine Art Voodoo-Puppe gekabbelt hatte, war mit zwei langen Schritten neben ihr. „Es ist nicht viel und auch sehr verschwommen formuliert … wie eine Prophezeiung.“

Sam verlagerte sein Gewicht schnell von einem Bein auf das andere. „Eine bebilderte Gebrauchsanweisung wäre mir zwar lieber gewesen, aber das muss auch reichen. Also, was benötigt man, um einen Abaddon platt zu machen? Raus damit!“

„Einen Weltenwandler."

„Ja doch, einen Weltenwandler, wie bringt man den zur Strecke?", drängte Sam, aber Dina schüttelte sacht den Kopf.

„Das war die Antwort auf deine Frage."

Stille breitete sich zwischen uns aus. Ich spürte, wie die Enttäuschung zäh durch mich hindurchsickerte, wie Zement, der allmählich erstarrt. Als ich hilfesuchend in die Gesichter der anderen sah, wusste ich, dass es ihnen genauso ging.

„Soll das heißen", sagte Rasmus langsam, „der Abaddon kann nur … von seinesgleichen vernichtet werden?"

Sam ließ sich auf seinen Platz zurückplumpsen und fluchte. Sehr ausgiebig und gar nicht jugendfrei.

„Bist du fertig?", fragte Dina unwirsch. „Das hilft euch jetzt auch nicht weiter."

„Ja, aber *was* würde uns weiterhelfen?", schnappte Sam. „Ehrlich gesagt finde ich unsere Zukunftsaussichten nicht gerade rosig, wenn unsere einzige Chance darin besteht, einen zweiten Abaddon zu suchen, um den ersten zu töten. Denn nachher werden wir einen dritten zum Abmurksen des zweiten brauchen, und das Ulkige ist, mit diesem Spiel kann man *ewig* so weitermachen!"

„Okay, schon gut. Jetzt hat es auch der Letzte verstanden", bremste ihn Rasmus. Er legte die Handflächen auf die Tischplatte und beugte sich ein wenig zu Dina vor. „Du warst doch bei der großen Schlacht zwischen Schatten und Licht dabei. Hast du denn keine Idee, wie damals die Vernichtung des Abaddons geglückt ist? Es kann weder mit Engels- noch mit Dämonenblut funktioniert haben, weil er beides in sich trägt … Bitte versuch dich zu erinnern, uns könnte wirklich jeder noch so kleine Hinweis nützlich sein", sagte er eindringlich.

Dina ließ ihren Blick über uns gleiten, dann legte sie den Kopf in den Nacken und schloss die Augen. Als sie sich uns wieder zuwandte, schien sie um Jahre gealtert.

„Ich bin mir nicht sicher, ob das, was ich vermute, euch weiterhelfen würde", meinte sie und strich mit einer müden Handbewegung über ihre Schläfe. „Aber ich kann es euch auch nicht verraten. Dafür ... vertraue ich euch nicht genug, tut mir leid."

Die Sekunden verstrichen, und als ich schon glaubte, das Ticken der Pendeluhr nicht länger ertragen zu können, stand Serafina auf. „Gut, dann – danke für die Zeit, die Sie uns gewidmet haben", sagte sie kühl. Auch Rasmus erhob sich, wobei er mich von meinem Sitz zog.

„Aber ...", flüsterte ich, doch er schüttelte den Kopf.

„Das hat keinen Sinn, Lily", unterbrach er mich mit gesenkter Stimme. „Wir sollten ihre Geduld nicht überstrapazieren."

Er ließ mich los, um die Tür zum Flur zu öffnen. Einer nach dem anderen ging aus der Stube, und ich blieb als Letzte zurück. Gerade, als ich widerstrebend folgen wollte, fiel mir das Regal neben dem Sofa auf: Es war das einzige, das nicht von wild durcheinandergewürfelten Gegenständen überquoll, und deshalb hatte ich es beim Hereinkommen übersehen. Die Bilderrahmen, die darin standen, waren beinahe pedantisch aufgereiht, als hätte sich eine fremde Person darum gekümmert. Sogar eine chronologische Ordnung wurde eingehalten, was ich schon allein daran erkannte, dass die ersten Fotos schwarzweiß waren. Beim näheren Hinsehen konnte ich feststellen, dass stets dieselben zwei Leute abgelichtet waren, und zwar über einen Zeitraum von mehreren Jahrzehnten hinweg. Auf dem ersten Bild trug die Frau eine aufwendige Hochsteckfrisur, aber mit den Katzenaugen und den zarten Gesichtszügen war es doch ohne Zweifel Dina. Ich hatte mit meiner Vermutung Recht gehabt – in jungen Jahren war sie wirklich atemberaubend schön gewesen. Sie füllte das Bild mit einem Strahlen, in dem der Mann an ihrer Seite beinahe unterging: Schüchtern blinzelte er durch seine Brillengläser, ein etwas überraschtes Lächeln auf dem Gesicht, als könnte er gar nicht glauben, dass diese Frau tatsächlich zu ihm gehörte. Obwohl er neben ihr fast unscheinbar wirkte, erwiderte sie jedoch auf allen Fotos seinen Blick, als wäre die Umgebung – Restaurants, Jahrmärkte, Konzerte – gar nicht vorhanden. So, als sähe sie nur ihn.

Ich griff nach einem Bild, auf dem die junge Frau in einem weit schwingenden Kleid die Hand ihres Mannes hielt, wie um ihn zum Tanzen zu überreden ... da merkte ich, dass Dina hinter mich getreten war. Etwas verlegen stellte ich das Bild wieder zurück. Ich hatte das Gefühl, in ihre Privatsphäre eingedrungen zu sein, doch zu meiner Erleichterung schien sie das nicht zu stören.

„Dieses hier stammt aus dem Jahr 1951", erklärte sie und berührte das Foto.

„Sie sehen glücklich aus."

„Das war ich", antwortete sie leise.

Bevor ich noch etwas sagen konnte, polterte Jinxy wieder ins Zimmer und nahm meine Hand. „Los, wir warten schon alle auf dich", drängelte sie. „Dina, ich schreib Ihnen noch, um Sie zu fragen, wo es so ein Gespensterbrett zu bestellen gibt. Kann ich sehr gut gebrauchen!"

Die alte Frau nickte mir zu, dann stolperte ich wohl oder übel neben Jinxy durch die Haustür, vor der sich die anderen versammelt hatten.

Wortlos durchquerten wir den Garten. Sam hatte seinen Wagen direkt davor geparkt, aber niemand von uns schien bereit, einzusteigen. Etwas unschlüssig blieben wir stehen und schauten alle zu Dinas Häuschen zurück, vor dem sich das Windspiel wiegte.

„Das war ja mal ein Mega-Reinfall", verkündete Sam. „Hättest du sie nicht manipulieren können, damit sie uns hilft, Fina?"

Mit einem genervten Seufzer schüttelte Serafina den Kopf. „Sie ist ein ehemaliges Lichtwesen, Sammy, kein gewöhnlicher Mensch. Damit ist sie immun gegen solche übernatürlichen Kräfte."

„Das ist auch gar nicht notwendig", warf Rasmus ein. „Wichtig ist doch nur, dass sie etwas weiß. Prophezeiungen besitzen immer so eine Art Schlupfloch, oder? Wahrscheinlich haben wir Dina nur die falsche Frage gestellt! Genau genommen müssen wir den Abaddon ja gar nicht töten, sondern nur unschädlich machen, und dafür kennt sie bestimmt eine Lösung. Ich lasse sie eine Nacht darüber schlafen, dann rufe ich sie an."

Serafina nickte, wobei sie seine betont zuversichtliche Miene nachahmte. „Gute Idee. Sicher war ihr die ganze Situation auch einfach zu viel, sie ist schließlich nicht mehr die Jüngste." Die Missbilligung in ihrer Stimme war nicht zu überhören. Ganz offensichtlich hatte sie es immer noch nicht verwunden, dass sich ein Lichtwesen endgültig für ein Leben in der irdischen Welt entschieden hatte. Nach einem schnellen Seitenblick auf Rasmus riss sie sich aber wieder zusammen und lächelte. „Dafür hat der Besuch kürzer gedauert als erwartet. Wie steht's, hat außer mir noch jemand keine Lust, sofort nach Hause zu fahren?"

Rasmus legte wieder den Arm um meine Schultern. „Wir könnten uns die Stadt ansehen", schlug er mir vor. „Es soll hier eine sehr schöne Bibliothek geben …"

„Das hast du vorher extra recherchiert, oder?", fragte ich grinsend.

„Schon möglich."

Ich stellte mich auf die Zehenspitzen und gab ihm einen kleinen Kuss auf den Mund.

„Baah, das ist mein Stichwort", meldete sich Sam. „Ich warte so lange im Auto."

„Und ich bleibe bei … meinen Vorräten." Jinxy funkelte Sam an, als wollte sie ihn warnen, ihr ja nicht zu widersprechen. Was er natürlich nicht tat – Jinxys drohende Miene konnte selbst den stärksten Mann in die Knie zwingen.

„Ich brauche was Warmes in den Magen", meinte Serafina. „Treffen wir uns also in einer Stunde wieder."

Wir kletterten alle ins Auto, um uns von Sam ins Stadtzentrum fahren zu lassen. Als die anderen in ein Gespräch vertieft waren, lehnte sich Rasmus zu mir herüber.

„Es wird schon alles gut werden", sagte er, und ich glaubte, dass er mich aufmuntern wollte, bis er hinzufügte: „… oder?"

„Natürlich", versicherte ich rasch. „Du hast absolut Recht, Dina weiß etwas und wird uns bestimmt weiterhelfen."

„Wir schaffen das", sagte er, aber es hörte sich immer noch wie eine Frage an.

„Tun wir. Wenn das alles vorbei ist, werden wir uns nur darüber wundern, wie viele unnötige Sorgen wir uns gemacht haben. Allerdings spielt das dann keine Rolle mehr. Weißt du noch? Interessant wird es erst, nachdem der Held mit seinem Mädchen in den Sonnenuntergang geritten ist. Was davor kommt, ist überbewertet."

„Hoffnungslos überbewertet", wiederholte Rasmus meine Worte von damals und lachte kurz. Es klang jedoch anders als sonst, und für den Rest der Fahrt wich er meinen Blicken aus.

11. Kapitel

„Wenn Rasmus nicht bald wieder zur Schule kommt, gehe ich hier noch zugrunde“, maulte Jinxy und betrachtete melancholisch ihren Teller. Was sich darauf befand, hätte wohl genügt, um eine Spitzmaus sattzumachen, sofern diese an matschigem Hackbraten interessiert gewesen wäre. Seufzend knallte Jinxy ihr Tablett auf den Tisch und nahm mir gegenüber Platz. „Nachdem die Frau an der Essensausgabe Rasmus gesehen hat, steht sie doch immer so unter seinem Bann, dass sie eine ordentliche Portion rausrückt. Aber jetzt scheint mir, sie leidet an Liebeskummer.“

Ich hatte nur mit halbem Ohr zugehört; nun legte ich mein Handy weg und hob den Kopf. „Wenn du dann noch hungrig bist, kannst du dir nach der Schule ein Stück Kuchen genehmigen. Rasmus hat gerade per SMS vorgeschlagen, dass wir uns alle in einem Café treffen, um die Lage zu besprechen. Er konnte Dina bis jetzt telefonisch nicht erreichen und überlegt, ob jemand von uns nochmal hinfahren soll.“

„Alle treffen sich? Das heißt, Sam wird auch dabei sein?“

„Ich denke schon. Warum?“

Jinxy pulte sorgfältig die Karottenstückchen aus ihrem Hackbraten-Brei. „Weil er mich krank macht“, antwortete sie schließlich. „Das ist doch echt abartig, wie der sich gewandelt hat. Letztes Jahr war er so lieb und nett, vielleicht einen Hauch langweilig, aber echt in Ordnung. Und jetzt bringt er mich dazu, ihm die Kleider vom Leib reißen zu wollen, um … ihn dann mit einem stumpfen Löffel zu häuten."

Gegen meinen Willen musste ich lachen. „Ich dachte, ihr hättet euch während der gemeinsamen Nacht im Hotel wenigstens ein bisschen zusammengerauft."

„*Gerauft* ist gut", sagte Jinxy düster. „Schlaf du mal mit dem Kerl in einem französischen Bett, ganz ohne einen schützenden Matratzenspalt in der Mitte. Es war, als hätte er sich zwei zusätzliche Paar Arme und Beine wachsen lassen, die andauernd auf meine Seite ragten. Sag nie mehr, *ich* würde im Schlaf um mich schlagen!"

„Ähm, das heißt also – ihr habt euch das Bett geteilt?"

„Ja, notgedrungen. Serafina hat gemeint, dass sie ein eigenes Bett braucht, weil sie doch dieses Karpaltunnelsyndrom in der Nase hat und nicht genügend Sauerstoff …" Ihre Stimme wurde immer leiser, dann sah sie mich mit zusammengezogenen Brauen an. „Sie hat gar kein Karpaltunnelsyndrom in der Nase, oder?"

„Wenn man bedenkt, dass man das nur in der Hand haben kann und sie außerdem ein unverwundbarer Engel zu Besuch auf Erden ist … eher nicht."

Mit einem Platschen landete Jinxys Löffel auf dem Teller. „Ich wusste es! Diese Frau ist einfach grässlich! Hoffentlich war wenigstens deine Nacht etwas angenehmer."

Ich nahm einen großen Bissen Hackbraten. Er schmeckte nach Kleister und hatte zum Glück auch eine ähnliche Wirkung.

Jinxy starrte mich an. Ich kaute.

„Lily? War deine Nacht gut?"

„Mhm."

„Aber auch sehr gut?"

„Mh."

„Aber hast du auch … wie soll ich das sagen … die Englein Halleluja singen hören?"

Beinahe hätte ich alles auf die Tischplatte gespuckt. *„Jinxy!"*

„Tut mir leid! Aber du hast mir in den letzten Monaten so viel verschwiegen, dass ich immer noch das Gefühl habe, ständig außen vor zu sein!"

Ich schluckte erst mal richtig herunter, dann atmete ich tief durch. Leider half das nur wenig gegen das Glühen in meinen Wangen. „Okay, du hast Recht. Und … ja, meine Nacht war wirklich sehr gut. Zufrieden?"

Nachdem mir Jinxy schon wochenlang mit diesem Thema auf die Nerven gegangen war, hätte ich erwartet, dass sie nun einen Freudenschrei ausstoßen, wild herumtanzen oder mich um Details ausquetschen würde, aber nichts dergleichen. Es war ihr zwar anzusehen, dass ihr die Zurückhaltung schwerfiel, aber sie langte nur über die Teller hinweg nach meiner Hand. „Na bitte, dann hatte der Ausflug doch was Gutes. Das ist echt schön, Süße. – Ist es doch, oder?"

Unbehaglich zog ich meine Hand weg und griff wieder nach der Gabel, um damit im Essen herumzustochern. „Ja, natürlich ist es das."

„Und warum siehst du dann ganz und gar nicht danach aus?"

Ich überlegte kurz, ob ich ihr von meiner Unterhaltung mit Serafina erzählen sollte, doch dann schob ich den Gedanken beiseite. Wenn ich darüber sprach, würden nur die Schuldgefühle wieder hochkommen, die mich während der vergangenen zwei Nächte gequält hatten.

„Darum geht es nicht", sagte ich deshalb ausweichend. „Aber bedenk mal unsere ganze Situation. Wir haben noch keine Ahnung, wie und wo wir den Abaddon finden, geschweige denn, was wir gegen ihn ausrichten können. Ich habe das Gefühl, wir würden immer nur einen Schritt vorwärtsgehen und zwei zurück … und ich weiß, worauf das hinausläuft."

Jinxy runzelte die Stirn. „Worauf denn, bitteschön?"

„Dass wir Serafina ins Licht schicken, damit sie die Richter vor dem Abaddon warnt! Das ist unser letzter Ausweg. Dann werden sie Rasmus gewaltsam zurückholen und die Sache selbst in die Hand nehmen, weil wir nämlich heillos überfordert sind. Überleg doch mal – wir sind nur eine Gruppe von Teenagern, die sich einbilden, alles alleine schaffen zu können!"

„Also, eigentlich sind die meisten von uns gar keine Teenager", widersprach Jinxy. „Und die paranormale Fraktion wurde doch genau für solche Fälle ausgebildet, nicht?"

„Ja, aber zwei von ihnen sind jetzt menschlich, und einer noch dazu schwer krank. Wir sind wirklich eine furchterregende Truppe."

„Dann soll eben diese Serafina mal zeigen, was in ihr steckt! Mal abgesehen von Silikon, meine ich. Niemand kann mir weismachen, dass diese …" Sie unterbrach sich, als sie meinen Gesichtsausdruck bemerkte. „Pass auf", redete sie in einem etwas sanfteren Tonfall weiter, „deine Schwarzseherei ist keine Hilfe. Du solltest jetzt Zuversicht ausstrahlen, genau das braucht Rasmus, um durchzuhalten. Und *er* zweifelt ja auch nicht, oder?"

„Nein", murmelte ich, meine Augen auf den Hackbraten gerichtet. Zum Glück war die Mittagspause fast vorüber, sodass ich die Unterhaltung nicht zu Ende führen musste.

Nur mit Mühe überstand ich die letzten Unterrichtseinheiten, dann machten wir uns auf den Weg zu dem Café, das Rasmus in seiner SMS genannt hatte. Es war nicht weit von der Schule entfernt, aber über Nacht hatte das Wetter umgeschlagen, und bald drang das Regenwasser in meine undichten Schuhe. Als wäre mein Pechvogel-Gen damit noch nicht fleißig genug gewesen, hatte ich natürlich auch meinen Schirm vergessen. Wir drängten uns also zu zweit unter Jinxys, der zwar grasgrün war und Froschaugen besaß, mich aber vor dem Schlimmsten bewahrte. Leider dauerte das nur bis wenige Schritte vor dem Café, da Sam hinter uns auftauchte und meiner Freundin auf den Rücken klopfte. Quietschend kippte sie den Schirm zur Seite, sodass mir eine ordentliche Ladung Wasser in den Kragen strömte.

„Ganz toll, jetzt hab ich Lily nass gemacht. Wenn sie eine Lungenentzündung bekommt und stirbt, ist das allein deine Schuld", fauchte Jinxy, klappte den Frosch zusammen und stampfte durch den Eingang, ohne mich auch nur eines Blickes zu würdigen.

„Der Zwerg raubt mir echt den letzten Nerv", grummelte Sam und trottete hinterher. Ich konnte gerade noch die Tür abfangen, die er mir natürlich nicht aufgehalten hatte, und betrat seufzend das Café. Es war nicht schwer, Rasmus zu finden: Er saß direkt neben Serafina, deren Haare durch den ganzen Raum leuchteten.

„Hallo, du!", rief sie mir entgegen und winkte mit einer Zeitung, als wären wir beide Sandkastenfreundinnen. „Sammy und Jinxy sind sich gleich was zu essen holen gegangen, setz dich doch schon mal zu uns." Sie deutete auf den freien Stuhl neben sich, und es entstand ein etwas peinlicher Moment, als ich stattdessen neben Rasmus Platz nahm. Serafina schien sich aber nichts daraus zu machen; unbekümmert schlug sie wieder die Zeitung auf. „Ich lese gerade die Wohnungsanzeigen, hör dir das an: *Ehemalige Hausmeisterwohnung in leerem Bürogebäude vorübergehend zu vermieten. Hoher Renovierungsbedarf, trotzdem sofort beziehbar.* – Wenn die Angebote alle so aussehen, wirst du mich noch eine Weile ertragen müssen", sagte sie mit einem neckenden Unterton zu Rasmus.

„Kein Problem, solange du mich nicht wieder die ganze Nacht mit tiefschürfenden Gesprächen wachhältst", erwiderte er locker und rieb mit der flachen Hand über meinen Rücken. „Lily, du bist ja ganz klamm."

So fühlte ich mich inzwischen auch innerlich, aber ich wollte es mir um keinen Preis anmerken lassen. Während ich mir noch den Kopf über ein möglichst unverfängliches Thema zerbrach, stießen Sam und Jinxy zu uns und stellten je einen Teller voll verschiedener Gebäckstücke auf den Tisch.

„Ich hab von allem etwas genommen", erklärte Jinxy, die sogleich zu futtern anfing. „Rasmus, die Frau von der Essensausgabe vermisst dich", nuschelte sie mit vollen Backen.

„Sie heißt Gloria, und das beruht total auf Gegenseitigkeit", antwortete Rasmus grinsend. „Aber vielleicht komme ich ja bald wieder zur Schule. Ich bin zwar noch für zwei Wochen krankgeschrieben und muss zu sinnlosen ärztlichen Untersuchungen, aber ich glaube, mir geht es etwas besser."

Ihn nach unserem letzten Rückschlag erneut so optimistisch zu sehen, ließ die Wärme in meinen Körper zurückströmen. Jinxy stupste mich in die Seite, was wohl *Ich hab's dir gesagt!* heißen sollte, und Sam nutzte die Gelegenheit, um etwas von ihrem Teller zu stibitzen.

Aber da war er bei ihr an der falschen Adresse. „Rück auf der Stelle diesen Keks raus, oder ich versohle dir deinen gefiederten Arsch!", verlangte sie giftig.

„Gefiederter Arsch?", wiederholte Sam, ehrlich gekränkt, während er den Schokoladenkeks aushändigte. „Ich schwöre, du bist das seltsamste Mädchen, das mir jemals begegnet ist.“ Missmutig griff er nach der Zeitung – wahrscheinlich, um sich dahinter zu verschanzen.

„Halt, ich bin noch nicht fertig“, protestierte Serafina und klammerte sich daran fest.

„Als ob du jemals in eines dieser Apartments ziehen würdest“, murrte Sam. „Du hast doch gar kein Geld.“

„Irrtum, mein Lieber“, meinte sie lässig. „Erst gestern habe ich für den Flyer eines riesigen neuen Clubs gemodelt, das hat schon ein bisschen was eingebracht. In dieser Welt einen Job zu finden, ist überhaupt nicht schwer.“

„Ja, wenn man als Mädchen so aussieht wie du … und, äh, wie ihr“, fügte er mit einem Blick auf Jinxy und mich etwas lahm hinzu. Meine Freundin vollbrachte das Kunststück, keksmampfend einen bedrohlichen Eindruck zu machen, und Sam griff wieder nach der Zeitung.

„Nun gib schon Ruhe“, wehrte ihn Serafina ab. „Du bist doch sonst nicht so auf Infos zum Weltgeschehen erpicht!“ Sie versuchte noch einige Sekunden lang weiterzulesen, während Sam am Papier zerrte – dann gab sie es abrupt frei. Sam war davon so überrumpelt, dass er die Zeitung auf den Tisch fallen ließ.

Neben mir spannte sich Rasmus fühlbar an. „Was ist los?“

Serafinas Pupillen hatten sich geweitet, und ihre Lippen waren zu einer dünnen Linie zusammengepresst. Ihr Entsetzen griff auf mich über, obwohl ich gar nicht wusste, weshalb sie erschrocken war. Stumm legte sie eine Hand auf die Zeitung, dann drehte sie den Kopf und schaute Rasmus direkt an. „Es geht um Dina.“

Auf einmal klang der Lärm der anderen Cafébesucher blechern in meinen Ohren.

„Was“, sagte Rasmus ausdruckslos.

Ohne ihn aus den Augen zu lassen, zog Serafina die Zeitung wieder zu sich heran. Erst als diese genau vor ihr lag, senkte sie den Blick und las laut:

„Am Sonntagabend wurde die in Esoterikkreisen bekannte Wahrsagerin Dina von ‚Dinas Deutungen' tot aufgefunden. Nach ihren schweren Kopfverletzungen zu schließen, dürfte die Greisin unbestimmten Alters mit einem stumpfen Gegenstand erschlagen worden sein. Ihre Wohnung weist Spuren eines Kampfes auf, die Tatwaffe wurde jedoch beseitigt. Entdeckt wurde die Leiche von zwei Kunden, die jahrelang mit der Frau befreundet waren. Beide geben an, dass diese sich bereits seit geraumer Zeit vor Eindringlingen gefürchtet habe. Die Polizei geht deshalb davon aus, dass es sich bei dem Täter um einen Bekannten des Opfers handelt."

Serafina brach ab, und mit ihrer Stimme schienen auch die Hintergrundgeräusche zu verstummen – so, als hätte jemand einen Schalter umgelegt. Vergeblich kämpfte ich gegen die Bilder an, die sich in mein Bewusstsein drängten: Dinas schmaler Körper, verkrümmt auf dem Fußboden. Ihr langes weißes Haar, in das dunkles Blut sickerte … Ein metallischer Geschmack stieg mir in die Kehle, und ich musste mehrmals krampfhaft schlucken.

Genau wie ich hatte Jinxy die Hand vor den Mund geschlagen, doch nun ließ sie die Finger nach unten gleiten. Sie war kreidebleich geworden, selbst ihre Lippen wirkten farblos. „Ein – ein Bekannter?", wiederholte sie stockend. „Oder meint ihr, jemand hat herausgefunden, dass wir Nachforschungen angestellt haben … und Dina wurde unseretwegen …"

Ein Krachen ließ uns alle zusammenfahren. Rasmus war aufgesprungen und hatte dabei seinen Stuhl umgeworfen. Noch bevor ich etwas sagen konnte, drängte er sich an einer eben hereinkommenden Touristengruppe vorbei zur Tür. Die Leute versperrten mir die Sicht, und als sie unseren Tisch passiert hatten, war Rasmus schon verschwunden.

Mit wackligen Beinen erhob ich mich ebenfalls von meinem Platz, da griff jemand nach meinem Arm. Ich sah hinunter in Serafinas angespannte Miene. „Tu das nicht, Lily", bat sie. „Lass ihm ein bisschen Freiraum. All seine Hoffnungen wurden gerade auf einen Schlag zunichtegemacht, und ich denke, dass er jetzt alleine sein will."

„*Ich* denke, dass ich als seine Freundin jetzt bei ihm sein sollte!" Sogar in meinem Schockzustand merkte ich, wie plump meine Worte sich anhörten, aber das war nicht zu ändern. Trauer über Dinas Tod und Sorge um Rasmus ballten sich in mir zu einem schmerzhaften Knäuel zusammen, und aus irgendeinem Grund war die Wut auf Serafina das einzige Gefühl, das sich einen Weg nach draußen bahnte. Ich riss mich los und stürmte aus dem Café.

Im Freien wurde ich von einer eisig-nassen Windböe empfangen. Der Sprühregen legte sich wie ein kalter Film auf meine Haut und ließ mich schaudern. Als ich die Hand hob, um mein Gesicht abzuschirmen, entdeckte ich eine dunkle Gestalt, die an einer Hauswand lehnte. Mit kleinen, unsicheren Schritten überquerte ich die Straße.

Rasmus war bereits vollkommen durchnässt. Das Wasser troff ihm aus den Haaren, und sein T-Shirt klebte an seinem Oberkörper. Er sah so verloren aus, dass ich das drängende Gefühl hatte, etwas sagen zu müssen, egal was, nur um dieses Bild zu verändern. In meiner Hilflosigkeit entschied ich mich für das Einfachste, was mir in den Sinn kam:

„Es ist viel zu kalt hier draußen." Meine Worte waren kaum mehr als ein Flüstern, und als er nicht reagierte, glaubte ich, dass der Regen mich übertönt hatte. Nach einer Weile hob Rasmus allerdings doch den Kopf. Seine

Augen wirkten beinahe schwarz, wie dunkle Höhlen, und ebenso leer.

„Du hast Recht. Geh wieder rein, du holst dir noch eine Erkältung."

Wenn ich nicht gesehen hätte, wer zu mir sprach, hätte ich seine Stimme wohl kaum erkannt. So abweisend hatte er nicht mehr geklungen, seit ich hinter sein Geheimnis gekommen war. Die Tatsache, dass Serafina Recht behielt, versetzte mir im Innern einen Stich, aber das spielte nun keine Rolle. Ich musste ihn nur am Reden halten, denn alles war besser als diese apathische Starre.

„Wenn *ich* mich erkälten könnte, was ist dann mit dir?"

„Das macht auch keinen Unterschied mehr." Er sprach es nicht melodramatisch oder übertrieben aus, sondern absolut sachlich, und das bereitete mir am meisten Angst. Obwohl sich meine Kehle zusammenschnürte, gab ich mein Bestes, um einen verärgerten Tonfall anzuschlagen.

„Nun hör schon auf damit! Ja, es stimmt, unsere Lage ist nicht gerade vielversprechend. Aber deswegen dürfen wir noch lange nicht die Flinte ins Korn werfen, sondern …"

„Lily", unterbrach er mich. Als ich mitten im Satz stoppte, zögerte er, so als schreckte er selbst vor dem zurück, was er sagen wollte. „Unsere einzige Informationsquelle ist *tot.* Das bedeutet den Verlust unserer letzten Chance, begreifst du das? Ich kann … ich kann jetzt nicht mit dir reden, nicht über Sonnenuntergänge und goldene Zukunftsaussichten, das bringe ich einfach nicht mehr fertig. Es tut mir leid."

Und dann sah ich es in seinem Gesicht, ein kurzes Aufflackern, aber deutlich genug: Zweifel. Ich hatte keine Ahnung, ob das nur unsere Suche nach dem Abaddon betraf … oder ob er auch seine Entscheidung vor den Richtern zu bereuen begann. Auf jeden Fall wurde meine

Angst nun übermächtig, sodass ich das Gefühl hatte, nicht mehr atmen zu können. Rasmus stieß sich von der Mauer ab und wandte sich zum Gehen, doch ich folgte ihm nicht – ich wusste, dass es sinnlos gewesen wäre. Stattdessen schlang ich die Arme fest um meinen Oberkörper und lehnte mich gegen die Hauswand, genau an die Stelle, wo Sekunden zuvor Rasmus' Rücken gewesen war. Erst, als sich brennende Spuren durch die kalte Nässe auf meinen Wangen zogen, bemerkte ich, dass ich weinte.

***

Im Laufe der nächsten Stunden entwickelte mein Handy eine unheimliche Sogwirkung: Immer wieder griff ich danach, nur um es dann ganz tief in meiner Tasche zu vergraben. Vielleicht war es ja tatsächlich das Beste, Serafinas Rat zu beherzigen und Rasmus etwas Freiraum zu geben, aber das ging absolut gegen meine Natur. Ich wollte für ihn da sein, wollte den Optimismus zurückholen, der vor der Nachricht von Dinas Tod in ihm aufgekeimt war – und nicht zuletzt wollte ich seine Stimme hören, um mich selbst nicht mehr so schrecklich unsicher zu fühlen. Mit jeder Stunde, die ohne einen Anruf von ihm verstrich, schien er mir mehr zu entgleiten. Ich sagte mir, dass ich hysterisch war und dass seine negative Stimmung doch nichts mit uns beiden, sondern nur mit der Suche nach dem Weltenwandler zu tun hatte, aber es nützte wenig.

Kurz vor dem Schlafengehen war meine Geduld restlos erschöpft. Ich wählte Rasmus' Nummer, und mein Herz machte einen Hüpfer, als ich seine Stimme hörte – *„Hallo, bitte sprich nach dem Signalton. Außer, du heißt Samael. Alter, wenn ich noch einen schmutzigen Witz von dir auf meiner Mailbox finde, gibt's Ärger."*

Der schrille Pfeifton ging mir durch Mark und Bein. Schnell legte ich auf und verkroch mich unter meiner Decke. Ich döste irgendwann vor Erschöpfung ein, ohne dass mich ein Anruf erreicht hätte, und wurde erst wieder vom Klingeln meines Weckers aus dem Schlaf gerissen.

Während ich auf den Bus wartete, versuchte ich noch einmal mein Glück – vergeblich. Den ganzen Vormittag lang saß ich wie auf glühenden Kohlen, verpasste die Hälfte des Unterrichts und bekam auch Jinxys Fragen kaum mit. Meine Freundin schien allerdings Verständnis für meine Unaufmerksamkeit zu haben und nickte mir bloß zu, als ich behauptete, die große Pause alleine in der Schulbibliothek verbringen zu wollen. Dort angekommen, verzog ich mich gleich hinter ein Regal mit mathematischen Nachschlagewerken, für die sich kaum jemals ein Schüler interessierte. Obwohl Telefonieren hier streng verboten war, holte ich wieder mein Handy hervor und wappnete mich innerlich gegen die Mailbox-Ansage – doch stattdessen hörte ich nur ein Klicken.

„Bin ich froh, dass ich dich erreiche, Rasmus …“, sprudelte ich los, wurde allerdings unterbrochen.

„Nein, hier ist Serafina“, drang eine rauchige, aber eindeutig weibliche Stimme aus dem Hörer. „Sorry, er kann gerade nicht so gut reden, weil er fährt … Aber warte, ich halte ihm mal das Telefon hin.“

Ich malte mir aus, wie sie ihm das Handy ans Ohr drückte, und biss mir viel zu fest auf die Unterlippe. Vorsichtig tastete ich mit der Zunge über die metallisch schmeckende Stelle, da war die kurze Gesprächspause bereits vorüber:

„Lily, hey! Bitte entschuldige, dass ich gestern so ausgetickt bin. Du hattest Recht, ich darf jetzt nicht einfach aufgeben. Wir finden schon noch eine Lösung, aber bis dahin geht das Leben weiter.“

Ich war so perplex über seinen munteren Tonfall, dass ich gegen das Regal stieß und beinahe einige Wälzer auf den Boden geworfen hätte. Während ich sie ungeschickt festhielt und dabei das Handy mit der Schulter einklemmte, bemerkte ich Motorengeräusche im Hintergrund.

„Was meinst du damit? Und wohin bist du denn gerade unterwegs?"

„Ich will mir die nächsten Tage nicht mehr ausschließlich über unser Problem den Kopf zerbrechen", sagte Rasmus, als hätte ich die zweite Frage gar nicht gestellt. „Es gibt noch ein paar andere Sachen, die ich erledigen muss. Aber keine Sorge, ich recherchiere weiter und gebe dir Bescheid, wenn ich was rausgefunden habe, ja?"

Ich schaffte gerade noch ein leises „Okay", dann erklang ein Rascheln, Serafina lachte, und die Verbindung brach ab.

Langsam ließ ich das Handy sinken. Ich war so durcheinander, dass ich es wieder einzustecken vergaß und auf dem Weg zum Ausgang prompt einen Verweis der Bibliotheksaufsicht kassierte. Obwohl ich mich sonst peinlichst genau an die Regeln hielt und niemals gerügt wurde, hörte ich kaum zu. Meine Gedanken schienen wie eingefroren von der Erkenntnis, dass ich komplett falschgelegen hatte: Mit Rasmus zu sprechen, hatte meine Unsicherheit nicht beseitigt. Stattdessen war das mulmige Gefühl in meinem Bauch um ein Vielfaches schlimmer als zuvor.

***

„Jetzt schlägt's aber dreizehn!"

Ich schreckte zusammen, als Jinxy ihre Hand mitten auf mein Heft donnern ließ. „Was, bitteschön, ist das?", fragte sie mich streng. Dabei war unmissverständlich zu erkennen, dass unter meinem Test eine dicke, fette Zwei prangte.

„Na und? Du hast eine Vier minus", entgegnete ich etwas gekränkt.

„Pph! Ich habe eben geglaubt, dass Mr. Rochester sich an Blanche ranschmeißt, weil ihm Jane tierisch auf die Nerven geht", erklärte Jinxy und beäugte den ausführlichen Kommentar, den Professor Scott mit Rotstift an den Rand geschrieben hatte. „Wer konnte denn schon ahnen, dass er sich Jane gegenüber nur deshalb so arschig benimmt, weil er heimlich bereits in sie verknallt ist?"

„Jeder, der das Buch ganz gelesen hat, zum Beispiel?"

„Wie auch immer. Jedenfalls verstehe ich nicht, wieso du keine Eins hast und dich gar nicht darüber aufregst! Du stehst doch auf diese alten Herzschmerz-Schinken."

Stumm zog ich das Heft unter ihrer (nicht gerade sauberen) Hand weg und steckte es in meine Umhängetasche. Beim Beantworten der Prüfungsfragen hatte ich nur daran denken können, wie ich Rasmus *Jane Eyre* vorgelesen hatte. Kein Wunder, dass ich unkonzentriert gewesen war, auch wenn ich das nicht zugeben wollte. Aber ich brauchte gar nichts zu sagen, Jinxy durchschaute mich sowieso.

„Rasmus spielt immer noch den Unnahbaren, hm?", fragte sie mitfühlend.

Ich hob mein Handy, um einen schnellen Blick draufzuwerfen – eine automatische Geste, nachdem ich sie in den vergangenen Tagen mindestens zehnmal pro Stunde ausgeführt hatte. Aber wie so oft war auf dem Display nicht mehr zu sehen als die Uhrzeit.

„Keine Veränderung", gab ich niedergeschlagen zu. „Wenn ich ihm eine SMS schicke, braucht er ewig, um zurückzuschreiben, und die Antworten sind trotzdem extrem knapp. Sogar, dass Serafina und er von der Polizei befragt wurden, hat er nur ganz flüchtig erwähnt. Offenbar tappen die Ermittler im Dunkeln und haben sich an Rasmus gewandt, weil er mehrmals versucht hat, Dina anzurufen, nachdem … es passiert ist." Immer noch brachte ich es nicht über mich, *Mord* auszusprechen. Obwohl ich Dina höchstens eine Stunde gegenübergesessen hatte, kam es mir wegen all der Fotos in ihrem Regal so vor, als hätte ich sie besser gekannt. Dass jemand diese leicht kauzige, aber harmlose alte Frau kaltblütig erschlagen haben sollte, erschien mir komplett irreal – wie etwas aus einem Fernsehkrimi, aber doch nicht aus meinem Leben. Ich presste kurz die Lippen zusammen, ehe ich fortfuhr:

„Nach dem ersten Schock versucht Rasmus jetzt, das Thema zu umgehen. Meistens schreibt er nur, dass er was zu erledigen hat und sich bei mir melden will, sobald es besser passt."

Jinxy zog ihre Stupsnase kraus. „Ganz schön vielbeschäftigt für jemanden, der offiziell krankgeschrieben ist. Sollte er nicht lieber zur Schule gehen, wenn er sich fit genug für einen vollen Terminkalender fühlt?"

„Das ist es ja gerade: Rasmus erweckt den Eindruck, als wäre ihm das alles egal! Ich habe ihn so noch nie erlebt. Irgendwie … aufgekratzt und abwesend zugleich." Mein Magen verkrampfte sich, als ich an unser merkwürdiges Telefonat dachte. Das war nun drei Tage her, und Rasmus' Verhalten gab mir weiterhin Rätsel auf. Ich versuchte mich zwar darüber zu freuen, dass es ihm besser ging, aber die Sorge um ihn ließ mich nicht los. Sein Stimmungsumschwung war so abrupt eingetreten und hatte sich so gründlich vollzogen, dass es geradezu unheimlich wirkte.

Jinxy dachte anscheinend dasselbe wie ich. „Er hat also echt gesagt, dass er in nächster Zeit einfach nur sein Leben genießen will?", fragte sie noch einmal nach.

Hilflos zog ich die Schultern hoch. „Nicht mit diesen Worten, aber sinngemäß. Und ich spiele dabei wohl keine

Rolle." Ich tat so, als müsste ich den Reißverschluss meiner Tasche überprüfen. Dann, obwohl ich mir fest vorgenommen hatte, diese spezielle Sorge für mich zu behalten, platze ich heraus: „Allmählich bekomme ich Angst, dass wir es überstürzt haben – die Nacht im Hotelzimmer, du weißt schon. Gibt es nicht ... Hört man nicht ... manchmal von Männern, die danach das Interesse verlieren?"

„Nun komm aber!", unterbrach Jinxy mein Stottern. „Das gilt für irgendwelche blöden Kerle, aber hier geht es um *Rasmus.* Den Jungen, der dir bereitwillig dabei zuhört, wenn du vom neuen Ordnungssystem deines Bücherregals erzählst!" Sie runzelte die Stirn und überlegte kurz. „Möglicherweise bedeutet das alles nur, dass er sein inneres Zentrum finden will", schlug sie etwas zögerlich vor. „Wer weiß, vielleicht nimmt er ein paar Yoga-Stunden. Lässt sich einen Bart wachsen, pflanzt einige Bäume, trommelt mit den Krishna-Leuten in der Einkaufsstraße ..."

„Jinxy."

„Ja, okay, sieht nicht gut aus", räumte sie ein. „Aber Jungs sind nun mal komisch, das gilt sicher auch für ehemalige Engel. Der kriegt sich schon wieder ein. Ihr beide gehört zusammen, und es gibt niemanden, der das nicht erkennt."

Sie lächelte mir aufmunternd zu, und ich versuchte es zu erwidern, obwohl ich das Gefühl hatte, meine Lippen wären versteinert. *„Kein Mädchen ließe sich einen Mann wie Raziel freiwillig entgehen",* klang es durch mein Inneres, hoch und ein bisschen rau zugleich.

Ich schaffte es, meine zuversichtliche Fassade aufrechtzuerhalten, bis ich nach der Schule im Bus saß. Kaum war Jinxy ausgestiegen, stützte ich den Kopf gegen die Fensterscheibe und schaute hinaus ins graue Aprilwetter, das meine Stimmung perfekt widerspiegelte. Wir bogen in die

Straße vor meiner Wohnsiedlung ein, und gleich darauf stoppte der Wagen, doch meine Beine wollten sich einfach nicht rühren. Stattdessen griff ich erneut nach meinem Handy – nichts. Dann lehnte ich mich zurück und lauschte auf das Geräusch der sich schließenden Türen. Mein Herzschlag wurde heftiger, als der Bus sich wieder in Bewegung setzte.

Zwanzig Minuten später hatte sich meine Aufregung fast gänzlich in Vorfreude verwandelt. Die heruntergekommenen Gebäude, die an den Fenstern vorüberzogen, erschienen mir wie in einem verheißungsvollen Glanz. Sobald der Bus gestoppt hatte, sprang ich auf den fleckigen Asphalt und eilte die Straße hinunter. Schon von Weitem leuchtete mir das weiße Chesterton-Zitat auf der Metalltür entgegen. Ich steigerte mein Tempo, aber meine Gedanken flogen noch schneller voraus: Warum war ich in den vergangenen Tagen nur so feige gewesen? Wenn ich wieder vor Rasmus stand und ihm direkt in die Augen sehen konnte, würde es viel leichter sein, mit ihm über alles zu sprechen. Hoffentlich verschwand dann auch meine Angst, dass er mir immer mehr entglitt.

Ich schob mich zwischen zwei parkenden Autos hindurch und wollte gerade die Straße vor Rasmus' Wohnhaus überqueren, als eine schlanke, hochgewachsene Gestalt in mein Sichtfeld trat. Sie lief auf die besprayte Tür zu, und goldenes Haar wehte wie ein Schleier hinter ihr her. Einer unerklärlichen Eingebung folgend, duckte ich mich zwischen den Autos, aber so, dass ich die gegenüberliegende Straßenseite noch gut im Blick hatte. Außerdem konnte ich bis hierher das Scheppern hören, als Serafina dreimal mit der flachen Hand gegen das Metall schlug. Nur Sekunden später flog die Tür auf und Rasmus erschien im Rahmen. Er trug das graue Langarm-Shirt, das ich von unserem Abend im *Netherworld* kannte, und seine

Haare waren so zerzaust, als wäre er gerade erst aus dem Bett gestiegen. Am liebsten hätte ich auf der Stelle mein Versteck verlassen und wäre über die Straße zu ihm gelaufen, doch etwas ließ mich immer noch zögern.

Serafina hatte mir den Rücken zugewandt, aber Rasmus' Gesicht konnte ich gut erkennen – und auch, dass sich seine Miene beim Anblick des blonden Mädchens veränderte: Allmählich begann er zu strahlen, wie eine Lampe, deren Dimmer nach oben geschraubt wird. Die Mundwinkel wanderten in die Höhe, wobei sich daneben tiefe Grübchen zeigten, und die Augen zogen sich zu zwei Halbmonden zusammen. Bald hatte sein Gesicht einen derart freudigen Ausdruck angenommen, dass man einfach mitlächeln musste … es sei denn, man beobachtete aus einigen Metern Entfernung, wie ein anderes Mädchen Anlass zu solcher Begeisterung gab. Eiseskälte kroch in meine Brust, während Rasmus die Arme ausbreitete und sie um Serafinas Körper schlang. Lachend hob sie die Füße vom Boden und warf den Kopf in den Nacken. Nachdem Rasmus sie wieder abgesetzt hatte, trat sie nicht etwa zurück, sondern schmiegte sich weiter an ihn. Reglos lagen sich die beiden in den Armen, als hätten sie alles um sich herum vergessen.

Meine Welt begann sich zu drehen, rasend schnell, und kam dann abrupt zum Stillstand. *Vielleicht beginnt so eine Panikattacke,* überlegte ich kurz und wunderte mich darüber, dass ich in dieser Situation etwas Derartiges denken konnte. Es war, als hätte sich mein Ich aufgesplittet, und ein Teil von mir beharrte immer noch darauf, dass alles gut werden würde. Wie von Fäden gezogen erhob ich mich und ging auf die beiden zu, die so ineinander verschlungen waren, dass sie mich zuerst gar nicht bemerkten.

„Rasmus?", brachte ich mit dünner Stimme hervor. Es klang wie eine Frage, obwohl es eigentlich nichts mehr zu fragen gab. Die letzten Zweifel wurden durch seinen erschrockenen Gesichtsausdruck beseitigt.

„Was machst du denn hier?" Wie aus einem Beschützerinstinkt heraus schob er Serafina hinter seinen Rücken ins Innere des Apartments.

„Was ich ...", plapperte ich nach, und dann verabschiedete sich der kleine Teil von mir, der bis dahin noch auf ein Wunder gehofft hatte. Plötzlich war meine Stimme wieder fest. „Eigentlich wollte ich dich besuchen, aber es scheint ein unpassender Zeitpunkt für euch beide zu sein."

Ich machte auf dem Absatz kehrt und zwang mich, dabei den Kopf hochzuhalten. Während ich gegen die Hitze in meinen Augen ankämpfte, sagte ich mir, dass ich nur wenige Minuten durchstehen musste. Sobald ich in die nächste Gasse eingebogen war, durfte ich weinen, zusammenbrechen – alles, nur nicht jetzt. Meine Selbstbeherrschung zerbröckelte jedoch wie getrockneter Lehm, als ich einen festen Griff um meinen Arm spürte. Obwohl meine Sicht bereits verschwamm, drehte ich mich zu Rasmus um. Ich bemerkte, dass er keine Schuhe trug, und mit den vor Entsetzen geweiteten Augen wirkte er jünger als sonst. Dieses Bild war für meine Aufgewühltheit wie Sauerstoff für ein Feuer. Ich begann zu zittern.

Kaum hatte Rasmus meinen Gesichtsausdruck gesehen, ließ er mich los, als hätte er sich verbrannt. „Hör zu, das ist nicht ..."

„Das ist nicht so, wie es scheint?", fiel ich ihm ins Wort. „Im Ernst? Diese Schiene willst du jetzt fahren?" Ich hätte nicht gedacht, dass in meinem Gefühlschaos noch Platz für Wut blieb, doch auf einmal war sie da, schäumte über und spülte sogar meine Tränen fort. Noch bevor Rasmus reagieren konnte, schleuderte ich ihm entgegen: „Also *das* hattest du im Sinn, als du gemeint hast, du müsstest etwas erledigen? Wie lange dachtest du, dass du das vor mir verheimlichen könntest? Aber ich nehme an, es ist praktisch, wenn man gemeinsam im selben Apartment wohnt …"

„Du hattest doch zugestimmt, dass wir uns meine Wohnung teilen", erwiderte Rasmus hölzern. Es war ihm anzusehen, dass er eigentlich etwas anderes hatte sagen wollen, sich aber von der Situation komplett überfordert fühlte.

„Ich hab gelogen!", schrie ich ihn an. Jetzt war sowieso schon alles egal. „Und du musst verrückt sein, wenn du mir das wirklich geglaubt hast! Kein Mädchen möchte, dass ihr Freund mit einer anderen zusammenlebt, schon gar nicht mit jemandem wie Serafina, die sich dir ungeniert an den Hals wirft!"

„Das war ja sehr deutlich", erklang es hinter Rasmus. Serafina war unbemerkt wieder aus dem Apartment gekommen und zu uns auf die Straße getreten. Jetzt stand sie da, die Arme im Rücken verschränkt, und schaute mich bekümmert an.

Rasmus machte eine beschwichtigende Geste in ihre Richtung. „Fina, nicht …"

Zu hören, wie er sie mit ihrem Spitznamen ansprach, kam einem Peitschenhieb gleich. Meine Fingernägel gruben sich in meine Handflächen, während mein Zorn weiter hochkochte. „Ja, Fina, *nicht*", wiederholte ich in einem härteren Tonfall, als ich mir selbst zugetraut hätte. „Du hast wahrhaftig schon genug getan!"

„Sprich nicht so mit ihr", sagte Rasmus. Seine Unbeholfenheit war verschwunden, er wirkte nun beinahe kalt. Sofort löste sich mein Panzer auf, und die Traurigkeit schlug in Wogen über mir zusammen. Als ich schwankte, machte ich schnell ein paar Schritte rückwärts, um das Gleichgewicht wiederzuerlangen.

„Ich muss hier weg", flüsterte ich dann und stolperte weiter die Straße hinunter. Als Rasmus' Stimme ertöne, bremsten meine Beine jedoch gegen meinen Willen ab.

„Lily, wenn du auch nur halbwegs fair wärst, würdest du mir eine Chance geben, das alles zu erklären!"

Über die Schulter hinweg sah ich, wie er die geöffnete Hand in Serafinas Richtung streckte. Ich wartete mit angehaltenem Atem darauf, dass sie diese ergriff und somit besiegelte, was hier gerade passierte, aber sie erwiderte nur unschlüssig Rasmus' Blick. „Das solltest du nicht tun. Nein, erzähl es ihr noch nicht, Blackwings."

„Mir was erzählen?", fragte ich dumpf. Meine Verzweiflung hatte nun einen Punkt erreicht, an dem mir alles ganz unwirklich vorkam.

Rasmus ließ die Hand sinken. „Als ich dir am Telefon gesagt habe, dass ich diese Woche etwas zu erledigen hätte, war das keine Lüge. Ich bin mit Serafina zu sämtlichen halbwegs erreichbaren Antiquariaten gefahren – und das jeden Tag."

Angestrengt versuchte ich mir auf seine Worte einen Reim zu machen, aber es wollte mir nicht gelingen. Ich schüttelte den Kopf, während ich verunsichert wieder auf ihn zuging. „Warum solltest du so etwas tun?"

„Tja, du weißt es vielleicht nicht", sagte er bitter, „aber am Sonntag dauert unsere Beziehung genau sechs Monate."

Unser Halbjahrestag. Fassungslos musste ich mir eingestehen, dass ich in letzter Zeit kaum daran gedacht hatte. Allerdings konnte ich auch nicht begreifen, wieso Rasmus mich ausgerechnet jetzt an unser kleines Jubiläum erinnerte. Während ich mich auf eine neue Spitze der Grausamkeit gefasst machte, fuhr er bereits fort:

„Ich wollte etwas Besonderes als Geschenk für dich, aber die Suche danach war verdammt schwierig. Heute hatte ich … einfach nicht mehr genug Kraft dazu. Fina ist also alleine mit dem Bus losgefahren und tatsächlich fündig geworden. Das hat sie mir gerade gezeigt."

Erneut streckte er einen Arm nach Serafina aus. Anstatt zu protestieren, zog sie die Hände hinter ihrem Rücken hervor und mit ihnen einen rechteckigen Gegenstand. Schweigend reichte Rasmus diesen an mich weiter.

Mit meinen tauben Fingern spürte ich den graubraun marmorierten Einband kaum. Die Ecken des Buches wurden von dunkelgelbem Leder eingefasst, und über seinen Rücken zogen sich mehrere Streifen goldener Verzierungen. Allerdings war es stark abgegriffen und verfärbt, sodass die zarte Beschriftung unleserlich geworden war.

„Na ja, es ist nicht im allerbesten Zustand und auch keine Erstausgabe, das konnte ich mir nicht leisten", sagte Rasmus schnell, „aber es stammt immerhin aus den 1830er Jahren, und wir sind am Sonntag seit 183 Tagen zusammen, also …"

Er brach ab, als ich mich endlich dazu durchgerungen hatte, das Deckblatt aufzuschlagen. Und da stand es, über einer schwarzweißen Illustration zweier Damen in bauschigen Kleidern: *Pride and Prejudice. A Novel by Jane Austen.*

Die Worte verwandelten sich vor meinen Augen in dunkle Wolken, die nach und nach ineinanderflossen – wie Tropfen schwarzer Tinte in Wasser. Instinktiv hielt ich das Buch etwas weiter von mir weg, damit keine Tränen darauf fallen konnten. Es musste Rasmus mindestens drei Monatsmieten gekostet haben; wahrscheinlich hatte es seine ganzen Ersparnisse verschlungen.

„Serafina", begann ich, „es tut mir so …"

„Schon okay“, meinte sie mit einem schwachen Lächeln. „Du hast ja Recht. Dass ich hier wohne, war eine dumme Idee. Gleich morgen werde ich ausziehen, dann bin ich euch nicht mehr im Weg.“ Sie wandte sich um und verschwand im Apartment.

Das Buch wog auf einmal unerträglich schwer in meinen Händen. Ich verkrampfte meine Finger um den rauen Einband, während ich stammelte: „Bitte entschuldige – ich habe mich komplett bescheuert aufgeführt. Aber ich konnte doch nicht wissen …“

„Was?“, fragte Rasmus scharf. „Was konntest du nicht wissen? Dass du mir vertrauen kannst? Dass ich nicht in einer Nacht mit dir schlafe und dich in der nächsten betrüge? Sag mir doch bitte mal, was genau du meinst!“ Seine Augen blitzten, und an seiner Schläfe pulsierte eine Ader.

Ich schluckte und schluckte, brachte aber einfach kein Wort mehr heraus. Schließlich drehte Rasmus den Kopf zur Seite, so als könnte er es nicht mehr ertragen, mich anzusehen. „Weißt du was, vergiss es“, murmelte er. Diesmal klang es nicht mehr wütend, sondern erschöpft. „Ich gehe Fina beim Packen helfen.“ Er nickte in Richtung des Buches und schien noch etwas sagen zu wollen, entschied sich jedoch anders. Stattdessen holte er eine zusammengefaltete Karte aus seiner Hosentasche, schob sie zwischen die Seiten und wich schnell wieder zurück, als er dabei unabsichtlich meine Hand berührte. Stumm wandte er sich ab, und wenige Sekunden später fiel die Metalltür hinter ihm ins Schloss.

12. Kapitel

Ich kann nicht sagen, wie ich die folgenden Tage überstand. Das Wochenende verbrachte ich nur im Bett, und meine Eltern waren taktvoll genug, so zu tun, als würden sie mir die Lüge über meine angebliche Krankheit abkaufen. Im Grunde entsprach es fast der Wahrheit, denn als am Sonntag zwischen Rasmus und mir immer noch Funkstille herrschte, fühlte ich mich mindestens so elend wie mit einer schweren Grippe. Nun waren wir also ein halbes Jahr zusammen – vor sechs Monaten hatte Rasmus mich unter dem Sternenhimmelfenster des Aussichtsturms als seine Freundin bezeichnet, und es hatte so selbstverständlich geklungen, dass ich vor Freude beinahe geplatzt wäre. Genau so hätte ich mich an unserem Jubiläumstag fühlen können, stolz und ungläubig und überglücklich … wenn ich nicht alles kaputtgemacht hätte.

Wieder und wieder ließ ich meine hirnverbrannte Eifersuchtsszene in meinen Gedanken ablaufen, wie einen Horrorfilm, gegen den man immun werden möchte; aber es wurde nur noch schlimmer. Am Montag schleppte ich mich in die Schule, aus der dummen und vergeblichen Hoffnung heraus, dass Rasmus da sein würde. Auf die Lateinprüfung in der zweiten Stunde bekam ich die allererste Drei meines Lebens – doch es war mir völlig egal. Und das, obwohl Jinxy dieselbe Note hatte (was allerdings auf die Spicknotizen zurückzuführen war, die ihre Oberschenkel unter dem türkisfarbenen Minirock zierten).

Ich hatte ihr im Schulbus von dem Streit erzählt, und sie hatte hilflos ein paar Sprüche darüber abgelassen, wie unsensibel Männer doch waren. Dabei war es ihr sichtlich schwergefallen, ihre Bestürzung zu verbergen: In ihren Augen schienen Rasmus und ich eine Art Fixpunkt zu sein, und wenn unsere Beziehung zerbrach, würde auch ihre Welt aus den Fugen geraten. Als ihre schwachen Aufmunterungsversuche nicht fruchteten, seufzte sie zum Steinerweichen und zog sich in dumpfes Brüten zurück.

Den Nachmittag verbrachte ich damit, mal wieder mein Bücherregal zu sortieren, diesmal nach Erscheinungsdaten. Das war kniffliger als nach Farben oder Autorennamen und lenkte mich ein kleines bisschen von meinen quälenden Selbstvorwürfen ab … na ja, fast. Die alte *Pride and Prejudice*-Ausgabe bekam auf diese Weise den ersten Platz im obersten Regal, wo ich sie immer im Blick hatte. Sie aufzuschlagen, traute ich mich allerdings nicht.

Erst am Samstag (dem achten Tag ohne eine Nachricht von Rasmus) hielt ich es nicht mehr aus. Schlechter konnte ich mich ohnehin nicht fühlen, also stellte ich mich auf die Zehenspitzen und holte das Buch von seinem Ehrenplatz herunter. Vorsichtig schlug ich die erste Seite auf, die so zart war wie trockenes Herbstlaub. Mit dem Zeigefinger fuhr ich den Titel nach, wobei mir bewusst wurde, dass dieser meinen Streit mit Rasmus treffend zusammenfasste: Ich hatte dumme Vorurteile gehabt und damit Rasmus' Stolz verletzt – aber darüber wollte ich jetzt nicht nachdenken. Stattdessen ließ ich meinen Finger weiter zum Erscheinungsdatum wandern. In den 1830er Jahren hatte Jane Austens Schwester Cassandra noch gelebt, und vielleicht hatte damals ein Mädchen in meinem Alter das Buch genauso ehrfürchtig in den Händen gehalten wie ich, weil sie es ebenfalls von ihrem Freund geschenkt bekommen hatte …

Zum ersten Mal blätterte ich weiter, bis plötzlich die zusammengefaltete Karte hervorrutschte und zu Boden fiel. Vor lauter Kummer über den Streit hatte ich sie ganz vergessen. Mit heftig pochendem Herzen bückte ich mich danach und hob sie auf. Die steile, etwas unordentliche Schrift war mir ähnlich vertraut wie meine eigene. Jeder andere hätte eine Widmung auf die erste Seite geschrieben, aber Rasmus, der wusste, wie heilig mir dieses Buch sein würde, hatte das offenbar nicht gewagt. Ein Brennen machte sich in meinem Inneren breit und wurde noch schmerzhafter, als ich die schiefen Schriftzeichen entzifferte:

Für Lily, die mich dazu gebracht hat, immer an sie zu denken, wenn ich dieses Buch oder eine seiner zahlreichen Verfilmungen sehe. Sogar Mr. Darcys fragwürdige Koteletten erscheinen mir jetzt in einem ganz neuen Licht – hätte nicht für möglich gehalten, dass jemand das schafft.

Darunter prangte ein Gekrakel, das ich zunächst für eine missglückte Signatur oder gar die Probe eines fast leeren Kugelschreibers hielt. Erst als ich das Buch ein wenig drehte, erkannte ich, was es war.

Rasmus hatte mir ein Herz gezeichnet. Der coolste Junge der ganzen Schule, in dessen Aussagen zu fünfundneunzig Prozent ein ironischer Unterton mitschwang, hatte seine Karte an mich mit einem Herzen unterschrieben! Schön, es sah eher aus wie ein anatomisches als wie ein Liebesherz, aber das machte es nicht weniger unglaublich. Ich hätte auf der Stelle losheulen können, wenn nicht eine grimmige Entschlossenheit in mir erwacht wäre: Noch heute würde ich Rasmus um Verzeihung bitten. Egal, wie viel Angst ich vor einer Aussprache mit ihm hatte, ich konnte einfach nicht mehr darauf warten, dass er seinen Ärger überwand und sich bei mir meldete. Der Ball lag sowas von in meiner Hälfte, und wenn ich jetzt nicht die Initiative ergriff, hatte ich diesen wundervollen, mindestens ebenso fürsorglichen wie spöttischen Freund gar nicht verdient.

An dieser Stelle wäre ich froh gewesen, wenn sich meine Entschlossenheit auch mit einem Kreativitätsschub geäußert hätte, aber mein Kopf war wie leergefegt. Mir fielen bloß die Gummibärchen-Muffins ein, die Jinxy immer zu machen pflegte, wenn sie mal wieder Mist gebaut hatte und sich bei mir entschuldigen wollte. Weil ich noch nie zuvor einen Kuchen gebacken hatte, konnte man das hoffentlich als romantische Geste durchgehen lassen. Außerdem war es immerhin besser als nichts. Ich kramte also eines der Rezepte meiner Mutter hervor und machte mich frisch ans Werk.

Wir besaßen keine Muffin-Formen, deshalb nahm ich eine gewöhnliche Kuchenform, goss den Teig hinein und schob sie in den vorgeheizten Ofen (wobei ich mir wirklich nur eine winzige Brandblase holte). Anschließend beobachtete ich, wie der Kuchen zuerst wunderbar aufging – um dann aus einem unerfindlichen Grund in sich zusammenzufallen. Panisch kontrollierte ich noch einmal das Rezept, aber ich hatte mich genau daran gehalten. Trotzdem musste ich dreißig Minuten später ein Gebilde aus dem Ofen ziehen, das eher an eine verwitterte Ruine als an etwas Essbares erinnerte. Ich goss massenhaft geschmolzene Schokolade darüber, doch das verbesserte den Eindruck nicht gerade. Das absolute Desaster waren dann die Gummiwürmer, die ich anstelle der Bären benutzen musste, weil wir nur die zu Hause hatten: Zusammengenommen sah es aus wie eine Portion von Ungeziefer bevölkerter Matsch. Am liebsten hätte ich die ganze Sache abgeblasen, aber ein Blick auf Rasmus' Karte ließ meinen festen Willen zurückkehren. Es zählte allein der Gedanke, verflixt nochmal! Auch wenn Rasmus *natürlich* derjenige mit einem unheimlich romantischen Geschenk war und ich das Mädchen mit dem Matschkuchen.

Zähneknirschend platzierte ich die schokoladige Katastrophe auf einem Tablett und machte mich auf den Weg. Ich musste wenigstens nicht befürchten, dass die rumpelige Busfahrt meinem Kunstwerk schadete – egal was damit passierte, es konnte nur besser werden.

Schließlich stand ich wieder vor der besprayten Metalltür und kaute nervös auf meiner Unterlippe herum. Zum ersten Mal kam mir in den Sinn, dass Rasmus mir möglicherweise gar nicht öffnen wollte. Bei dieser Vorstellung wurde mir eiskalt. Mit klammen Fingern presste ich das Tablett gegen meine Brust und hob den Ellenbogen, um anzuklopfen. *Alles wird wieder gut,* versuchte ich mich selbst zu beschwichtigen, aber der letzte Rest meiner Zuversicht schwand, als sich hinter der Tür tatsächlich nichts regte.

„Oh, wie lecker", grölte jemand in meiner Nähe. Es waren dieselben bierflaschenbewehrten Männer, die ich schon bei einem früheren Besuch gesehen hatte – vermutlich Rasmus' Nachbarn. Mit schallendem Gelächter deuteten sie auf mich und meinen jämmerlichen Kuchen. Das Blut schoss mir in die Wangen, und ich wünschte mir, auf der Stelle im Erdboden zu versinken. Das hier war die dümmste Idee aller Zeiten. Wahrscheinlich hoffte Rasmus, dass ich ihn einfach in Ruhe ließ. Wohl oder übel wandte ich mich wieder zum Gehen, und meine Enttäuschung lastete so schwer, dass ich nur im Zeitlupentempo vorwärtskam. Ich hatte erst wenige Meter zurückgelegt, da schepperte es hinter mir.

„Lily?"

Die Kuchenkatastrophe geriet ins Wanken, als ich herumwirbelte. Im Türrahmen lehnte Rasmus und schaute mir verwirrt entgegen. „Oh, hallo", stotterte ich. „Entschuldige, dass ich dich störe, aber …" Weil ich keine

Ahnung hatte, wie ich diesen Satz beenden sollte, hielt ich nur etwas unbeholfen das Tablett hoch.

Rasmus richtete seine Augen auf den Matschhaufen. „Was ist das?"

„Ein Kuchen."

Sein Gesicht blieb vollkommen unbewegt. „Bist du dir da ganz sicher?", erkundigte er sich.

Mühsam holte ich Luft, dann legte ich los. „Ja, meinetwegen, es ist wohl kein sehr schöner Kuchen. Jedenfalls nicht im Vergleich zu manchen anderen. Und vielleicht ist er überhaupt nichts Besonderes, aber … es ist trotzdem ein Kuchen, der sein Bestes gibt. Auch wenn er sich zwischendurch echt dämlich benimmt und alles vermasselt."

Während meines Redeschwalls hatte Rasmus eine Hand oben an den Türrahmen gelegt, als müsste er sich festhalten. Dabei lehnte er sich mir entgegen, und ich konnte seinen ganz speziellen Duft riechen. „Wenn ich mal scharfsinnig kombiniere", sagte er betont langsam, „dann geht es gerade gar nicht um den Kuchen?"

„Der Kuchen ist eine Metapher."

„Eine dürftige." Jetzt wurde seine erstaunte Miene endgültig von Belustigung abgelöst, und seine Mundwinkel rutschten nach oben.

Mir fiel nicht nur ein Stein vom Herzen, sondern mindestens eine ganze Lawine. „Kann ich reinkommen?", fragte ich etwas piepsig.

Einen Moment lang schwieg Rasmus. Wieder flackerte in mir die Angst auf, er könnte mich einfach hier auf der Straße stehen lassen – aber stattdessen streckte er die Hand aus und berührte mich knapp unterhalb meines Wangenknochens. Dann zeigte er mir das Mehl, das an seinen Fingerspitzen kleben geblieben war. Hastig rubbelte ich über mein Gesicht, wobei ich spürte, wie sich noch jede Menge Staub von meiner Haut löste. Jetzt wurde mir klar, warum die Bierflaschenmänner so gelacht hatten. *Danke, Pechvogel-Gen!*

Rasmus trat einen Schritt nach hinten, um mir Platz zu machen. Ich schob mich an ihm vorbei durch die Tür und spürte, wie mein Herz gegen den Rand des Tabletts schlug, das ich immer noch an mich presste. Seit Serafinas Einzug war ich nicht mehr hier gewesen; jetzt fühlte es sich fast so an, wie nach Hause zu kommen. Irgendwie war ich in Sorge gewesen, den Raum nach meiner langen Abwesenheit komplett verändert vorzufinden, doch das Bett war zerwühlt wie eh und je, und ringsherum stapelten sich Bücher. Der einzige Unterschied war die Hitze, die in dem Zimmer herrschte. Rasmus musste vergessen haben, die Heizung abzuschalten, oder sie war kaputt. Aber darum würde ich mich später kümmern.

Ich stellte das Tablett auf dem Couchtisch ab und drehte mich dann zu Rasmus um, der sich immer noch auf halbem Weg zwischen der Eingangstür und mir befand. Ich konnte mir sein Zögern nur so erklären, dass er nach unserem Streit in meiner Gegenwart ein wenig befangen war. Normalerweise hätte mich das ebenfalls in Verlegenheit gestürzt, aber vor Erleichterung fühlte ich mich beschwingt und zugleich geborgen, so als könnte nun nichts mehr schiefgehen. Ich legte die paar Meter Distanz zwischen uns mit fast hüpfenden Schritten zurück und warf ihm die Arme um den Hals. Mein Ansturm kam wohl etwas unerwartet, denn er zuckte zusammen.

„Es tut mir alles so leid", nuschelte ich in seine Halsbeuge. Die bloße Haut über dem Kragen seines dicken Sweaters brannte mit meinen Wangen um die Wette. „Ich hätte dich erst gar nicht wegen Serafina belügen sollen – oder wenigstens die Wahrheit höflicher verpacken müssen. Außerdem wollte ich sie nicht vertreiben, jedenfalls nicht auf diese Weise."

„Ist schon gut." Er erwiderte den Druck, sodass ich ihn an der ganzen Länge meines Körpers spüren konnte. Zwischen uns hätte kein Blatt Papier mehr gepasst, und trotzdem war mir die Umarmung noch nicht eng genug. Jetzt, da ich ihm wieder so nahe war, merkte ich erst richtig, wie sehr ich ihn vermisst hatte. Einige Sekunden lang atmete ich nur den Duft an seinem Hals ein, dann hob ich den Kopf und stellte mich auf die Zehenspitzen. Rasmus kam mir sofort entgegen. Unsere Lippen berührten sich, schoben sich ganz weich ineinander. Ein Versöhnungskuss. Und noch einer und noch einer. Ich spürte, wie Rasmus seine Hände an meinem Rücken zu Fäusten ballte – ihm ging es offenbar so wie mir, er konnte nicht mehr loslassen, und dieses Wissen schwemmte meine übriggebliebenen Sorgen fort. Minutenlang hielten wir uns aneinander fest, bis ein Piepen aus Rasmus' Hosentasche drang. Wir gaben beide unser Bestes, es zu ignorieren, aber irgendwann war es nicht mehr auszuhalten. Mit einem Seufzen löste sich Rasmus von mir, zog das Handy heraus und drückte schnell auf einen Knopf.

„Was war das?", fragte ich. Am liebsten hätte ich es danach ungeschehen gemacht – wenn er jetzt *Fina* sagte, würde sich die Erinnerung an unseren Streit wieder zwischen uns drängen.

Zum Glück schob er das Handy aber gleichgültig in seine Tasche zurück. „Nur mein Wecker."

„Du hast dir *jetzt* den Wecker gestellt, Schlafmütze?" Ich schaute zum Fenster, vor dem die Nachmittagssonne bereits einen goldenen Ton angenommen hatte. „Das geht ja nicht mal mehr als Mittagsschläfchen durch!"

Rasmus antwortete nicht auf mein Necken, er hob nur ein bisschen die Schultern. Die Atmosphäre zwischen uns schien immer noch etwas angespannter zu sein als sonst, aber ich war fest entschlossen, jede negative Stimmung zu vertreiben. Ich ließ mich aufs Sofa plumpsen und klopfte mit der flachen Hand neben mich, damit Rasmus dort Platz nahm. „Heute läuft *Herr der Ringe* im Fernsehen. Jinxy hat dazu ein Spiel erfunden, bei dem man jedes Mal trinken muss, wenn schmutzige, abgekaute Fingernägel gezeigt werden", plapperte ich. „Das könnten wir auch machen, allerdings mit Kuchen."

Rasmus rieb sich den Nacken. „Lily, hör mal ..."

Grinsend sprang ich wieder vom Sofa hoch. „Okay, okay, schon verstanden. Du musst diesen metaphorischen Kuchen nicht essen, obwohl er ganz bestimmt besser schmeckt, als er aussieht. Ich hole uns was anderes, ja?"

„Du kannst mal nachschauen", hörte ich ihn hinter mir, während ich um die Ecke in seine Kochnische ging. „Aber ich weiß nicht, ob ich was da hab."

Ich lachte auf – seit Rasmus hier wohnte, war der Küchenschrank stets mit Süßigkeiten und Chips vollgestopft gewesen. Man musste sich sogar in Acht nehmen, dass sich der Inhalt beim Öffnen nicht über einen ergoss. Entsprechend vorsichtig zog ich also am Griff der Schranktür, bis mir klarwurde, dass keinerlei Gefahr bestand. Tatsächlich herrschte in den Fächern bis auf ein Paket Mehl und einen Salzstreuer gähnende Leere. Verwirrt ließ ich die Tür wieder zuklappen und wandte mich dann zum Kühlschrank. Vielleicht war Rasmus ja wegen der Hitze in seinem Apartment dazu übergegangen, die Schokoriegel dort aufzubewahren? Aber das weißliche Licht beschien nur einen Karton Milch, und als ich den Deckel abschraubte, schauderte ich von dem sauren Geruch. Angewidert stellte ich den Karton in die Spüle und überlegte gerade, ob ich ihn hier oder lieber über dem Klo auskippen sollte, da ließ mich ein Geräusch herumfahren.

Rasmus war mir nachgekommen. Er stand direkt hinter mir, eine Hand in der Hosentasche vergraben und die andere am Rand des Herds abgestützt. Seine Haltung wirkte entspannt, aber ich konnte sehen, dass seine Knöchel sich hell unter der Haut abzeichneten, so fest klammerte er sich an die Kante. Seine Augen waren sehr groß und dunkel, die Pupillen geweitet. Bewegungslos schaute er mich an, fast als fürchtete er sich vor meiner Reaktion.

„Rasmus", sagte ich, „beantworte mir mal eine Frage. Wovon hast du dich in letzter Zeit ernährt?"

Er zögerte mit seiner Antwort, sodass eine Weile nur seine Atemzüge zu hören waren – schnell und ein bisschen rasselnd, wie bei meinem Vater, wenn er gerade von einer ausgiebigen Joggingrunde heimgekehrt war. Rasmus hatte jedoch nur wenige Meter zurückgelegt.

„Fina kann doch so viel verdrücken", antwortete er endlich. „Sie hat allerdings auch immer die Einkäufe erledigt, weil ich … na ja, es nicht mehr so richtig geschafft habe. Und deswegen gab es eben nicht viel, seitdem sie ausgezogen ist. – Aber das ist egal", fügte er schnell hinzu. „Ich bringe in letzter Zeit sowieso nichts herunter."

„Was soll das heißen? Seit wie vielen Tagen hast du denn nichts mehr gegessen?"

Er wich meinem Blick aus. „Ein paar."

Und dann, eigentlich viel zu spät, begriff ich. Sein dicker Pullover, die Heizung und dass er so lange gebraucht hatte, um an die Tür zu kommen … Wie er bei meiner Umarmung zusammenzuckte, als würde ihm jeder Körperkontakt Schmerzen bereiten.

„Dir geht es wieder schlechter, oder?" Es kam eher wie eine Feststellung heraus als wie eine Frage und klang merkwürdig nüchtern. Obwohl ich in diesem Moment so vieles hätte empfinden müssen, spürte ich nur eine bleierne Ruhe. So, als könnten meine Emotionen gar nicht mehr richtig folgen.

Rasmus machte eine Bewegung, die als Kopfschütteln begann und als Schulterzucken endete. Es war ihm anzusehen, wie sehr er mit sich rang. „Lily, ich hab dir doch versprochen, dass ich dir Bescheid gebe, wenn ich mich echt mies fühle", sagte er widerstrebend. „Also, ich glaube … möglicherweise sollte ich wieder ins Krankenhaus gehen, nur für kurze Zeit. Das – das wär vielleicht ganz gut."

Auf einmal wirkte das feine Summen des Kühlschranks unerträglich laut. Ich starrte Rasmus an und bemerkte kaum, dass ich meine Fäuste mehrmals öffnete und schloss, wie um etwas festzuhalten, das mir längst entglitten war. Gleichzeitig schienen Serafinas Worte aus jener Nacht im Hotel durch meinen Kopf zu rotieren: dass mir niemand einen gewissen Egoismus übelnehmen würde, was Rasmus und sein irdisches Dasein betraf. Dass sie es verstehen könne, wenn ich ihn unbedingt an einer Heimkehr hindern wollte. Mit eisiger Klarheit wurde mir bewusst, dass es nun aufgehört hatte, bloß egoistisch zu sein, und zur Grausamkeit wurde.

Roboterartig schüttelte ich den Kopf. „Nein, das kannst du nicht machen."

Rasmus' Gesicht hellte sich ein bisschen auf, und ich ahnte gleich, dass er mich falsch verstanden hatte. „Stimmt, wir haben zu viel zu tun, als dass ich mich ins Krankenhaus verkrümeln könnte. Ich will da sowieso nicht hin. Das wird sicher bald wieder vorbeigehen, ist nur so eine Phase."

„Eine Phase, die von den Richtern ausgelöst wurde", ergänzte ich beinahe kalt. „Dafür, dass sie dich jetzt noch stärker unter Druck setzen, gibt es bestimmt einen guten Grund. Wahrscheinlich hat der Abaddon einen neuen Vorstoß gewagt, und deswegen verkürzen sie deine Bedenkzeit."

„Was willst du damit sagen?“, fragte Rasmus. Unauffällig tastete er dabei hinter sich, um sich auch mit der zweiten Hand am Herd abzustützen. Als er bemerkte, dass es mir nicht entgangen war, zog er die Arme hoch und verschränkte sie vor der Brust. Krampfhaft hinderte ich mich daran, nach unten zu sehen. Ich wollte nicht wissen, ob seine Beine zitterten.

„Damit meine ich, dass die Richter nun jederzeit auftauchen könnten, um dich heimzuholen“, antwortete ich. Jetzt bekam meine ruhige Fassade Sprünge, meine Stimme wurde ganz dünn. „Und wenn sie hier sind, möchte ich, dass du ihr Angebot annimmst.“

„Was redest du da bloß“, entgegnete er sofort. Ich hatte mit ein paar Schrecksekunden gerechnet, doch Rasmus nahm meine Bitte überhaupt nicht ernst, schob sie einfach mit einem verbalen Achselzucken zur Seite. „Hätte echt nicht gedacht, dass du gleich die Nerven wegschmeißt“, redete er in einem bemüht lockeren Tonfall weiter. „Wobei das eigentlich zu erwarten war – ich weiß noch genau, wie du ausgeflippt bist wegen dieser Zwei in Englisch.“

„Rasmus, das ist etwas ganz …“

„Aber du hast mir doch selbst gesagt, dass wir das alles schon irgendwie hinkriegen werden und es nicht hilft, die Hoffnung aufzugeben. Das stimmt, damit hattest du Recht, und deshalb tue ich das jetzt auch nicht.“

In seiner kurzen Atempause schaffte ich es, einzuwerfen: „Darum geht es überhaupt nicht, du hörst mir nicht richtig zu!“

„Nein, *du* hörst nicht zu!“, fuhr er mich an. Plötzlich stand er direkt vor mir, sodass ich den Kopf in den Nacken legen musste, um ihm ins Gesicht zu sehen. Er hatte die Brauen fest zusammengezogen, und seine Augen schienen Blitze zu schleudern. „Ich kann nicht glauben, dass du so etwas sagst! Nicht nach allem, was wir zusammen durchgemacht haben!"

„Aber das ist es ja gerade", gab ich heftig zurück, während ich nur eines denken konnte: *Bitte, bitte lass mich das hier überstehen.* „Ich will nicht, dass du noch mehr durchmachen musst! Wenn du dich von den Richtern heimholen lässt, können wir ihnen auch anvertrauen, was los ist. Dann werden sie den Abaddon hoffentlich erledigen, bevor er noch mehr Schaden anrichtet, und du musst nicht mehr länger leiden! Es ist eine Win-win-Situation, begreifst du das nicht?"

„Win-win-Situation?", wiederholte Rasmus ungläubig. Es war offensichtlich, dass ich ihm auf einmal wie eine Fremde vorkam.

„Objektiv betrachtet, ja."

Einige Herzschläge lang sahen wir einander nur an, ein stummes Kräftemessen, das Rasmus mit einem Kopfschütteln beendete. Er streckte wieder die Hand nach mir aus, so wie vorhin, als er das Mehl von meiner Wange gewischt hatte. Diesmal scheute ich allerdings vor seiner Berührung zurück. Nach seinem Gesichtsausdruck zu urteilen, hätte ich ihm ebenso gut eine Ohrfeige verpassen können.

„Das meinst du doch nicht ernst", sagte er rau. „Ich habe dir Angst eingejagt, das tut mir leid. Aber jetzt komm wieder runter und sei vernünftig."

„Genau das bin ich doch! Wir haben uns in den vergangenen Wochen nur was vorgemacht. Willst du etwa dasselbe Schicksal erleiden wie Dina? Nach einem kurzen Menschenleben ist sie elend gestorben … und so, wie es jetzt aussieht, werden dir nicht einmal die paar Jahre vergönnt sein, die sie hatte!"

„Wenn sie hier wäre, würde sie dir sagen, dass du absolut *nichts* verstanden hast", erwiderte er kaum hörbar. Dann fuhr er lauter fort: „Lily, nachdem du im Steinbruch beinahe in den Tod gestürzt wärst, habe ich vor den Richtern gestanden und eine Entscheidung getroffen. Eine Entscheidung, die ich verdammt nochmal keine einzige Sekunde lang bereut habe, nicht einmal, wenn du mich dazu genötigt hast, überbewertete Kostümfilme anzusehen! Das hier war *meine* Wahl, und du hast nicht das Recht, sie mir zu nehmen!"

Ich machte einen Schritt nach hinten, um Abstand zu gewinnen – nicht nur zu ihm, sondern zu der ganzen Situation. Als ob ich innerlich losgelöst wäre von meinem handelnden Selbst, hörte ich mir dabei zu, wie ich sagte: „Deine Wahl wäre es, wenn ich mich nicht für deine Entscheidung verantwortlich fühlen müsste, aber das tue ich nun mal. Du darfst deine Unsterblichkeit nicht einfach wegwerfen, vor allem nicht für ein solches Dasein, und nicht für mich!"

„Natürlich für dich!", schleuderte mir Rasmus entgegen. „Wenn ich hierbleibe, dann *nur* für dich, und das ist gut so! Dasselbe würdest du doch auch für mich tun, oder etwa nicht?"

Endlich erlaubte ich mir, den Kopf zu senken. Mit unserem Blickkontakt zerbrach auch alles andere. Ich krallte meine ganze Aufmerksamkeit in das Raster der Fliesenfugen, während ich mein Schweigen auf Rasmus wirken ließ. Irgendwo im Raum teilte ein tickender Sekundenzeiger die Stille in fast greifbare Scheiben. Als ich schon glaubte, es nicht länger ertragen zu können, hörte ich, wie Rasmus schluckte.

„Nein?", fragte er. Erstaunen und so etwas Ähnliches wie Trotz sollten wohl verbergen, wie sehr ich ihn getroffen hatte, aber es reichte nicht aus. „Ich dachte, du würdest genauso empfinden."

Hektisch wanderten meine Augen von einer Fliese zur nächsten, auf der Suche nach einer Unregelmäßigkeit, um sich daran festzuhalten. *Schau ihn nicht an. Nicht jetzt.* Und dann antwortete ich, jede Silbe betonend: „Das habe ich nie behauptet."

Langsam atmete ich aus und wartete darauf, dass etwas in mir kaputtging – da musste doch irgendwas sein, vielleicht ein scharfer Schmerz in meinem Inneren –, aber ich fühlte weiterhin nur diese schreckliche, betäubende Leere.

Als Rasmus nicht antwortete, war ich sicher, dass er mir glaubte. Niemals hätte ich gedacht, dass meine Feigheit, ihm meine Gefühle zu gestehen, mir einmal als Beweis dienen würde. Ich hob wieder den Blick und konnte an Rasmus' Mienenspiel ablesen, wie er die vergangenen Monate Revue passieren ließ. Alle Situationen, in denen ich hätte sagen können, dass ich ihn liebte, es aber nicht getan hatte. Sein Schock über diese Erkenntnis schien sich immer weiter fortzusetzen, bis ich mich dazu durchrang, seine Gedanken zu unterbrechen.

„Du weißt, wie wichtig du mir bist. Aber das ist nicht genug, um ein derartiges Opfer zu rechtfertigen! Ich will nicht mein Leben lang mit Schuldgefühlen kämpfen, wenn du leidest!"

Inzwischen hatte Rasmus es geschafft, jede Verletzlichkeit aus seinem Gesicht zu verbannen. Er sah nun wieder so verschlossen aus wie damals, als ich ihn kennen gelernt hatte. „Es stimmt, du hast mir nie was vorgemacht", sagte er ausdruckslos. „Mein Fehler, dass ich etwas anderes angenommen hatte. Aber wenn die Richter hier aufkreuzen, um mich vor die Wahl zu stellen, ist es trotzdem nur mein Wort, das zählt. Und du kannst jetzt sagen, was du willst – ich werde mich nicht zurückholen lassen."

„Doch, das wirst du. Wenn *ich* dich nicht davon überzeugen kann, muss es eben jemand anderer tun." Ich hielt ihm die offene Hand hin. „Gib mir Serafinas Adresse."

Entgegen meiner Erwartung folgte kein Protest. Rasmus sah mich nur groß an. „Lily", sagte er schließlich, mehr nicht. Es lag alles in dem einen Wort.

„Na schön, dann lass es. Ich kann mir sowieso denken, wo sie jetzt ist." Ruckartig drehte ich mich um und ging zu der Zeitung, die ich beim Hereinkommen auf dem Couchtisch liegen gesehen hatte. Sie war schon mehrere Tage alt – das Titelbild hatte sich tief in mein Gedächtnis eingebrannt. Hastig blätterte ich die Seiten um, bis ich zu den Inseraten kam. Der Text über die Hausmeisterwohnung sprang mir gleich ins Auge. Ich riss das Stück heraus, schob es zusammengefaltet in meine Tasche und griff dann gleich nach meinem Handy. So lange ich in Bewegung blieb, konnte ich mir vorgaukeln, nicht zu wissen, dass Rasmus nur wenige Schritte von mir entfernt stand und mich stumm beobachtete.

„Jinxy, ich bin's", sagte ich abgehackt, nachdem sie sich am anderen Ende der Leitung gemeldet hatte. So wie meine Stimme klang, wunderte es mich nicht, dass sie alarmiert fragte:

„Was ist los? Ist dir etwas passiert?"

„Ich brauche dich in Rasmus' Apartment. Es geht ihm sehr schlecht, und jemand muss auf ihn aufpassen, während ich … was erledige. Ich werde auch Sam fragen, aber es ist besser, ihr seid zu zweit …"

„Okay, ganz ruhig. Ich mache mich gleich auf den Weg, und Sam bringe ich mit." In diesem Augenblick liebte ich sie dafür, dass sie keine Fragen stellte und sich völlig sachlich gab, um meine Panik nicht zu verstärken.

„Danke, ich schicke dir Sams neue Nummer per …"

„Die hab ich schon", fiel sie mir ins Wort. „Du musst dich um nichts weiter kümmern, wir sind gleich da."

Dann wurde die Verbindung unterbrochen, und ich war wieder mit Rasmus allein. Das Zimmer wirkte auf einmal seltsam überfüllt, obwohl ich noch nie zuvor so einsam gewesen war. Mit unsicheren Schritten ging ich zum Sofa, kauerte mich in die Ecke zwischen Rücken- und Armlehne und drückte die Stirn gegen meine Knie. Rasmus, der normalerweise zu mir gekommen wäre, um mich in den Arm zu nehmen, rührte sich nicht von der Stelle. Ich betete, dass Jinxy und Sam bald auftauchten und dieses untätige Warten beendeten: Nun begann sich meine innerliche Taubheit zu verflüchtigen, wie die Narkose nach einer Operation, und ich hatte schreckliche Angst vor dem Moment, in dem sie vollständig abgeklungen war.

Nach einer gefühlten Ewigkeit ließ mich ein Hämmern an der Tür zusammenschrecken. Rasmus machte keine Anstalten zu öffnen, und als ich vom Sofa aufstand, sah ich, dass er auf dem Boden saß, den Rücken gegen den Kühlschrank gelehnt. Seine Unterarme ruhten auf den angewinkelten Beinen, und sein Kopf war gesenkt, sodass sein Gesicht im Schatten lag. Selbst als Jinxy und Sam gleichzeitig hereingepoltert kamen, reagierte er nicht. Meine Freundin schaute verwirrt zwischen uns hin und her, aber Sam hatte die Situation sofort erfasst.

„Scheißkerle", stieß er mit zusammengebissenen Zähnen hervor, und ich wusste, dass er die Richter meinte.

„Ich glaube, es dauert nicht mehr lange, bis sie hier sind", sagte ich heiser. „Er weigert sich noch, aber ich dachte, Serafina könnte ihn vielleicht umstimmen."

Sam nickte nur. Er ließ sich neben Rasmus in den Schneidersitz sinken und sah fragend zu Jinxy, die jedoch an meiner Seite stehenblieb. Ihre Finger verschränkten sich mit meinen.

„Pass auf, dass er nicht abhaut", kommandierte sie, „und falls es ihm noch schlechter gehen sollte, bring ihn ins Krankenhaus. Ich werde Lily begleiten."

Ohne mir die Chance auf Widerspruch zu geben, drängte sie mich ins Freie und zog die Tür hinter uns zu. In letzter Sekunde sah ich noch Rasmus' schmale Augen, die gerade dann hochblickten, als ich seine Wohnung verließ.

Wir sprachen nicht, bis wir ein Taxi gefunden hatten und ich dem Fahrer Serafinas Adresse nannte. Als der Wagen sich in Bewegung setzte, frage Jinxy leise: „Also habt ihr Schluss gemacht?"

Ich musste mich konzentrieren, um normal weiterzuatmen. „Das spielt keine Rolle. Wichtig ist nur, dass die Richter ihren Willen bekommen, damit sie Rasmus nicht länger quälen." Ich riss mich vom Anblick der vorbeibrausenden Fahrzeuge los und suchte in Jinxys Gesicht nach Missbilligung, aber es gab keine. Noch nie hatte ich meine überdrehte beste Freundin so ernst gesehen. „Willst du mir jetzt nicht erzählen, wie sehr du es hasst, wenn sich die Personen in Filmen oder Büchern wie Märtyrer benehmen? Wenn sich einer von dem anderen trennt, weil er glaubt, nicht gut genug zu sein?"

„Ihr *seid* gut füreinander", sagte sie fest. „Und das weißt du auch. Niemand findet seine Sprüche so lustig wie du, und niemand interessiert sich so sehr für deine Streber-Themen wie er. Aber … wenn du krank wärst und nur dann gesund werden könntest, wenn ich dich nie wiedersehe, würde ich den Abschied für immer in Kauf nehmen." Abermals drückte sie meine Hand. „Ich glaube, du tust das Richtige."

„Danke", flüsterte ich und drehte den Kopf schnell zum Fenster. Jetzt begann es wehzutun, ein dünner, bohrender Schmerz, der rasch stärker wurde. Ich versuchte mich abzulenken, indem ich die Häuser zählte, an denen wir vorbeikamen: In dieser Gegend waren es meist riesige Betonklötze mit Fenstern ohne Kreuzen, die mich an leere

Augenhöhlen erinnerten. Vor genau so einem Gebäude hielt der Fahrer an. Bereits von meinem Platz aus konnte ich das Schild gut erkennen, auf dem die leerstehenden Büros zum Kauf angeboten wurden. Wahrscheinlich stand die ehemalige Hausmeisterwohnung nur so lange zur Vermietung, bis eine Firma das Gebäude übernahm.

„Was für ein bezaubernder Ort", sagte Jinxy und betrachtete die graue Hausfront. Ich ging nicht auf ihre Bemerkung ein, sondern steuerte direkt auf die Treppe zu, die mit drei Stufen zum Eingang hochführte. Mitten in der gläsernen Tür war ein Loch, von dem sich strahlenförmig Sprünge ausbreiteten. Die Scherben knirschten unter meinen Sohlen, und eine Bierdose rollte scheppernd zur Seite, als ich sie unabsichtlich mit der Schuhspitze anstieß. Im Dämmerlicht erkannte ich noch einige weitere zerdrückte Dosen und Zigarettenkippen. Es sah so aus, als hätten hier ein paar Betrunkene einen Zwischenstopp eingelegt – vielleicht sogar Leute, die früher in diesem Gebäude beschäftigt gewesen waren, bevor sie ihren Job verloren hatten. Ich streckte schon meine Hand nach der Klinke aus, als Jinxy mir von unten zurief:

„Schau mal, ich glaube, zum Apartment geht es da lang!" Sie deutete auf eine Tür, die sich so versteckt neben der Treppe befand, dass ich sie gar nicht bemerkt hatte. Auch jetzt wäre sie mir eher wie der Zugang zu einem Müll- oder Kellerraum erschienen, aber die Fußmatte mit dem verblassten *Willkommen*-Schriftzug bekräftigte Jinxys Vermutung. Während ich die Stufen wieder hinunterstieg, klopfte meine Freundin bereits an.

„Ja, schon gut", kam es gereizt aus dem Inneren des Apartments, dann flog die Tür auf. Serafina stand in einem Morgenmantel vor uns, die feuchten Haare zu einem Knoten zusammengebunden. Obwohl sie barfuß war, wirkte ihre Haltung, als würde sie High-Heels tragen. Ihre ohnehin schon riesigen Augen weiteten sich noch etwas, als sie Jinxy und mich erkannte. „Also, mit euch beiden habe ich wirklich nicht gerechnet", meinte sie, und es klang ziemlich abweisend. „Woher wisst ihr überhaupt, wo ich wohne?"

Ich überging ihre Frage einfach, dafür war jetzt keine Zeit. „Wir brauchen deine Hilfe", sagte ich schnell. „Lässt du uns rein?"

Immer noch fehlte das übliche, leicht herablassende Lächeln in ihrem Gesicht, und es sah so aus, als wollte sie mir meine Bitte abschlagen. Dann strich sie eine lose Haarsträhne hinter ihr rechtes Ohr, und sobald sie die Hand heruntergenommen hatte, war ihre freundliche Miene wieder da. „Sicher, aber könntet ihr bitte kurz warten, während ich mich anziehe und ein bisschen Ordnung schaffe? Es wäre mir unangenehm, wenn jemand das Chaos hier drin sehen würde."

Ich nickte, und sie lehnte die Tür an. Das Geräusch ihrer nackten Füße auf dem Linoleum entfernte sich. Kaum war es nicht mehr zu hören, begann Jinxy mit einem Finger gegen die Klinke zu stupsen, bis der Spalt breit genug war, um hindurchzuschlüpfen.

„Was machst du denn da? Wir sollen doch draußen warten!"

„Sie wird es überleben", erwiderte Jinxy ungerührt, deren Entdeckerdrang mal wieder stärker war als jeglicher Anstand. „Solange sie keine schmutzige Unterwäsche herumliegen lässt …", ihre Gestalt verschwand im Flur, „… und Mädchen wie sie tragen normalerweise gar keine."

Ich trat nervös von einem Bein auf das andere, aber bald hielt ich es nicht mehr alleine im Freien aus. Auf Zehenspitzen trat ich über die Schwelle und schloss leise die Tür hinter mir, ehe ich mich umschaute.

Serafina hatte nicht untertrieben: Was ich von der Wohnung sehen konnte, war wirklich sehr unordentlich. Im Flur standen zahlreiche Kartons herum, und die kleine Küche, die sich gleich neben dem Eingang befand, quoll über vor schmutzigem Geschirr. Dazwischen mischte sich noch jede Menge anderer Krempel, der Jinxy in Begeisterung versetzte – und mein Pechvogel-Gen leider ebenfalls. Schon nach wenigen Schritten verfing ich mich mit dem Fuß im Kabel einer Lampe und stolperte gegen einen Schrank, dessen Inhalt auf mich herabzuregnen begann. Natürlich handelte es sich dabei nicht um Klamotten oder sonst etwas Weiches, sondern um Lexika, verbeulte Töpfe und ein Ding, von dem ich dank Dina wusste, dass es Obelisk hieß. Jinxy konnte mich in letzter Sekunde zur Seite ziehen, bevor ich von einem uralten Regenschirm aufgespießt worden wäre.

Wie aus dem Boden gewachsen stand Serafina vor uns. Sie hatte den Morgenmantel gegen ein kurzes schwarzes Kleid getauscht, aber der Reißverschluss an der Seite war noch halb offen. „Hatte ich euch nicht gebeten, draußen zu bleiben?", fauchte sie uns an. Bei der Verwüstung, die ich innerhalb weniger Augenblicke angerichtet hatte, konnte ich ihren Ärger sogar verstehen.

„Ist das alles dein Zeug?", fragte Jinxy ohne auch nur einen Anflug von Scham. „Wann hattest du denn bitteschön Zeit, das zu kaufen?"

„Das Meiste hat der frühere Mieter einfach hiergelassen." Serafina klang immer noch ungehalten. Sie marschierte mit großen Schritten zu der Tür, durch die sie vorhin geschossen war, und bedeutete uns, sie zu begleiten. „Im Schlafzimmer ist etwas mehr Platz, da können wir reden."

Peinlich berührt ging ich ihr nach, wobei ich zu jedem Karton oder Möbelstück mehrere Zentimeter Abstand hielt. Bis auf einen Kleiderschrank und ein schmales Bett war das Schlafzimmer tatsächlich leer, und das Laken war so straff über die Matratze gespannt, als hätte noch nie jemand darauf gelegen. Allerdings konnte ich mir eine unschuldig schlummernde Serafina sowieso nicht vorstellen. Behutsam setzte ich mich auf den Bettrand, und Jinxy ließ sich neben mich plumpsen.

„Also, was ist los?", fragte Serafina, die sich gegen den Kleiderschrank gelehnt hatte.

Ich umfasste mit einer Hand die Finger der anderen und drückte sie fest zusammen. Auch beim zweiten Mal tat es weh, die Wahrheit auszusprechen. „Rasmus fühlt sich sehr viel schlechter, und ich vermute, dass seine Bedenkzeit beinahe abgelaufen ist. Wenn die Richter kommen, möchte ich, dass er mit ihnen geht."

Serafina musste zweifellos einen gewissen Triumph darüber empfinden, dass ich nun eingeknickt war und auf ihren Rat hörte. Ganz kurz glaubte ich auch, einen entsprechend zufriedenen Ausdruck über ihr Gesicht huschen zu sehen, aber er wich gleich danach aufrichtiger Besorgnis. „So schlecht steht es um ihn, hm? Und lass mich raten – er will trotzdem unbedingt hierbleiben? Ich könnte versuchen, ihm Vernunft beizubringen, wenn du möchtest", schlug sie vor, und ich war erleichtert, dass ich sie nicht um diesen Gefallen bitten musste.

„Danke für deine Hilfe. Möglicherweise hört er ja auf dich als seine … älteste Freundin." Es kostete mich Überwindung, diese Worte zu sagen, und das merkte man mir bestimmt an. Serafina lächelte allerdings nur flüchtig.

„Schon in Ordnung. Es ist bloß so, dass ich jetzt eigentlich zu einem Fotoshooting für eine Eventagentur müsste. Ich rufe schnell dort an und sage ab." Sie bückte sich nach ihrem nagelneuen Handy, das neben dem Bett auf dem Boden lag, und schaffte es trotz ihres Minikleides, sich dabei nicht lächerlich zu machen. Dann trat sie auf den Flur und zog die Tür hinter sich zu. Ich blieb stumm auf der Matratze sitzen, neben mir Jinxy, deren Gesicht zu einer spöttischen Grimasse erstarrt war, als sie das Wort „Fotoshooting" gehört hatte.

Bei ihrer Rückkehr wirkte Serafina deutlich weniger optimistisch als vor dem Telefonat. „Sieht nicht gut aus. Sie versuchen zwar, einen Ersatz für mich zu finden, aber wenn ihnen das nicht gelingt, bestehen sie auf meine Anwesenheit. In ein paar Minuten rufen sie an, um mir Bescheid zu geben."

Sie lehnte sich wieder gegen den Schrank, und wir verfielen in Schweigen. Es gab nichts, worüber wir hätten reden können, um die Zeit totzuschlagen, und Jinxys unruhiges Zappeln steigerte meine Nervosität noch mehr. Als nach etwa einer Viertelstunde ein hoher Pfeifton erklang, schreckten wir alle zusammen. Serafina drückte rasch eine Taste auf ihrem Handy, als wäre sie seit Jahren an irdische Technologie gewöhnt, und las eine SMS. Dann hob sie seufzend den Kopf.

„Es tut mir leid, aber ich muss diesen Job erledigen. Wenn ich nicht pünktlich erscheine, feuern sie mich, dabei brauche ich doch den Lohn. Fahrt ihr am besten zu Rasmus zurück, und ich komme nach, so schnell ich kann, okay?"

„Aber klar doch. Man muss eben seine Prioritäten setzen", erwiderte Jinxy mindestens so verständnisvoll wie Professor Grabowski, wenn man vergaß, was der Ablativus absolutus war. Mit unverhohlener Missbilligung zog sie mich vom Bett hoch und auf den Flur hinaus. Serafina blieb uns dicht an den Fersen. Sie schien es nun sehr eilig zu haben, uns loszuwerden, und ließ Jinxys spitzen Kommentar unbeantwortet. Etwas überrumpelt standen wir nur wenige Sekunden später wieder auf der Straße.

„Wow, du hattest total Recht“, sagte Jinxy nach einer kurzen Pause. „Die Frau ist wirklich eine Riesenhilfe.“

„Das wird sie hoffentlich noch sein“, antwortete ich etwas verunsichert und wickelte meine Jacke enger um mich. Allmählich wurde es Abend, und die Dämmerung kroch zwischen den grauen Betonbauten hervor. Nach einem Taxi suchend richtete ich meine Augen auf die vorbeifahrenden Autos, deren Scheinwerfer bereits leuchteten.

Ich wollte es zwar vor Jinxy nicht eingestehen, aber auch mich hatte Serafinas Reaktion enttäuscht. Zwar glaubte ich nicht, dass die Richter innerhalb der nächsten paar Stunden auftauchen würden – wenn es um unerträgliche Schmerzen ging, hatten sie noch mehr zu bieten, das wusste ich von Rasmus‘ Zusammenbruch damals im Aussichtsturm. Aber bei seiner Sturheit würde es einiges an Überredungskunst kosten, ihn umzustimmen, und dafür wurde die Zeit knapp.

Sogar noch besorgter als bei unserem Aufbruch stand ich schließlich wieder vor Rasmus‘ Wohnhaus. Jinxy bezahlte den Taxifahrer und kam auf mich zugelaufen, während ich die Hand ausstreckte, um zu klopfen. Wir bemerkten gleichzeitig, dass die Tür nur angelehnt war: Durch den Spalt fiel ein Steifen Licht auf den dunklen Bürgersteig.

Verwirrt sah Jinxy mich an. „Hast du beim Weggehen vergessen …“, begann sie, aber ich schüttelte den Kopf. Das wäre mir nicht einmal in meinem aufgewühlten Zustand passiert.

Ein schmerzhaftes Prickeln breitete sich um meine Wirbelsäule aus, und ich zog unwillkürlich die Schultern hoch. „Glaubst du, sie sind ins Krankenhaus gefahren?“, fragte ich gepresst. Immer noch verharrte meine Hand einige Zentimeter von der Tür entfernt, als könnte ich dadurch auch die Wahrheit auf Abstand halten.

„Werden wir gleich wissen." Jinxy stieß die Metalltür auf, sodass diese krachend gegen die Wand schlug. Ich spähte an meiner Freundin vorbei in das Apartment, und genau wie sie ließ ich meinen Blick vergeblich durch den Raum wandern. Rasmus und Sam waren fort.

„Lily, schon gut." In meiner anschwellenden Panik spürte ich kaum, wie Jinxy meinen Arm umfasste. „Vielleicht sind sie wirklich ins Krankenhaus gefahren, nur zur Sicherheit!"

„Und warum haben sie weder die Tür geschlossen, noch das Licht gelöscht?" Meine Kehle war inzwischen so eng geworden, dass mir das Sprechen schwerfiel. Etwas stimmte hier nicht, das wusste ich genau – etwas war ganz gewaltig schiefgelaufen. Auf wackligen Beinen trat ich in den Raum und wäre vor Schreck fast gestürzt, als eine Gestalt hinter dem Sofa auftauchte.

„Sam, du Mistkerl", fauchte Jinxy. „Findest du das witzig? Und bist du mit deinen abartigen tausendundirgendwas Jahren nicht schon zu alt zum Versteckenspielen?" Trotz ihrer bitterbösen Miene konnte man ihr die Erleichterung deutlich ansehen. Nachdem ich den ersten Schock überwunden hatte, war das flaue Gefühl in meiner Magengrube jedoch gleich wieder da. Sam reagierte überhaupt nicht auf Jinxys Zetern: Sein Gesicht wirkte wie versteinert, und seine Arme, die sonst meistens vor der Brust verschränkt oder in Bewegung waren, hingen schlaff herab.

„Was ist passiert … wo ist Rasmus?", fragte ich, als er keine Anstalten machte, etwas auf Jinxys Ausbruch zu erwidern.

Sam atmete tief ein und stieß zusammen mit der Atemluft hervor: „Während ihr weg wart, hat uns ein Dämon einen Besuch abgestattet."

Die Worte schienen in meinem Kopf nachzuhallen, und es dauerte einige Sekunden, bis ich begriff.

„Wenn das nur ein mieser Trick sein soll …", drohte Jinxy und begutachtete noch einmal das Apartment. „Ich sehe keine Spuren von einem Kampf. Heißt das, du konntest ihn in die Flucht schlagen?"

Jetzt schoben sich Sams Hände doch unter seine Achseln, aber es war nicht seine übliche arrogante Haltung, sondern wirkte seltsam schutzsuchend. „Nein, so war das nicht. Nachdem ich geöffnet hatte, konnte ich überhaupt nichts mehr tun – der Dämon war sofort drin, hat Raziel entdeckt und …" Sein Blick zuckte zu mir, ganz kurz, dann schaute er schnell wieder weg. „Er wusste alles, versteht ihr? Über mich, über meine Flucht aus Himmel und Hölle, er wusste Bescheid!"

Ich machte einen Schritt nach vorne. „Was soll das heißen?", fragte ich hart. *„Wo ist Rasmus?"*

Erneut sah mich Sam direkt an; das Blau seiner Augen schien in seinem blassen Gesicht zu leuchten. „Der Dämon wollte ihn mitnehmen und hat gedroht, mich in die Hölle zurückzubringen, wenn ich Widerstand leiste. Also habe ich Raziel ausgeliefert."

13. Kapitel

Was danach passierte, verschwamm für mich in dunkelrotem Nebel. Ich wusste nicht, wie ich auf Sam zugestürzt war, plötzlich stand ich vor ihm und trommelte mit den Fäusten gegen seine Schultern, seine Brust, seinen Bauch – ich hatte noch nie in meinem Leben irgendjemandem wirklich Schmerzen zufügen wollen, niemals, bis zu diesem Moment. Dass er sich nicht zur Wehr setzte, machte es nur noch schlimmer. Ich wusste, dass ich zu schwach war, um ihn auf diese Weise ernsthaft zu verletzen, und die Hilflosigkeit brachte mich fast zur Raserei. Erst als Jinxy ihre Arme um meinen Oberkörper schlang und mich nach hinten zerrte, lichteten sich die Schleier vor meinen Augen. In meinen Händen pulsierte das Blut, und meine Finger waren so verkrampft, dass ich kaum die Fäuste öffnen konnte.

„Lily …“, begann Sam. Ich sammelte meine letzten Kräfte, um ihn zu unterbrechen, doch Jinxy übernahm das für mich.

„Sprich sie ja nicht an“, rief sie schrill. „Hast du kapiert, sag nicht einmal ihren Namen. Ich kann einfach nicht fassen, dass ich dir vertraut habe, du paranormaler Bastard!“

Sam machte eine Bewegung, als wollte er sich uns nähern, blieb dann aber weiterhin wie angewurzelt stehen. „Wenn – wenn ich wenigstens versuchen darf, euch zu erklären …“

„Erklären?“, fiel Jinxy ihm erneut ins Wort. „Glaubst du ernsthaft, dass es dafür eine gute Erklärung gibt? Du hast jemanden ausgeliefert, der schwerkrank ist – du hast deinen ältesten Freund verraten, nur um deine eigene Haut zu retten!“

„Ich weiß!“ Sam starrte uns aus weit aufgerissenen Augen an, seine Brust hob und senkte sich mit seinen heftigen Atemzügen. „Ich weiß das nur zu gut, glaub mir. Aber hast du auch nur eine Sekunde lang daran gedacht, was mit mir passiert wäre, wenn ich es nicht getan hätte? Ja, Raziel ist jetzt in ihrer Gewalt, und das ist furchtbar. Allerdings werdet nicht nur ihr, sondern auch die Richter nichts unversucht lassen, um ihn da rauszuholen! Wäre ich an seiner Stelle, würde es niemanden interessieren. Ihr denkt doch ohnehin alle, dass ich dort hingehöre. Aber wenn sie mich in die Finger kriegen – einen verbannten Dämon, der vor seiner Strafe geflohen ist und seine Unverwundbarkeit verloren hat –, dann …“ Er holte stockend Luft. „Jedenfalls wird nicht mehr viel von mir übrig sein, wenn sie mit mir fertig sind.“

„Gut!“, schleuderte Jinxy ihm entgegen. „Ich persönlich hoffe, sie erwischen dich noch, damit du das bekommst, was du verdienst!“

Sam nickte, als würde er ein Urteil akzeptieren, das man über ihn verhängt hatte. Er drehte sich um und verließ das Apartment, aber ich bemerkte es kaum. Obwohl mein Körper vollkommen ausgelaugt war, begann ich nun derart heftig zu zittern, dass es mich schüttelte. Meine Zähne schlugen aufeinander, wie damals, als ich Lungenentzündung und vierzig Grad Fieber gehabt hatte. Nachdem die Metalltür ins Schloss gefallen war, brachte ich minutenlang kein Wort heraus, und dann konnte ich nur immer wieder sagen:

„Ich hätte ihn nicht allein lassen dürfen. Mein Gott, ich hätte nicht – ich hätte ihn nicht mit *Sam* allein lassen dürfen!“

„Hör auf“, bat mich Jinxy. „Das ist nicht deine Schuld, niemand hätte damit rechnen können, dass so etwas passiert! Ich meine, ich verstehe es immer noch nicht: Woher wusste dieser Dämon von Sams Abstecher in den Himmel? Und warum sollte er Rasmus mitnehmen wollen? Irgendwie ergibt das überhaupt keinen Sinn …“

„Das ist doch egal!“, fuhr ich sie an. Ich konnte nicht fassen, dass sie in dieser Situation nach logischen Erklärungen suchte, so als wäre das alles nur ein Rätsel, das wir lösen mussten.

Jinxy zog bei meinem Schrei den Kopf ein, und zum ersten Mal nahm ich den Glanz in ihren Augen wahr. Vermutlich kämpfte sie schon seit dem Streit mit Sam gegen die Tränen, aber ich fühlte mich nicht dazu in der Lage, mich um sie zu kümmern. Meine Erschöpfung hatte einer fieberhaften Energie Platz gemacht, die an Hysterie grenzte und meinen Körper unter Strom setzte. Mit steifen Schritten lief ich immer wieder im Zimmer auf und ab, während ich hervorstieß:

„Dass der Dämon Rasmus lebend wollte, bedeutet, dass er ihm wohl nichts getan hat, *noch nicht,* aber uns rennt die Zeit davon! Wir sollten Serafina Bescheid geben, damit sie ins Licht zurückkehrt und den Richtern …“ Dann brach ich so schlagartig ab, als hätte mir jemand die Stimmbänder durchgeschnitten. Ich vergaß sogar zu atmen, bis mein Blickfeld zu flimmern anfing.

Erschrocken schaute Jinxy mich an. „Was ist los? Bitte sag doch was, du machst mir Angst!“

„Ich weiß jetzt, wer dahinter steckt“, antwortete ich, und trotz meiner sich überschlagenden Gedanken klang es flach, beinahe sachlich.

„Was soll – wer denn?“

„Serafina.“

Jinxy machte einen schnellen Schritt rückwärts. Sie ließ die Arme sinken, die sie zuvor in meine Richtung gehoben hatte, und ihre Finger verknoteten sich miteinander. Es war ihr anzumerken, dass sie sich nun wirklich fürchtete. „Lily, du stehst unter Schock. Aber bitte, bitte versuch dich zu konzentrieren. Du weißt doch, dass wir mit Serafina zusammen waren, während das passiert ist, oder?"

„Und weißt *du* noch, was wir dort entdeckt haben? Diesen kurzen Metallpfeiler mit Gravur? Ein Obelisk, hat Dina gesagt ... ein stumpfer Gegenstand, so wie die Tatwaffe, die nach dem Mord beseitigt wurde!" Ich erkannte, dass ich das Verbrechen an Dina zum ersten Mal beim Namen genannt hatte, aber das war mir jetzt egal. Meine Gedanken jagten bereits weiter, setzten einen Puzzlestein nach dem anderen zu einem vollständigen Bild zusammen, während ich Jinxys Reaktion beobachtete:

Vielleicht war sie schon dabei, mir zu glauben, aber ihre Mimik und ihre ganze Haltung drückten Abwehr aus. Sie hatte den Kopf zwischen die Schultern gezogen, als wollte sie sich auf diese Weise schützen, und ihre Lippen waren zusammengepresst. Nach einigen Sekunden entgegnete sie unsicher: „Das könnte aber auch ein Zufall sein. Serafina hat doch erzählt, dass sie die Wohnung mit jeder Menge Krempel darin übernommen hat! Sicher hat dieses Ding dem früheren Mieter gehört, und es sieht nur so ähnlich aus wie das von Dina."

„Der Hausmeister hat wohl kaum antike Kultgegenstände gesammelt!" Wieder begann ich durch den Raum zu tigern, obwohl mir vom Adrenalinstoß ganz schwindlig war. Außerdem ging mein Atem viel zu schnell, doch ich hätte mich unmöglich aufs Sofa setzen können, um mich zu beruhigen. „Ich weiß gar nicht, warum mir der Gedanke nicht schon früher gekommen ist! Aber ich war wohl zu sehr mit meiner Sorge um Rasmus beschäftigt, als dieser

Obelisk aus dem Schrank gefallen ist. Und Serafina hatte es ja ganz schön eilig, uns aus dem Flur zu vertreiben."

„Ja, weil ihr die Unordnung peinlich war, das hast du doch gehört!" Jinxys Stimme wurde immer lauter, sie schrie es mir fast entgegen, als ihre Angst sichtlich in Wut umschlug. „Das beweist überhaupt nichts! Und wann sollte Serafina … das getan haben? Nach unserem Besuch bei Dina war sie doch die ganze Zeit mit uns …" Ihre Augen weiteten sich, und ich wusste, dass sie nun die Erinnerung an jenen Nachmittag abspulte: wie Rasmus und ich uns auf den Weg zur Bibliothek gemacht hatten, während sie selbst mit Sam im Auto geblieben war – ohne Serafina.

„Sie hatte genug Zeit, um zu Dina zurückzukehren", sprach ich aus, was sie wohl gerade dachte. „Nur um ihre Spuren zu beseitigen hat es nicht gereicht, also hat sie den Obelisken einfach mitgenommen. Wahrscheinlich hat sie bereits geahnt, dass die Polizei Dinas letzte Kunden befragen würde, und sie wollte sich für eine Überprüfung der Fingerabdrücke oder der DNA absichern. Vielleicht war es auch nur eine Kurzschlussreaktion! Welche Erklärung hast du denn sonst dafür, dass dieses Ding in ihrem Schrank war?!"

Jinxy schüttelte heftig den Kopf. Sie sah aus, als wäre ihr schlecht, und meine Worte schienen ihre Übelkeit immer mehr zu verstärken. „*Jede* Erklärung ist logischer, als dass Serafina jemanden umgebracht hat! Dazu hat sie doch gar kein Motiv, und was hat das alles überhaupt mit Rasmus zu tun?"

Nur mühsam gelang es mir, meine Ungeduld zu zügeln. Ich konnte förmlich spüren, dass mir die Zeit wie Sand durch die Finger rieselte, während ich mich mit Erklärungen aufhielt. „Überleg doch mal – wenn Dina uns verraten hätte, was wir gegen den Abaddon tun können, wäre Rasmus das Drängen der Richter bald losgeworden!

Sie hätten sich wieder sicher gefühlt und ihm erlaubt, für immer in der irdischen Welt zu bleiben. Aber genau das wollte Serafina um jeden Preis verhindern! Du warst nicht dabei, als sie mich überreden wollte, Rasmus zurückzuschicken. Du hast nicht gehört, wie versessen sie darauf war, dass …"

„Aber warum?", fuhr Jinxy dazwischen. „Warum sollte es ihr derart wichtig sein, dass Rasmus heimkehrt?"

„Weil sie ihn liebt!" Jetzt war meine Stimme genauso laut wie Jinxys, und mein Puls raste. Dass ein mitleidiger Ausdruck über ihr Gesicht huschte, machte es nur noch schlimmer. „Ich weiß, was du denkst – arme Lily, verliert vor lauter Eifersucht den Verstand. Dabei hatte ich die ganze Zeit Recht mit meinem Misstrauen! Eigentlich hat Serafina sogar selbst zugegeben, dass sie absolut *alles* tun würde, um Rasmus an sich zu binden. Außerdem hast du ja an ihrem Verhalten gegenüber Dina gesehen, dass ihr ein Menschenleben weniger als nichts bedeutet! Sie hält es für ein wertloses Dasein, und warum sollte sie dann Skrupel haben, so etwas für ihre eigenen Ziele zu opfern?"

„Aber hier geht es trotzdem um *Mord*", sagte Jinxy schneidend. „Lily, wenn die Richter davon Wind bekommen, verhängen sie doch dieselbe Strafe über Serafina wie damals über Rasmus und Sam! Und was nützt es ihr, dass Rasmus in den Himmel zurückkehrt, wenn sie selbst in die Hölle geschickt wird?"

„Die Richter wissen auch nicht alles." Ich gab mein schnelles Umherwandern auf, sobald ich direkt vor Jinxy stand. „Wäre Serafina nicht freiwillig hier, läge der Fall anders. Rasmus hat mir einmal erklärt, dass beim Abschneiden der Flügel eine Art Bann auf den verurteilten Engel gelegt wird, durch den er auf Schritt und Tritt überwacht werden kann. Aber als die Sache mit Sophie passiert ist, hätten es die Richter niemals erfahren, wenn

Rasmus es ihnen nicht vor lauter Schuldgefühl gestanden hätte! Sicher hofft Serafina nun ebenfalls, dass sie ungeschoren davonkommt."

Jinxy schwieg, während sie ihre Unterlippe mit den Schneidezähnen bearbeitete. Ich befürchtete schon, dass sie mir gar nicht antworten würde, doch dann sagte sie endlich: „Also, der Dämon, der hier eingedrungen ist ..."

„... war sicher nur ein Mensch, den Serafina für ihre Zwecke manipuliert hat", ergänzte ich schnell. „Wie sollte sie denn an einen echten Dämon geraten? Aber mithilfe dieser einfachen Lüge konnte sie Sam so viel Angst einjagen, dass er sich zu allem überreden ließ."

Die nächste Gesprächspause dauerte sogar noch länger. Am liebsten hätte ich meine Freundin an den Schultern gepackt, sie geschüttelt, irgendetwas, um ihre Abwehr zu durchbrechen. Als ich sie genauer anschaute, erkannte ich allerdings, dass das gar nicht mehr notwendig war: Ihr Widerstand hatte sich schon fast vollständig in Sorge und Entsetzen verwandelt. „Wenn das stimmt, was du vermutest ... was, glaubst du, hat sie jetzt mit Rasmus vor?"

„Das weiß ich nicht genau. Wahrscheinlich hat es ihr nicht ausgereicht, ihn mit Worten zu überzeugen, und sie hat ihn entführen lassen, um zu härteren Druckmitteln zu greifen." Ich musste schlucken und schickte dann hinterher: „Glaub mir, diese Lichtwesen verstehen etwas davon, anderen Schmerzen zuzufügen. Das habe ich bereits selbst miterleben dürfen."

Jinxy ging hinüber zum Sofa und ließ sich darauf sinken. Sie sah so klein und hilflos aus, dass ich trotz meiner Aufregung Mitleid für sie empfand. „Das darf nicht wahr sein", sagte sie leise.

„Genauso wenig, wie dass ein Dämon bei mir zu Hause eindringt und mich beinahe tötet. Oder dass mein Freund von übernatürlichen, fanatischen Herrschern langsam zugrunde gerichtet wird. Das alles dürfte gar nicht passieren, aber das ändert nichts daran."

„Und was sollen wir jetzt tun? Die Polizei alarmieren?" Zaghaft tastete sie nach ihrem Handy, aber ich hielt sie zurück.

„Um ihnen unsere Geschichte über Himmel und Hölle aufzutischen? Nein, diese Sache werde ich selbst in die Hand nehmen." Ich ließ es viel siegessicherer klingen, als mir zumute war. Meine Furcht hatte sich in meinem Bauch zu einem kalten Klumpen zusammengeballt, den ich ständig spürte.

„Du weißt doch überhaupt nicht, wo Serafina ihn hingebracht hat!", entgegnete Jinxy. „Sie wird ihn wohl kaum in ihrem Apartment eingesperrt haben, wo wir jederzeit wieder hereinplatzen könnten!"

„Stimmt, und sonst kennt sie wahrscheinlich noch nicht viel, was als sicheres Versteck taugen würde. Aber ... sie hat ein ganzes leerstehendes Bürogebäude zur Verfügung. Ich wette, dass ich Rasmus dort finden werde." Noch während ich sprach, ging ich zur Kommode neben dem Bett und öffnete sie. Ich wusste, dass Rasmus darin eine Taschenlampe aufbewahrte, die noch aus seiner Zeit im Aussichtsturm stammte. Schnell überprüfte ich, ob die Batterien noch funktionierten, und schob die Lampe dann in meine Jackentasche. Ein Klappmesser, das ich ebenfalls in der Kommode gefunden hatte, steckte ich dazu.

Jinxy war inzwischen vom Sofa aufgestanden; plötzlich drückte ihr Gesicht grimmige Entschlossenheit aus. „Du glaubst doch wohl nicht, dass ich dich alleine in das Haus von Killerbarbie gehen lasse? Wenn du schon die Heldin spielen musst, dann will ich wenigstens dabei sein." Sie baute sich in ihrer ganzen 155-Zentimeter-Größe vor der Tür auf, um mir den Weg zu versperren.

„Das kann ich nicht von dir verlangen", sagte ich ungeduldig. In meinen Beinen kribbelte es von dem Drang loszulaufen, und meine Nerven waren zum Zerreißen gespannt. „Schlimm genug, dass ich dich überhaupt in diesen ganzen paranormalen Schlamassel mit reingezogen habe! Außerdem brauche ich deine Hilfe gar nicht – Serafina wird nicht mehr dort sein, weil sie uns doch versprochen hat, gleich nach ihrem angeblichen Job hier vorbeizukommen. Das muss sie auch einhalten, wenn sie sich nicht verdächtig machen will!" Ich trat noch einen Schritt auf die Tür zu, aber Jinxy rührte sich nicht einen Millimeter vom Fleck.

„Was jetzt, ist es zu gefährlich oder nicht gefährlich genug, um mich mitzunehmen?", fragte sie. „Komm schon, überspringen wir das einfach. Du würdest mich das an meiner Stelle niemals ohne Hilfe machen lassen, und das weißt du genau."

Ich stöhnte, aber mir war klar, dass ich diese Diskussion nicht gewinnen konnte. Um Jinxy von einer fixen Idee abzubringen, brauchte es mindestens einen Bulldozer und einen Eimer voll Schokomousse. Vor allem benötigte man dafür jede Menge Zeit, die ich nicht hatte.

„Na schön! Sehen wir zu, dass wir wieder ein Taxi kriegen", sagte ich resigniert, und schon war Jinxy zur Tür draußen.

***

Als wir erneut vor dem grauen Betonklotz standen, war die Sonne längst untergegangen. Dichte Wolkenfetzen trieben über den Mond, sodass sich milchiges Licht und Finsternis abwechselten und unsere Schatten zu flackern schienen. Ansonsten ging nur ein wenig Helligkeit von einer entfernten Straßenlaterne aus; die Fenster des Gebäudes, auch die der Hausmeisterwohnung, waren dunkel. Bei dem Gedanken daran, dass hinter einem dieser schwarzen Quadrate Rasmus eingeschlossen war, wollte sich mir der Magen umdrehen. Ich konzentrierte mich darauf, tief zu atmen, damit ich einen klaren Kopf behielt.

Vorsichtig, um diesmal keine der leeren Bierdosen ins Rollen zu bringen, stieg ich erneut die Stufen zum Haupteingang hoch. Ich drückte gegen den Türgriff, erst zaghaft, dann legte ich mein ganzes Körpergewicht hinein, aber da bewegte sich gar nichts: Wie ich befürchtet hatte, war die Tür verschlossen.

Jinxy hüpfte voller Tatendrang die Treppe hinauf. „Ich habe mir schon gedacht, dass du mich brauchen wirst, wenn mehr Gewalt als Grips erforderlich ist!" Sie hob ihren Doc-Martens-bewehrten Fuß und trat mit der Stahlkappe genau dorthin, wo die spinnwebartigen Risse im Glas zu einem kleinen Loch zusammenliefen. Mit einem durchdringenden Klirren zerbrach die Scheibe. Danach herrschte erst einmal Totenstille, bis uns das ferne Brummen eines Motorrads aus unserer Starre erlöste.

„Aber dass das so einen Lärm machen würde, habe ich *nicht* gedacht", sagte Jinxy etwas kleinlaut.

Ich lauschte noch einige Sekunden lang, dann zog ich den Jackenärmel über meine rechte Hand und drückte vorsichtig die Überreste des Glases aus dem Rahmen. „Scheint niemand gehört zu haben, und immerhin kann ich jetzt hinein."

Jinxy hatte sich neben mich auf den mit Scherben übersäten Boden gehockt. „Was ist mit mir? Du hast versprochen, dass ich dir helfen darf!"

„Du hilfst mir am besten, indem du dich auf der anderen Straßenseite versteckst und die Hausmeisterwohnung im Auge behältst. Sobald Serafina ankommt, schreibst du mir eine SMS, okay? Dann weiß ich, dass ich so schnell wie möglich da raus muss."

Unwillig verzog Jinxy das Gesicht, aber sie schien einzusehen, dass eine Wache notwendig war. Anstatt zu protestieren, wisperte sie nur: „Pass auf dich auf, ja?"

Ich würgte den Kloß herunter, der sich in meiner Kehle gebildet hatte, und nickte ihr zu. Bevor mich der Mut verlassen konnte, duckte ich mich, um auf Händen und Knien durch das klaffende Loch in der Scheibe zu kriechen. Hinter mir hörte ich das Trappeln von Jinxys Füßen, als sie wieder die Stufen hinuntersprang.

Die Einsamkeit legte sich wie ein Gewicht auf meine Schultern. Noch nie hatte ich die Laute meines eigenen Körpers so deutlich wahrgenommen – das Rauschen in meinen Ohren, das dumpfe Hämmern meines Herzens. Obwohl durch die Glastür genug Mondlicht hereinfiel, um ein gewöhnliches Foyer mit Pförtnerloge erkennen zu lassen, sträubte sich alles in mir dagegen, weiter vorzudringen. Ich setzte mich erst in Bewegung, als ich nur wenige Schritte von der Tür entfernt ein kleines orangefarbenes Licht glimmen sah. Ein Schalter? So geräuschlos, wie die Sohlen meiner Turnschuhe es erlaubten, schlich ich darauf zu und legte einen Finger auf das hervorstehende Stück Plastik. Volltreffer: Nach einem leichten Druck flammten die Deckenlampen auf und tauchten den Raum in unerwartete Helligkeit, die mich die Augen zusammenkneifen ließ. Ich hatte gar nicht damit gerechnet, dass der Strom hier noch angestellt war.

Etwas beherzter ging ich an der Pförtnerloge vorbei und steuerte auf einen breiten Flur zu, der von der Eingangshalle zu den einzelnen Büros führte. Wer auch immer für die Räumung dieses Gebäudes verantwortlich gewesen war, hatte seinen Job offenbar nicht sehr ernst genommen: Am Anfang des Flurs hing eine Pinnwand, die mit verblichenen Zetteln übersät war, und als ich die erste Tür aufstieß, sah ich im Halbdunkel die Silhouetten von Schreibtischen und Stühlen. In einer Ecke stand sogar eine vertrocknete Zimmerpflanze, die wohl dazu dagewesen war, um zwischen den grau gesprenkelten Bodenfliesen und den schmutzig weißen Wänden für etwas Farbe zu sorgen. Die folgenden Zimmer wirkten nahezu identisch – in manchen hingen Landschaftsbilder, auf einem Schreibtisch entdeckte ich einen leeren Kaffeebecher und anderswo einen altmodischen Ventilator, aber ansonsten war die Einrichtung überall gleich. Immer schneller ließ ich meinen Blick durch die Räume gleiten, aber trotzdem verstrichen mehrere Minuten, bis ich den gesamten Flur abgesucht hatte. Mein Rückgrat verspannte sich, als ich vom Display meines Handys die Uhrzeit ablas: Wenn ich auf jedem Stockwerk so lange brauchte, würde Serafina bestimmt hier aufkreuzen, ehe ich Rasmus gefunden hatte.

Obwohl es in dem alten Gebäude ziemlich kalt war, brach mir nun der Schweiß aus. Ein dünner Film bildete sich auf meiner Oberlippe und auf meinem Rücken. Fröstelnd eilte ich zurück, an den Büros vorbei, bis zu dem Aufzug am Anfang des Flurs. Ich betete, dass das altmodische Ding funktionierte, und tatsächlich erwachte es auf Knopfdruck mit einem wenig vertrauenerweckenden Ächzen zum Leben. Vor Nervosität schaute ich immer wieder über die Schulter, während die Fahrkabine sich im Zeitlupentempo zu mir herabsenkte. Nachdem ich sie betreten hatte, fühlte ich mich durch die Enge aber nur noch schlechter. Inzwischen ging mein Atem sehr flach, und mir kam es so vor, als bekäme ich nicht genügend Luft. Ruckelnd und rumorend quälte sich der Aufzug bis zur ersten Etage. Dort angekommen, verließ ich die Kabine jedoch nicht, sondern steckte nur den Kopf hinaus.

„Rasmus?“, flüsterte ich in den Flur. Mein Mund war auf einmal staubtrocken. Bisher hatte ich jedes laute Geräusch vermieden, und es kostete mich enorme Überwindung, nun absichtlich auf mich aufmerksam zu machen. Andererseits musste ich es einfach riskieren, um Rasmus rechtzeitig zu entdecken. Vielleicht waren seine Sinne ja doch noch ein wenig schärfer als die eines normalen Menschen, sodass er mich hören konnte. Und dann blieb mir nur zu hoffen, dass er überhaupt in der Lage war, zu antworten …

Mit mühsam erhobener Stimme rief ich noch einmal: „Rasmus, bist du da?“

Keine Reaktion. Ich wich hastig in die Kabine zurück, und sobald die Tür geschlossen war, setzte sich der Fahrstuhl in Bewegung. Im zweiten Stock rief ich abermals nach Rasmus, wieder erschrak ich vor meiner eigenen Stimme … und auch hier rührte sich nichts. Dasselbe Spiel in der nächsthöheren Etage. Nun blieben mir nur noch ein Stockwerk und das Dachgeschoss, und wenn ich bis dahin nicht fündig geworden war, hatte ich keine andere Wahl, als wieder jedes Bürozimmer einzeln zu durchsuchen. Mittlerweile schwitzte ich so stark, dass mir mein T-Shirt zwischen den Schulterblättern klebte. Ohne Hoffnung auf Erfolg neigte ich mich im vierten Stock aus der Kabine, rief und drückte dann bereits auf den nächsten Knopf, als mich ein Geräusch innehalten ließ – ein blecherner Schlag, leise, aber nicht allzu weit entfernt: *Klonk.*

Ich sprang aus dem Fahrstuhl und hielt den Atem an, während die Kabine ohne mich ins Dachgeschoss aufstieg. Kaum war das Ächzen des Aufzugs verstummt, hörte ich es wieder; es war eindeutig ein Zusammenstoß mit einem metallischen Gegenstand, der einen unheimlichen Nachhall erzeugte. Der Klang fuhr mir bis in die Knochen und schien dort zu vibrieren. Zögernd machte ich die ersten

Schritte in den Gang hinein. Auch hier gab es eine behängte Pinnwand: Auf einem Plakat wurden Menschen zu einem Betriebsfest eingeladen, die nun schon längst in alle Winde zerstreut waren. Ich schaffte es kaum, mir diese einsamen Räume belebt vorzustellen, und dass es einmal nicht nur meine Füße gewesen waren, die über den gesprenkelten Boden tappten.

Klonk. Beinahe wäre ich gestolpert, als das Geräusch erneut die Stille durchschnitt, viel näher als zuvor. Ein eisiger Schauer lief meinen Rücken hinunter und hinterließ eine Gänsehaut. Was, wenn das gar keine Antwort auf meinen Ruf war? Wenn es nicht von Rasmus kam, sondern von irgendetwas anderem … oder irgendjemand? Ich kämpfte gegen das Verlangen, sofort zum Fahrstuhl zurückzulaufen und zu fliehen – nichts wie weg von dieser furchtbaren Leere, der Ungewissheit und den gespenstischen Schlägen, die mir entgegenschallten. *Klonk …*

Vor der dritten Tür machte ich Halt. Hier musste es sein, da war ich mir sicher: Das Hämmern klang nun schon so intensiv, als würde jemand direkt neben mir seine Faust auf das Becken eines Schlagzeugs krachen lassen. Ich umfasste die Klinke und drückte sie Millimeter für Millimeter hinunter – von Innen musste das aussehen wie eine Szene aus einem Horrorfilm. Nur, dass *ich* hier diejenige war, die eine potentielle Opferrolle übernahm. Für eine Sekunde drohte mich die Angst zu überrollen, aber ich zwang mich dazu, die Tür behutsam zu öffnen, bis ich in den Raum spähen konnte. Die Muskeln in meinen Beinen spannten sich bis zum Äußersten an, während ich die Taschenlampe hervorholte. Beim Aufflammen des Lichts rechnete ich schon mit einer Attacke, doch nichts regte sich. Immer noch vor der Tür verharrend, ließ ich den Strahl der Taschenlampe durch den Raum wandern. Wie ein bleicher Finger tastete er über eine Gruppe von Tischen und Stühlen, die mir bereits aus den anderen Büros vertraut waren. Mit einem dumpfen Gefühl der Hoffnungslosigkeit trat ich einen Schritt zurück und wollte schon die Taschenlampe senken, als ich einen erstickten Laut hörte. Meine Hand schnellte zur Seite, und dann sah ich ihn, zusammengekauert im weißen Lichtkegel: Rasmus.

Er saß am anderen Ende des Raumes auf dem Fußboden, direkt unter einem Fenster, sodass er beinahe von den Schreibtischen verdeckt wurde. Seine Arme waren hinter seinem Rücken an das Rohr eines Heizkörpers gefesselt. Über dem Knebel, der durch seinen Mund lief, schaute er mir mit zusammengekniffenen Augen entgegen.

Halbblind vor Tränen stolperte ich auf ihn zu, brachte dabei einen Stuhl zum Kippen, ohne mich darum zu kümmern. Schon kniete ich neben ihm und zerrte an dem Strick, der seine Handgelenke zusammenhielt. Ich dachte daran, das Taschenmesser zu benutzen, aber dann ließen sich die Fesseln auch so abnehmen. Als Nächstes griff ich nach dem Knebel, aber Rasmus kam mir zuvor: Mit fahrigen Bewegungen löste er den Knoten des Stofffetzens in seinem Nacken. Als er den Kopf senkte, erkannte ich ein dunkelrotes Rinnsal, das aus seinen Haaren sickerte. Um auf sich aufmerksam zu machen, musste er den Kopf immer wieder gegen das Heizungsrohr geschlagen haben, und dabei war seine Haut aufgeplatzt.

„Oh mein Gott. Geht … geht es dir gut?“

Rasmus schleuderte den Knebel von sich und machte gleich mit den Fesseln an seinen Fußknöcheln weiter. „Bestens“, sagte er knapp, während er den Knoten bearbeitete, „siehst du nicht, wie relaxt ich bin?“ Es hörte sich schroff an, aber kaum, dass er die Beine wieder bewegen konnte, ging er vor mir in die Hocke und umfasste meine

Schultern. „Lily, warum zum Teufel bist du hergekommen?“

„Ich will dich hier rausholen“, flüsterte ich. Obwohl wir noch nicht in Sicherheit waren – ganz im Gegenteil –, durchströmte mich die Erleichterung wie eine heiße Flüssigkeit. „Weißt du überhaupt, wo wir sind?“

„Nicht genau. Der Typ hat mich ausgeknockt, und ich bin erst hier wieder so richtig zu Bewusstsein gekommen. Aber ich weiß, dass wir uns im verdammten Hauptquartier eines Dämons befinden!“, knurrte er mich an. „Deshalb war es *so, so dumm* von dir, einfach …“

„Es war gar kein echter Dämon“, fiel ich ihm ins Wort, „sondern ein Mensch, den Serafina manipuliert hat. Das ist ihr Haus – also, das Haus, zu dem ihr Apartment gehört. Sie ist schuld an Dinas Tod, und sie hat dich hierher bringen lassen!“

Gegen meinen Willen schnappte ich nach Luft, als sich Rasmus' Griff um meine Schultern schmerzhaft verstärkte. Ich konnte den Zweifel in seinen Augen erkennen, der sich nach und nach in Fassungslosigkeit verwandelte. „Fina?“, wiederholte er rau. „Aber … das würde sie niemals tun.“

„Mir ist klar, dass das schwer zu glauben ist! Besonders bei einer Person, die man schon lange kennt und der man vertraut. Mit Sam ging es mir damals genauso.“ *Und heute wieder,* hätte ich fast gesagt, doch der Ausdruck in Rasmus' Gesicht verriet mir, dass er ohnehin wusste, was ich dachte. „Serafina ist anders, als du sie einschätzt“, redete ich deshalb schnell weiter. „Sie will dich um jeden Preis besitzen, begreifst du das nicht? Insgeheim hat sie nur ein Ziel vor Augen: dich ins Licht zurückzubringen, und dafür sind ihr alle Mittel recht!“

Rasmus' Blick wanderte an mir vorbei. Er schien langsam zu verarbeiten, was ich ihm erzählt hatte, dann erst schaute er mich wieder direkt an. „So wie dir, meinst du?“

Jäh kühlte die Hitze ab, die gerade noch durch meinen Körper geflossen war. Rasmus beobachtete mich ganz genau, um sich keine Regung in meinem Gesicht entgehen zu lassen. „Nein, doch nicht wie mir", widersprach ich getroffen. „Natürlich nicht! Ich nehme an, dass sie dir Schmerzen zufügen will – dich so lange quälen, bis du dir sehnlich wünschst, wieder unverwundbar zu sein!"

„Ja?", fragte Rasmus gedehnt. Er hatte sich erstaunlich schnell von seinem Schock erholt, so als wäre das alles ohnehin nicht von Bedeutung. „Um ehrlich zu sein, sehe ich da keinen großen Unterschied. Warum machst du dir also überhaupt die Mühe, mich hier rauszuholen? Wenn sie mich zwingt, das Angebot der Richter anzunehmen, sind doch alle Probleme gelöst: Serafina bekommt ihren Willen, wir müssen uns nicht alleine mit dem Abaddon herumschlagen, und du hast keinen Grund mehr, dich schuldig zu fühlen. Man könnte fast behaupten, es sei ... eine *Win-win-Situation.*"

In diesem Moment machte ich eine seltsame Entdeckung: Egal, wie viel Angst ich hatte, egal, wie gefährlich und hoffnungslos meine Situation war – Rasmus brachte es trotzdem fertig, mich auf die Palme zu bringen. „Das habe ich doch nur so *gesagt*", erwiderte ich mit einem Zischen. Es strömte über meine Lippen, noch bevor ich in der Lage war, einen klaren Gedanken zu fassen. Meine Selbstbeherrschung stürzte einfach in sich zusammen und ließ ein Chaos von Gefühlen zurück, das unaufhaltsam aus mir herausdrängte. „Irgendwie musste ich doch deine verflixte Sturheit überwinden, damit du dich nicht weiter quälen lässt. Aber es ist mir so, so schwer gefallen, dass du es dir gar nicht vorstellen kannst!", schleuderte ich Rasmus entgegen. Am Ende des Satzes hatte ich vergessen, meine Stimme zu dämpfen, und sie hallte in dem Heizkörper direkt hinter uns nach.

Jetzt veränderte sich Rasmus' Miene. „Aber wieso ist es dir …", begann er und brach dann ab. Seine Augen kniffen sich noch etwas mehr zusammen.

Auf einmal erfüllte mich eine unbändige, völlig deplatzierte, funkensprühende Wut, von der ich nicht genau wusste, wer oder was ihr eigentliches Ziel war. *„Weil"*, sagte ich scharf, „ich keine Lust habe, zukünftig im Englischunterricht zu sitzen, ohne deinen Blick wie ein Kribbeln im Nacken zu spüren. Weil du mein Peinlichkeitsbarometer bist, das aber niemals ausschlägt, egal, was ich verbocke … Weil du es schaffst, mich zum Lachen zu bringen, obwohl ich gerade noch im Erdboden versinken wollte. Weil ich es dir unbedingt erzählen muss, wenn mir ein Buch gut gefällt oder mich aufregt, und weil du verdammt nochmal der Einzige bist, der sich über Mr. Darcy lustig machen darf, so ist das!"

Nach diesem Redeschwall trommelte mein Herz gegen meine Rippen, und ich hatte das Gefühl, als wäre ich soeben einen Marathon gelaufen.

Rasmus beugte sich ein Stück zu mir vor. „Hey, Lily?", fragte er mit blitzenden Augen, und im Gegensatz zu meinem hysterischen Gestammel klang es ganz ruhig. „Sag mal … hat sich da drin irgendwo das L-Wort versteckt?"

„Ja, allerdings!", fauchte ich ihn an. „Ich liebe dich, du unglaublich nerviger … nervtötender … *nerviger Kerl!"*

Und dann schien meine Wut in einem Feuerwerk zu explodieren. Ich warf mich in Rasmus Arme, krachte gegen seinen Brustkorb, und es hätte eigentlich wehtun müssen – doch ich fühlte nichts als seine Hände, die mich auffingen. Die Taschenlampe fiel herunter und sandte wilde Lichtblitze über den Fußboden, bevor sie erlosch. Trotz der Dunkelheit fand Rasmus meinen Mund sofort. Ich drängte mich an ihn, ballte meine Fäuste in seinem Nacken und spürte seidenweiche Haarsträhnen zwischen meinen Fingern. Zu Anfang küssten wir uns wie unter Schock, die Lippen aufeinandergepresst, sein Körper so eng an meinem, dass ich kaum wusste, welcher rasende Puls zu mir gehörte und welcher zu ihm. Nur ganz allmählich wurden unsere Berührungen sanfter. Rasmus' Zunge glitt heiß über meine, und während ich mich in seine Arme schmiegte, durchzitterte mich immer wieder derselbe Gedanke: Ich hatte es ihm gesagt, ich hatte es ihm endlich gesagt – auch wenn es nicht die elegante Liebeserklärung gewesen war, die ich mir ausgemalt hatte.

Natürlich erriet Rasmus, was in mir vorging. Kaum hatte er sich von mir gelöst, lauerte ihm schon wieder unübersehbar der Schalk im Nacken. „Okay, ich glaube, das müssen wir noch üben", spottete er ein bisschen außer Atem.

Obwohl ich mich immer noch fühlte wie in Trance, schaffte ich es, ihm eine Grimasse zu schneiden. „Gerne, sobald wir hier raus sind", keuchte ich. Etwas verschwommen kam mir dann zu Bewusstsein, dass er meine Liebeserklärung gar nicht erwidert hatte – na ja, jedenfalls nicht mit Worten. Ich hätte ihn gerne gefragt, ob er sich noch an sein beiläufiges Geständnis im Zusammenhang mit den Burritos erinnerte, und ob ihm damals überhaupt klar gewesen war, was da aus seinem Mund kam. Ob er es auch schon wirklich *gemeint* hatte. Für den Moment genügte mir allerdings, einfach zu wissen, dass es ihm jetzt ernst war, auch wenn ich keine Ahnung hatte, wie es mit uns weitergehen würde. Schließlich blieb immer noch die Frage, wie Rasmus sich der Folter durch die Richter entziehen sollte, wenn er nicht in den Himmel zurückkehrte ... Aber wir hatten nun keine Zeit für längere Gespräche, und ganz gewiss war das hier nicht die richtige Gelegenheit, um Burritos zu erwähnen.

Inzwischen hatte Rasmus die Taschenlampe aufgehoben und sie wieder angeknipst. Mit einem Ächzen zog er sich am Heizkörper hoch, dann streckte er die Hand aus, um mir auf die Füße zu helfen. Schlagartig stellte ich fest, dass die Taschenlampe die einzige Lichtquelle war: Als ich das Büro betreten hatte, war vom Flur genügend Helligkeit hereingedrungen, sodass die Möbel gut erkennbar gewesen waren, aber nun versank schon wenige Meter weiter alles in pechschwarzer Finsternis.

„Vielleicht ist da eine Zeitschaltung eingebaut?", schlug ich zaghaft vor, als Rasmus den Strahl der Taschenlampe auf die offene Tür richtete. Dabei wusste ich genau, wie unrealistisch das war – so etwas gab es in Treppenhäusern, aber bestimmt nicht im Flur direkt vor den Büros. Das mulmige Gefühl, das während der letzten Minuten verschwunden war, kroch nun wieder in mir hoch. Instinktiv klammerte ich mich noch etwas fester an Rasmus, als er mich an den Schreibtischen vorbei aus dem Raum führte. Die Dunkelheit erschien mir so dicht, als wäre sie eine Decke, die sich über mein Gesicht legte und mir das Atmen schwermachte. Ich tastete über die raue Wand direkt neben der Tür, bis meine Finger auf den Lichtschalter trafen. Erleichtert betätigte ich ihn, aber nichts geschah … einmal abgesehen davon, dass Rasmus fluchte.

„Stromausfall", stieß er zwischen zusammengebissenen Zähnen hervor. „Ich würde sagen, dein Pechvogel-Gen hat mal wieder ganze Arbeit geleistet."

„Und der Fahrstuhl?", fragte ich in einer jämmerlichen Tonlage, für die ich mich gleich darauf verwünschte. Ohne etwas zu erwidern, eilte Rasmus den Flur entlang. Als der Strahl der Taschenlampe eine schwere Metalltür mit der Aufschrift *Notausgang* erfasste, bremste er scharf ab. „Es muss auch eine Feuertreppe geben", sagte er und drückte die Klinke hinunter, „… die allerdings abgeschlossen ist. Trifft sich ja *perfekt*."

Ich biss mir auf die Unterlippe, doch das half nicht gegen meine aufsteigende Panik. „Was sollen wir denn jetzt bloß machen?"

Rasmus hob die Taschenlampe, damit ich in ihr Licht getaucht wurde. „Wir haben zwei Möglichkeiten", sagte er und neigte den Kopf, wie um sicherzugehen, dass ich ihm genau zuhörte. „Erstens könnten wir hier warten, bis der Strom wieder da ist."

Ich schaute ihn groß an. „Das ist doch wohl hoffentlich nicht dein Ernst."

„Und zweitens könnten wir den Schacht des Fahrstuhls hinunterklettern."

„Okay", sagte ich. „Ich hoffe, *das* ist nicht dein Ernst."

Noch während ich sprach, wandte sich Rasmus ab und beleuchtete den Aufzug. „Wir haben Glück, dass das hier so ein altes Modell ist. Jeder Fahrstuhl hat einen Notzugang für die Feuerwehr, aber normalerweise braucht man einen Dreikantschlüssel, um die Schachttür zu entriegeln. Hier müsste allerdings auch ein gebogener Draht reichen, und von innen geht es ganz ohne Hilfsmittel. – Schau mal." Er deutete auf eine kleine, runde Öffnung neben der Tür, die mir vorher gar nicht aufgefallen war.

„Dreikantschlüssel?", wiederholte ich, als wäre es ein chinesisches Sprichwort. „Woher weißt du das alles, etwa von deiner Wächterausbildung?" Erst danach fiel mir ein, dass Engel höchstwahrscheinlich keine Verwendung für Fahrstühle hatten. Okay, Gefahrensituationen und mein Sinn für Logik würden wohl keine Freunde werden.

„Survival-Sendung im Fernsehen", antwortete Rasmus. „Wenn du mal eine Weile in einem baufälligen Turm gewohnt hast, entwickelst du ein Interesse für solche Sachen."

Er begutachtete noch einmal das Loch neben der Fahrstuhltür, dann schaute er wieder zu mir und zog eine Augenbraue hoch. „Büroklammer …?"

Trotz unserer verzweifelten Lage musste ich ein bisschen lächeln. „Wow, ich habe gerade ein echt heftiges Déjà-vu."

Rasmus grinste – ganz offensichtlich dachte er ebenfalls an den Moment in der Höhle, als er meine Handschellen geknackt hatte. „Ich wollte ja nichts sagen", meinte er trocken. „Aber hey, im Vergleich zum Steinbruch ist es hier angenehm warm, das können wir glatt auf der Habenseite verbuchen!"

„Was ich diesmal allerdings *nicht* habe, ist eine Büroklammer. Hilft dir das hier weiter?" Ich holte das Klappmesser hervor und reichte es ihm.

„Nicht dabei, die Schachttür zu öffnen, aber nützlich ist es schon. Hältst du die kurz?" Ohne Erklärung drückte er mir die Taschenlampe in die Hand. Dann zog er seinen dicken Sweater aus, legte ihn auf den Boden und begann ihn mit dem Messer zu bearbeiten, um die Ärmel abzutrennen.

Ich stand daneben und fühlte mich in etwa so hilfreich wie … nun ja, ich selbst neben Lara Croft. „Ähm, und was soll das jetzt werden?"

„Die Seile im Schacht sind bestimmt ölverschmiert. Wenn wir unsere Hände mit irgendwas umwickeln, haben wir hoffentlich einen besseren Halt", sagte Rasmus geistesabwesend, während er verbissen weiter an dem Pullover herumsäbelte. „Kannst du in den Büros nachschauen, ob du einen festen Draht findest?"

„Klar." Ich gab mir große Mühe, ähnlich locker zu klingen wie er. Bevor ich ging, stellte ich die Taschenlampe aufrecht neben ihn auf den Fußboden – nun musste mein Handy als Lichtquelle herhalten. Regelmäßig drückte ich auf die Tasten, damit die Beleuchtung nicht erlosch und ich den Weg zur ersten Bürotür fand. Das Zimmer dahinter glich jenem, in dem Rasmus angebunden gewesen war, wie ein Ei dem anderen. Ich vermied es, zur Heizung hinzuleuchten, um nicht an den schrecklichen Anblick von vorhin erinnert zu werden. Vorsichtig schlängelte ich mich zwischen den Schreibtischen hindurch und öffnete die dazugehörenden Schubladen. Wie ich erwartet hatte, befanden sich hier und da noch Souvenirs der früheren Benutzer: abgebrochene Bleistifte, Gummiringe und eine kaputte Klammermaschine. Beim vierten Schreibtisch musste ich allerdings nicht einmal die Laden durchforsten – mitten auf der Tischplatte thronte ein Zettelhalter, der aus einem bemalten Keramikwürfel und einem senkrechten Draht samt Klemme bestand. Als ich daran zog, ließ sich der Sockel fast mühelos entfernen. *Bingo!*

Aufgeregt schnappte ich mir den Draht und wirbelte herum, wobei sich mein Fuß an einem Tischbein verhakte. Jeder normale Mensch hätte vermutlich sein Gleichgewicht wieder gefunden, aber mich schmiss es prompt auf die Knie. Um meinen Sturz abzufangen, streckte ich beide Hände aus und verstreute meine Fracht in der Gegend. Mein Handy rutschte scheppernd davon und verbreitete noch eine Sekunde lang einen schwachen Lichtschimmer, bevor es um mich herum stockfinster wurde.

Auf allen vieren krabbelte ich ein Stück voran und ließ meine Finger hektisch über den Boden gleiten. Zuerst spürte ich nur die Ritzen zwischen den Platten und jede Menge Staub, doch plötzlich traf meine rechte Hand auf etwas Weiches. Etwas, das in Stoff gehüllt war und unter meiner Berührung nachgab. Im nächsten Moment ertastete ich mit der Linken einen kompakten Gegenstand, den ich zum Glück als mein Handy erkannte. Ein leichter Druck, und das Display leuchtete wieder auf. Verwirrt schaute ich auf das Jeansblau unter meiner rechten Hand und begriff gar nichts, noch nicht, als wäre mein Verstand vorübergehend gelähmt. Als ich den Arm hob, huschte das Licht nach oben, über das Blau, dann Schwarz, und zuletzt über ein gräulich-fahles Weiß.

Obwohl mein Mund weit geöffnet war, brachte ich keinen Ton über die Lippen. Der Schrei explodierte nur in meinem Kopf, erfüllte meine Ohren mit einem schrillen Heulen und machte mich taub, bis ich nichts anderes mehr wahrnahm als dieses leblose menschliche Gesicht.

14. Kapitel

Auf Händen und Knien kroch ich rückwärts, ohne mich abwenden zu können. Als würde mein Blick daran festkleben, starrte und starrte ich immer weiter auf diesen regungslosen Körper, seine wachsbleiche Haut und das klaffende Loch mitten in seiner Brust. Der Mann sah trotz seiner erschlafften Gesichtszüge kaum älter aus als Rasmus. *Nein.* Das hier war nicht real, konnte mir nicht wirklich passieren, ich musste das Bewusstsein verloren haben und würde gleich aus diesem Alptraum aufwachen. Mit jeder Sekunde wurde das Sirenengeheul in meinen Ohren lauter, und endlich trübte sich auch meine Sicht: Lichtblitze zerschossen mir das Blickfeld, bis nur noch durcheinander gewürfelte Mosaiksteine übrigblieben. Da schaffte ich es, mich von dem Bild loszureißen. Ich merkte nicht, wie ich auf die Beine kam und den Raum verließ – als Nächstes rannte ich den dunklen Flur hinunter, schlitterte über den glatten Fußboden, bis ich gegen ein Hindernis prallte. Zwei Arme umschlangen mich und drückten zu, aber das konnte mein heftiges Zittern nicht eindämmen. Mein ganzer Körper bebte, und ohne Rasmus' festen Griff hätte ich mich kaum länger auf den Beinen halten können.

„Schon gut", murmelte er in mein Haar. „Alles ist gut, Lily."

Es spielte keine Rolle, dass seine Worte bedeutungslos waren. Irgendwie fanden sie einen Weg durch meinen Schock und woben einen Schutzpanzer um mich herum. Ich machte einen schleifenden Atemzug. „In dem Raum hinter der ersten T-Tür …"

„Schau mich an.“ Rasmus legte eine Hand unter mein Kinn und brachte mich dazu, den Kopf zu heben. „Was hast du dort gesehen?“

„Eine L… einen Toten“, brachte ich hervor.

Jetzt griff meine Angst auf Rasmus über, das konnte ich an seinem Gesicht erkennen. „Wer ist es? Doch nicht etwa …“ Er stockte, und ich wusste nicht, was er hatte sagen wollen, aber die Worte strömten nun einfach so aus mir heraus:

„Ich habe keine Ahnung, wer das ist, aber er ist jung und – jemand muss ihm die Brust aufgeschlitzt haben, da ist eine riesige Wunde, und sein Hemd ist ganz schwarz vor lauter Blut!“

Beinahe wäre ich gestolpert, als Rasmus mich losließ. Er bückte sich nach der Taschenlampe, die immer noch auf dem Boden stand, und wandte sich dann wieder zu mir. „Du musst hier warten, verstehst du mich? Rühr dich nicht von der Stelle, ich bin gleich wieder da.“

„Aber wo willst du denn hin?“, fragte ich entsetzt.

„In den Raum hinter der ersten Tür. Ich muss mir das selbst ansehen, du weißt ja nicht genau, ob er wirklich tot ist. Möglicherweise kann ich etwas tun, damit er durchhält. So lange, bis wir Serafina entwischt sind und Hilfe holen können.“

„Nein!“ Meine Stimme überschlug sich, während ich die Hände nach Rasmus ausstreckte. „Du kannst jetzt nicht weggehen, bitte, bitte lass mich hier nicht alleine!“

„Dann komm mit“, antwortete Rasmus und musterte mich eindringlich. „Schaffst du das?“

Zuerst wollte ich ihm sagen, dass ich niemals wieder diesen Flur entlanggehen würde. Gleich darauf wurde mir jedoch klar, dass ich unmöglich auf Rasmus warten konnte. Eher ließ ich mich von ihm in diesen Alptraum zurückführen, bevor ich in der Dunkelheit alleine blieb.

Ich legte meine Arme um seine Taille und klammerte mich an ihn, als er sich in Bewegung setzte. Mit winzigen Schritten tappte ich hinterher, meine Stirn gegen seinen Rücken gepresst. Ich fühlte die hervorstehende Wirbelsäule und das Spiel seiner Muskeln an meinem Gesicht. Wenn ich mich nur auf seine Wärme und seinen Geruch konzentrierte, würde ich das hier vielleicht durchstehen.

Obwohl ich kein einziges Mal nach vorne sah, konnte ich die Entfernung doch gut genug abschätzen, um zu ahnen, wann wir das Zimmer erreicht hatten. Rasmus drehte sich behutsam zur Seite und zog mich dann durch die Tür. Bei der Erkenntnis, nur noch wenige Schritte von dem Toten entfernt zu sein, ballte sich mein Magen zu einer harten Kugel zusammen. Auch Rasmus' Rücken straffte sich spürbar, er verlangsamte sein Tempo immer mehr und blieb schließlich stehen. Ich betete, dass er mir nicht sagen würde, ich solle ihn loslassen, weil er den Verletzten untersuchen wollte – oder noch schlimmer, dass es ganz offensichtlich keine Rettung mehr für den jungen Mann gab.

Nur wenige Sekunden später brach Rasmus das Schweigen, und seine Stimme vibrierte an meiner Wange, als er sagte: „Bist du sicher, dass es hier war?"

Verwirrt löste ich meine Umklammerung. Nach einem letzten furchtsamen Zögern trat ich einen Schritt zur Seite und öffnete die Augen. Mein Blick heftete sich an den Strahl der Taschenlampe, den Rasmus durch den Raum dirigierte; über die Reihe der Schreibtische hinweg bis zu der Stelle, an der ich gestürzt war. Er konnte nicht wissen, welchen Winkel des Zimmers ich gemeint hatte, also hielt er nicht inne, aber ich hatte genug gesehen: Wo ich eben noch das Bein des Toten ertastet hatte, war nur leerer Fußboden.

„Das … das weiß ich nicht genau“, stammelte ich. Mit einer steifen Bewegung griff ich nach der Taschenlampe, legte meine Finger über Rasmus‘ Hand und lenkte den Lichtkegel abermals um uns beide herum. „Vielleicht habe ich mich geirrt, die Büros sehen ja alle gleich aus …“ Und dann stoppte ich, weil einen Meter entfernt etwas aufblitzte. Rasmus machte sich von mir los, um das Ding zu holen. Fragend hielt er es mir auf der Handfläche hin, und mein Herz schien zu stolpern. Was mir da silbern entgegenleuchtete, war der Draht, den ich zuvor fallen gelassen hatte.

Ich schüttelte den Kopf, immer wieder, als könnte ich mich dadurch gegen irgendetwas wehren. „Wie hat er es bloß geschafft, in dieser kurzen Zeit zu fliehen?“

„Gar nicht.“ Rasmus schaute mich forschend an, auf der Suche nach etwas in meinem Gesicht. „Lily, es gibt keinen anderen Ausgang als die abgeschlossene Treppe und den Fahrstuhl. Niemand konnte hier raus.“

Ich taumelte und musste mich an Rasmus‘ Hand festhalten. Der Draht bohrte sich in meine Haut. „Aber ich habe ihn gesehen. Ich habe ihn direkt vor mir gesehen, so klar und deutlich, dass ich ihn zeichnen könnte, das schwöre ich!“

„Okay“, sagte Rasmus langsam. Er war noch bleicher als sonst, und seine Schultern wirkten verkrampft. „In den letzten Stunden hast du von Serafinas Verbrechen erfahren, du bist in ein Gebäude eingedrungen, um mich zu befreien, und nun sitzen wir hier ohne Strom fest. Niemand kann erwarten, dass du das alles einfach so erträgst. Aber es ist sehr wichtig, dass du dich beruhigst. Wir werden heil nach draußen kommen, das verspreche ich.“

Er wollte mich in den Arm nehmen, aber ich zuckte von ihm weg. „Ich soll mir das nur eingebildet haben?“, flüsterte ich. „Du denkst, ich verliere den Verstand?“

Wieder machte Rasmus Anstalten, mich zu umarmen, und diesmal ließ ich es zu. Ich nahm seine Berührung kaum wahr; mein ganzer Körper wurde nun von eisiger Kälte durchströmt.

„Lily …"

„Nein. Bring mich hier weg – bitte – *ich muss sofort hier raus!*"

Rasmus schluckte jede weitere Beschwichtigung herunter. Ohne seine Umarmung zu lockern, führte er mich wieder auf den Gang und zum Fahrstuhl zurück. Meine Beine bewegten sich wie mechanisch, während ich mir bei jedem Schritt dasselbe vorsagte: Es war besser, mein Verstand hatte mir einen Streich gespielt, als wenn Serafina einen weiteren Mord begangen hätte. Ein Alptraum, mehr nicht. Ich würde das überstehen … und doch fühlte ich mich in diesem Moment schlimmer ausgeliefert als jemals zuvor. Um nicht vollends die Beherrschung zu verlieren, ließ ich mich nun ganz in meinen Schockzustand hineinfallen, dieses Vakuum in meinem Inneren, das alle Emotionen verschluckte. Teilnahmslos schaute ich zu, wie Rasmus den Draht zurechtbog und in das Loch neben der Fahrstuhltür einführte. Schon nach wenigen Sekunden begannen seine Finger zu beben, sodass er den Arm zurückziehen und ein paarmal die Faust ballen musste. Dabei vermied er es, mich anzublicken, was mir freie Sicht auf seinen Nacken gewährte. Das Blut aus seiner Kopfwunde hatte dort einen Streifen hinterlassen, der in der Dunkelheit fast schwarz wirkte. Trotz meiner Apathie fragte ich mich, wie viel Rasmus wohl noch schaffen würde. Bereits in seiner Wohnung hatte er einen völlig geschwächten Eindruck gemacht, und nun war er außerdem verletzt. Auf einmal begriff ich, dass der Abstieg durch den Fahrschacht nicht nur für mich einen fast unmöglichen Kraftakt bedeuten würde, sondern auch für Rasmus.

Endlich war es ihm gelungen, die Tür zu entriegeln. Mit einem Ruck schob er sie auf und beugte sich vor, um in die schwarze Öffnung zu leuchten. Ich folgte seinem Blick, und meine Kehle schnürte sich zusammen. Obwohl ich immer noch alles um mich herum entrückt wahrnahm, löste der Tunnel ein schreckliches Gefühl von Beklemmung in mir aus. Die schwarzen Seile an der Wand des Schachts schienen bis ins Bodenlose zu führen, hinein in einen Schlund aus Metall und Beton.

Rasmus griff in vorgetäuschter Entschlossenheit nach zwei Streifen seines zerschnittenen Sweaters und umwickelte damit rasch seine Hände. Dasselbe wiederholte er bei mir, und ich ließ es geschehen, ebenso steif und unbeteiligt wie eine Puppe.

„Pass auf", sagte er, nachdem er den letzten Knoten auf meinem Handrücken gebunden hatte. „Der Schacht ist doch ein Stück breiter, als ich dachte. Um die Seile zu erreichen, wirst du springen müssen", er hob seine Stimme, als ich nach Atem rang, „aber das schaffst du locker. Am besten, du nimmst ein paar Schritte Anlauf. Sobald du die Seile erwischt hast, musst du auch deine Beine herumschlingen. Nur in den Armen hast du vermutlich nicht genug Kraft. Seid ihr im Sportunterricht schon mal an Tauen geklettert?"

„Ja, aber da bin ich keine zwei Meter hochgekommen!"

„Dann trifft es sich doch gut, dass du jetzt nicht nach oben klettern musst, sondern nur nach unten." Rasmus lächelte nicht, aber ich merkte, dass er so viel Zuversicht in seine Stimme legte wie nur irgend möglich. „Wenn du willst, gehe ich zuerst. Dann fange ich dich einfach auf, falls du abrutschst."

Bei seinem allzu durchschaubaren Versuch, sich ebenso stark und unantastbar zu geben wie früher, spürte ich ein schmerzhaftes Ziehen in meinem Inneren. Ich sah ihn an, meine Frage unausgesprochen, aber der Ausdruck in meinem Gesicht genügte. Rasmus senkte den Kopf. „Das Adrenalin hilft mehr, als du vielleicht glaubst“, sagte er leise.

Um mir keine Chance auf Widerspruch zu geben, wandte er sich ohne ein weiteres Wort dem Schacht zu. Sorgfältig befestigte er die Taschenlampe an seinem Gürtel. Seine Muskeln spannten sich an, während er in leicht geduckter Haltung den Abstand zwischen der Tür und den Seilen prüfte. Dann machte er einen Satz schräg nach vorne.

Es ging so schnell, dass ich seinen katzenartigen Sprung kaum wahrnahm. Der Schacht schien ihn zu verschlingen, und ich hörte nur ein grauenvolles Schleifen, als er an den Seilen entlang nach unten rutschte. Mit einem heiseren Schrei stürzte ich auf die Öffnung zu, aber anstatt den Strahl der Taschenlampe wie einen Kometen in den Abgrund fallen zu sehen, schaukelte der Lichtkreis nur noch leicht hin und her: Rasmus musste sicheren Halt gefunden haben.

Ich presste beide Hände gegen meine Brust, wo mein Herz verrücktspielte. Mein Kopf fühlte sich merkwürdig leicht an, sodass ich befürchtete, gleich ohnmächtig zu werden. Zur Sicherheit trat ich einen Schritt vom Schacht weg und atmete ganz langsam aus. Dann erst schaffte ich es, zu rufen:

„Ist alles in Ordnung mit dir?“

„Ja, alles gut“, tönte es zu mir nach oben. Rasmus' Stimme klang blechern und viel weiter weg, als er eigentlich war. Ein kalter Schweißtropfen rollte meine Wirbelsäule hinab.

„Ich glaube, ich kann das nicht“, japste ich. „Das ist Irrsinn, ich bringe so etwas einfach nicht fertig!“ Natürlich wusste ich, dass mein Protest sinnlos war: Für Rasmus gab es jetzt keinen Weg mehr zurück. Um die Seile wieder hochzuklettern und zurückzuspringen, hätte er so stark sein müssen wie früher – oder wie Serafina.

„Wenn man es selbst macht, kommt es einem gar nicht so schlimm vor", beteuerte Rasmus aus der Dunkelheit. „Es ist nur … ein bisschen anstrengend, also wäre es ganz gut, wenn wir es schnell hinter uns bringen würden."

Das gab für mich den Ausschlag. Wie selbstsüchtig musste ich sein, um ihn nur eine Sekunde länger als nötig in diesem finsteren Tunnel auf mich warten zu lassen? Mit zusammengebissenen Zähnen überprüfte ich noch einmal die Bandagen um meine Hände, dann setzte ich einen Fuß zurück, um Anlauf zu nehmen. In Gedanken sagte ich einen Countdown auf und war gerade bei *zwei* angelangt, als mich der Rufton meines Handys unterbrach. Meine Eltern, die sich fragten, wo ich so lange blieb …? Ungeschickt grub ich es aus meiner Hosentasche, und meine Eingeweide schienen ein paar Zentimeter tiefer zu sacken, als ich den Namen auf dem Display sah: Jinxy hatte mir eine SMS geschickt.

Die dicken Stoffstreifen um meine Hände machten es mir schwer, die richtige Taste zu treffen. Zweimal landete mein Finger daneben, ehe es mir gelang, das Telefon zu entriegeln und auf *Öffnen* zu drücken.

Nichts zum Anzeigen leuchtete mir entgegen. Ich fragte mich, warum Jinxy mir so etwas schrieb – erst danach begriff mein vernebeltes Gehirn, dass es sich um eine automatische Meldung handelte. Jinxy musste die SMS versehentlich und ohne Inhalt abgeschickt haben.

„Was ist los?", wollte Rasmus wissen. Trotz des Halls war seine Nervosität deutlich zu hören.

Ich beeilte mich, mein Handy einzustecken, und holte dann tief Luft. „Falscher Alarm. Jetzt halte dich bitte so fest, wie du nur kannst!"

Abermals begann ich zu zählen, und noch bevor ich damit fertig war, rannten meine Beine wie von selbst los. An der Kante der Türöffnung stieß ich mich ab, schleuderte meinen Körper mit ausgestreckten Armen in die Schwärze hinein. Der Zusammenprall mit den Seilen machte meine Hände für den Bruchteil einer Sekunde taub. Meine Finger schlossen sich zu spät um die ölbedeckten Stränge, schon zog mich mein Gewicht nach unten. Wieder erklang dieses schleifende Geräusch, als ich abwärtsglitt. Jeden Augenblick mussten meine Füße auf Rasmus treffen, *und wir würden beide den Halt verlieren!* In Todesangst gelang es mir, meine Beine um das Seil zu schlingen und es zwischen meinen Waden festzuklemmen. Immer noch rutschte mir das schmierige Material durch die Finger, ich ballte meine bandagierten Hände mit aller Kraft zu Fäusten … und bremste ab.

Einige Atemzüge lang rührte ich mich überhaupt nicht mehr. Ich ließ den Sauerstoff durch meine Lunge strömen, schloss die Augen und versank in dem Gefühl, einfach nur am Leben zu sein. Erst als meine Arme mit einem unangenehmen Brennen auf die Belastung reagierten, fand ich in die Realität zurück. Mit vorgerecktem Kopf spähte ich an meinen Beinen vorbei nach unten. Obwohl ich so weit abgestürzt war, befand sich Rasmus' Silhouette noch ein ganzes Stück tiefer. Er musste vorsorglich weitergeklettert sein, damit wir nicht kollidierten.

„Lily?"

„Hier", krächzte ich.

Rasmus' langgezogener Seufzer tönte bis zu mir herauf. „Gott sei Dank. Ich schwöre, ich hatte gerade mindestens einen Herzinfarkt." Zwischen meinen Fingern wackelte es kurz, dann setzte er hinzu: „Ich habe auf die Seile ganz rechts umgegriffen. Bleib du links, damit wir uns nicht gegenseitig stören, okay? Und jetzt schön vorsichtig."

Ich nickte mehrmals, nur für mich, weil er das natürlich nicht sehen konnte. Behutsam ließ ich eine Hand nach unten wandern und schob meinen restlichen Körper nach. Nur einen Zentimeter, und dann noch einen. Rasmus sagte irgendetwas, aber ich verstand kein Wort; es genügte schon, dass ich seinen aufmunternden Tonfall hörte. Trotzdem verflog mein Hochgefühl ebenso schnell, wie es gekommen war: Bereits zwei Etagen tiefer schien sich jeder einzelne meiner Muskeln gegen die Überbeanspruchung zu wehren. Der Schmerz war bald so schlimm, dass mir Tränen in die Augen schossen. Verbissen kletterte ich weiter, während sich die Bandagen um meine Hände zunehmend mit Öl bedeckten und für immer weniger Reibung sorgten.

Wieder rief Rasmus meinen Namen, als wollte er sichergehen, dass ich noch da war, aber diesmal schaffte ich es nicht, zu antworten. Vor wenigen Minuten hatten wir uns noch über unser Déjà-vu lustig gemacht, aber jetzt war ich dank der Erinnerung an den Steinbruch nicht mehr weit davon entfernt, komplett durchzudrehen. Schon einmal war ich so zwischen Himmel und Erde gefangen gewesen, mit immer schwächer werdenden Armen und einem schwarzen Abgrund unter mir. Genau wie damals würde es jetzt genügen, wenn ich nur kurz die Kontrolle verlor, und alles wäre vorbei.

„Hey, lass mich nicht so *hängen*", witzelte Rasmus etwas hilflos. „Wir haben schon mehr als die Hälfte geschafft! Wenn du das hinkriegst, kann Coach Svensson nie mehr behaupten, dass …" Mitten im Satz verstummte er.

Ich hielt ängstlich nach dem zuckenden Licht unter mir Ausschau, aber es war immer noch an derselben Stelle.

Schließlich fragte Rasmus unvermittelt: „Hältst du dich gerade mit einer Hand am selben Seil fest wie ich?"

„Nein, wieso?"

„Weil ich dein Zittern bis hier unten spüren kann."

„Aber ich hab wirklich nicht …" Dann stockte ich, weil ich es ebenfalls spürte: Ein feines Vibrieren lief durch das Seil und übertrug sich auf meine Finger. Plötzlich gab es einen Ruck, und mein erster Impuls war, mich einfach noch fester zu klammern. Viel zu langsam begann ich zu begreifen:

Die Seile mit dem Gegengewicht fuhren nach oben –

„Der Fahrstuhl kommt!" Rasmus' Schrei zerriss die Stille. Gleich darauf hörte ich einen dumpfen Schlag, und ich konnte nur denken: Er ist gefallen. Oh, lieber Gott, lass ihn nicht gefallen sein! Als ich den Halt verlor und trotz der Aufwärtsbewegung des Seils hinabschlitterte, erkannte ich jedoch, dass der Schachtboden gar nicht so weit entfernt war. Rasmus stand unten und rief mir mit vor Panik verzerrter Stimme zu:

„Lily, spring! Lass jetzt los, um Himmels willen!"

Ich gehorchte ihm, ohne darüber nachzudenken. Beim Aufprall spürte ich einen kurzen Schmerz in meinem Knöchel, doch das Schlimmste wurde von Rasmus' Armen abgefangen. Sofort gab er mich wieder frei und versetzte mir einen Stoß, damit ich auf die Knie fiel. Das alles dauerte nur wenige Herzschläge, dann war Rasmus die eisernen Trittstufen zur Schachttür hinaufgeklettert. Auf der höchsten Sprosse balancierend, tastete er den oberen Rand der Tür ab. Unterdessen war die Fahrkabine so weit abgesunken, dass ich sie im Licht der Taschenlampe bereits erkennen konnte. In ein paar Sekunden würde sie mich in dem winzigen Hohlraum über dem Schachtboden einschließen und Rasmus zermalmen wie ein Insekt. Ich versuchte, ihn an meine Seite zu ziehen, aber er trat meine Hand weg.

„Runter!“, kommandierte er scharf. Jetzt war der Fahrstuhl nur noch zwei Meter von seinem Kopf entfernt – er taumelte, verlor auf der Stufe fast das Gleichgewicht – und dann hatte er den Riegel gefunden. Mit einer fließenden Bewegung schob er ihn zur Seite, riss die Tür auf und schleuderte mich am Arm durch die stetig schmaler werdende Öffnung. Sekundenbruchteile, bevor die Kabine ihr Ziel erreicht hatte, stürzten wir gemeinsam ins Freie.

Ich verharrte in zusammengekauerter Haltung, die Augen fest geschlossen, und lauschte auf Rasmus‘ heiseres Keuchen. Nachdem sich die Anspannung gelöst hatte, schien alle Kraft aus meinen Gliedern gewichen zu sein. Am liebsten wäre ich ewig auf dem Fußboden liegen geblieben, der sich so tröstlich fest anfühlte. Erst als ich direkt neben mir eine schnelle Bewegung wahrnahm, schaffte ich es, meine Lider zu heben. Mein Blick kroch über die gesprenkelten Bodenplatten, geblendet von der ungewohnten Helligkeit … und wurde von einem Paar schwarzer Stiefel gestoppt. Jäh riss es mich auf die Füße, als wäre mein Körper an Schnüren befestigt. Ich stolperte rückwärts gegen Rasmus, der bereits stand. Seine Augen waren starr nach vorne gerichtet, mitten auf Serafinas lächelndes Gesicht.

„Ach, was für eine Überraschung“, sagte sie, ihre Stimme hoch wie die eines erstaunten Kindes. „Wer kommt mir denn da entgegengepurzelt? Ihr beide erspart mir doch glatt einen Weg!“

Sie streckte die Hände aus und kam noch einen Schritt auf uns zu, fast als wollte sie uns umarmen. In diesem Moment empfand ich überhaupt nichts – nach allem, was ich in den vergangenen Stunden erlebt hatte, war es einfach zu viel, und meine Gefühle machten nicht mehr mit. Ich schaute Serafina nur an: Sie trug wieder das lockere Hemd und die schwarze Hose, die sie aus ihrer Heimat mitgebracht hatte, doch trotzdem wirkte sie verändert. Ihre Haare, die sonst immer seidenglatt oder straff zusammengebunden waren, hingen nun wirr um ihre Schultern, der Mund war dunkelrot gefärbt und leuchtete in ihrem Gesicht wie eine Wunde.

„Als ich Rasmus' Apartment leer vorfand, war mir klar, dass ihr Verdacht geschöpft hattet", erzählte sie in einem freundlichen Plauderton. „Ich dachte, es wäre eine gute Idee, den Strom abzustellen, damit niemand in die oberen Stockwerke gelangen kann. Aber dann wollte ich doch selbst nach dem Rechten sehen, nachdem ich dieses Vögelchen erwischt hatte." Sie trat ein Stück zur Seite, um den Blick auf die Eingangstür freizugeben – und dort, winzig klein in ihrem viel zu weiten Eulenpullover, stand Jinxy.

Die Angst, die zuvor in meinem Inneren gefehlt hatte, schlug nun wie eine Flutwelle über mir zusammen. Jinxys Gesicht war leichenblass, und in ihren Augen lag ein Ausdruck, der mir bei ihr schrecklich fremd vorkam. Ich spürte einen Stromschlag durch meinen Körper zucken und rannte los. Serafina machte keinerlei Anstalten, mich aufzuhalten; vielleicht hatte ich es tatsächlich geschafft, sie mit meiner Reaktion zu überraschen. Ich dachte nicht weiter darüber nach, dachte an überhaupt nichts anderes als an meine quirlige Freundin, die jetzt wie versteinert aussah. Gerade hatte ich sie erreicht, da schnellte etwas Silbriges auf mich zu und biss in meine Kehle.

Rasmus' entsetzten Ausruf hörte ich kaum. Meine Welt schien sich zusammenzuziehen, bis auf den Punkt, an dem das Messer in meine Haut drückte. Ich senkte den Kopf und sah Blutstropfen über meine Brust perlen. Dann schaute ich nach oben in Jinxys hellgrüne Augen.

15. Kapitel

Es war merkwürdig, dass ich in diesem Moment an einen Tag in meiner Kindheit zurückdenken musste. Jinxy und ich hatten Fangen gespielt, und obwohl ich schon damals zur Ungeschicklichkeit geneigt hatte, schaffte ich es mit meinen längeren Beinen doch immer wieder, ihr zu entwischen. Schließlich geriet sie ins Stolpern, stürzte und begann zu schluchzen. Ich lief zu ihr, um sie trösten – da packte sie mich ohne Vorwarnung am Arm. „Hab dich“, sagte sie, und ihre jämmerliche Miene verwandelte sich in ein freches Grinsen. Zuerst empfand ich ihren Verrat wie eine Ohrfeige aus heiterem Himmel. Das Gefühl der Vertrautheit war verschwunden, und ich hätte ebenso gut einer Fremden gegenüberstehen können. Als Jinxy jedoch in ihr typisches Gekicher ausbrach, fiel die Mauer zwischen uns zusammen, sie war wieder ganz die Alte und ich stimmte erleichtert in ihr Lachen mit ein.

Nun wartete ich vergeblich auf eine solche Erlösung. Die Zeit schien stillzustehen, während ich in den Augen meiner Freundin irgendetwas suchte, nur einen Funken egal welchen Gefühls, aber rein gar nichts fand. Ich schluckte mühsam, und die Messerspitze bohrte sich bei der Bewegung meines Kehlkopfs noch fester in meine Haut. Trotz des scharfen Schmerzes war ich mir ziemlich sicher, dass der Schnitt nicht tief ging. Das Blut, das von der Klinge auf meine Jacke tropfte, musste von jemand anderem stammen. Rasch musterte ich Jinxys Körper, konnte aber keine Verletzung entdecken. Sie sah genauso aus, wie ich sie vor dem Bürogebäude zurückgelassen hatte – wäre da nicht die Härte gewesen, die ihr Gesicht in eine undurchdringliche Maske verwandelte.

Sobald ich diesen Gedanken zu Ende geführt hatte, formte sich in mir die Erkenntnis. Auf wackligen Beinen taumelte ich rückwärts, während Jinxy weiterhin das Messer auf mich gerichtet hielt. Dann drehte ich mich um.

„Was hast du mit ihr gemacht?“, hauchte ich, aber natürlich verstand Serafina jedes Wort.

„Oh, nicht viel; nur eine Gedankenspielerei. Selten hatte ich es mit einem Geist zu tun, der so spaßig zu beeinflussen war! Die Kleine wird übrigens jeden töten, der an ihr vorbei aus dem Gebäude will, also solltest du lieber wieder herkommen.“

Ich gehorchte sofort. Mein Körper hatte die Kontrolle übernommen, angetrieben von der Erinnerung an die zwei Menschen, die Sam damals manipuliert hatte: Die beiden hätten *alles* für ihn getan … sich auch ohne mit der Wimper zu zucken gegenseitig umgebracht.

Als ich wieder dicht vor der Aufzugtür stand, nickte mir Serafina huldvoll zu, als hätte ich ihr einen persönlichen Gefallen getan. „Gute Wahl“, lobte sie. „Ich würde jetzt ungern dein kleines Menschenleben beenden, auch wenn eines mehr oder weniger für mich keinen besonderen Unterschied macht.“

„Dann ist es also wahr“, ließ sich Rasmus neben mir vernehmen. Seine Stimme klang ganz flach, es war ihm nicht anzuhören, ob er Wut empfand oder Angst oder dieselbe Fassungslosigkeit wie ich. „Du hast Dina ermordet.“

„Allerdings. Eigentlich wollte ich sie vorher noch dazu überreden, mir ihr Geheimnis zu verraten – aber wer hätte gedacht, dass diese alte Hexe so zäh sein würde? Da habe ich eben ihren sturen Schädel geknackt.“

Der Geschmack von Galle stieg mir in die Kehle, und ich schauderte, als ich ihn wieder herunterwürgte. „Du musst wahnsinnig sein, wenn du glaubst, dass du damit durchkommst. Dein ganzer Plan ist verrückt! Wenn Rasmus wirklich ins Licht heimkehrt, wird er dich an die Richter verraten, und er wird dir das alles niemals verzeihen!"

Serafina warf den Kopf zurück, sodass ihr die Haare über den Rücken peitschten, und lachte hell auf. Das Geräusch war so unpassend, so schrecklich fehl am Platz, dass es mich kalt überlief. „Und warum glaubst du, dass mich das kümmert?", fragte sie, sobald sie wieder zu Atem gekommen war.

Sie blufft nur, sagte ich mir, aber es half nicht. Der letzte Rest meiner Hoffnung, dass wir es heil hier raus schaffen würden, zerfiel wie dürres Laub. „Das kann dir doch nicht egal sein", sagte ich kläglich. „Du willst Rasmus doch ganz für dich! Deswegen hast du ihn hierher bringen lassen …" Der Satz blieb unvollständig, hing wie eine bange Frage in der Luft. Währenddessen wollte die Belustigung aus Serafinas Gesicht einfach nicht verschwinden, und ich konnte fühlen, dass Rasmus instinktiv näher an mich heranrückte. So, als wollte er mich vor etwas beschützen, noch ehe er überhaupt wusste, was es war.

„Glaubst du das auch, Raziel?", wandte sich Serafina an ihn. „Diese putzige Geschichte über Liebe und Eifersucht, die sich deine Freundin da zurechtgelegt hat?"

Ich drehte den Kopf, um ihn anzusehen. Seine Lippen waren zu einer blassen Linie zusammengepresst, und sein Kiefer mahlte, während er über die Frage nachdachte. „Das muss ich doch glauben", sagte er schließlich hart. „Es sei denn, du hast nicht mal einen fiesen Masterplan, sondern einfach nur den Verstand verloren. Wenn ich es mir recht überlege, bist du eigentlich eine passende Kandidatin für ein kleines Burnout."

Bevor sie etwas entgegnete, griff Serafina wieder in ihr Haar, um es zu flechten – eine beinah schüchterne Geste, die in einem scharfen Kontrast zu ihren herablassenden Worten stand. „Du bildest dir ein, mich nach unserer gemeinsamen Zeit im Licht in- und auswendig zu kennen, nicht wahr? Du und Samael als meine einzigen Vertrauten, meine männlichen Beschützer. Geblendet von eurer Selbstverliebtheit konntet ihr nicht begreifen, dass sich meine Kräfte längst über die euren hinausentwickelt hatten. Weiter sogar als von den Richtern … von jedem anderen Licht- oder Schattenwesen."

„Wenn du mit *Kräften* deinen Größenwahn meinst, trifft das wohl zu." Trotz seiner Anspannung gelang es Rasmus, einen spöttischen Tonfall anzuschlagen. Ich wusste, dass er sich damit nur über Wasser halten wollte: So lange er Serafina reizte und sie darauf einging, würde uns nichts passieren. Vielleicht hoffte er auch, auf Zeit spielen zu können, bis die Richter hier eintrafen. Beiläufig ließ er seinen Arm zur Seite schwingen, sodass seine Fingerspitzen meine Haut streiften. Eine kleine, tröstliche Berührung … aber dass er es nicht wagte, meine Hand zu nehmen, sagte schon alles. Meine Brust zog sich zusammen, und mein Atem ging in angestrengten Stößen.

Inzwischen hatte Serafina ihren geflochtenen Zopf über eine Schulter geworfen und damit begonnen, geschmeidig vor uns auf und ab zu gehen. Manchmal konnte ich hinter ihr Jinxy erkennen, die immer noch an der Eingangstür stand und das Messer mit unnatürlicher Reglosigkeit auf uns richtete. Ich versuchte, mit ihr Blickkontakt herzustellen, doch Serafina riss meine Aufmerksamkeit wieder an sich.

„Hast du dir nie überlegt, warum ich mich so schnell dazu entschlossen habe, euch auf eurer Suche nach dem Abaddon zu begleiten? Weshalb ich mir die Mühe gemacht habe, eine harmlose Irre wie Dina zu töten?", fragte sie an Rasmus gewandt. „Oder, warum es mir immer so leicht gefallen ist, dir und Samael bei euren Besuchen in der irdischen Welt zu helfen ...?"

Die Worte drangen nur undeutlich zu mir durch, als würden sie von meiner Angst verzerrt. Hilfesuchend sah ich zu Rasmus hinüber, aber er schien es nicht zu bemerken. Ganz langsam wich die Verwirrung in seinem Gesicht einem ungläubigen Ausdruck, dann folgte Abwehr und zuletzt Entsetzen.

Serafina blieb stehen und beugte sich ein wenig vor. „Du weißt es doch, oder?", fragte sie, lauernd wie eine Raubkatze unmittelbar vor dem Sprung. „Zwar willst du es noch nicht wahrhaben, aber insgeheim ahnst du es bereits. Es fällt nicht leicht, sich einzugestehen, dass man das Ziel seiner Suche die ganze Zeit vor Augen hatte."

„Das ist nicht wahr." Rasmus' Fingerspitze zitterte an meiner. Wie um sich selbst zu überzeugen, beteuerte er an mich gerichtet: „Das stimmt nicht, sie lügt. Sie mag eine Mörderin sein, aber sie ist immer noch ein Wesen des Lichts."

„Ebenso sehr wie ein Schattenwesen. Es spielt keine Rolle, wo ich die meiste Zeit meines Daseins verbracht habe – sobald meine Fähigkeiten ihren Höhepunkt erreicht haben, werde ich durch alle Welten wandern."

Da packte Rasmus' Hand zu, umklammerte meine so gewaltsam, dass sich die Gelenke zusammenschoben. Mit dem Schmerz zerriss der Schleier um meine Gedanken. Auf einmal war Rasmus' Griff das einzig Feste in einem Raum, der sich immer schneller um mich drehte, während ich verstand.

Serafina beachtete mich kaum, aber sie weidete sich an Rasmus' Reaktion. Als ihr Lächeln noch ein wenig breiter wurde, schimmerten zwischen ihren geteilten Lippen die spitzen Zähne hervor. „Ich wusste doch, dass du niemals damit gerechnet hättest, ein so mächtiger Dämon wie der Abaddon könnte eine Frau sein. Keiner im Licht hätte das geglaubt! Deshalb war es der ideale Aufenthaltsort für mich, so lange ich meine Kräfte sammeln musste."

Rasmus hatte seinen Griff um meine Hand nicht gelockert. Ich spürte, wie das Blut heftig durch unsere verschränkten Finger pulsierte, und das Pochen wurde sogar noch schneller, als Rasmus nach Luft rang. Mit hörbar erzwungener Beherrschung sagte er: „Wenn es stimmt, was du behauptest ... wieso solltest du den Himmel verlassen haben, um dich ausgerechnet jenen Personen an die Fersen zu heften, die nach dir suchten?"

„Dort oben wurde mir das Pflaster allmählich zu heiß. Während ich mich mit meinen Kraftproben nur auf die Tore des Lichts beschränkte, fühlten sich die Richter noch einigermaßen sicher. Aber sobald ich begann, die Schattenwelt in meine Experimente mit einzubeziehen, wurden sie wirklich misstrauisch. Samael und deiner entzückenden Gefährtin bei ihrer Flucht zu helfen, war der perfekte Vorwand, um von dort zu verschwinden. Falls jemandem meine Abwesenheit auffallen sollte, konnte er immer noch glauben, dass ich mich einfach mit meinen alten Freunden solidarisch erklärt hätte."

Unvermittelt zogen sich ihre Augenbrauen ein wenig zusammen. Sie wirkte dabei nicht verärgert, sondern eher wie ein schmollendes kleines Mädchen. „Natürlich war ich nicht begeistert, als ich erfahren habe, dass ihr mir auf der Spur wart", redete sie mit etwas härterer Stimme weiter. „Weshalb musste die Hölle von allen Dämonen gerade Samael ausspucken, als ich das Tor einen Spaltbreit geöffnet hatte? Aber letztendlich beschloss ich, es als Chance zu betrachten. So hatte ich die Möglichkeit, eure kläglichen Nachforschungsversuche im Auge zu behalten, und falls ihr auf eine Schwachstelle in meiner Tarnung stoßen solltet, konnte ich diese sofort beseitigen. Außerdem wurde mir nach und nach klar, welch unglaublichen Trumpf der bevorstehende Besuch der Richter für mich bedeuten könnte, Raziel. Ich habe also alles daran gesetzt, ständig in deiner Nähe zu sein, um dich zu überwachen."

Sie legte eine genießerische Kunstpause ein, bis es aus mir herausplatzte: „Und was genau versprichst du dir davon?" Ich wusste nicht, woher ich den Mut dazu nahm – wahrscheinlich konnte ich es einfach nicht mehr ertragen, wie sie mit Rasmus spielte und ihm nur häppchenweise verriet, dass sie ihn die ganze Zeit benutzt hatte.

Serafina musterte mich, als würde sie meine Anwesenheit erst jetzt wieder bemerken. Es war offensichtlich, dass sie mich nicht einmal für ein Mittel zum Zweck hielt, sondern nur für unnützes Beiwerk. Den Kopf leicht schief gelegt, erwiderte sie: „Du weißt, dass die Kräfte der Richter außerhalb ihrer Heimat eingeschränkt sind, nicht wahr? Wenn sie also hier erscheinen, um Raziel vor die Wahl zu stellen, werden sie so verwundbar sein wie sonst nie. Genau diese Gelegenheit beabsichtige ich zu nutzen. Vermutlich lassen sich die Herrscher der Schatten zu einem Bündnis mit mir bewegen, sobald ich ihre schlimmsten Gegner mit ein wenig Dämonenblut beseitigt habe."

Mein Magen zog sich vor Übelkeit zusammen. „Dämonenblut? Aber woher …"

„Der Tote, den du in dem Büroraum gesehen hast", unterbrach mich Rasmus. Immer noch stand er kerzengerade da, aber alle Farbe war aus seinem Gesicht gewichen, und die Schatten um seine Augen wirkten dunkler als jemals zuvor. Lange würde er nicht mehr durchhalten.

Beinahe liebevoll tätschelte Serafina das Messer an ihrem Gürtel, das sie aus ihrer Heimat mitgebracht hatte. Ich wusste, dass die Klinge zusammen mit Engelsblut geschmiedet war, und somit tödlich für Dämonen. Licht gegen Schatten, Schatten gegen Licht – Serafina verfügte über beides.

„Genau genommen kann der Mann nicht ganz tot gewesen sein, wenn du ihn gesehen hast", erklärte sie munter. „Wenn paranormale Wesen in der irdischen Welt sterben, kehren ihre Überreste an ihren Herkunftsort zurück, um keine verräterischen Spuren zu hinterlassen. Als du dem Dämon begegnet bist, war er wohl noch mit einem letzten Faden an das Leben gebunden. Schließlich habe ich ihn nicht deshalb aufgeschlitzt, um ihn so rasch wie möglich ins Jenseits zu schicken, sondern um einige Waffen mit seinem Blut zu präparieren." Sie nickte zu dem Messer in Jinxys Hand hinüber, das bis zum Heft in dunkles Rot getaucht war. „Genug jedenfalls, um den Richtern einen stilvollen Empfang zu bieten. Hoffentlich lassen sie nun nicht mehr allzu lange auf sich warten. Ich muss gestehen, dass ich bereits ein wenig ungeduldig wurde, als sich Raziels Zustand nach unserem Roadtrip verbesserte. Anscheinend wiegte man sich dort oben wieder in Sicherheit, also wollte ich offensiver vorgehen. Ich hatte meine übernatürlichen Fähigkeiten bis dahin bewusst nicht mehr angewendet, um meine Kräfte zu sparen. Schließlich wollte ich stark genug sein, nach der Beseitigung der Richter alle Mauern endgültig niederzureißen. Aber hierfür musste ich eine Ausnahme machen: Ich habe erneut die Tore zur Schattenwelt ein klein wenig geöffnet, was die Richter dazu gedrängt hat, den Druck auf Raziel deutlich zu erhöhen. Den Dämon, der dabei herausgeschlüpft ist, konnte ich erst als Kidnapper und dann als Blutkonserve nutzen – zwei Fliegen auf einen Streich."

Während sie abermals lachte, spürte ich, wie mir Rasmus' Hand entglitt. Vermutlich hatte er keine Kraft mehr, oder er glaubte nicht daran, jetzt noch an irgendetwas Halt zu finden. Die Resignation ließ seine Stimme jedoch ganz ruhig klingen, als er sagte: „Du wirst mich also nur am Leben lassen, bis die Richter hier sind?"

„Genau so lange, wie ich dich brauche", bestätigte sie sanft.

Rasmus nickte. „Aber Lily spielt keine Rolle in deinem Plan. Ich verspreche, dass ich dir keine Schwierigkeiten mehr machen werde, wenn du sie freilässt."

Ich brauchte einige Sekunden, um zu begreifen, was er da vorschlug. Dann schnappte ich nach Luft, öffnete den Mund zum Protest, doch Serafina hob bereits in gespieltem Bedauern die Hände.

„Tut mir leid, das geht nicht. Aber wenn es dich beruhigt, darf sie ebenso lange weiterleben wie du – ich kann es nicht gebrauchen, dass du dir andernfalls selbst etwas antust. Vielleicht gibt sie sogar wie ihre Freundin eine ganz passable Unterstützung ab? Um das herauszufinden, werde ich wohl noch ein wenig von meinen Kräften opfern müssen."

Ihre Augen richteten sich auf mich, unnatürlich geweitet. Selbst auf mehrere Schritte Entfernung konnte ich erkennen, wie das Stahlblau darin zerfloss und die Pupille verschlang, bis nichts mehr davon übrig war. Zuletzt klafften sie wie zwei eiserne Tunnel in ihrem Gesicht, die jeden meiner Gedanken aufsaugten. Mein Geist löste sich von meinem erstarrten Körper … und schnellte wieder zurück, als Rasmus mir einen Stoß versetzte. Ich stolperte zur Seite, die Ohren erfüllt von Serafinas Wutgeheul. Rasmus war ihr in den Weg gesprungen und schirmte mich ab. Noch bevor ich mein Bewusstsein ganz wiedererlangt hatte, fingen meine Beine auch schon an, sich zu bewegen. Im Laufen hörte ich Rasmus' Stimme hinter mir:

„Sie braucht Blickkontakt, um dich zu manipulieren", rief er, *„lass nicht zu, dass sie dir in die Augen sieht!"* – dann erstarben seine Worte in einem gurgelnden Schrei. Ich fuhr herum und konnte gerade noch mitverfolgen, wie er gegen die Tür des Aufzugs geschmettert wurde. In Zeitlupe sah ich ihn daran hinabgleiten, bis er auf dem Fußboden zusammensackte.

Serafina ließ den Arm sinken. Sie öffnete die Faust und schüttelte ihre Finger, wie um einen leichten Schmerz zu vertreiben, bevor sie sich zu mir umwandte. Selbst wenn ich in der Lage gewesen wäre, mich zu bewegen, hätte ich es niemals schnell genug geschafft. Von einer Sekunde auf die nächste hatte sie die Entfernung zwischen uns überwunden und traf mich mit solcher Wucht, dass ich nach meinem Sturz noch ein ganzes Stück über den Boden schlitterte. Eher instinktiv als wegen Rasmus' Warnung schloss ich dabei die Augen. Der Aufprall hatte die Luft aus meiner Lunge gepresst, und Serafinas Gewicht verstärkte mein Gefühl, zu ersticken. Während ich nach Atem rang, fixierte sie mich auf beiden Seiten meines Körpers mit ihren Knien. Ich spürte, wie ihre Finger über meine Wangen glitten und meine Augen erreichten. Panisch drehte ich den Kopf hin und her, aber sie drückte unerbittlich gegen meine Lider, so fest, dass ein roter Funkenregen die Finsternis aufhellte.

„Halt still", zischte sie, und ihr Atem fuhr heiß über meine Haut. „Wenn ich dich versehentlich erblinden lasse, ist keinem von uns geholfen!"

Da gab ich meine Gegenwehr auf, wurde vollkommen schlaff in ihrer Umklammerung. Mit einem triumphierenden Laut öffnete sie meine Lider. Ihr Gesicht senkte sich noch näher über meines, und das Blau ihrer Augen begann zu verschwimmen. Sobald sie sich ganz auf unseren Blickkontakt konzentrierte, riss ich mein Knie hoch. Der Stoß hätte ihr die Rippen brechen können – mir selbst schoss der Schmerz bis zur Hüfte hinauf –, aber natürlich hielten ihre Knochen stand. Immerhin hatte ich aber bewirkt, dass sie für den Bruchteil einer Sekunde das Gleichgewicht verlor. Ich lehnte mich ein Stück zur Seite, um Schwung zu holen, und rollte mich dann unter ihr weg. Im nächsten Moment rannte ich los, fort aus der Eingangshalle und in den Flur hinein, obwohl alles in mir danach schrie, Rasmus nicht zu verlassen. Das Trommeln meiner Füße auf den glatten Boden übertönte Serafinas Bewegungen. Ich wusste nicht, wie nahe sie an mir dran war oder was ich mir überhaupt von einer Flucht erhoffte, die mich immer weiter vom Ausgang wegführte. Stattdessen wünschte ich mir nur, so viel Abstand wie möglich zwischen uns zu bringen, und war ansonsten zu keinem klaren Gedanken mehr fähig.

Nachdem ich die ersten Büros passiert hatte, schlug ich einen Haken und stürzte durch die nächstbeste Tür. Im Finstern lief ich bis zum Ende des Raumes, wo ich mich auf die Knie warf und unter einen Schreibtisch kroch. Die angezogenen Beine fest umschlungen, drängte ich mich gegen die hölzerne Rückwand.

Viel zu bald erschallte draußen das Klappern von Serafinas Stiefelabsätzen. Sie lief nicht, sondern schlenderte fast gemächlich durch den Flur. Ich hörte, wie sie einige Türen öffnete und dahinter die Lichtschalter betätigte.

„Komm raus, Lily", rief sie schließlich trällernd, nur noch durch eine einzige Mauer von mir getrennt. „Ich habe keine Lust mehr, zu spielen! Rasmus macht wohl nicht mehr lange mit, und ich sollte ihn jetzt lieber im Auge behalten."

Mein Körper begann unkontrolliert zu zucken. Ich presste meine Knie noch ein wenig stärker zusammen und atmete so flach, dass mir vom Sauerstoffmangel schwindelig wurde. In meiner Anspannung wirkte auf mich sogar das Tropfen meiner Tränen zu laut, die nun stetig auf meine Jeans fielen. Als die Klinke schepperte, hätte ich beinahe aufgeschluchzt. Die Deckenlampe erhellte den Raum, und dann kam auch schon die spöttische Frage: „Hier wird es wärmer, nicht wahr?"

Noch zwei Schritte, bevor ein Tisch schwungvoll beiseite geräumt wurde. Ein Stuhl polterte zu Boden. Serafina schnalzte mit der Zunge. „Das ist wirklich albern, Kleine. Aber zum Glück werden wir das jetzt beenden. Ich glaube, ich kann dich schon …"

Was dann zu hören war, klang für mich beinahe wie eine Explosion – ein fürchterliches Krachen und das Geräusch von zersplitterndem Holz. Ich konnte mich erst dazu durchringen, nach der Ursache zu sehen, als Serafina erschrocken keuchte. Vorsichtig schob ich mich ein Stück nach links und spähte am Tischbein vorbei. In der nächsten Sekunde schreckte ich zurück. Zwei ineinander verkeilte Personen rollten auf mich zu, von denen ich nichts erkennen konnte als Arme, Beine und wirbelndes blondes Haar. Immer wieder überschlugen sie sich gemeinsam, bis einer der Kämpfenden den anderen heftig von sich stieß und einen Satz in meine Richtung machte. Ich duckte mich noch tiefer, als könnte ich auf diese Weise unsichtbar werden. Jemand ging neben mir in die Hocke, und eine Hand umfasste meinen Oberarm. Genau wie vorhin hielt ich krampfhaft die Augen geschlossen, zog den Kopf ein und wartete auf den ersten Schlag, als –

„Was ist das nur für ein kranker Scheiß hier?"

Meine Lider flogen so plötzlich hoch, dass ich zuerst geblendet wurde. Das Gesicht direkt vor meinem wirkte wie von Gold umflossen, eingerahmt von wirren Locken, die im Gegenlicht einem Heiligenschein ähnelten. Nur die bedröppelte Miene machte den engelsgleichen Eindruck zunichte.

„Sam!" Verwirrung, Staunen und grenzenlose Erleichterung mischten sich in dem einen Wort. Wenn man mir ein paar Wochen früher gesagt hätte, dass ich mich einmal derart über Sams Anblick freuen würde, hätte ich es für einen dummen Scherz gehalten. Ich starrte ihn an wie eine Erscheinung, noch nicht ganz sicher, ob ich meinen Augen trauen durfte. „Aber … was machst du denn hier?"

„Jinxy hat mir eine SMS geschrieben, während sie vor dem Haus gewartet hat. Sie wollte mir eine zweite Chance geben, und weil ich so etwas noch nicht oft bekommen habe, werde ich die Gelegenheit nutzen." Sam zog an meinem Arm, bis ich schwankend auf die Füße kam.

In der Zwischenzeit hatte sich Serafina am anderen Ende des Raumes ebenfalls aufgerappelt und stand nun breitbeinig da, eine Hand in die Seite gestemmt. Ihr Lächeln wirkte zunächst ein wenig verrutscht, aber dann hatte sie sich wieder unter Kontrolle. „Was soll das werden, Sammy?", höhnte sie. „Du magst vielleicht noch annähernd dieselben Kräfte besitzen wie ich, aber im Gegensatz zu mir bist du verwundbar. Einen Kampf gegen den Abaddon kannst du nicht gewinnen!"

Sam schob mich halb hinter seinen Rücken, während er sich zu Serafina umwandte. Falls er noch nicht geahnt hatte, wer sie wirklich war, ließ er sich seine Überraschung nicht anmerken. „Das muss ich gar nicht. Es genügt, dich lange genug aufzuhalten, damit die anderen entwischen können", antwortete er kalt.

„Und wozu? Glaubst du etwa, dadurch die Gunst der Richter wiederzuerlangen … oder das Wohlwollen Raziels?" Ihre übergroßen Augen wurden auf einmal ganz schmal, als wollte sie Sam mit ihrem Blick durchbohren. Ich spürte, dass er leicht zusammenzuckte, und bestimmt war das auch Serafina nicht entgangen. „Blackwings und du …", sagte sie sinnend, im Tonfall von jemandem, der an gute alte Zeiten dachte. „Weißt du, ich habe euch beide lange beobachtet. Als ich mir über meine Fähigkeiten klar wurde, glaubte ich, dass ihr euch als Verbündete eignen könntet. Ihr wart beide unzufrieden im Licht, beide nicht in der Lage, euch in die dort herrschenden Hierarchien einzufügen, und beide wolltet ihr mehr. Deshalb habe ich euch dabei geholfen, die Tore der irdischen Welt zu überwinden: So konnte ich sehen, was diese neue Macht in euch bewirken würde."

Sie machte ein paar Schritte auf uns zu, quer über die Reste einiger zertrümmerter Stühle hinweg. Kein einziges Mal geriet sie dabei ins Stolpern, obwohl sie Sam ununterbrochen fixierte.

„Es hat sich schnell gezeigt, dass Raziel zu viel Skrupel besitzt, um mir zu nützen", fuhr sie bedauernd fort. „Aber ich habe erst nach einer Weile begriffen, dass *dein* hervorstechendster Wesenszug ebenfalls nicht Skrupellosigkeit ist, sondern Schwäche. Du bist Raziel nachgelaufen wie ein Hund, in der Hoffnung, dass er deinem erbärmlichen Dasein eine Richtung geben würde. Im Gegensatz zu dir wusste er ja immer ganz genau, was er wollte."

Jetzt blieb sie stehen, nur noch einen Meter von uns entfernt. Das geflochtene Haar schwang über ihre Schulter, während sie den Kopf schief legte. Obwohl sie mehrere Zentimeter kleiner war als Sam, kam es mir so vor, als würde sie ihn überragen. „Wolltest du ebenfalls deinen Platz finden, indem du ein irdisches Mädchen dazu manipuliert hast, dich zu lieben? Und wie hat es sich angefühlt, als die Sache eskalierte und Raziel, dein einziger echter Freund, dich an die Richter verraten hat?"

„Sei still", sagte Sam – so leise, dass ich es über meinen dröhnenden Herzschlag kaum verstand.

Serafinas Lächeln wirkte nun beinahe zärtlich. „Schon klar, Sammy. Ein einziges Mal möchtest du auch gerne der Held sein. Lass uns sehen, wie du dich in dieser Rolle machst!"

Als sie mit einem Arm ausholte, schnellten Sams Hände nach oben, aber es war zu spät für eine Abwehr. Ungeschützt wurde er im Gesicht getroffen, und der Schlag riss ihn von den Füßen. Er rollte sich ab und kam gleich wieder hoch, sein Mund blutüberströmt. Anstatt sich auf Serafina zu stürzen, machte er ein paar Schritte zur Seite und zwang sie somit zu einer halben Drehung. Wie gelähmt hatte ich den Angriff beobachtet, aber nun huschten meine Augen zur Tür: Der Weg dorthin war jetzt frei.

„Schaff Rasmus und Jinxy hier raus!", brüllte Sam mir zu, bevor er sich unter einem weiteren Hieb duckte. Er erwischte Serafinas Arm, packte sie mit der freien Hand an der Seite und warf sie über seine Hüfte. Als ich sie fallen hörte, war ich bereits auf halbem Weg zum Ausgang. Im Zickzack rannte ich an den umherliegenden Stühlen vorbei, stieß einmal mit voller Wucht gegen eine Tischkante, ohne es richtig zu spüren, und dann hatte ich die Tür erreicht. Als ich gerade über die Schwelle sprang, wurde das Poltern hinter mir von einem heiseren Schmerzenslaut abgelöst. Ich fuhr herum und hielt panisch nach Sam Ausschau, konnte ihn zwischen den Möbeln aber nicht entdecken. Erst nachdem ich wieder einige Schritte in den Raum hineingelaufen war, sah ich ihn – zusammengekrümmt zu Serafinas Füßen, ihr Messer tief in seinem Oberschenkel.

Bei diesem Anblick wurde meine Vernunft von hilfloser Wut überschwemmt. Ohne zu überlegen stürzte ich auf Serafina zu, um sie von Sam wegzuzerren, aber sie schüttelte mich einfach ab. Ich wurde nach hinten geschleudert, verlor das Gleichgewicht und knallte mit dem Kopf gegen eine Tischplatte. Schwärze schoss in mein Sichtfeld und ließ mich sekundenlang erblinden. Nur ganz dumpf drang Serafinas Stimme durch die Finsternis:

„Wie oft habe ich dich und Raziel davon zu überzeugen versucht, dass ein irdisches Dasein euch nichts zu bieten hat? Aber ihr wart ja beide vernarrt in die Vorstellung, durch die Sterblichkeit so viel mehr empfinden zu können. Jetzt kommst du in den Genuss einer durch und durch menschlichen Erfahrung: Todesangst. Wie fühlt sich das an?"

Die Antwort war kaum mehr als ein Murmeln. „Es schafft Klarheit. Jetzt begreife ich endlich, wie unglaublich blind wir alle gewesen sind."

Einen Moment lang herrschte Schweigen, und ich wusste, dass Serafina es ebenfalls bemerkt hatte: In Sams Stimme hatte keine Verzweiflung gelegen, keine Angst oder Resignation. Ich blinzelte, um den Schleier vor meinen Augen zu vertreiben, und richtete mich mühsam auf. Schon nach wenigen Zentimetern begann es in meinem Kopf zu pochen, aber ich schaffte es trotzdem, mich hochzustemmen. Verschwommen sah ich, dass Serafina Sam nun auf dem Boden festnagelte, ein Knie auf seine Brust gedrückt.

„Du meinst, ihr hättet eine Chance gehabt, wenn ihr mich früher durchschaut hättet?", fragte sie irritiert. „Hast du es wirklich immer noch nicht verstanden? Ich bin dazu auserwählt, Schatten und Licht zu beherrschen! Weder Dämonen- noch Engelsblut kann mir etwas anhaben. Was willst du schon gegen mich ausrichten? Du bist nichts als Erdenstaub, du bist ein gewöhnlicher *Mensch!*" Sie spuckte ihm das Wort voller Abscheu entgegen und verlagerte ihr Gewicht nun ganz auf seinen Brustkorb.

Mit einem kratzenden Geräusch holte Sam Luft. „Nein, das bin ich nicht", keuchte er, „jedenfalls nicht nur. Meine Wurzeln habe ich sowohl im Himmel als auch in der Hölle. Man muss keine Tore öffnen können, um ein Weltenwandler zu sein. Man muss nur durch sie hindurchgehen."

Herausfordernd beugte sich Serafina noch weiter über ihn. „Was willst du damit sagen?"

„Wir beide, Fina, sind nicht so verschieden, wie du glaubst." Sams Hand glitt an seinem Oberschenkel hinab und schloss sich um den Griff des Messers. „In meinen Adern fließen Licht und Dunkelheit genau wie in deinen. In diesem einen Punkt sind wir … *gleich!*"

Der Satz endete in einem Schrei, als Sam das Messer aus seiner Wunde riss. Begleitet von einem Schweif aus Blutstropfen sauste die Klinge hoch – so schnell, dass ich ihr kaum mit meinem Blick folgen konnte – und bohrte sich bis zum Heft in Serafinas Rücken.

Zuerst starrte sie nur weiter geradeaus. Ich hatte noch nie einen solchen Ausdruck in ihren Augen gesehen; die kalte Überlegenheit war verschwunden, und in ihrem Staunen wirkte sie beinahe menschlich. Dann aber tastete sie mit einer Hand nach der Wunde, und auf einmal ging eine Veränderung in ihrem Gesicht vor: Es schien, als würde das Fleisch einfach wegschmelzen, die Haut wich zurück und verzog sich in die Höhlen unter ihren Wangenknochen. Als Nächstes sank ihr Kopf zwischen die spitzen Schultern, und die Wirbelsäule krümmte sich. Ich wollte mich abwenden, aber völlig erstarrt musste ich mit ansehen, wie Serafina über Sam in sich zusammenfiel. Schließlich, als sie schon nichts mehr Menschliches an sich hatte, verlor sie den Halt und rutschte zur Seite weg.

Noch bevor ihr Körper auf dem Boden aufschlug, war sie verschwunden.

16. Kapitel

„Lily?“

Nach dem dritten Ruf wurde der Tonfall drängender, doch er erreichte nur den Rand meines Bewusstseins. Meine Augen blieben auf dieselbe Stelle gerichtet, dort, wo eben noch ein Mädchen aus Fleisch und Blut gewesen war – und dann plötzlich nicht mehr. Längst hatten sich die Sprenkel auf dem grauen Fußboden in meine Netzhaut eingebrannt; auch mit geschlossenen Lidern hätte ich sie noch sehen können.

Ein seltsam schleifendes Geräusch holte mich endlich in die Realität zurück. Ich schaute zur Seite und erkannte Sam, der auf mich zugekrochen kam. Das verletzte Bein zog er dabei hinter sich her wie eine unnütze Last. Er hinterließ eine breite Blutspur und sah so aus, als müsste er sich gleich übergeben, aber seine Stimme war fest. „Lily, hör mir zu. Es ist vorbei, okay? Dir kann nichts mehr passieren, wir sind in Sicherheit.“

Die Worte ergaben für mich keinen Sinn. Ich schüttelte den Kopf, und mein Nacken war vor Anspannung so steif, dass es wehtat. „Aber ich verstehe das nicht. Dina hat doch gesagt … Diese Prophezeiung in dem Buch …“

„War genauso missverständlich formuliert wie jede andere Prophezeiung auch“, meinte Sam. „Sie bezog sich gar nicht auf einen zweiten Abaddon, der den ersten töten sollte. Nur auf jemanden, der durch alle Welten gehen kann oder bereits gegangen ist.“ Inzwischen hatte er mich erreicht und sah mir eindringlich in die Augen. „Überleg doch mal. Der Abaddon kann nicht von einem Engel getötet werden und nicht von einem Dämon, weil er Anteile von beidem in sich trägt. Nur gegen eine *Mischung* ist er nicht immun, und seit meiner Rückkehr aus der Schattenwelt bin ich genau das."

Er schien auf eine Antwort zu warten, also zwang ich mich zu einem Nicken. „Wir sind in Sicherheit", wiederholte ich hölzern, ohne dass ich es richtig begriff. Ich würde noch eine ganze Weile brauchen, um das alles zu verarbeiten. Mit einer trotzigen Bewegung wischte ich mir über das verheulte Gesicht und stand auf, dann streckte ich Sam meine Hand entgegen. „Glaubst du, dass du gehen kannst?"

Er zog sich so schwungvoll an mir hoch, dass ich beinahe wieder umgekippt wäre. „Muss ich ja", sagte er mit zusammengebissenen Zähnen, während er das verletzte Bein zum ersten Mal belastete. Gemeinsam verließen wir den Raum, ohne uns noch einmal umzudrehen, und gingen den Flur hinunter. Obwohl sich Sam schwer auf meine Schulter stützte, hatte ich das Gefühl, über Watte zu laufen; alles war so unwirklich und seltsam gedämpft. Je näher wir aber der Halle kamen, umso durchlässiger wurde dieser Schleier: Die Sorge um Rasmus bohrte sich wie ein eisiger Stachel hinein. Mit Sam kam ich nur quälend langsam voran, und ich begann vor Ungeduld die Schritte zu zählen, bis der Fahrstuhl in Sichtweite kam. Dann gab es für mich kein Halten mehr. Ich entzog mich Sams Griff und lief auf die Gestalt zu, die immer noch zusammengerollt auf dem Boden lag – nein – im Näherkommen erkannte ich, dass Rasmus nun mit dem Rücken an der Schachttür lehnte.

Beim Geräusch meiner Schritte hob er den Kopf. Sein Gesicht war aschfahl, und eine getrocknete Blutspur zog sich über sein Kinn. Er sah so entsetzlich elend aus, dass ich sofort wieder hätte losheulen können, und als seine Augen bei meinem Anblick aufleuchteten wie Scheinwerfer, tat ich es ganz einfach. Hemmungslos schluchzend plumpste ich vor ihm auf den Boden und schlang die Arme um seinen Hals.

„Kleines", keuchte er in meiner Umklammerung, „ich bin gerade erst zu mir gekommen, du warst nicht da und ich dachte … dass …"

„Du dachtest, ich hätte mal wieder grandioses Pech gehabt", ergänzte ich, und dann gab ich ihm einen wenig vorzeigbaren, sehr feuchten Kuss voller Blut und Tränen, aber das kümmerte keinen von uns beiden.

Wir schreckten erst auseinander, als sich jemand direkt neben uns räusperte. Rasmus schaute nach oben, und seine Muskeln versteiften sich.

„Samael. Ich hätte nicht gedacht, dass ich dich nochmal wiedersehe."

„Jemand musste doch diese Abaddon-Sache erledigen", sagte Sam. „Anscheinend hattet ihr mich die ganze Zeit als Ass im Ärmel, ohne es zu wissen. Ich war nämlich für Serafina so was Ähnliches wie Kryptonit für Superman oder – keine Ahnung – wie eine Erdnuss für jemanden mit einer tödlichen Erdnuss-Allergie …" Er redete immer schneller, während Rasmus sich aufrichtete. Dann brach er ab, und die beiden standen sich schweigend gegenüber. Rasmus' Miene war undurchdringlich.

„Er ist zurückgekommen, um uns zu retten", warf ich ein und sprang ebenfalls auf die Füße.

Sam war unterdessen fast so bleich geworden wie Rasmus. „Sorry, Mann, für … na ja, du weißt schon …"

„Du meinst, dass du mich einem Dämon ausgeliefert und in den ziemlich sicheren Tod geschickt hast? Okay, Entschuldigung angenommen." Rasmus' Mundwinkel zuckte, aber Sam bemerkte es nicht. Voller Misstrauen zog er die Schultern hoch.

„Irgendwie hört sich das gar nicht gut an. So, wie du das sagst, habe ich wohl noch mit einem fiesen Nachspiel zu rechnen – *woah!*" Erschrocken taumelte er rückwärts, als Rasmus einen Arm hob.

„Schon gut, ich will dir keine reinhauen!"

„Das war die harmlosere von zwei Alternativen." Sam kniff die Augen zusammen wie ein kleiner Junge beim Zahnarzt. Stocksteif ließ er es über sich ergehen, dass Rasmus kurz den Arm um seine Schultern legte, aber dann klopfte er ihm doch zweimal auf den Rücken. Es war die männlichste und zugleich lächerlichste Umarmung, die ich jemals gesehen hatte. Nach nicht einmal zwei Sekunden war sie vorüber, und ich beeilte mich, zu sagen: „Lasst uns jetzt bitte hier verschwinden, ja?"

Linkisch wischte sich Sam eine Haarsträhne aus der Stirn. Er wirkte vollkommen überrumpelt, aber allmählich breitete sich auch tiefe Erleichterung auf seinem Gesicht aus. Sein zittriges Lächeln machte jedoch gleich wieder einem erschrockenen Ausdruck Platz, als er sich umwandte. Ich folgte seinem Blick und entdeckte Jinxy, die immer noch direkt vor der Tür stand. Zwar lag das Messer nun auf dem Boden, als wäre es ihr einfach aus den Fingern gerutscht, aber ansonsten war ihre Haltung unverändert.

Sam fluchte leise. „Sie hat sich die ganze Zeit nicht vom Fleck gerührt, oder?"

„Serafina hat sie manipuliert, niemanden aus dem Gebäude zu lassen", erwiderte ich beklommen. Ich fühlte mich hin und her gerissen zwischen dem Wunsch, meine Freundin in die Arme zu schließen, und einer nagenden Angst.

„Das hab ich mir schon gedacht. Als ich reingekommen bin, hat sie mich nur stumm angeschaut, und ich hab zuerst vermutet, das würde am Schock liegen. Aber ... wer selbst mal so etwas gemacht hat, lernt die Anzeichen richtig zu deuten.“ Sam hatte die Hände in die Hosentaschen geschoben und vermied es, uns anzusehen. Wahrscheinlich wollte er gerade nichts weniger, als uns an seine unfreiwilligen Gehilfen im Steinbruch zu erinnern.

„Weil du dich ja damit auskennst, weißt du hoffentlich auch, wie man diesen Zustand beendet“, drängte Rasmus.

Sam biss sich auf die Lippe. Nach einer kurzen Pause sagte er: „Keiner von uns hat übernatürliche Kräfte, also können wir nichts dagegen tun. Es wäre allerdings möglich, dass so ein Bann bricht, wenn die verantwortliche Person stirbt.“

Mehr brauchte ich nicht zu hören. Mit wenigen Schritten war ich bei Jinxy und berührte sie an der Schulter. „Hey … alles in Ordnung mit dir?“

Keine Reaktion. Verzweifelt drehte ich mich zu den anderen um und stellte fest, dass Sam mir trotz seiner Wunde nachgeeilt war. Ich hätte nicht erwartet, dass er überhaupt Anteil nahm, aber er wirkte ehrlich besorgt, wenn nicht sogar ängstlich.

„Das kannst du nicht machen, halbe Portion“, sagte er rau. „Hast du kapiert? Das wäre echt eine verdammt schwache Leistung von jemandem, der so einen harten Schädel hat wie du!“

Zuerst schien es, als würden auch seine Worte einfach an Jinxy abprallen. Dann aber regte sie sich, und mein Herz vollführte einen Hüpfer, nur um gleich wieder mutlos nach unten zu sinken: Ihre Miene hatte sich noch mehr verhärtet, die hellgrünen Augen waren zu Schlitzen verengt.

„Ihr“, begann sie kalt, *„… müsstet mal eure Gesichter sehen! HA!“*

Mein Aufschrei wurde durch meine Finger gedämpft, die ich mir vor Überraschung auf den Mund gepresst hatte. Ich wollte Jinxy um den Hals fallen, aber ich zügelte die blubbernde Freude in meinem Bauch, als ich Sams Miene sah: Seine Augenbrauen hatten sich unheilverkündend zusammengeschoben, und sein Blick war so düster, dass Jinxy vor seiner ausgestreckten Hand zurückscheute.

„Ach, komm her", fauchte er, dann erwischte er sie an einem ihrer Zöpfchen. Ein nicht gerade sanfter Ruck, Jinxy stolperte auf ihn zu – und in der nächsten Sekunde hatte er beide Arme um sie geschlungen. Meine Kinnlade fiel mir ungefähr bis zu den Knien, als er seine Lippen auf Jinxys presste.

Fassungslos schaute ich zu Rasmus hinüber, der inzwischen neben mich getreten war. Allerdings wirkte er kein bisschen erstaunt, sondern einfach nur belustigt.

„Hast du etwa … *davon* gewusst?", wisperte ich.

Er grinste breit. „Das war doch vorauszuahnen."

„Ehrlich?!"

Jetzt riss er sich von dem knutschenden Pärchen los und sah mich vergnügt an. „Lily, du bist das cleverste Mädchen, das mir je begegnet ist. Und deshalb wirst du es mir hoffentlich verzeihen, wenn ich sage: Ist das niedlich, wenn du so schwer von Begriff bist!"

Stumm klappte ich den Mund auf und zu, aber als aus Jinxys und Sams Richtung ein unmissverständliches Schmatzen ertönte, griff Rasmus' heitere Stimmung auf mich über.

„HALLO-HO", rief ich, und Rasmus fügte nahtlos hinzu:

„Ernsthaft, Leute, nehmt euch ein Zimmer!"

Sam und Jinxy sprangen mindestens zwei Meter auseinander, und ich schaffte es nicht mehr, mein leicht hysterisches Kichern zurückzuhalten. Dass ich ausgerechnet *diese* beiden Personen peinlich berührt erleben durfte, war Gold wert.

Sam hatte sich jedoch ziemlich schnell von seinem Schreck erholt. Lässig schlang er wieder einen Arm um Jinxys Taille, und neben seinem muskulösen Körper wirkte sie fast schon verschwindend klein. „Sie versuchen, uns mit unseren eigenen Waffen zu schlagen", bemerkte er an sie gerichtet.

Ihre Stupsnase kräuselte sich. „Pph, als ob ich das nicht wüsste! Aber dazu haben sie einfach nicht genug Biss." Sogar mit glühenden Wangen schaffte sie es, frech auszusehen. Ohne weitere Umschweife kletterte sie durch das Loch in der Glastür und zog Sam hinter sich her.

„Gott sei uns gnädig", flüsterte Rasmus mir theatralisch zu, bevor wir den beiden folgten.

Draußen war es noch dunkler als bei unserer Ankunft: Die Wolkendecke hatte sich verdichtet und ließ kein Mondlicht mehr durch. Rasmus schaltete die Taschenlampe ein, doch anstatt uns den Weg zu leuchten, legte er den Kopf in den Nacken. Ich tat es ihm nach und sog genießerisch die frische Nachtluft in meine Lungen. Es fühlte sich so an, als könnte ich endlich wieder atmen, nachdem ich viel zu lange unter Wasser gewesen war. Zusammen mit dem Sauerstoff schien mich auch neue Energie zu durchströmen, obwohl ich nach allem, was in den vergangenen Stunden geschehen war, todmüde hätte sein müssen. Ich wollte gerade die Treppe hinunterspringen, als Jinxy direkt vor mir stoppte.

„Was ...", setzte ich an, aber da sah ich es schon selbst: Die Straße vor uns war nicht leer, wie ich zuerst geglaubt hatte. Nach und nach lösten sich nun Gestalten aus der Finsternis – fünf, nein, mindestens sieben – und bildeten einen Halbkreis um den Fuß der Treppe. Sie trugen identische schwarze Mäntel, und jeder von ihnen hatte sich die Kapuze tief ins Gesicht gezogen. Doch selbst, wenn sie alltäglich gekleidet gewesen wären, hätten mir ihre lautlosen, katzengleichen Bewegungen verraten, dass es sich bei ihnen um keine gewöhnlichen Menschen handelte.

„Nein", sagte Sam erstickt. „Wehe, diese Verrückte hat es vor ihrem Tod noch geschafft, die Tore zu öffnen …"

Jinxy machte einen plötzlichen Schritt nach hinten und stolperte dabei gegen mich. Ich wusste nicht, was sie vorgehabt hatte – vielleicht wollte sie wieder ins Gebäude flüchten –, aber da trat bereits eine der Gestalten auf uns zu. Bleiche Hände kamen aus den langen Ärmeln zum Vorschein und schoben die Kapuze zurück. Als das silbrige Haar herausfloss, atmeten Sam und Rasmus hörbar auf. Trotzdem blieben sie in angespannter Haltung ganz dicht bei Jinxy und mir stehen.

„Die Richterin", wisperte ich meiner Freundin zu. Sie schaute schnell zu mir nach hinten, um etwas zu fragen, aber da ergriff die Frau mit der schneeweißen Haut bereits das Wort. Genau wie bei unserer letzten Unterhaltung erinnerte mich ihr Tonfall an einen seltsamen Gesang oder das Klingeln einer feinen Glocke. Ein Geräusch, das angenehm hätte sein können, mir jedoch einen Schauer die Wirbelsäule hinunterjagte.

„Zwei verlorene Söhne am selben Ort", sagte sie, und ihre blassen Lippen verzogen sich zu einem Lächeln. „Wie ich mich freue, euch wiederzusehen!"

Sam gab einen komischen Laut von sich, eine Mischung aus Husten und Schnauben. „Ist das Euer Ernst? Warum nur habe ich bei meinem letzten Besuch im Licht so gar nichts von dieser Freude zu spüren bekommen?" Ich merkte, dass er sein Bestes gab, absolut ungerührt zu wirken. Nur ein winziges Vibrieren in seiner Stimme zeigte, wie sehr ihn die Situation überforderte.

Die Richterin hob ihre feinen Augenbrauen, doch ihr Lächeln blieb unverändert. „Nun, seit deinem Besuch ist doch einiges geschehen, nicht wahr?"

„*Das* ist eine wirklich heftige Untertreibung. Ihr werdet wahrscheinlich nicht glauben, was ich Euch jetzt erzähle, aber …"

„Ihr habt den Apollyon vernichtet. Engel des Abgrunds, Weltenwandler, Träger des Schlüssels aller Tore." Obwohl die Richterin ganz ruhig sprach, gelang es ihr mühelos, Sam zu übertönen.

„Das wusstet Ihr?", brach es aus Rasmus hervor, noch ehe jemand anderer reagieren konnte.

Die Richterin neigte den Kopf. Ihr Silberhaar raschelte dabei wie Seide. „Wir wussten es, sobald der Leichnam eines ehemaligen Lichtwesens bei uns auftauchte und im selben Moment die Tore wieder fest verschlossen waren – als hätte es die vergangenen Monate der Unsicherheit niemals gegeben. Dies ist auch der Grund, weshalb so viele Brüder und Schwestern mich hierher begleitet haben. Sie wollen mit eigenen Ohren hören, ob unsere Vermutungen wahr sind."

„Worauf Ihr einen lassen –", schnaufte Sam, aber Rasmus stieß ihm den Ellenbogen in die Seite.

„Ja, sie sind wahr", antwortete er stattdessen. „Serafina hielt sich im Licht auf, ohne Verdacht zu erregen, während ihre Kräfte immer größer wurden."

„Ich verstehe." Bedächtig wandte sich die Frau zu den anderen verhüllten Personen um, als wollte sie stumme Zwiesprache mit ihnen halten. Dann richtete sie ihre geschlitzten Pupillen wieder auf Rasmus und Sam. „Wie bedauerlich, dass wir *sie* bei uns akzeptiert haben, aber euch beide gehen ließen. Die Tapferkeit, die ihr heute an den Tag gelegt habt, erweist euch als wahre Wächter des Lichts. Deshalb haben wir beschlossen, euch Amnestie zu gewähren. Ungeachtet dessen, wie weit ihr in der Vergangenheit vom rechten Weg abgekommen seid, wollen wir euch wieder in unsere Mitte aufnehmen."

Einige Atemzüge lang sagte niemand etwas. Rasmus' Hand bebte in meiner, und ich war nicht sicher, ob die kalte Nachtluft schuld daran war. Schließlich machte Sam einen Schritt nach vorne.

„Wirklich?", fragte er.

Wohlwollend nickte ihm die Richterin zu. „Ja, das gilt auch für dich, Samael. Es mag dir zwar immer schon schwerer als Raziel gefallen sein, dich bei uns einzufügen, aber wir tragen dir nichts nach. Du darfst ebenfalls an deinen Platz als Wächter zurückkehren."

„Stopp mal." Sam hob eine Hand, was von der Richterin mit einem Stirnrunzeln quittiert wurde. Bestimmt hatte ihr noch niemals zuvor jemand den Mund verboten. „Was ich eigentlich sagen wollte, ist: *Wirklich,* Ihr glaubt, ich wäre immer noch scharf auf eine Mitgliedschaft in Eurem beschissenen Verein? – Sorry, falls es mir gerade an Respekt mangeln sollte."

„Meiner Meinung nach war das jetzt genau die angemessene Menge Respekt", bemerkte Rasmus.

Die Richterin schien etwas sagen zu wollen, aber Sam redete bereits weiter: „Ich gebe zu, dass ich mit der Verwundbarkeit anfangs so meine Probleme hatte. Aber wie man sieht", er wies auf sein blutgetränktes Hosenbein, „gewöhnt man sich an alles. Jedenfalls bin ich an einer Rückkehr zu Euch nicht interessiert." Ein Raunen ging durch die Reihe der schwarzen Gestalten, und Sam hob seine Stimme, als er sich an sie alle wandte: „Mir ist klar, dass Ihr das nicht begreift. Wo es nur Schatten oder nur Licht gibt, scheinen die Bewohner ziemlich kurzsichtig zu sein. Aber glaubt Ihr ernsthaft, ich würde noch zu euch gehören wollen, nach allem, was Ihr mit Raziel angestellt habt? Ihr habt ihn fast bis zum Tod gefoltert, bloß um Euren egoistischen Willen durchzusetzen! Dabei sollte nur einer das Recht haben, ihn zu quälen, und das bin verdammt nochmal ich."

Rasmus stieß einen leisen Pfiff aus. „Wow, das ist … erstaunlich *edel* von dir, Samael."

„Ja, *edel* probiere ich gerade als neuen Look an."

„Ich dachte zwar nicht, dass ich jemals so etwas zu dir sagen würde, aber: Steht dir echt gut!"

„Schluss damit!", fuhr die Richterin dazwischen. Das Glockenartige war aus ihrer Stimme verschwunden, nun klang es eher wie ein Peitschenhieb. „Seit fast einem Jahrhundert haben wir die Gefahren der irdischen Welt gemieden, und das nicht, um nun in aller Ruhe euren Kindereien zu lauschen! Nicht jeder gibt so bereitwillig den Schutz des Lichts auf wie ihr beide. Ihr würdet gut daran tun, meinen Vorschlag mit dem gebotenen Ernst zu überdenken, und zwar gleich. Wir können euch die Unsterblichkeit kurzfristig zurückgeben, um eure Wunden zu heilen; aber wenn ihr sie dann wieder abweist, ist das endgültig."

Ihre Katzenaugen wanderten von Rasmus zu Sam, und als ihr Blick dabei auch mich streifte, fühlte ich ihn wie Eissplitter auf meiner Haut. Obwohl ihre Worte ebenso scharf gewesen waren, fiel es mir schwer, sie wirklich zu verstehen. Wie oft hatten wir über den nahenden Besuch der Richter gesprochen, hatten geplant, wie wir reagieren würden … Doch nun, da der Moment gekommen war, fühlte ich mich entsetzlich hilflos. Alles lief wie ein Alptraum vor mir ab, bei dem ich nicht ins Geschehen eingreifen konnte – nicht eingreifen durfte. Diese Entscheidung musste Rasmus ganz alleine treffen.

„Angenommen, wir würden die Unsterblichkeit ablehnen wollen", sagte er jetzt langsam, „wie würde das funktionieren?"

„In diesem Fall müsstet ihr vor allen anwesenden Brüdern und Schwestern erklären, dass ihr euer Daseinsrecht im Licht zugunsten eines gewöhnlichen Menschenlebens aufgebt", erklärte die Richterin kalt.

„Und wenn wir das tun, gibt es keinen Weg mehr zurück?"

„Die Chance, wieder ein Wächter zu sein", ergänzte Sam, „und dieselbe Achtung zu erhalten wie vor unserer Verbannung ... das ist dann endgültig dahin?" Ich sah einen Muskel an seinem Kiefer zucken, während er auf eine Antwort wartete.

Die Richterin schwieg, bis das Gemurmel der Lichtwesen hinter ihr verstummte. Erst als es so still geworden war, dass ich Jinxy schlucken hören konnte, bestätigte sie: „So ist es – wenn ihr euch jetzt gegen eine Begnadigung entscheidet, werdet ihr für immer in der irdischen Welt bleiben müssen. Für immer zwischen Schatten und Licht."

Ihre Worte schienen von den finsteren Häuserfronten zurückgeworfen zu werden, oder vielleicht hallten sie auch nur in meinem Kopf nach. Niemand bewegte sich, während die Sekunden zu einer Ewigkeit verschmolzen. Dann, wie auf Kommando, ließ Rasmus meine Hand los, und Sam tat dasselbe mit Jinxy. Gleichzeitig schritten die beiden die Treppe hinunter, weg von uns und hinein in den Kreis der Richter. Dort fing Rasmus an, zu sprechen.

17. Kapitel

Wieder einmal war die Schlange vor der Essensausgabe viel zu lang. Als wir Zentimeter für Zentimeter vorwärts rückten, legte sich der Geruch nach heißem Fett über unsere Kleidung und unser Haar. Ich hielt das orangefarbene Plastiktablett etwas schräg, um es meinem Vordermann nicht ins Kreuz zu stoßen, und musste schlucken.

„Schon merkwürdig", sagte Jinxy neben mir. „Nach allem, was passiert ist, stehen wir also wieder zu zweit in der Cafeteria und warten auf unser Essen. Das kommt mir jetzt irgendwie … banal vor, dir nicht?"

„Gewöhn dich lieber daran", erwiderte ich knapp und nahm meinen gefüllten Teller entgegen. Während ich mich von der Essensausgabe weg- und auf die Kasse zubewegte, hielt ich den Blick fest auf das Tablett gerichtet und machte nur winzige Schritte. Es fehlte gerade noch, dass ich erneut so einen Sturz hinlegte wie vor ein paar Wochen. Vor allem, weil jetzt niemand da war, der mich aus einer derartigen Peinlichkeit hätte retten können.

Insgeheim musste ich Jinxy Recht geben: Es war inzwischen so viel passiert, dass mir die letzte Zeit vorkam wie ein Traum, der nur langsam verblasste. Das alles hier – die Schule, die Mittagspause, die Unterhaltungen mit meinen Klassenkameraden – würde nie mehr so sein wie früher. Andererseits hatte mein Leben ja schon viele Wendungen durchgemacht, seit ich auf die Galilei Highschool gewechselt war. Für einen Moment verschwamm die Umgebung vor meinen Augen, und ich sah in Gedanken mein früheres Selbst, das gerade zum ersten Mal die Cafeteria betreten hatte: eine linkische Streberin, voller Sorge, von ihrer besten Freundin auf blamable Weise verkuppelt zu werden. Zwar spukte ihr dieser dunkel gekleidete Typ mit den schmalen Augen im Kopf herum, doch solche Tagträume waren nicht ernst zu nehmen. Vielleicht würde sie sich aber mit dem schüchternen blonden Jungen anfreunden können, der einsam an einem Tisch saß und Kuchenstücke zu einem Turm aufstapelte …

Bevor ich vollkommen in die Vergangenheit abdriftete, riss ich mich streng am Riemen. Wie unfassbar dumm war ich damals doch gewesen, und wie weit entfernt meine Erwartung von der Realität! Das alles lag nun endgültig hinter mir. Ich atmete tief durch und nahm eine aufrechtere Haltung an. Während ich mein Essen bezahlte, versuchte ich, auch den Gedanken an die jüngsten Ereignisse beiseite zu schieben. Mein Leben war anders geworden, daran bestand kein Zweifel; nun war es Zeit, dass ich mir diese Tatsache richtig bewusst machte.

Plötzlich schoss eine Hand zwischen Jinxy und mir hindurch und legte sich über die Augen meiner Freundin.

„Wer bin ich?", fragte eine tiefe Stimme.

„Engel, Dämon, Nervensäge, wer weiß das schon?" Wir drehten uns um, und Jinxys Mund formte sich zu einem breiten Lächeln. „Hallo, Wandi!"

„Ähm, hi", antwortete Sam, der auf einmal so aussah, als hätte er Zahnschmerzen. „Entschuldige bitte die Verspätung, hier herrscht ja ein ganz schönes Gedränge. Und wegen dieses Spitznamens …"

„Was soll damit sein?", fragte Jinxy fröhlich. „Kurzform für Weltenwandler. Das ist doch süß, oder nicht?"

„Das ist entzückend", bestätigte Rasmus, der hinter Sam aufgetaucht war.

Als hätte ich ihn eine halbe Ewigkeit nicht mehr gesehen anstatt bloß vier Stunden, schlug mein Herz bei seinem Anblick einen Purzelbaum. Es war erstaunlich, wie sehr er sich seit jener Nacht verändert hatte: Die Schatten unter seinen Wangenknochen waren verschwunden, er wirkte beinahe so kräftig wie früher und sprühte vor Energie.

„Hey, wie war das Basketballtraining?", wollte ich wissen.

Mit blitzenden Augen schaute er auf mich herunter. „Ziemlich gut. Ich glaube, der Coach mag mich wieder … und Eric hasst mich."

„Ist doch schön, wenn man ein paar Fixpunkte im Leben hat!"

„Und wie. Bei jedem seiner Fouls wurde mir ganz warm ums Herz."

Sam knallte der Kassiererin einen Geldschein auf die Theke. „Ja, schon klar, für euch läuft alles bestens", brummte er. „Ihr seid ja auch nicht von einem angeblichen Drogenentzug zurückgekehrt und werdet angestarrt, als könntet ihr jederzeit den Verstand verlieren und splitternackt durch die Gegend rennen!"

Rasmus' linke Augenbraue zuckte ein Stück in die Höhe. „Ist alles schon mal vorgekommen."

Sofort öffnete ich den Mund, aber Sam würgte meine Frage ab. „Willst du mich jetzt auch noch mit unseren alten Geschichten quälen, Raz?", sagte er genervt. „Ich hab echt das Gefühl, in der Rangordnung ganz unten zu stehen. Sogar noch tiefer als dieser Kerl mit dem goldenen Ohrring und dem Piratenflaggenmantel."

„Das wird sich bestimmt bald legen", versuchte Jinxy, ihn zu trösten. „Spätestens dann, wenn sie mitbekommen haben, dass du jetzt mit mir zusammen bist – jeder weiß, wie normal ich bin."

Völlig synchron begannen Rasmus und ich zu husten. Ich drehte mich schnell zur Seite und füllte mein Glas am

Trinkbrunnen, damit Jinxy mein Gesicht nicht sehen konnte.

„Hoffentlich hast du Recht", seufzte Sam, ohne sich um uns beide zu kümmern. „Ich hab echt keine Lust, hier der Junkie vom Dienst zu sein. Ein Mädchen namens Dorothea Appelbaum hat mich nach der ersten Stunde doch tatsächlich gefragt, ob ich ihr leistungssteigernde Substanzen verkaufen könnte!"

Jinxy bohrte mir ihren Ellenbogen in die Rippen, sodass mir beinahe das Tablett wegrutschte. „Siehst du, Lily? Ich wusste es, Dorothea ist dir auf den Fersen! Mal abwarten, wer die nächste Eins Doppelplus mit Sternchen bekommt!"

„Ich jedenfalls nicht, das steht fest", sagte Sam in gleichbleibend düsterem Tonfall und schaute sich nach einem freien Tisch um. „Was habe ich mir bloß dabei gedacht, jetzt denselben Englischkurs zu besuchen wie ihr drei? Aus dem Gefasel vom Scott bin ich überhaupt nicht schlau geworden. Ich hab nicht mal verstanden, um welche der drei Brontë-Tanten es ging."

Vor Empörung schnappte ich so stark nach Luft, dass ein hohes Pfeifen aus meiner Kehle drang. „Also zunächst mal waren das Schwestern, keine Tanten", erklärte ich und funkelte Sam an. „Außerdem war der Vortrag von Professor Scott absolut brillant! Er lehrt eine ganz neue Sichtweise auf die Literatur des 19. Jahrhunderts und behandelt das weibliche Kunstschaffen mit einer Einfühlsamkeit, die man wahrhaftig nicht von vielen Männern erwarten kann!" Ich stoppte meinen Redefluss, weil mir klar wurde, dass mich drei Augenpaare gleichermaßen irritiert anglotzten. „Na ja, jedenfalls, so seh ich das", schickte ich etwas kleinlaut hinterer.

Jinxy brach als Erste das Schweigen. „Ts, ts", machte sie und drohte mir in milder Entrüstung mit dem Zeigefinger, „der Scott ist doch ein bisschen zu alt für dich, meinst du nicht auch?"

Genau in diesem Moment wurde ein Tisch in der Nähe frei. Ich huschte darauf zu und ließ mich mit eingezogenem Kopf auf einen Stuhl plumpsen. Als ich nach einer Weile vorsichtig zur Seite schielte, begegnete mein Blick einem ganz speziellen Grübchengrinsen.

„Sei ehrlich", verlangte Rasmus. „Sind es die grauen Schläfen? Oder doch eher die Lederflicken auf seinem Jackett?"

Meine Antwort war ein Mittelding zwischen Fauchen und Stöhnen. „Arrrrchh!"

„Was hat sie gesagt?", wandte sich Rasmus höflich an Jinxy, die mir gegenüber Platz nahm.

„Sie hat dich mit einem schlimmen Schimpfwort bedacht."

„Ja? Aber ich muss doch wissen, worin mir mein Rivale überlegen ist."

„Apropos Rivale", lenkte ich hastig von meiner (errötenden) Person ab und nickte in Richtung des Tabletts, das Sam gerade neben Jinxys gestellt hatte. „Ist das da etwa ein eigens kreiertes Spezialsandwich?"

„Niemals!" Das Entsetzen in Rasmus' Stimme klang absolut echt. Er beugte sich über den Tisch, um Sams Ausbeute zu studieren.

„Alter, nimm deine Nase aus meinem Teller", verlangte Sam. „Die Frau an der Essensausgabe meinte, ich würde besonders hungrig wirken, also hat sie das extra für mich gemacht."

Kopfschüttelnd lehnte sich Rasmus wieder zurück. „Und ich habe geglaubt, das zwischen Gloria und mir wäre etwas Besonderes."

„Tja, ich hab eben blonde Locken."

„Die hast du allerdings, Wandi."

Zum ersten Mal betrachtete ich den Matsch auf meinem eigenen Teller genauer – er erweckte den Eindruck, als hätte ihn vor mir schon mal jemand gegessen. „Na toll, und wir ohne paranormalen Charme bleiben auf der Strecke. Dabei bin ich echt am Verhungern!", beschwerte ich mich.

„Wir könnten uns nach der Schule irgendwo einen Imbiss besorgen", schlug Jinxy vor, nachdem ihr Versuch, Sam mit einem sexy Augenaufschlag abzulenken und sein Sandwich zu klauen, fehlgeschlagen war. „Worauf hättet ihr Lust?"

Rasmus legte mir den Arm um die Schultern, und seine Finger glitten zu meinem Hals. Obwohl er längst kein Fieber mehr hatte, schien seine Haut immer noch auf meiner zu glühen. Während er nachdachte, malte er winzige Kreise über meiner Pulsader, was das Pochen darin schlagartig erhöhte. Wenn wir nicht von Jinxy und Sam amüsiert beobachtet worden wären, hätte ich vermutlich geschnurrt. Dementsprechend bereitwillig gab ich nach, als Rasmus mich näher an sich heranzog. Dann neigte er seinen Kopf zu mir.

„Wie wäre es", fragte er ganz dicht an meinem Ohr, „mit Burritos?"

Danksagung

Früher war das Schreiben eine sehr einsame Tätigkeit für mich. Nur mein Manuskript und ich, mehrere Stunden pro Tag, monatelang. Ich kann euch sagen, die Stimmen in meinem Kopf wurden immer lauter, und das ist auch für eine Autorin nicht unbedingt gut! Bei der Arbeit an diesem Buch standen mir jedoch viele tolle Menschen zur Seite, deren Unterstützung ich nie wieder missen will:

Nikola, die mit ihren genialen Anmerkungen nicht nur mein Manuskript veredelt, sondern mich auch mehrmals zum Lachen gebracht hat. Du bist immer eine Inspiration für mich, egal ob es um Raben geht oder um Erbsen.

Damaris, die Rasmus zum Glück davor bewahrt hat, sich in einen Zauberkünstler zu verwandeln. Meinen Satzzeichen-Fetisch konntest du mir zwar noch nicht ganz austreiben, aber ich bin auf dem Weg der Besserung!

Eileen, die einen scharfen Blick für Tippfehler besitzt und einen sicheren Geschmack für ebenso scharfe Kerle. Dass Sam dein Gütesigel erringen konnte, macht ihn unheimlich stolz. (Als ob der Kerl noch mehr Selbstbewusstsein nötig hätte …)

Jacqueline, die Lily daran gehindert hat, sich eine dritte Hand wachsen zu lassen. Wir beide wissen, dass das Pechvogel-Gen auch im echten Leben existiert – booya!

Beate, die mir sowohl mein erstes Interview als auch meine erste Blogtour verschafft hat. Du unterstützt mich seit dem Erscheinen meines Debüts, und ich hoffe, dich noch sehr lange als meine Leserin behalten zu können.

Aileen, die eine eigene Seite für Rasmus und Lily ins Leben gerufen hat. Ich freue mich schon auf ein Wiedersehen und natürlich auf die Pralinen von Katniss!

Claudia, die „Für immer" mit unglaublicher Sorgfalt korrigiert hat, obwohl etwa 379 verschiedene Kekssorten darauf warteten, von ihr gebacken zu werden. Und ihre Kekse sind absolut köstlich, ich spreche aus Erfahrung.

Madeleine und Melanie, die ich ganz, ganz bald persönlich treffen möchte – danke für eure Begeisterung und das viele Mutmachen!

Auf keinen Fall dürfen die Mädels aus dem Autorenkränzchen unerwähnt bleiben, ohne die mein Schreiballtag stinklangweilig wäre. Marah, Hannah, Dana, Daphne, Chris … mit niemandem sitze ich so gerne im selben Boot wie mit euch.

Julia, mein Schwesterlein, du hast dich bei der Covergestaltung mal wieder selbst übertroffen. Deinetwegen traue ich mich nicht, zu sehr ins Kitschige abzudriften, weil ich sonst eins auf den Deckel kriegen würde. Außerdem bist du die Einzige, die genau weiß, was ich mir unter einer gewissen „schnellen Geste" vorstelle …

Und zum Schluss bedanke ich mich tausendmal bei allen Leserinnen, die mir mit ihren E-Mails und Facebook-Nachrichten immer wieder den Tag gerettet haben. Danke auch dafür, dass ihr euch die Mühe macht, meine Bücher zu rezensieren! Als selbstveröffentlichende Autorin bin ich auf eure Weiterempfehlungen angewiesen, und nur mit eurer Hilfe haben es Rasmus und Lily so weit geschafft. Schade, dass ich nicht über Jinxys kreatives Talent verfüge – andernfalls würde ich einen Burrito mit Herzchenaugen für euch zeichnen!

Eure Kira

E-Mail: kira_gembri@hotmail.com
Facebook: www.facebook.com/kira.gembri

Santa's Baby

von Kira Gembri

Lara ist alleinerziehende Mutter, Angestellte in einer Buchhandlung und darüber hinaus vor allen Dingen eins: ein riesengroßer Weihnachtsmuffel. Ausgerechnet sie lernt im Supermarkt einen Weihnachtsmann kennen, der ihre Gefühle bald Achterbahn fahren lässt. Unter dem falschen Bart und der roten Mütze steckt nämlich Finn, Besitzer des absolut unverschämtesten Grinsens und ein Weihnachtsfan durch und durch. Lara hat aus ihrer letzten gescheiterten Beziehung gelernt, in ihr Schlafzimmer und erst recht in ihr Herz keinen Mann mehr zu lassen – aber gilt das auch für einen Weihnachtsmann mit blaugrünen Augen …?

Ein humorvoller Kurzroman in 24 Kapiteln über eine prickelnde Liebe zur Weihnachtszeit.

Erhältlich als E-Book und als Taschenbuch bei Amazon!

Rabenblut drängt

von Nikola Hotel

Jeden Tag durchstreift Isa den Wald auf der Suche nach Luchsen, kontrolliert Fallen und verfolgt die Fährten der Wildtiere. Eines Nachts wird sie durch einen Schuss geweckt. Sie entdeckt einen schwer verletzten Mann, der einen toten Raben im Arm hält. Der beherrschte, zerrissene Alexej fasziniert sie. Und obwohl sie sein Verhalten äußerst seltsam findet, kann sie sich seiner Ausstrahlung nicht entziehen. Als die beiden sich näher kommen, verschwindet Alexej in den Wäldern, ohne Spuren zu hinterlassen. Wenig später aber sucht ein Kolkrabe die Nähe der jungen Frau. Sie gewinnt das Vertrauen des Rabenvogels, und obgleich es keine logische Erklärung dafür gibt, ahnt sie, dass eine Verbindung zwischen Alexej und diesem Raben bestehen muss …

Erhältlich als E-Book und als Taschenbuch bei Amazon!

BookLess. Gesponnen aus Gefühlen

2. Teil der BookLessSaga von Marah Woolf

„Ich möchte, dass du gehst. Ich will dich nie wieder sehen. Du hast mich benutzt", flüsterte Lucy.
„Ich weiß", antwortete Nathan. „Aber bitte, lass es mich gutmachen. Allein hast du keine Chance. Du musst dir von mir helfen lassen. Du musst mir vertrauen."
„Geh einfach", bat sie.

Nathan hat Lucy verraten. Aber kann sie es stattdessen riskieren, ihre Freunde um Hilfe zu bitten? Kampflos wird sie dem Bund die Bücher nicht überlassen. Sie muss ihre Aufgabe erfüllen, bevor die Welt der Worte verloren geht. Niemand wird sie aufhalten, am allerwenigsten Nathan. Während sie verzweifelt versucht, einen Ausweg zu finden, nimmt das Schicksal bereits seinen Lauf …

Erhältlich als E-Book und als Taschenbuch bei Amazon!

3008530R00202

Printed in Germany
by Amazon Distribution
GmbH, Leipzig